EU DEVIA ESTAR SONHANDO

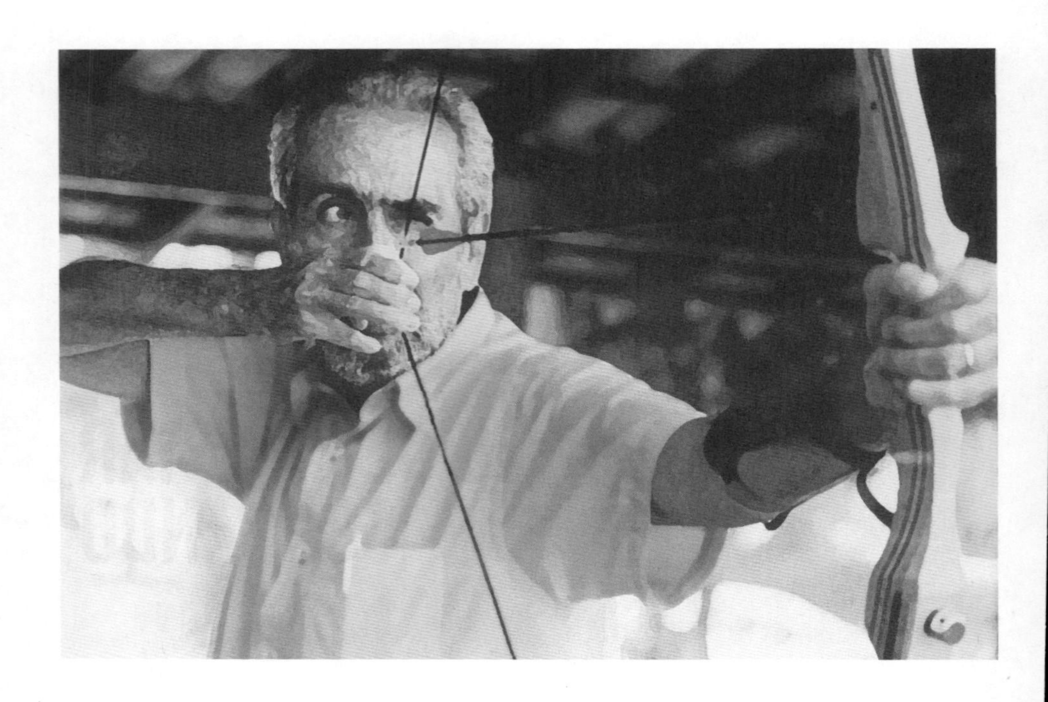

O Arqueiro

Geraldo Jordão Pereira (1938-2008) começou sua carreira aos 17 anos, quando foi trabalhar com seu pai, o célebre editor José Olympio, publicando obras marcantes como *O menino do dedo verde*, de Maurice Druon, e *Minha vida*, de Charles Chaplin.

Em 1976, fundou a Editora Salamandra com o propósito de formar uma nova geração de leitores e acabou criando um dos catálogos infantis mais premiados do Brasil. Em 1992, fugindo de sua linha editorial, lançou *Muitas vidas, muitos mestres*, de Brian Weiss, livro que deu origem à Editora Sextante.

Fã de histórias de suspense, Geraldo descobriu *O Código Da Vinci* antes mesmo de ele ser lançado nos Estados Unidos. A aposta em ficção, que não era o foco da Sextante, foi certeira: o título se transformou em um dos maiores fenômenos editoriais de todos os tempos.

Mas não foi só aos livros que se dedicou. Com seu desejo de ajudar o próximo, Geraldo desenvolveu diversos projetos sociais que se tornaram sua grande paixão.

Com a missão de publicar histórias empolgantes, tornar os livros cada vez mais acessíveis e despertar o amor pela leitura, a Editora Arqueiro é uma homenagem a esta figura extraordinária, capaz de enxergar mais além, mirar nas coisas verdadeiramente importantes e não perder o idealismo e a esperança diante dos desafios e contratempos da vida.

MICHEL BUSSI

EU DEVIA ESTAR SONHANDO

Título original: *J'ai dû rêver trop fort*

tradução: Carolina Selvatici

preparo de originais: Mariana Elia

revisão: Sheila Louzada e Suelen Lopes

diagramação: Equatorium Design

capa: Thierry Sestier

imagem de capa: Mariachiara Di Giorgio

adaptação de capa: Renata Vidal

impressão e acabamento: Bartira Gráfica

CIP-BRASIL. CATALOGAÇÃO NA PUBLICAÇÃO
SINDICATO NACIONAL DOS EDITORES DE LIVROS, RJ

B988e
Bussi, Michel, 1965-
Eu devia estar sonhando / Michel Bussi ; tradução Carolina Selvatici. - 1. ed. - São Paulo : Arqueiro, 2021.
384 p. ; 23 cm.

Tradução de: J'ai dû rêver trop fort
ISBN 978-65-5565-146-1

1. Romance francês. I. Selvatici, Carolina. II. Título.

21-70471 CDD: 843
CDU: 82-31(44)

Meri Gleice Rodrigues de Souza - Bibliotecária - CRB-7/6439

Todos os direitos reservados, no Brasil, por
Editora Arqueiro Ltda.
Rua Funchal, 538 – conjuntos 52 e 54 – Vila Olímpia
04551-060 – São Paulo – SP
Tel.: (11) 3868-4492 – Fax: (11) 3862-5818
E-mail: atendimento@editoraarqueiro.com.br
www.editoraarqueiro.com.br

Muito obrigado a Boris Bergman e
a Alain Bashung, pelo apoio

Furei o travesseiro
Eu devia estar sonhando pesado
Alain Bashung

Às vítimas dos tsunamis na Indonésia

– "Eu ganho", disse a raposa, "por causa da cor do trigo".

– Não entendi, mamãe.

Fecho o livro e me inclino um pouco mais sobre a cama de Laura.

– Bom, a raposa nunca mais vai ver o principezinho. Mas como o principezinho é louro, tem o cabelo da cor dos campos de trigo, sempre que a raposa vir os campos, vai pensar no amigo. Como sua amiga Ofelia, que se mudou para Portugal no fim do ano. Mesmo que você nunca mais veja sua amiga, sempre que ouvir falar desse país, ou sempre que ouvir o nome dela, ou vir uma menina com cabelo preto e cacheado, vai pensar em Ofelia. Entendeu?

– Entendi.

Laura pega Patinho, seu bichinho de pelúcia, depois agita o globo de neve da Sagrada Família de Barcelona antes de colocá-lo de volta na mesinha de cabeceira. Ela para, pensativa, e franze a testa, anunciando sua dúvida:

– Mas, mamãe, se eu nunca mais ouvir falar de Portugal ou nunca conhecer outra menina chamada Ofelia, ou de cabelo cacheado, quer dizer que vou esquecer minha amiga?

Abraço Laura e enxugo minhas lágrimas no cobertorzinho amarelo do bicho de pelúcia.

– Não se você gostar muito dela, minha querida. Quanto mais gostar dela, mais você vai encontrar coisas na sua vida que vão fazer você pensar nela.

Olivier põe a cabeça para dentro do quarto e balança o punho com o relógio: hora de dormir. Laura começou a frequentar a escola, já é um ano importante, o mais importante de todos. Eu não discuto, apenas ajeito o lençol sobre ela.

Ela me agarra pelo pescoço para um último abraço.

– E você, mamãe? Tem alguém que você amou tanto que nunca quis esquecer? Tanto que vai passar a vida toda encontrando coisas que vão fazer você pensar nessa pessoa?

I

MONTREAL

1

12 de setembro de 2019

– Estou indo.

Olivier está sentado à mesa da cozinha, as mãos em torno da caneca de café. Seu olhar atravessa a janela e a porta muito mais adiante, muito depois do jardim, muito depois do ateliê, até a bruma do rio Sena. Ele responde sem se virar para mim:

– Você tem mesmo que ir?

Hesito. Me levanto e puxo a saia do uniforme. Não quero começar uma conversa demorada. Não agora. Não tenho tempo. Me limito a sorrir. Ele também, aliás. É seu jeito de fazer perguntas sérias.

– Tenho que estar no Roissy, terminal 2E, às nove horas. Para isso, quando abrirem as lojas preciso já ter passado de Cergy.

Olivier não fala mais nada, seus olhos seguem as curvas do rio, as carícias do olhar parecendo apreciar a perfeição infinita, em câmera lenta, com a mesma paciência usada para avaliar o arredondado de uma cabeceira, a curva de uma cômoda feita sob medida, o ângulo das vigas de um arco arquitetônico. A intensidade com a qual ele sempre me olha quando saio do banho e me deito na cama. A intensidade que, aos 53 anos, ainda me torna bonita, me arrepia. Em seus olhos. Apenas em seus olhos?

Você tem mesmo que ir?

Olivier se levanta e abre a janela. Já sei que ele vai avançar um passo e jogar as migalhas do pão de ontem para Geronimo, o cisne que fez um ninho no fim da nossa rua, às margens do Sena. Um cisne domado que defende seu território e por isso é nosso, mais do que um rottweiler. Alimentar Geronimo é o ritual de Olivier. Olivier adora rituais.

Percebo que ele não quer repetir a pergunta, essa pergunta ritual que faz sempre que saio:

Você tem mesmo que ir?

Desde sempre, sei que essa pergunta de Olivier não se resume a uma brincadeira um pouco repetitiva nem a querer saber se tenho um tempinho para tomar um café antes de ir embora. O *Você tem mesmo que ir?* vai muito além disso, significa: *Você tem mesmo que continuar nessa droga de profissão de comissária de bordo?*, nos deixando durante quinze dias por mês, viajando pelo mundo, sempre em movimento? *Você tem mesmo que ir?*, agora que a casa está quitada, agora que as meninas estão crescidas, agora que não precisamos de mais nada? Tem mesmo que manter esse emprego? Olivier já me fez essa pergunta cem vezes: o que os chalés dos Andes, de Bali ou do Canadá têm que nossa casa de madeira não tem, a casa que construí para você com minhas próprias mãos? Olivier já propôs cem vezes que eu mudasse de profissão: você poderia trabalhar comigo na oficina, a maioria das esposas de artesãos vira sócia do marido. Você poderia fazer a contabilidade ou ficar como secretária na marcenaria. Melhor do que jogar nosso dinheiro fora pagando funcionários incompetentes...

Saio de meus pensamentos e assumo minha voz jovial da classe executiva:

– Anda, não posso ficar enrolando!

Enquanto Geronimo se entope de pão com cereais, acompanho com o olhar a rota de uma garça-real que alça voo sobre os charcos do Sena. Olivier não responde. Sei que ele não gosta do barulho das rodinhas da minha mala no piso de abeto. Aquela breve raiva já familiar ressoa na minha cabeça. Sim, Olivier, eu tenho mesmo que ir! Meu trabalho é minha liberdade! Você fica e eu vou. Você fica e eu volto. Você é o ponto fixo e eu, o movimento. Funcionamos assim há trinta anos. Vinte e sete deles com uma aliança no dedo. Quase o mesmo tempo criando duas filhas. E muito bem, não acha?

Subo até nosso quarto para pegar minhas malas. Suspiro por antecipação. Olivier poderia me torturar com um alicate ou uma furadeira e eu nunca confessaria quanto me irrita ter que arrastar essa maldita mala por todas as escadas, escadas rolantes e elevadores do planeta. A começar pelos dez degraus do nosso chalé. Subindo, visualizo mentalmente a escala do mês: *Montreal, Los Angeles, Jacarta*. Me forço a não pensar na coincidência improvável, mesmo que, apesar de tudo, os anos desfilem e me levem para vinte anos atrás. Vou pensar nisso mais tarde, quando estiver sozinha, tranquila, quando…

Tropeço na mala e por pouco não vou parar no chão.

Meu armário está aberto!

Minha gaveta está entreaberta.

Não a das joias, não a das echarpes, não a dos produtos de beleza.

A dos meus segredos!

A gaveta que Olivier não abre. A gaveta que só pertence a mim.

Dou um passo à frente. Alguém a bisbilhotou, tenho certeza disso na hora. As lembranças, os bilhetinhos infantis de Laura e Margot não estão no lugar certo. As centáureas e espigas de trigo secas, colhidas no campo do meu primeiro beijo, estão esfareladas. Os post-its rosa de Olivier, que diziam *Saudades, bom voo, minha menina do ar, volte logo*, estão espalhados. Tento me acalmar; talvez esteja imaginando coisas, perturbada pela estranha série de destinos, *Montreal, Los Angeles, Jacarta*. Talvez eu mesma tenha misturado tudo, como poderia lembrar, não abro essa gaveta há anos. Estou quase me convencendo disso quando um reflexo brilhante atrai meu olhar, algo sob a gaveta, numa tábua do piso. Eu me abaixo e arregalo os olhos, sem acreditar.

Meu seixo!

Meu pequeno seixo esquimó. Para começar, ele não saiu dessa gaveta por quase vinte anos! Então as chances de ter pulado sozinho para o chão são pequenas. A pedrinha, do tamanho de uma bola de gude grande, é a prova de que alguém andou bisbilhotando minhas coisas… recentemente!

Solto um palavrão, colocando o seixo no bolso do uniforme. Não tenho tempo para tocar no assunto com Olivier. Nem com Margot. Isso pode esperar. Afinal, não tenho nada a esconder nessa gaveta, apenas lembranças largadas, abandonadas, cuja história apenas eu conheço.

Saio do meu quarto e enfio a cabeça pela porta do de Margot. Minha grande adolescente está deitada na cama, o celular apoiado no travesseiro.

– Estou indo.

– Pode me trazer cereal? Acabei com o pacote hoje de manhã!

– Não vou fazer compras, Margot, vou trabalhar!

– Ah... E volta quando?

– Amanhã à noite.

Margot não me pergunta para onde vou, não me deseja boa sorte e muito menos boa viagem. Ela mal nota quando não estou em casa. Aí quase arregala os olhos ao me ver à mesa do café da manhã, antes de ir para a escola. Isso eu também não confessaria a Olivier, mas a cada nova viagem sinto saudade dos anos, não muito distantes, em que Margot e Laura choravam histericamente cada vez que eu saía para trabalhar, em que Olivier tinha que arrancá-las dos meus braços, em que elas passavam os dias com os olhos voltados para o céu para ver a mamãe e esperavam minha volta em frente à janela mais alta, sentadas em uma escadinha construída pelo papai especialmente para isso, tempos em que eu só tranquilizava a angústia delas com muitas promessas. Traria para elas um presente do fim do mundo!

• • •

Meu pequeno Honda Jazz azul corre por entre os campos nus, tostados por um grande sol alaranjado. Cento e vinte quilômetros de estrada federal separam o Roissy do nosso chalé em Porte-Joie. Uma estrada para caminhões, que há muito tempo não gosto de cruzar. Olivier diz que eu chegaria mais rápido de balsa. É quase verdade! Faz trinta anos que pego a FR-14 a qualquer hora do dia e da noite, com voos de 12 horas nas pernas e jetlags quase iguais na cabeça. Algumas pessoas têm medo de avião, mas já enfrentei muito mais sustos nesse tapete cinza que atravessa o condado de Vexin do que em todas as pistas do planeta onde decolei e aterrissei por trinta anos, em três ou quatro voos por mês. Três este mês.

Montreal, de 12 a 13 de setembro de 2019
Los Angeles, de 14 a 16 de setembro de 2019
Jacarta, de 27 a 29 de setembro de 2019

Não vejo nada na estrada além do quadrado de lona cinzenta de um caminhão holandês que respeita escrupulosamente o limite de velocidade, na minha frente. Para me distrair, começo um cálculo complicado. Um cálculo de probabilidades. Minhas últimas lembranças de probabilidades são do ensino médio, quando tinha a idade de Margot. Vai ser difícil acertar. Quantos voos intercontinentais partindo do Roissy a Air France oferece? Algumas centenas? Opto por uma estimativa baixa e arredondo para duzentos. Então tenho uma chance em duzentas de ir para Montreal… Até aí, nada de mais. Voltei à cidade duas ou três vezes desde 1999. Mas qual é a probabilidade de ir a Montreal e depois a Los Angeles? Mesmo sendo péssima em matemática, o resultado deve ser algo como 200 vezes 200. Tento visualizar os números no quadro cinza que é a traseira do caminhão, bem na minha frente. Deve dar uma série de quatro zeros, então uma chance em muitas dezenas de milhares… Se acrescentarmos um terceiro destino consecutivo – Jacarta –, o total de combinações possíveis sobe para 200 vezes 200 vezes 200. Um número com seis zeros. Uma chance em milhões de encadear os três voos no mesmo mês! É inacreditável… mas está escrito nitidamente na folha enviada pelo cara da escala… *Montreal, Los Angeles, Jacarta…* A tríade na ordem certa!

Pouco antes da subida de Saint-Clair-sur-Epte, o holandês entra em um estacionamento, sem dúvida para tomar café da manhã em uma parada de beira de estrada. Meu carro de repente parece ter asas. Piso no acelerador, ainda alinhando os zeros na cabeça.

A tríade na ordem certa… Afinal, uma chance em um milhão ainda é uma chance… É a possibilidade a que se agarram todos os que preenchem um bilhete da loteria. Nada de impossível. Apenas improvável. Só o acaso. Um deus brincalhão deve ter encontrado um filme antigo do meu passado e resolvido rebobiná-lo para se divertir. Três destinos idênticos. Depois de vinte anos.

Montreal, de 28 a 29 de setembro de 1999
Los Angeles, de 6 a 8 de outubro de 1999
Jacarta, de 18 a 20 de outubro de 1999

Como se tentasse atenuar a força das imagens que, apesar de tudo, se projetam em minha mente, aumento o volume do rádio. Um rapper grita alguma coisa em inglês. Xingo Margot, que voltou a pegar meu carro emprestado para a aula de direção, e giro o botão até captar a primeira música que parece ter melodia.

Saudade.

"Let it be".

Quase sufoco.

Os zeros em meu cérebro começam a girar, se unem numa longa corrente que estrangula meus pensamentos. Quantas chances, em quantos milhões, de tocar essa música?

Que deus brincalhão eu provoquei?

When I find myself in times of trouble...

Meus olhos ficam marejados de repente. Penso em parar no acostamento, ligo o pisca-alerta, quando o celular preso ao painel vibra.

Mother Nathy comes to me...

Laura!

– Mãe? Você está na estrada? Pode falar?

Laura, que dos 16 aos 25 anos nunca deu a mínima para minha escala... e que há um ano e meio é a primeira a tê-la, menos de uma hora depois que a recebo... senão entra em pânico! Que, assim que a lê, começa a sublinhá-la... e me liga!

– Mãe, vi que você volta de Montreal na sexta à noite. Posso deixar o Ethan e o Noé contigo no sábado de manhã? Eu e Valentin temos que ir à Ikea. Não vou levar meus dois pestinhas comigo de jeito nenhum. Eu deixo os dois às dez, para você ter tempo de se recuperar, tá?

Dez horas da manhã? Obrigada, minha querida! Com jetlag de seis horas depois de voltar do Canadá, você sabe que as chances de eu dormir à noite são pequenas... Quanto à Ikea, minha querida, reze para seu pai não ficar sabendo!

– Obrigada, mãe – continua Laura, sem me deixar escolha. – Bom, vou lá. Tenho que dar os remédios aos meus pacientes.

Ela desliga.

Laura... A mais velha. Vinte e seis anos, enfermeira no Bichat.

Laura, a sensata. Laura, a organizada. Laura, a de vida planejada, casada com seu policial, Valentin, subtenente em Cergy, que espera a promoção para se tornar tenente. Ela é o ponto fixo e ele, o movimento. Mesmo que tenham mandado construir uma casa em Pontoise. Você precisa entender, mãe, é um investimento...

Laura, mãe há um ano e meio de gêmeos encantadores e agitados, Ethan e Noé, que Olivier vai adorar quando tiverem idade para mexer com marcenaria e que, até lá, ficam comigo quando estou de folga. Não é perfeito, uma avó que some quinze dias por mês, mas que no resto do tempo está totalmente disponível para os netos?

Fico um tempo encarando a tela apagada do celular, a capa rosa feminina, a pequena andorinha preta rabiscada com caneta esferográfica. Volto a aumentar o som.

Let it be.

Na minha cabeça, o deus brincalhão volta a rir.

Montreal, Los Angeles, Jacarta.

Ele projeta os três destinos mais lindos da minha vida,

antes do buraco negro, do buraco branco, do nada.

A vertigem sem vestígios, o arrancar, o abandono, a entrega, o vazio, insondável, insuportável,

que, apesar de tudo, aguentei

todos esses anos.

Que preenchi

com Laura, depois Margot, depois Ethan e Noé.

Que preenchi...

Há mulheres que preenchem e mulheres que são preenchidas.

Let it be. Que seja.

• • •

Roissy-Charles de Gaulle. Terminal 2E. Presa em meu uniforme azul, lenço vermelho, ando a passos rápidos pelo longo corredor que me leva ao portão M. Puxo a mala com uma das mãos e, com a outra, olho a lista da tripulação.

Alguns homens passam por mim e se viram. A magia do uniforme e de um caminhar confiante entre viajantes desgarrados. A união da energia com a elegância. Um casamento que, com um pouco de maquiagem, resiste à idade? Vou avançando, portão J, portão K, portão L, os olhos fixos nos nomes do pessoal que vai me acompanhar a Montreal. Seguro no último instante um grito de alegria ao ver um dos primeiros nomes.

Florence Guillaud.

Flo!

Minha amiga! Minha colega de trabalho preferida! Em trinta anos, o acaso nos reuniu menos de dez vezes no mesmo voo. Normalmente, para viajarmos juntas, temos que fazer pedidos de destinos iguais! Montreal com Florence, que sorte divina! Florence é energia pura. Passou anos flertando na classe executiva para descolar um belo rapaz engravatado disposto a se casar. Acabou encontrando, mas nunca o conheci. Flo se tornou uma esposa comportada, o que não a impede de continuar voando, se divertindo em cada escala, rindo e bebendo... mas agora sem flertar! Ela ama seu executivo, disso eu sei!

Flo, minha confidente. Flo, que teve que provar todas as bebidas alcoólicas produzidas no planeta, de vodcas tropicais a uísques asiáticos. Flo, que já estava presente quando... De repente, quase prendo a mala na esteira rolante e por pouco não faço um strike em uma família de sete turistas de turbante. Mais um alerta acaba de soar na minha cabeça.

Flo?

Exatamente neste voo Paris-Montreal?

Exatamente como vinte anos atrás?

A probabilidade de isso acontecer deve parecer uma interminável sequência de zeros... Somos quase 10 mil funcionários na Air France.

Corro por entre os passageiros em direção ao portão M, me esforçando para tirar da cabeça esses cálculos ridículos. Será que Flo pediu para vir comigo nesse voo? Será que existe outra explicação? Talvez seja apenas coincidência, no fim das contas.

Passo os olhos rapidamente pelos outros nomes da equipe. Conheço apenas alguns. Guardo o de Emmanuelle Rioux, mais conhecida entre nós pelo apelido de Irmã Emmanuelle, a chefe de cabine mais atenta à segurança de toda a empresa. Faço uma careta, mas recupero o sorriso ao descobrir outro nome: Georges-Paul Marie, um dos meus comissários favoritos. Grandão, cheio de classe, incrível. Também é uma lenda.

Meus olhos descem mais um pouco, em direção ao comandante.

Jean-Max Durand!

Meu corpo inteiro estremece.

Jean-Max...

Claro. Meu deus brincalhão não ia parar por ali. Ele vai forçar a barra até o fim. O voo Paris-Montreal de 28 de setembro de 1999, em que Flo me acompanhou, foi pilotado por... Jean-Max Durand!

O voo que mudou minha vida.

O voo em que tudo começou.

Portão M.

Quando o dia tiver nascido
Quando os lençóis estiverem lavados
Quando os pássaros tiverem voado
Da clareira onde nos amávamos
Nada restará de nós

2

28 de setembro de 1999

Portão M.

Chego esbaforida e estressada ao Roissy. Laura está com otite. Desde que entrou na escola, é a segunda vez. Fiquei indecisa entre não ir trabalhar e deixá-la com Olivier. Ao chegar ao portão M, minha tensão ainda não diminuiu. Anunciam meia hora de atraso para o avião, a equipe pode esticar as pernas enquanto espera.

A sala de embarque para Montreal parece um acampamento de refugiados depois do exílio. Passageiros de mais e cadeiras de menos. Viajantes esperam sentados no chão, crianças correm, bebês choram. Eu me apresso para comprar uma revista quando um passageiro para na minha frente, preocupado com sua conexão para Chicoutimi, no Canadá.

Chicoutimi? O nome já evoca os grandes lagos e as florestas de pinheiros, mas o passageiro não faz o tipo lenhador. Parece que será devorado de uma só vez por um urso, isso sim. Meu caro Chicoutimi se apruma à minha frente, o nariz na altura dos meus seios, com uma vontade evidente de pôr as mãos neles. Talvez ele tenha me abordado apenas para isso, para se aproximar do meu decote e sentir meu perfume. Aos 33 anos, estou acostumada com os elogios, táticos e táteis, aprendi a lidar com eles e a não deixar qualquer um capturar meus olhos cinzentos, de reflexos verdes quando estou com raiva, de reflexos azuis quando apaixonados. Eu normalmente os escondo sob uma mecha de cabelos castanhos, longa o bastante para prendê-la com um grampo quando estou em voo ou mordiscá-la e até enrolá-la em torno do nariz quando em terra. Essa mania, pela qual obtenho perdão com um sorriso, parece transformar meu pequeno rosto oval em uma grande bola de tênis cortada ao meio, e meus olhos de bolas de gude em raios laser.

Mantendo uma distância segura, a mecha caindo no rosto, respondo:

– Não se preocupe, o comandante com certeza vai compensar o atraso durante o voo.

O bebê lenhador não parece convencido. Mas não estou mentindo: o comandante Durand costuma não respeitar os limites de velocidade no céu. Tem muita pressa de chegar ao destino! Tem muita pressa de chegar ao hotel. O belo piloto quarentão, com seu sorriso de Tom Cruise, o quepe bem colocado na cabeça, me passou uma cantada alguns anos atrás, quando tomávamos um mojito no saguão do Comfort Hotel de Tóquio. Respondi que era casada, bem casada, e até mãe de uma adorável Laurinha. Depois de olhar a foto dela com a ternura digna de Ted Danson em *Três solteirões e um bebê*, ele comentou que eu tinha sorte e meu marido mais ainda. Contou que não tinha filhos nem esposa e que nunca teria. É o preço da liberdade, concluiu, levantando-se para se dirigir a uma japonesinha com meias soquete azuis e uma presilha de borboleta da mesma cor no cabelo.

O bebê lenhador se afasta e se junta à multidão de refugiados. A funcionária encarregada do embarque, uma moça de semblante impassível que não conheço, espera pacientemente, walkie-talkie colado à orelha. Faço um pequeno sinal amistoso para ela e lanço um olhar furtivo para os passageiros… quando o vejo.

Para ser exata, primeiro eu o ouço. Uma estranha musiquinha que ressoa entre os gritos das crianças, os nomes dos retardatários martelados pelos alto-falantes, última chamada para o Rio de Janeiro, para Bangcoc, para Tóquio, o ruído dos motores vibrando lá fora.

Uma música doce, inebriante.

Eu a ouço primeiro, depois assimilo. Tento descobrir de onde ela vem. Então o vejo.

Ele está sentado um pouco distante dos outros passageiros, quase na fronteira do portão N, preso atrás de um monte de malas aparentemente abandonadas, sob a imensa propaganda de um A320 cruzando um céu estrelado.

Sozinho no mundo.

Ele toca.

Apenas eu pareço escutá-lo.

Paro. Ele não me vê, não vê ninguém, eu acho. Está sentado com as pernas dobradas na cadeira, os joelhos quase na altura do peito, e, lentamente, faz os dedos deslizarem pelas cordas do violão.

Bem baixinho, como se não quisesse incomodar as pessoas ao redor. Ele toca para si. Sozinho em seu universo.

Fico observando.

Eu o acho engraçado, com uma boina escocesa vermelha sobre o cabelo cacheado comprido, o rosto fino, quase afunilado, mais focinho e bico do que nariz e boca, o corpo de ave frágil. Na sala de embarque, algumas pessoas leem o *Le Monde*, outras o *L'Équipe*, algumas leem um livro, outras dormem, outras conversam. E ele, com os olhos semicerrados, a boca entreaberta, deixa as mãos tocarem sozinhas, como crianças sem supervisão.

Quanto tempo fiquei desse jeito, observando-o? Dez segundos? Dez minutos? Estranhamente, a primeira coisa que me passa pela cabeça é que ele parece Olivier. Tem o mesmo olhar iluminado, claro como lua cheia, uma janela acesa à noite, tranquilizador e inabalável. O músico é tão magro quanto Olivier é redondo, tão fino quanto Olivier é troncudo, mas os dois têm o mesmo charme. Foi o que me seduziu na hora em meu então futuro marido naquela tarde em que o observei em sua oficina, quando vi sua comunhão com a mesinha que ele serrava, aprumava, aplainava, lixava, furava, envernizava, parafusava... O halo solar dos seres solitários. Olivier é artesão, esse violonista é artista, mas, neste instante, os dois me parecem idênticos, dedicados inteiramente à sua arte.

Como admiro esses homens! Eu, a faladeira, a festeira que tanto adora as partidas, os reencontros e as trocas. Acho que, no fundo, eu, que sonho apenas com novos horizontes, que a cada destino espeto uma tachinha colorida no mapa-múndi no meu quarto e que não ficarei satisfeita enquanto não tiver furado cada centímetro da imagem, acho que o jardim secreto dos homens é a grande terra a ser explorada. Acho que, se continuo a amar Olivier, ainda que amaldiçoe seus silêncios, suas ausências – mesmo quando sentado à mesma mesa ou deitado na mesma cama –, é porque ainda tenho orgulho em ser a mulher que ele vê quando volta de sua longa viagem interior. Por ser a mulher a quem ele reserva suas raras palavras. Por ser a única de quem, às vezes, toma a mão para que lhe abra o portão de seu jardim. Sou apaixonada pelo modo que Olivier tem de ser livre, sem sair de sua oficina. Eu, que detesto móveis, tábuas, aparas e serragem, o barulho das furadeiras, o vaivém das serras. Eu, que só amo a luz, as risadas e a música.

– Nathy?

A voz me desperta dos meus devaneios. É Florence, atrás de mim. Minha lourinha parece toda animada. Ela gritou meu nome. Sem dúvida, eu estava em um lugar distante em meus pensamentos.

– Nathy! – insiste Flo. – Nathy, você não vai acreditar.

Ela saltita, agitada como uma menina que vai andar de carrossel pela primeira vez. O lenço de seu uniforme é apenas uma bola de seda amassada em sua mão.

– O que foi?

– Robert está no avião!

– Robert? – Hesito por um instante, então repito: – Robert? Mentira... – Ela não tinha como arranjar um nome mais comum na França? – Não me diga que Raymond, Gaston e Léon também estão!

Ela cai na gargalhada.

– Smith, sua idiota!

Smith? Em cada avião para a América do Norte tem uns dez Smith.

– Uau, o Sr. Smith? É mesmo? O Sr. Bobby Smith?

Não tenho a menor ideia de quem seja. Flo me olha como se eu fosse de outro planeta.

– Robert Smith, cacete! Porra, Nathalie, o vocalista do The Cure, o zumbi descabelado, o sósia do Edward, mãos de tesoura. Ele vai cantar amanhã à noite em Montreal. Está aqui, na classe executiva, com toda a banda e equipe.

3

2019

Chego ao portão M.

Tento afastar as lembranças que tamborilam na minha cabeça, uma após a outra, como se quisessem voltar a desfilar, existir, reviver de verdade.

Consigo expulsar as imagens de antes da decolagem de 1999, o passageiro que ia para Chicoutimi, Flo superanimada, mas não os acordes do violão. A parte mais sensata do meu cérebro tenta impor autoridade: Pare de delirar, meu amor!

Guardo no bolso do uniforme a lista dos membros da equipe e passo por entre os passageiros que esperam para embarcar. Tranquilamente, em sua maioria. Apenas alguns deles, mais apressados ou os atrasados que não acharam uma cadeira livre, começam a formar uma fila. O portão só abre daqui a vinte minutos, mas sei, por experiência própria, que pouco a pouco as pessoas vão se levantar e aumentar a fila improvisada, em vez de esperar sentadas pacientemente.

Eu preferiria isso.

Seria mais fácil para observar todas elas.

Me sinto ridícula por ter vindo até a sala de embarque, enquanto todos os colegas me esperam na cabine. Quero analisar cada passageiro. Aliás, nenhum vem me pedir informações, nem sobre Chicoutimi, nem para qualquer outro lugar. Minha cabeça continua jogando pingue-pongue entre passado e presente, obcecada com as coincidências entre hoje e vinte anos atrás: um voo Paris-Montreal, com Flo, decolando do portão M, pilotado por Durand, antes de ir para Los Angeles. Tento mais uma vez me controlar. Trabalhar no ar não costuma me impedir de ter os pés no chão.

Não é a primeira vez que tenho essa impressão de já ter vivido a mesma cena, no mesmo corredor, no mesmo portão de embarque, no mesmo avião, com a mesma equipe, e não saber mais que horas são nem quem sou ou aonde vou, se Pequim, Pointe-Noire ou Toronto, ainda mais quando os voos se repetem rápido demais e os jetlags se acumulam. É, essa sensação é frequente quando volto para casa, uma sensação de desconexão, de me sentir fora do eixo, fora do tempo, depois de várias noites seguidas voando.

Mas nunca quando estou partindo!

Nunca ao chegar de Porte-Joie depois de cinco dias de descanso.

Apesar de não querer, apesar do que me resta de noção da realidade, observo cada rosto na sala de embarque e, mais ainda, me concentro para escutar cada som.

Mesmo que não me arrisque a confessar, não de verdade, sei o que estou procurando nessa sala de espera lotada.

Uma boina escocesa!

Cabelo cacheado, hoje talvez grisalho.

E, caso não os encontre, ouvir uma melodia discreta tocada num violão em um canto do aeroporto.

Que idiota eu sou!

Enquanto deixo o olhar inspecionar a sala, tento aliviar minha inquietação. A Nathalie de hoje não entendeu nada? Não sofreu o bastante? A Nathy de vinte anos atrás não sabia o que a esperava... mas não posso dizer o mesmo da Nathalie de hoje! Não vou deixar os fantasmas virem me assombrar por causa de três coincidências ridículas. O portão M do terminal 2E de 2019 não tem nada a ver com o de 1999. Telas surgiram em todos os cantos: telas gigantes nas paredes, outras minúsculas nas mãos dos passageiros. As salas de embarque se tornaram postos de gasolina, onde recarregamos as baterias antes de partir.

No entanto, meus olhos continuam buscando, mesmo contra minha vontade. Eles se postam pelo menos três vezes em cada passageiro. Nos jovens, estupidamente, e nos cinquentões, claro... Nenhum se parece com ele, nem de perto nem de longe. Nenhum está com um violão ou qualquer outro instrumento. Nenhum toca nada para os outros. Cada um tem sua própria música e a escuta em silêncio, concentrado em seus fones.

O deus brincalhão deve ter esgotado seu estoque de piadas. O passado não volta nunca, mesmo que a vida seja repleta de lembranças que chegam para nos perturbar. Não nos banhamos duas vezes no mesmo rio, como dizem os gregos, os japoneses ou sei lá que povo supostamente cheio de sabedoria. Não nos banhamos duas vezes no mesmo rio, mesmo que ele corra tão lentamente quanto o Sena na ponta do meu jardim. A vida é um longo rio tranquilo, com corredeiras de tempos em tempos, para provocar pequenos espirros d'água, e principalmente para não podermos seguir contra a corrente...

So long, Yl... Adeus...

– Nathy?

A voz me arranca dos meus sonhos. Eu me viro. Flo está atrás de mim. Uniforme impecável e cabelo louro permeado de fios grisalhos em um coque, algumas rugas a mais desde nosso último voo juntas, para Kuala Lumpur, no último inverno, mas animada como uma adolescente que vai fazer seu primeiro passeio de moto.

– Nathy, o que está fazendo? Vem logo. Você não vai acreditar!

– O que foi?

– Robert está no avião.

Robert?

Quero responder, mas o nome trava em minha garganta.

Robert?

Todos os traços do meu rosto se paralisam. Eu me agarro à mala como posso. Percebendo minha hesitação, Flo cai na gargalhada e me segura pelos ombros.

– É! Robert Smith, minha querida! O vocalista do The Cure. Eu juro, ele ainda está vivo! Eles ainda fazem turnês, estão no avião! Cacete, Nathy, me sinto com vinte anos a menos.

• • •

Controlo meu choque. Pelo menos aparentemente. Milhões de quilômetros dormindo ao lado da cabine do piloto me ajudam a funcionar em modo sorriso automático. Sigo Flo até o avião, as pernas bambas, e me recosto na cabine para receber os passageiros da classe econômica. Flo se encarrega da executiva e dos antigos astros do pop inglês, que vão tocar no Métropolis, histórica casa de shows de Montreal, daqui a três dias.

Um dia depois da nossa volta.

Meu coração continua batendo a uma velocidade supersônica, enquanto Jean-Max faz seu discurso fingindo um sotaque de Quebec.

– Aqui é o comandante Durand. Apertem os cintos de segurança, meus amores. Vamos parar de enrolar, vamos agitar isso aqui.

Uma boa piada do piloto faz mais pela fama da companhia do que uma boa refeição, ao que parece. Os passageiros riem, contentes. Assim como as comissárias que voam com Jean-Max pela primeira vez, encantadas com o bom humor do comandante grisalho. Apenas Georges-Paul, Flo e Irmã Emmanuelle, os mais experientes da equipe, bancam os blasés. Georges-Paul manda uma última mensagem pelo celular, Flo ajeita o coque antes de voltar a servir champanhe para os astros do rock esquecidos, enquanto Irmã Emmanuelle bate palmas.

Ao trabalho!

Faço a pantomima das orientações de segurança, armada de minha máscara de Darth Vader, perfeitamente coordenada com Georges-Paul e minha jovem estagiária e protegida Charlotte. É melhor para todos nós que não erremos a coreografia. Irmã Emmanuelle nos vigia com a rigidez de uma professora de balé. É a última das chefes de cabine que considera as regras de segurança interessantes. Tenho certeza de que, se pudesse, proibiria celulares, revistas e até conversas particulares enquanto fazemos os gestos. Ou avisaria aos passageiros que depois da explicação haveria um questionário para ver se todo mundo entendeu direito.

Sob o domínio de Irmã Emmanuelle, a repetição das regras de segurança dura o dobro do tempo normal, mas permite que, pouco a pouco, os batimentos do meu coração se estabilizem.

Continuo a ocupar minha cabeça trabalhando nos corredores. Tranquilizo uma criança que chora, mudo um passageiro compreensivo de lugar para que dois namorados possam viajar juntos e, por fim, me sento antes que o Airbus decole. Jean-Max anuncia:

– Abençoados, fiquem sentados. Essa caranga vai decolar!

Minha respiração já voltou ao ritmo normal quando o avião se distancia de Paris. Georges-Paul avisa que estamos acima de Versalhes. Os passageiros que ouvem isso se inclinam para a janela e confirmam a informação, impressionados.

Estou mais ou menos tranquila, acho, mas a voz de Flo continua ecoando na minha mente: *Robert está no avião! Robert Smith, minha querida! O vocalista do The Cure. Eu juro.* Não consigo distinguir se essas palavras são de vinte minutos ou de vinte anos atrás. Não quero mais brincar de probabilidades, então me contento em acrescentar essa nova coincidência à lista: um voo Paris-Montreal, pilotado por Jean-Max Durand, com Florence na equipe… e a banda The Cure completa na classe executiva! Uma única coincidência dessas teria bastado para me deixar maluca. Talvez, no fundo, seja o acúmulo delas que esteja me ajudando a continuar buscando uma explicação, a me dizer que é uma brincadeira de mau gosto ou uma alucinação. Que tudo isso não é apenas uma repetição de circunstâncias, uma dessas situações inacreditáveis que só acontecem uma ou duas vezes na vida e que depois, quando tudo se acalma, gostamos de transformar em uma boa história para contar.

Para quem? Para quem eu poderia contar?

Contar seria confessar. Confessar o medonho. Confessar a maldição. A que escondi durante todos esses anos.

O avião agora ronrona, flutuando acima de um mar de nuvens. Eu me levanto, sirvo refeições, levo cobertores extras, explico como deitar o banco, como apagar as luzes, depois deixo o avião se calar. Mergulhar no escuro e no silêncio.

Sentada sozinha na traseira da aeronave com a cabeça apoiada na cortina da janela, me perco em meus pensamentos. Convenço a mim mesma de que ainda há uma diferença entre o voo de 1999 e o de hoje, uma diferença muito maior do que todas as semelhanças.

No voo de hoje, eu verifiquei cem vezes cada nome da lista e cada rosto em cada fileira.

Ylian não está.

Fecho os olhos. Volto no tempo.

O tempo de um voo, há vinte anos.

Um voo em que Yl estava.

4

1999

O AVIÃO SOBREVOA UM oceano mais vazio que o deserto. O Atlântico. Nenhuma ilha antes de Terra Nova, por mais de 3 mil quilômetros. Do outro lado da janela, nenhum barco nas águas.

Estou sentada na traseira da cabine. Flo se inclina para mim, presa entre os armários metálicos para refeições e os banheiros. Ela sussurra, para não ser ouvida pelos passageiros que esperam, se balançando seja por estarem apertados ou por causa da turbulência.

– Você não sabe o que o comandante Durand me pediu.

– Não...

– Ele me mostrou uma cópia da lista de passageiros, fez um x na frente de uns dez nomes e me explicou, muito sério, que tinha marcado todas as mulheres que estão viajando sozinhas, sem marido e sem filhos.

As sobrancelhas franzidas de Flo me fazem sorrir. Mechas rebeldes escapam de seu coque, como se quisessem participar de sua indignação.

– Se isso o diverte... A travessia do Atlântico é longa. Conheço pilotos que fazem palavras cruzadas, outros que...

– Eu não acabei, Nathy! Das dez que sobraram, ele riscou as mulheres de menos de 20 anos e as de mais de 40...

– A travessia do Atlântico é longa.

– Aí me pediu para ir ver como são as sete selecionadas... e chamar a mais bonita para visitar a cabine do piloto!

Os olhos de Flo lançam raios indignados. Eu seguro uma gargalhada. Até acho que a técnica de paquera do comandante é bem pensada.

– E... o que você fez?

– Mandei ele ir se foder, o que você acha? Então ele usou o sotaque de Quebec para me dizer: "Se não quer me ajudar, não precisamos brigar." Depois, deu a porcaria da lista para Camille, e a santinha já foi logo bancar a casamenteira!

Arregalo os olhos e tento achar Camille, em seu uniforme justinho, passando pelos corredores com a lanterna para observar as eleitas da lista. Torcendo para que nenhuma agrade ao sultão e que ela possa ocupar seu lugar de favorita da noite.

– Até que foi bem esperto – admito, murmurando no ouvido de Flo. – Você só tem que fazer a mesma coisa!

– Dormir com o comandante? Acha mesmo que eu seria tão idiota assim?

Ela belisca meu braço. Ai!

– Não, idiota! Não está procurando um cara solteiro? Então basta fazer igual a ele, achar os que estão viajando sem filhos e sem esposa.

Ela tenta me beliscar de novo, mas desta vez antecipo seu movimento. Flo é uma lourinha encantadora, toda curvilínea, linda da cabeça aos pés, das maçãs do rosto redondas salpicadas de sardas às pernas torneadas, como se a saia do uniforme da Air France tivesse sido cortada especialmente para valorizar sua bunda e o colete, para destacar seus seios.

– O que você acha? Eu pensei nisso antes do idiota do Durand. Mas não é porque um cara está viajando sozinho que é solteiro! Jean-Max não está nem aí, só quer dormir com mulheres que não querem compromisso... Para mim, não! Enfim, quero dormir com alguém, mas, se for possível, com um cara que queira compromisso...

Dou um beijo em seu braço. Ela me aperta em um abraço longo.

– Ainda tenho seis anos – sussurra Flo em meu pescoço. – Depois dos 40, fodeu.

– Por quê? Achei que você fosse da teoria de que comissárias de bordo não devem ter filhos.

– E eu sou, sua mãe de meia-tigela! Mas tenho outra teoria que talvez possa servir para você um dia. Pense, minha querida. O que acontece com um casal que não dá certo? Sabe, quando o cara é claramente melhor que a mulher ou a mulher é melhor que o cara. Quando um dos dois é um estorvo e o outro começa a sentir isso. Hein, o que acontece, sabendo que, em noventa por cento dos casos, são as mulheres que decidem terminar?

Balanço a cabeça, sem entender aonde ela quer chegar.

– Bom, não é difícil – conclui Flo. – Aos 40 anos, todos os caras legais ainda estão casados com seu estorvo porque não querem se arriscar a deixá-lo, enquanto as mulheres já largaram o delas. Do que se deduz, minha querida, que, depois dos 40, todos os caras legais estão casados e os que sobraram ou voltaram ao mercado não prestam pra nada!

Ela solta um suspiro irresistível e exagerado.

– Viu caras bonitos?

– E o seu Robert? E seus roqueiros?

– Nem me fale... Eles se entupiram de chá gelado e água, penduraram a camisa branca num cabide e estão dormindo como bebês. Isso se não botaram uma touca para não bagunçar o cabelo.

Charlotte sometimes... Apenas sorrio. Hesito. Hesito por muito tempo. Até que lanço:

– Tem ele!

– Ele?

Viro minha lanterna com cuidado para a fileira 18, poltrona D. Um dos únicos ainda iluminados pela luz de leitura.

– Ele, o cara de cachos e boina.

Na mesma hora me arrependo. Acho que ela vai rir. Flo está procurando um homem com dinheiro, com condições de dar a ela um apartamento com cozinha grande e varanda, para que ela possa brincar de ser comissária só por meio período. Meio comissária de bordo, meio dona de casa. Seu sonho bobo!

– Cuidado – Flo se limita a me responder.

Olho para ela, surpresa.

– Como assim?

– O seu Cachinhos Dourados não faz meu estilo, você sabe disso. Sou mais chapéu-coco que boina escocesa. Mas entendo por que ele atraiu você. Então confie na experiência da sua velha amiga e tome cuidado. Não sei se ele é do tipo que se apega depois de dormir com alguém, mas tenho certeza que é do tipo a que *a gente* se apega, tendo dormido com ele ou não.

– Como você é besta, eu sou casada!

– Eu sei, meu amor. Com um carpinteiro, como a Virgem Maria.

• • •

Fileira 18, poltrona D. As luzes se acendem de novo, aos poucos. O trabalho recomeça, distribuir quase 250 cafés da manhã.

– Chá ou café?

Ele balança os cachos louros, a boina presa entre os joelhos, como um menininho tímido que protege um tesouro precioso. Pousa o livro na mesinha. Só tenho tempo de ler o nome da autora: Penelope Farmer (minha cultura pessoal deixa a desejar!).

– Champanhe? – ousa ele, não tão tímido.

Sorrio. Noto a camiseta, *The Cure – Galore Tour,* por baixo da camisa.

– Para isso, você teria que estar na classe executiva. Todos os seus colegas estão lá, não?

– Meus colegas?

Ele fala francês. É francês. Talvez um toque de sotaque espanhol.

– O restante da banda... Robert Smith... Não conheço os outros... Hmm... Bobby Brown? Teddy Taylor? Paul Young?

Ele torce a boina entre as mãos. Deve ter que comprar uma por semana.

– Caramba, não... Não é nada disso. Nem faço parte da turnê. Só fui contratado por três dias para o show de Quebec porque falo francês. É aquela piada: perguntam quem sabe tocar violão e contratam quem levantou a mão para carregar as caixas de instrumentos. Robert e os outros nem sabem que eu existo.

– É uma pena... Você toca bem!

Saiu assim, uma gentileza, idêntica à que faço a todos os passageiros. Ao menos é a isso que me agarro, mesmo que, na verdade, já não me agarre a nada. Uma vozinha dentro de mim sussurra: *Você está quase escorregando, Nathy, quase, quase*. E, em um eco, a de Flo acrescenta: *Cuidado, cuidado*.

Ele continua torcendo a boina, como se fosse um guardanapo qualquer.

– Ah, é? Como você sabe?

– Eu ouvi, mais cedo, na sala de embarque.

Ele parece surpreso, incomodado, como uma criança pega com a boca na botija. Modéstia irresistível. Sinto que estou escorregando ainda mais rápido pelo tobogã. Ele se recompõe com um meio sorriso.

– Eles também me pagam para verificar os instrumentos. Na verdade, eu não estava tocando nada, estava só afinando o violão.

– Ah... É mesmo?

Ele finalmente larga a boina, e eu sinto falta de não poder brincar com minha mecha de cabelo, presa no coque.

– Brincadeira. Eu estava mesmo tocando. Quer dizer, improvisando.

Esse cara tímido tem bom humor, além de tudo! Ele monta uma armadilha e eu caio nela direitinho.

– Era bonito.

– Obrigado.

Silêncio.

Sinto que estou chegando ao fim do tobogã e, se não frear, seguirei por uma queda interminável, como em *Alice no País das Maravilhas*. Ele pega de novo a coitada da boina. Noto que suas unhas também estão roídas.

– Não era "Boys Don't Cry" nem "Close to Me"... Mas, se você gosta de violão, não seria melhor servir os músicos de verdade na classe executiva?

– Deixei todos para minha amiga. Ela adora celebridades!

– Que pena para você...

Seus olhos claros, mais azuis, mais sinceros que os meus, parecem realmente lamentar por mim, como se não merecesse todo o tempo que já gastei com ele. A primeira coisa que nos ensinam, na primeira etapa da formação, é a falar com cada passageiro com tamanha cumplicidade que o cliente tenha a impressão de estar viajando em um jatinho particular. Eu me refugio nessa desculpa profissional para olhá-lo nos olhos e ser mais audaciosa:

– Acho que não me dei mal na troca. Na verdade, é uma pena para você.

Ele mantém os olhos fixos em mim.

– Acho que não.

Não sei dizer o que suas mãos estão fazendo. Busco desesperadamente uma saída.

– Ah, é, com certeza... Minha amiga é muito bonita. E tem champanhe na executiva... Você quer? Posso buscar.

– Deixa pra lá, eu falei de brincadeira. Não tenho como pagar.

– É cortesia da casa, não tem problema.

– Tem, sim. Quando a gente não tem um tostão, faz questão de pagar pelas coisas!

Ergo o tom de maneira falsa, franzindo a testa, meus olhos como lasers, sem forçar demais os reflexos verdes. Treinei muito isso com Laura nos últimos seis anos.

– Já falei que é cortesia! Considere como pagamento por eu ter assistido ao seu show improvisado!

– Mas você não desiste nunca? Tem duzentos passageiros esperando você perguntar se eles preferem chá ou café.

– Moët ou Veuve Clicquot?

Ele dá um suspiro resignado forte demais. Suas mãos estão pousadas nos joelhos, uma parecendo vigiar a outra.

– Está bem. Moët. Mas, sendo assim, vou convidar você para um show de verdade. – E, antes que eu tenha tempo de reagir, ele continua: – Hoje à noite, às sete, no Fouf, o bar ao lado do Métropolis. Se você chegar cedo, posso te fazer entrar pelos bastidores. Vai passar o show todo sentada numa caixa de som, mas a menos de 20 metros de Robert, Teddy, Paul e Gilbert.

Fico sem palavras. Ele agita as mãos rápido, uma caneta e um guardanapo, que me entrega. Escreveu a hora, o endereço do bar, rua Sainte-Catherine, 87, mais nada, nem mesmo um nome, um número de telefone. Só um rabisco no alto do guardanapo da Air France, uma ave com a cauda bifurcada.

– Te vejo amanhã, Andorinha?

– O quê?

– Andorinha... Você parece uma andorinha, livre como o ar, que dá a volta ao mundo, no seu uniforme azul e vermelho.

Livre como o ar...

Estou prestes a responder, embora não saiba o quê, nunca soube, quando um sinal toca e a voz de Jean-Max Durand se faz ouvir acima de todas as conversas.

– Oi, pessoal, espero que a viagem tenha sido boa. Agora vamos começar bem devagar nossa descida para Montreal. Está um frio danado lá, 30 graus negativos, está nevando e ainda não passaram a máquina. Vamos oferecer patins para vocês chegarem ao portão do aeroporto, porque o asfalto da pista está gelo puro. Peço que fiquem todos juntos quando saírem do avião. Disseram que há bandos de ursos-pardos na aterrissagem.

5

2019

Por quanto tempo dormi? Quanto tempo passei perdida em pensamentos, a cabeça apoiada na janela, absorta, vinte anos atrás?

Charlotte cutuca meu ombro devagar. *Nathy, Nathy. O café da manhã...* Por um instante, acho que vieram me servir na cama. Até dar de cara com dezenas de bandejas empilhadas nos carrinhos. Ao trabalho!

Fileira 18. Poltrona D.

Um homem de cerca de 30 anos dorme todo retorcido, a cabeça pousada nos joelhos da garota na poltrona ao lado. Sem boina nem cachos, a cabeça raspada, que a namorada acaricia. Ninguém de boina no voo. Ninguém se parece com Ylian. Ninguém tem esse nome.

Ylian não está no avião.

Distribuindo as bandejas, amaldiçoo mentalmente o deus brincalhão que se divertiu ao semear todas essas coincidências mas não me concedeu a única que eu realmente desejava.

Já servi quase metade das fileiras, da 1 à 29, quando Georges-Paul se aproxima para me substituir.

– Deixa que eu termino. Vá descansar, Nathy.

Será que pareço tão abatida assim?

Eu me afasto observando o grande comissário e seus gestos estilizados. Um menino de cerca de 10 anos o puxa pela manga enquanto ele serve os passageiros. Nitidamente, o garoto entendeu a brincadeira.

– Onde a gente está, moço?

– Perto das pequenas Ilhas da Madalena, garotão – responde Georges-Paul, sem parar de encher os copos. – Cem quilômetros ao norte da Ilha do Príncipe Eduardo.

O garoto parece impressionado. Vai fazer a mesma pergunta a Georges-Paul dali a quinze minutos. Ele ou outro menino. É o jogo preferido do comissário, um dom que ele cultivou, voo após voo. Georges-Paul se esforçou para melhorar sua noção de orientação, construindo assim uma espécie de relógio mental que, associado ao itinerário e à duração do percurso, permite que ele saiba, quase em tempo real, onde o avião está. Claro, Georges-Paul atualiza de tempos em tempos seus dados em função do vento ou das turbulências, mas, normalmente, basta consultar a velocidade do avião para se localizar. O pequeno truque de mágica de Georges-Paul Marie...

Georges-Paul Sênior, como os espertinhos o batizaram, e que todos os passageiros, mesmo os que nunca voaram com ele, conhecem pelo apelido de GPS.

Sentada na traseira do avião, fecho os olhos. Flo está presa lá na frente com seus astros do rock da velha guarda. Passei para falar com ela uma ou duas vezes. Jean-Max Durand não deixou de me dar um beijo na bochecha quando passei por lá. *Linda como sempre, Nathy. A mecha grisalha lhe cai bem, você não envelhece nunca?*

Que mentiroso! Aos 53 anos, apesar de ter me mantido leve como uma pluma, tenho consciência das crateras que se formaram em torno de meus olhos de lua, rugas que o sorriso ameniza. Uma maçã que ainda não murchou totalmente. Mas não é mais a que se escolhe primeiro.

O cansaço cai de repente sobre meus ombros, minha cabeça pesa uma tonelada. Queria costurar meus olhos para que nunca mais se abrissem. Queria pregar meus pensamentos para que nunca mais girassem em torno dessas coincidências estranhas, sem encontrar explicação para elas. Queria fazer como sempre, me sentar ao lado de uma colega depois que o serviço termina e conversar sobre nada, sobre tudo.

Como se lesse meus pensamentos, Charlotte se aproxima. Ela confere se estamos sozinhas e se inclina para perto de mim.

– Preciso falar com você, Nathalie.

Charlotte é minha protegida. É a primeira vez que estamos no mesmo voo, mas fizemos juntas duas vezes os três dias de formação no Roissy no ano passado. Dias intermináveis, dedicados a decorar todas as novas regras de segurança inventadas por um cara que nunca voou. Enquanto respondíamos a testes surreais sobre saúde mental (Você acha que tem uma vida normal em família? Nas escalas, você prefere dormir, passear pela cidade ou sair para beber?) e fazíamos todo tipo de encenação idiota – com roteiros que iam desde crise histérica a simulação de desvio de rota –, Charlotte ouviu mais meus conselhos que os dos orientadores. Ela tem apenas 23 anos, é fofa como um ursinho e ainda não perdeu a capacidade de se maravilhar diante dos nomes exóticos dos destinos: Tegucigalpa, Valparaíso, Samarkand… Charlotte sou eu há trinta anos! É a menina dos meus olhos. Adoro Charlotte. Não mexam com ela, senão eu mordo.

– Tenho que confessar uma coisa, Nathalie. Mas, por favor, por favor, não comente com ninguém.

Parece sério. Faço que sim: ela pode confiar em mim.

– Estou apaixonada, Nathalie…

Ah… Não é tão grave assim!

– E ele está apaixonado por você?

– Espero que sim… – Ela hesita. – Acho que sim.

Não gosto da hesitação dela.

– Ele é… casado?

– Não… Não.

Respondeu rápido demais. Tem alguma coisa errada.

– Ele… é mais velho que você?

– Hã… um pouco.

Coitada da Charlotte, está bem cabisbaixa. Tenho a impressão de que quer se aconchegar no meu colo, bem como eu gostaria que Margot fizesse quando estivesse sofrendo por amor. Como Laura também nunca fez. Aliás, será que minha Laura já sofreu por amor, ela que conheceu seu futuro policial antes mesmo de terminar o ensino fundamental? Eu me limito a pegar as mãos de Charlotte e apertá-las.

– Então o que há de errado, meu amor?

– Você… você o conhece.

Ah!

Na hora, penso em Georges-Paul. Ele é alto, elegante, inteligente, bonito para quem gosta do tipo que se olha um pouco demais no espelho e, sem dúvida, solteiro, porque não sei que mulher conseguiria viver dia e noite com um GPS que nunca desliga. Ainda estou fazendo desfilar em minha cabeça todo um elenco de comissários, escolhendo os melhores partidos, quando Charlotte confessa, num fiapo de voz:

– É o... é o Jean-Max. Quer dizer, é o comandante Durand.

• • •

Charlotte é chamada à frente do avião. Crianças passando mal para tranquilizar. Só tenho tempo de perguntar como isso aconteceu. *Simplesmente aconteceu*, responde ela. *Por acaso*. Depois, ela explica melhor que não, não foi por acaso, o acaso não existe, apenas o encontro. Paul Éluard dizia isso.

Citando um poeta! Não falo nada. Hesito, mas não tenho forças para comentar. Coitadinha da Charlotte... A primeira coisa que deveríamos ensinar às jovens é sobre a reputação dos garanhões com galões nos ombros! Na formação, deveríamos mostrar um esquema das estratégias de caça dos comandantes para avisar as novatas. O que eu poderia dizer a Charlotte? Que Jean-Max é o maior galinha de toda a empresa? Que carrega essa reputação há trinta anos? Que achei que ele tivesse sossegado um pouco, mas, pelo jeito, não. Ficou apenas mais discreto.

Paro para pensar. Não quero ter que juntar os pedacinhos de minha Charlotte.

Calculo. Realmente, tirei o dia para isso. Não faço tantos cálculos desde a escola! Durand é 36 anos mais velho que Charlotte... Trinta e seis anos, minha querida!

Prevejo. Vamos passar 24 horas juntos em Montreal: eu, Flo, Georges-Paul, Emmanuelle, Jean-Max e Charlotte. Vou dar um jeito de abrir os olhos da jovem tolinha. Sem nem precisar falar com os outros. Nunca vou trair minha protegida revelando seu segredo, muito menos para Florence, que sempre detestou Durand!

Relativizo. Pelo menos essa revelação tirou da minha cabeça por alguns instantes os fantasmas que me assombravam. Me surpreendo ao analisá-los com mais distanciamento. Se voltar a pensar no assunto, essa soma de coincidências não tem nada de impossível, na verdade. A prova é que essas coisas aconteceram! Impossível é estarem ligadas por algo além do acaso... Seja lá o que Paul Éluard pense!

Mais tranquila em relação ao meu destino, pois agora estou preocupada com o de Charlotte nas garras daquele lobo dos ares, sinto com alívio a leve turbulência que sacode o avião: é minha chance de esticar as pernas! Ando pelas fileiras para tranquilizar os passageiros. Sei, por experiência, que tremores minúsculos podem se transformar, para os mais temerosos, em sustos aterrorizantes. Acalmo pais com um sorriso, falo para as crianças ficarem tranquilas, verifico cintos, peço que fechem as mesinhas. Novas sacudidas provocam alguns gritos, algumas risadas também. Nada muito sério.

Um pouco à frente, um passageiro paralisado segura com a mão direita o apoio do braço e, com a esquerda, a esposa. Uns 40 anos, tem a pele escura, cabelo bem preto e bigode grosso como barbante. Estrangeiro. Eu diria malaio. Ele fala em inglês. Balbucia palavras, como uma oração, e parece em dúvida entre arrancar o apoio ou o braço da mulher. Eu me aproximo. Ele nem me nota, os olhos fechados, a boca aberta, continuando a recitar o rosário que deveria salvá-lo. A esposa escuta, fazendo carinho nele. Deduzo que a oração do marido é por ela. Me inclino para a frente. Para oferecer água, doce, calmante.

E, nesse exato momento, eu ouço.

When our islands are drowned, when our wings are down

Um sobressalto do Airbus, que apenas eu noto, me faz quicar para dois assentos depois. Titubeio. Passageiros se preocupam comigo. *Tudo bem, senhora?* Não respondo, só tenho forças para repassar em sequência as palavras que acabei de ouvir do passageiro malaio, palavras que com certeza não ouvi direito. *When our islands are drowned*, que pensei compreender, que traduzi mal, *When our wings are down*, transformadas, deformadas...

Quando nossas ilhas estiverem inundadas

Quando nossas asas estiverem baixadas

Será que estou ficando maluca?

– Tudo bem, Nathy? – pergunta Georges-Paul, preocupado, vindo até mim sem demora.

– Tudo, tudo bem, GP...

Mas não. Não, não está tudo bem. Estou louca! Essas palavras, essas palavras pronunciadas em inglês pelo passageiro malaio, essas palavras foram as últimas que Ylian pronunciou há vinte anos. As últimas que ele me ofereceu.

São as minhas palavras, são as nossas palavras.

Apenas nós podemos conhecê-las.

Como esse casal malaio pode tê-las roubado de nós?

Georges-Paul me ajuda a levantar, mal consigo me manter de pé. Uma campainha soa em minha cabeça, luzes se acendem, uma voz surge, como se viesse do céu. Seria um anjo?

Um anjo que imita o sotaque de Quebec.

– Olá, pessoal, aqui é seu comandante. Espero que tenham se divertido no voo. Estamos começando aos poucos nossa descida para Montreal. Vocês não precisam se agasalhar para sair. Tinha 30 centímetros de neve até ontem, mas derreteu tudo de repente. Podem desembarcar de maiô, vamos dar pés de pato e *snorkels* para vocês chegarem ao aeroporto. Só tentem se manter em grupo. Estão avisando que há bandos de baleias na pista.

6

2019

Olivier nunca tremeu diante de um móvel. Suas mãos aprenderam, com o tempo, a reconhecer as diferentes essências, a rugosidade de um pinho, as ranhuras claras de um choupo, a textura tortuosa de um cárpino, os veios escuros de uma oliveira. Aprenderam a domar os nós, as farpas minúsculas, a distinguir cada fenda como os diferentes tipos de pele de mulher. Ele que tocou apenas uma.

Mas suas mãos tremem diante daquela gaveta inofensiva.

Seus dedos tocam o puxador redondo, uma bolinha de carvalho que ele mesmo lixou, poliu, envernizou. A gaveta desliza por corrediças lisas. Uma obra perfeita de marcenaria. Ele teria preferido que estivesse pregada, colada ou trancada à chave.

Mas Nathalie a deixou ali, ao alcance da mão, todos esses anos.

Um gesto de confiança?

Ou uma tortura sutil?

Olivier leva a mão à gaveta.

Não ousou fazer isso na última vez, reabriu os dedos antes fechados em torno dos objetos sem nem ter tempo de observá-los. Deixou tudo no lugar e fechou a gaveta como se um gás químico pudesse escapar dela, um gás incolor e inodoro capaz de envenenar sua casa, sua família, sua vida, tudo que eles construíram.

Ele espera que Nathalie não tenha notado nada.

Hoje ele não fecha a gaveta.

Ele revista, vasculha ao acaso.

Tenta se convencer de que não está fazendo nada de mau, de que, se Nathalie tivesse algo a esconder, não teria deixado todos aqueles objetos ao alcance dele, de que o tempo passou, de que ela confessou tudo, de que os dois são mais fortes que um velho baú de lembranças abandonadas.

Ele pega uma série de objetos aleatoriamente, depois dá três passos antes de se sentar e colocá-los na cama. Observa as dobras, para memorizá-las, como se só amassar o edredom já fosse enganar sua esposa.

Com cuidado, espalha o que saqueou. O ouvido atento. Margot está na escola, pode chegar. E daí? Ela o encontraria em seu quarto, sentado na cama. Será que acharia que os objetos expostos no edredom são provas de uma traição? Os filhos conseguem imaginar os erros dos pais? E, mesmo que imaginem, que adivinhem, será que ficariam preocupados? Mesmo assim, Olivier fecha a porta do quarto com a ponta do pé. Por fim, observa os objetos.

Um guardanapo de papel com a marca da Air France que serviu de post-it. Sem nome nem data, apenas um endereço. Rua Sainte-Catherine, 87, ilustrado com o pequeno desenho de um pássaro: penas escuras, asas rabiscadas, cauda em V.

Uma andorinha!

Olivier a reconhece. A silhueta é igual ao desenho no ombro de Nathalie, uma tatuagem que os lábios dele evitaram muitas vezes quando a beijava no pescoço, puxando a gola da camisa, que ele tantas vezes quis apagar mordendo o corpo da esposa, mordendo até tirar sangue.

Tentando não se deixar vampirizar por seus pensamentos, Olivier continua sua inspeção. Ignora todos os outros objetos da gaveta, conservados como tesouros preciosos.

Uma velha programação de filmes de 1º de agosto a 30 de setembro de 1999: *Cinema sob as estrelas – Montreal*. Um guardanapo, com o nome do hotel Great Garuda de Jacarta em letras douradas, identificável por uma assustadora cabeça de águia. A fotografia de um quadro muito colorido, um tanto naïf, de uma mulher soldado armada até os dentes, fuzil em punho.

Um envelope que Nathalie deve ter rasgado com pressa, depois voltado a colar com cuidado para poder ler as poucas palavras escritas: *Foi tudo que consegui achar. Laura é muito bonita. Você também.*

Tantas partes da vida de Nathy que ele não conhece. Essa vida vivida em outros continentes. Essa vida de outro lugar. Essa vida... de antes?

Quando nossas ilhas estiverem inundadas
Quando nossas asas estiverem baixadas
Quando a chave estiver enferrujada
Das riquezas vasculhadas
Nada restará de nós

7

1999

– COISAS TÃO BOAS assim são um crime!

Flo come mais três batatas fritas escuras e joga o resto da *poutine* na lixeira mais próxima. Ela dá um soco no ar, como se tivesse acabado de marcar uma cesta de três pontos.

– Isso! Dez batatas por *poutine*, nem umazinha a mais. E, até decolarmos de novo, só cinco vodcas por noite.

Ela cai na gargalhada e vai colar o rosto na vitrine do fast-food do outro lado da rua. Esmaga o nariz, prisioneira do vidro.

– Ah! Tentação, tentação... – Ela faz uma cruz com os dedos. – *Vade retro*, demônio! Você podia pelo menos me incentivar, danada.

Não respondo. Observo, fascinada, a Velha Montreal. É a primeira vez que piso em Quebec e estou adorando tudo: o sotaque dos vendedores, as músicas engraçadas no rádio, a impressão de caminhar por um imenso campus já que todos ao redor têm menos de 30 anos, a gentileza das pessoas que passam, o cenário de opereta de faroeste – o oposto de um western espaguete, está mais para um western tartelete –, a sensação, a cada conversa, de estar chegando à casa de um primo que nunca vimos mas que nos recebe como se fôssemos velhos conhecidos.

Flo segue com o olhar três jovens canadenses que passam, a camisa grossa aberta sobre uma camiseta do time de basquete Toronto Raptors.

– Não tenho escolha – diz ela, suspirando. – Se quiser um namorado, tenho que fazer dieta! Você não está nem aí, já tem dois... Me conta, e o músico de boina?

Olho em volta, como se alguém pudesse nos ouvir, como se bastasse falar para ser tomada pela culpa. Florence percebe meu incômodo e me empurra para dentro da primeira loja que aparece, uma espécie de feira de artesanato do norte do Canadá. Com um olhar, ela exige que eu revele os segredos. Vejo que o corredor perto das bijuterias, não muito longe dos caixas, não tem nenhum turista.

– Trocamos três frases no avião. Ele é legal, engraçado, descolado. Mas eu sou casada, minha querida... Casada há muito e mãe há pouco!

– Eu sei, com José! Isso não impediu Maria de trair o cara com um anjo que veio do céu. E aí, o que vai acontecer agora?

– Agora?

– Vai vê-lo de novo?

– Não... Claro que não.

Flo põe o polegar, o indicador e o dedo médio no nariz e o puxa como se quisesse esticá-lo.

– Pra cima de mim, não, meu bem! Você não sabe mentir. Vai ter que treinar antes de voltar para beijar o Gepeto na marcenaria.

Me contorço, incomodada – na verdade, menos com Flo do que com o olhar atento da moça no caixa. Uma mulher muito morena, o rosto puxando quase para o vermelho, vestida de esquimó. Quer dizer, ela parece esquimó de verdade! Imóvel como uma estátua de gelo sobre o iceberg, esperando a passagem do trenó.

– Se quer saber, ele me chamou para ver o The Cure! Nos bastidores... Posso encontrar com ele em um bar ao lado do Métropolis, uma hora antes do show.

Flo perde o fôlego. Por um breve instante.

– Vagabunda! Vai ser a única a ficar admirando a bunda do Robert! E você gostou daquele Eric Clapton escocês?

– Ele é *roadie*, sabia?

– Você não me respondeu... Gostou dele?

– Eu... não desgostei... Ele... ele parece muito o Olivier.

– O Gepeto?

– É, o Olivier, droga, meu marido!
– E é mais bonito?
– Não, nem é.
– Mais jovem?
– Não acho que o Olivier esteja acabado.
– É mais o quê, então?
Eu poderia responder "nada", esse cara não tem nada que Olivier não tenha, é um perfeito desconhecido, com um sorriso, três palavras trocadas e ponto final, foi só um passageiro simpático. Deveria responder isso. O olhar da esquimó atrás de mim me impediu. Sua simples presença parece me forçar a confessar a verdade.
– É mais... mais maluco.
Flo me olha fixo, quase tão intensamente quanto a esquimó congelada. Com um peteleco, ela faz os filtros dos sonhos acima das nossas cabeças dançarem e franze a testa.
– Você ama seu marido? – pergunta por fim.
– Amo! – respondo sem hesitar.
Ela retruca ainda mais rápido:
– Então corre!
– Para onde?
– Para esse encontro! Corre para esse bar. Para esse show.
– Está de brincadeira?
Um casal de turistas circula pela seção atrás de nós. Eu os reconheço, estavam no avião. Flo me puxa para um pouco mais perto do caixa.
– Corre, sério. Ele parece seu Olivier, mas é melhor? Então vá estudá-lo! Pense que é um jeito de aperfeiçoar seu marido. De ver o que ainda falta no seu casamento. De aspirar à perfeição. Além do mais, pense que, se for a esse encontro, não é você quem vai correr perigo.
– Por quê?
Florence olha para o teto coberto de peles de bisão.
– Olhe só para você, Nathalie. Você é linda. É toda sorrisos. É romântica. É mais deliciosa que uma batata frita com molho de carne em uma *poutine*. Não tenha medo, você estará no controle. É você que vai fazer seu Jimi Hendrix de boina perder a cabeça!
Sinto o olhar da caixa esquimó fuzilando minhas costas, frio como uma estalactite. Um punho gelado que atinge meu coração em chamas. Talvez

seja isso que eu esteja esperando, no fim das contas. Que ele congele, que não bata mais, que pelo menos bata mais devagar, que meu cérebro recupere o controle. Isso não vai ser fácil, insiste Flo.

– E, por favor, não me venha bancar a vítima de uma fatalidade. Você tem um marido que cuida da sua filha enquanto você vai para a gandaia pelos quatro cantos do mundo. Tem a solteira mais legal como melhor amiga. Tem quase um amante. E a cereja do bolo: vai ver um show que era o sonho de todas as garotas que tinham 20 anos dez anos atrás!

Tento uma última saída de emergência.

– Vá no meu lugar, se quer tanto assim!

– Não, idiota, é o seu destino, não o meu.

Pego a mão dela. Tento me convencer de que um simples encontro em um bar não é nenhum compromisso.

– Estou com um pouco de medo...

– Então venha.

Estamos saindo quando alguém nos chama. Uma voz bem atrás de nós.

– Senhorita.

Instintivamente, sei que é a mulher do caixa falando comigo. Eu me viro. A esquimó tem nas mãos um pequeno seixo cinza, do tamanho de um ovo de codorna.

– Para a senhorita. É uma pedra do tempo.

Florence fica um pouco atrás, em silêncio. Como adivinhei, a vendedora está falando comigo.

– Não tenha medo, tome.

Ela deixa a pedrinha cair na palma da minha mão. É uma pedra comum, bonita, polida. Sem nenhuma particularidade. Esboço o movimento de devolvê-la à esquimó. Ela impede meu gesto.

– Sabe o que é uma pedra do tempo, senhorita?

Ela me deixa pensar por alguns segundos antes de explicar:

– O tempo, senhorita, é um rio longo. Não para nunca. Corre sempre no mesmo sentido. No entanto, é impossível ver a que velocidade cada gota de água avança. Todas parecem iguais, não é? Como saber se uma está mais veloz ou se outra demora mais a correr? Ou se uma delas para, deixando o resto do rio seguir?

Eu a escuto com interesse. Acho sua história bem elaborada, mesmo que eu não tenha nenhuma vontade de comprar a pedra mágica que ela vai tentar me empurrar.

– Mas existe um jeito, senhorita, de ver as gotas que param. Alguns esquimós conseguem reconhecer essas bolhas de eternidade que deixam o rio correr. Elas deixam vestígios nas pedras, no fundo dos rios. Vestígios invisíveis para aqueles que não sabem ver, mas os feiticeiros esquimós podem passar dias inteiros observando a água vibrante até encontrar uma.

Ela fecha minha mão em torno da pedra.

– Esta é para a senhorita.

Ouço o discreto riso debochado de Florence atrás de nós.

– E para que servem essas pedras mágicas?

– Para voltar no tempo – responde a vendedora esquimó, séria. – No dia em que precisar. No dia em que realmente quiser isso.

Florence cai na gargalhada, não consegue mais se conter.

– Como em *De volta para o futuro*?

Nesse momento, me irrito com Flo por ter quebrado o encanto. Adorei a poesia dessa mulher, mesmo que seja destinada a extorquir alguns dólares canadenses dos turistas.

– Não – responde a vendedora, sorrindo. – Essas pedras não permitem voltar ao passado, muito menos mudá-lo. Elas permitem apenas reviver fragmentos, breves espaços de tempo, flashes. Como eu disse, o tempo, assim como os rios, nunca para. Ele flui sempre no mesmo sentido. Mas às vezes bastam algumas gotas, apenas algumas gotas que surgem do passado, para mudar a direção de uma vida.

Abro a mão.

– Obrigada, é uma história linda. Mas não posso aceitar. Esta pedra é preciosa demais para mim.

A esquimó me observa intensamente.

– Ela é para a senhorita.

Vou ter dificuldade de me livrar dela sem sacar algumas notas. Mesmo assim, continuo a sorrir.

– Isso não me interessa. De verdade. Sou jovem demais para pensar no passado.

– Leve, por favor. Leve.

Ela volta a fechar minha mão. Noto que Florence perdeu a paciência. Aumento o tom de voz.

– Sinto muito. Não importa qual seja o preço, não vou comprar.

– Estou dando a pedra à senhorita – diz a vendedora, baixinho.

Mantenho a mão fechada. Impressionada.

– Você acabou de me dizer que essas pedras são raras. Singulares. Preciosas e cobiçadas. Por que a daria para uma estranha?

A mulher fixa os olhos nos meus. Sei que é apenas um truque de vendedor, oferecer uma pedra a uma turista inocente para ganhar sua confiança, para que ela depois volte a fim de comprar outro bibelô.

– Porque a senhorita está apaixonada – responde a esquimó. – O amor não dura, é frágil como um colar. Mas a pedra do tempo permite guardar as pérolas mais bonitas desse colar. Para sempre.

8

2019

– É SÉRIO, PROVA!

Flo devora sua *poutine* com vontade. Eu tinha esquecido esse troço monstruoso que todo mundo come aqui em Quebec! Uma mistura grudenta de batata frita, queijo cheddar fresco e molho de carne. Nós duas estamos caminhando pela rua Saint-Paul, na Velha Montreal. A presença alegre de Florence me distrai um pouco de meus pensamentos obcecados por esse fluxo incompreensível de coincidências. Eu me forço a não entrar nesse jogo de semelhanças com Flo na mesma rua de vinte anos atrás.

Pego uma batata frita encharcada com a ponta dos dedos. Flo ri e pega um punhado. Ela engordou um pouco nos últimos vinte anos, o que lhe fez muito bem. Quadril mais largo, bunda maior, seios fartos... Minha amiguinha loura se tornou apetitosa como um doce com uma dose extra de chantilly. Tenho a impressão de que a maioria dos homens gulosos aprecia isso. Quando vejo tudo que ela come e bebe a cada escala, fico impressionada que não esteja obesa! Flo tem uma explicação: diz que em casa, entre um voo e outro, vive apenas de salada e água. Até inventou um nome para isso: bipolaridade alimentar! Ela é bipolar no resto também. Tornou-se uma esposa comportada e burguesa, que cuida bem de seu apartamento na avenida de Iéna… mas continua incontrolável a cada decolagem. Aparentemente, ela achou o homem ideal para isso: cheio da grana, descolado e apaixonado pela vida dupla de sua Mulher Maravilha, que é discreta na vida real mas revela seus poderes mágicos assim que ele lhe dá as costas. Então isso existe? Um marido que ama sua esposa sem prendê-la com uma corrente? Flo o encontrou! Aprenda com ele, meu caro Olivier!

– Uau! Eu quero! – grita Flo.

Ela para na frente do Foiegwa, um restaurante que vende hambúrgueres altos como arranha-céus. Dez metros depois, fica paralisada diante dos doces da Moulins Lafayette. Adoro passear pela Velha Montreal. Sempre achei incrível esse pequeno bairro junto ao rio, as ruas de paralelepípedos, as lojas baixas de tijolos e pedras, as janelas curvas, as venezianas vermelhas, as cortinas azul-royal, as flores-de-lis, como se os caçadores ainda descessem o Saint-Laurent em canoas e viessem abastecer ou vender suas peles ali. O resto da cidade foi construído no alto ou sob a terra, se converteu à modernidade, ao ferro, ao concreto e ao vidro. Mas, na Velha Montreal, o novo mundo não conseguiu destroçar totalmente o anterior. Ainda mais quando o verão se prolonga até setembro e turistas vêm de toda a América do Norte fazer uma viagem pela história sem precisar atravessar o Atlântico.

Flo observa seu reflexo na vitrine de uma imensa loja de artesanato tradicional esquimó.

– Nada mudou desde 1999 – diz. – Nem a gente!

Ela me puxa para que nossos reflexos se sobreponham.

– Quer dizer, você mudou, minha querida! Mas não em vinte anos… Em apenas três horas!

Como não reajo, ela me pega pela mão e me arrasta para dentro da loja.

– Agora que tive tempo de digerir sua história maluca, vamos poder conversar!

Três horas atrás, quando descemos do avião, durante a espera interminável para passar pela alfândega, não resisti e enumerei para Flo a lista surreal de coincidências que aconteceram comigo desde minha chegada ao Roissy. Ela me ouviu atentamente. Depois, ficou calada no caminho para o hotel, enquanto todos marcávamos de tomar um drinque à noite: Jean-Max, Charlotte, Georges-Paul, Emmanuelle, Flo e eu. Até lá, folga! Eu estava decidida a ficar trancada em meu quarto, mas Flo me trouxe quase à força para a Velha Montreal, para fazer compras. Era só o tempo de tomar uma ducha e deixar os uniformes no armário.

Flo me para na frente de uma exibição de animais esculpidos em madeira. Bisões, linces, alces e castores. Ela me olha bem nos olhos antes de começar:

– Tentei pensar na sua história dos fantasmas do passado que vieram assombrar você... E só consigo pensar em quatro explicações, minha querida.

Quatro explicações? Muito bem, Flo! Eu não achei nenhuma...

– A primeira, não vou enganar você, é que tudo o que está acontecendo é só obra do acaso.

Pego um pequeno esquilo vermelho. Sem esconder minha decepção.

– Se você chama isso de explicação...

– Espere. Um minuto, vou explicar. Você conhece a teoria? Coincidências não existem. São só uma invenção da nossa cabeça. Em um dia, vemos, ouvimos e captamos milhões de informações. Nosso cérebro só seleciona algumas e faz, ele mesmo, as conexões. Se procurarmos, vamos achar coincidências em todos os cantos! Olhe, vou dar um exemplo: você acabou de terminar com um namorado que é, sei lá, brasileiro. Logo, logo você começa a perceber que as pessoas falam sobre o Brasil com você o dia todo. É só que, antes de conhecer o cara, você não notava isso. Vemos os sinais que queremos ver, mesmo que de maneira inconsciente. Especialmente você!

– Especialmente eu?

Flo sorri.

– Você sabe o que dizem. As Nathalie têm uma clara tendência à nostalgia! Não aconteceu nada na sua vida recentemente que fez você voltar a pensar no seu músico?

Volto a ver a imagem da gaveta entreaberta no quarto, o seixo caído no chão. Depois, vejo a escala recebida uma semana antes, com os três destinos: *Montreal, Los Angeles, Jacarta.* Devolvo o esquilo de madeira ao lugar. Segura do que penso. A explicação dela não se sustenta.

– Desculpe decepcioná-la, dona Psicóloga, mas não é porque estou pensando no meu músico que ando vendo lembranças da nossa história em todos os cantos. É o contrário, meu amor: são essas coincidências que me fazem voltar a pensar nele! Não escolhi esses sinais, eles que apareceram na minha frente! A começar pela escala.

Andamos um pouco pela loja e paramos diante dos produtos alimentícios e de uma sessão inteira de xaropes de bordo e todo tipo de garrafa de uísque canadense.

– Está bem, sua teimosa – aceita Flo. – Se você diz... Então vamos para a minha segunda explicação. Você está sendo vítima de uma armação.

Ela revira os olhos muito abertos de conspiradora. Flo afirma que, quando está em seu apartamento no 16º *arrondissement*, passa o dia devorando romances policiais na varanda. Nas escalas e nos voos nunca a vi abrindo um livro! Mesmo assim, essa hipótese me faz pensar.

– Explique.

– Bom, você sabe, já li muitas histórias em que a heroína fica paranoica porque um cara a manipula sem que ela perceba. Ele rouba as chaves dela escondido, descobre o número do cartão de crédito, fica próximo dos amigos dela sob uma identidade falsa... Enfim, o cara a desestabiliza, ela acha que está ficando maluca e, no fim, ela fica mesmo.

– Que ótimo!

Flo parece hipnotizada por uma prateleira de garrafas de xarope de bordo de todos os tons acobreados das folhas de outono. Penso por um segundo, antes de retrucar:

– Mas se eu concordar com você, Miss Marple, significa que esse cara perverso que quer me deixar doida com essas coincidências armadas é capaz de alterar minha escala de trabalho, decidir quais membros da equipe vão comigo, ou pelo menos você e Jean-Max, e, ainda pior, colocar Robert Smith e toda a banda no mesmo voo que eu, depois de agendar um show no Métropolis de Montreal! Isso sem deixar de subornar um passageiro malaio para que ele sussurre para a namorada, bem no instante em que estou passando, as palavras de despedida do meu músico, que só eu e ele conhecemos. – Faço um breve silêncio. – E a cereja do bolo: esse geniozinho ainda é capaz de programar para tocar "Let It Be" na rádio Nostalgie, adivinhando que vou ouvir no carro!

Flo franze a testa.

– Você não tinha me falado dessa história da música.

– Foi em... em um encontro que tive com meu músico. Um encontro... doloroso.

Flo me empurra para um pouco mais longe. Estamos no meio dos filtros dos sonhos, uma porção deles suspensos acima de nossas cabeças. Penas e pérolas de todos os tamanhos e todas as cores. Um aroma de incenso me deixa zonza.

– Está bem, minha linda – continua Flo. – Foi você que pediu: terceira explicação. E você vai gostar ainda menos desta. Pronta?

– Diga.

– Você inventou tudo!

– O quê?

Será o incenso, as penas dos filtros dos sonhos no meu nariz ou a explicação de Flo que me faz espirrar?

– Você está delirando, meu amor! – conclui Flo. – Está sonhando, achando que ouviu essa música no rádio... o malaio sussurrar...

– E a escala? Você, eu e Jean-Max no mesmo avião? E o The Cure?

– O que isso prova? Já viajamos várias vezes juntas nesses últimos vinte anos, não foi? Foi sua história de amor que você inventou... ou com a qual fantasiou... e tudo que está ligado a isso. Nunca aconteceu nada entre vocês. Você imaginou tudo. Talvez nem o seu músico tenha existido.

– Porra, Flo, eu mostrei o cara para você em 1999, no voo Paris-Montreal, o cara de boina escocesa na fileira 18, poltrona D. Conversamos sobre ele durante horas, aqui na rua Saint-Paul, depois nesta loja. Você também viveu essa história. Lembra? Você me disse que...

Volto a espirrar. Flo me encara, muito séria de repente.

– Está bem, Nathy. Vinte anos atrás, você me mostrou um cara no avião. Depois, você me falou dele durante toda a escala em Montreal. Mas nunca vi vocês dois juntos!

– Se for assim, eu também nunca vi seu marido.

– E faz um tempão que não vejo seu marceneiro... Mas não fique irritada, querida. Só estou tentando achar uma explicação!

Mas estou irritada mesmo assim! Dou um passo para a frente e bato a cabeça em um filtro dos sonhos, que bate em outro, e em outro. Todos balançam no alto, em um revoar de penas.

– Então esqueça essa aí! – digo. – Qual é a quarta explicação?

– Está pronta para ouvir?

– Você consegue inventar coisa pior?

– Venha!

Flo me puxa para a sessão de bijuterias. Observo os colares de prata, os dentes de urso, os chifres de alce.

– A quarta explicação é mágica!

Dessa vez, não reajo. Flo insiste:

– Como explicar o irracional senão pelo irracional? O mundo é cheio de superstição e magia. – Flo passa a mão em uma cesta de vime cheia de pérolas cinzentas. – Lembre-se do poder da pedra do tempo.

– Você não esqueceu?

– Nunca esqueço nada, Nathy.

Olho instintivamente na direção do caixa. Turistas asiáticos experimentam chapéus de caçador e casacos de pele. Um casal de idosos conversa em inglês com uma jovem vendedora. A senhora no caixa observa toda a loja, sem se mexer. Braços cruzados. Cara fechada. Ela tem a pele vermelha e envelhecida dos autóctones do norte do Canadá. Usa uma parca tradicional decorada com pérolas de vidro e o cabelo grisalho dividido em dois e trançado em torno de ossos brancos bem finos. Os clientes podem pensar que é uma fantasia, um pouco de folclore para turistas que buscam algo autêntico.

Mas sei que não.

Eu a reconheço.

E, por mais incrível que possa parecer, tenho a impressão de que ela também a mim.

Minhas pernas fraquejam, acho que meu rosto fica vermelho. Sinto novamente uma tontura e me escoro, a mão no pequeno seixo que levo no bolso da calça. Aquele que caiu no chão do meu quarto, da minha gaveta de segredos.

Ao meu lado, Flo parou de falar de repente. Sentiu uma presença atrás de nós, uma presença que nos espiona.

Uma presença ameaçadora, que também sinto.

Através do tecido, o seixo queima minha coxa. Como se seu poder tivesse sido reativado de maneira brusca.

Tudo está no lugar. Mesmos atores, mesmo cenário de vinte anos atrás. Revejo tudo.

Como se essa soma impressionante de coincidências fosse apenas uma premissa, sinais que anunciam uma verdade inacreditável: uma porta se abriu para o passado.

9

1999

SAÍ QUASE CORRENDO DA loja de souvenirs esquimós, guardei o seixo no bolso da calça sob o olhar divertido de Florence e me enfiei na loja da frente, de souvenirs mais clássicos, com um monte de bandeiras de folha de bordo, camisas de times de hóquei e alces de pelúcia. Alguns minutos depois, saio com um globo de neve em que caem flocos estrelados sobre o Castelo Frontenac. Pelo menos é mais realista, de um ponto de vista meteorológico, do que as tempestades de neve sobre as pirâmides do Egito ou o Pão de Açúcar. O globo de Quebec vai se juntar à minha coleção mundial na biblioteca da nossa sala em Porte-Joie, que agora é de Laura. Assim que o pai lhe dá as costas, minha danadinha de meio metro de altura escala as prateleiras para fazer chover estrelas em cada monumento trazido dos quatro cantos do mundo por sua mãe.

Eu me preparo para mostrar meu tesouro para Florence, mas paraliso e quase escorrego na calçada da Saint-Paul quando vejo o comandante Jean-Max Durand do outro lado da rua. Está saindo da loja esquimó com um sorriso no rosto e de mão dada com uma bela moça de gravata de colegial, camisa desabotoada, saia xadrez curta e meia-calça de lã colorida, e é acompanhado por um cara bem menos sexy, um sujeito grandão e barrigudo que poderia ser pai da garota. É impossível saber se eles nos viram. Os três viram em direção à rua Bonsecours.

– Você acha que ele ouviu a gente? – pergunta Flo.

Balanço a cabeça.

– Acha que ele estava espionando a gente?

Paro para pensar. Será que vi aquele homem e aquela moça no avião? Não, tenho certeza de que não. A garota de saia xadrez com certeza é uma nova conquista do comandante. Mas quem é o cara com os dois, que parece guarda-costas de um chefão da máfia?

– Ou ele só teve medo de que a gente o visse com a menina? – sugere Flo.

– Por quê? Ele não está nem aí! Tem 40 anos, é solteiro e a menina deve ser maior de idade. Ele mantém a tradição dos marinheiros, em uma versão sétimo céu: uma mulher em cada aeroporto. Deixa ele aproveitar, não vai ficar bonito assim para sempre.

Sempre tive um fraco pelo comandante Durand. Não que me sinta atraída por ele, mantenho uma distância cuidadosa desde o que aconteceu em Tóquio, mas admiro que assuma sua liberdade.

– Não o defenda tanto – retruca Flo. – Tome cuidado com esse homem. Sempre achei esse rosto bonito pouco confiável! Como todos os homens, aliás. Inclusive seu marceneiro perfeito demais. Vá logo, minha andorinha. Vá logo encontrar seu tocador de banjo!

• • •

Chego sem fôlego à rua de Bleury. Subo quase correndo a rua Sainte-Catherine, olhando em volta à procura do Fouf. Vejo primeiro a grande fachada do Métropolis, alguns metros à frente. Achei que estivesse atrasada, mas estou alguns minutos adiantada. Quando chego à entrada do local, fico sem palavras diante da decoração incrível. Não é um bar, é um castelo mal-assombrado!

Fouf é abreviação de Foufounes Electriques. Sou recebida na porta por uma aranha gigante e dois gigantescos crânios de marfim. No interior, a decoração mantém o visual da entrada: paredes de tijolos expostos, grafites pretos e brancos, cabeças decapitadas, um clima meio vermelho sangue, meio verde cadáver, que deve se tornar fluorescente brilhante zumbi com o cair da noite. Percebo que é uma instituição para os notívagos quebequenses.

Aliás, o bar ainda está quase vazio e não vejo sinal algum do meu músico. Um garçom cuja simplicidade contrasta com a decoração soturna me presenteia com um grande sorriso e dá a entender que posso me sentar em qualquer uma das mesas, que também são surpreendentemente banais: cadeiras de plástico de diferentes estilos dispostas em torno de pedestais de inox. Me sento perto da porta, para que meu músico não deixe de me ver. Quase imediatamente, sorrio.

A mesa está bamba.

Uma coisa idiota que eu detesto. Em todo restaurante ou café, acabo em uma mesa que não é estável. É minha pequena maldição!

Hesito em trocar de lugar. Entre as cerca de trinta mesas, com certeza haverá uma que se sustenta sobre quatro pés firmes. Isso vai me ocupar, vai me impedir de pensar. No que estou fazendo. Em Olivier. Em Laura. E, se não achar nenhuma, vou fugir... Aliás, por que não começar por aí, pela fuga? O que estou fazendo aqui, esperando um desconhecido diante dessas máscaras gigantes de monstros feiosos nas paredes, nessa decoração assustadora feita para punks adolescentes? Não há como negar: estou fazendo a pior besteira da minha vida! De repente, fugir parece urgente. Eu me levanto.

– Você já chegou!

Meu músico está na minha frente, também sem fôlego, a boina ao contrário, a ponta do cachecol voando, uma cara de cãozinho pidão e um sorriso que consegue ser maior que as caretas dessas cabeças de zumbis, mesmo elas tendo dez vezes o tamanho dele.

10

2019

Uma dor lancinante no alto do braço me tira do devaneio. Flo acaba de me beliscar! Que sacanagem! E eu que estava bem, perdida nas lembranças do encontro mais inesperado da minha vida. O primeiro ato de uma longa noite que…

– Não se vire! – diz Flo, bem baixinho.

Não entendo o que ela quer, desconectada, presa entre o presente e o passado. Por instinto, toco no seixo no bolso da minha calça. Minha pedra do tempo! Como se seu poder mágico tivesse sido ativado e eu tivesse sido transportada para aquela mesma loja de vinte anos atrás. Me forço a voltar à realidade.

Estou em 2019!

A loja de artesanato agora é um supermercado de souvenirs repleto de câmeras de vigilância, a misteriosa esquimó no caixa se tornou uma velhinha miúda de cabelo grisalho, minha colega loura virou uma cinquentona gordinha e bulímica… e eu não tenho nenhum encontro que faça meu coração bater a mil por hora, apenas um drinque a tomar com pessoas do trabalho daqui a alguns minutos.

– Continue andando e cuidado para ele não nos ver – complementa Flo, sussurrando.

Ela me empurra para que eu siga em direção à saída.

– Quem?

Até que eu o vejo! Quase derrubo uma prateleira de cestas trançadas. Sem que eu possa controlar, minha mão toca de novo a saliência em meu bolso. O comandante Durand está a três corredores de distância, dentro da loja! Está nos seguindo? Nos espiando? Mas não parece ter nos visto. Ele anda pela sessão de bebidas e conversa com dois homens claramente irritados. Jaquetas de couro, jeans desbotados, barbas espessas. Jeito de traficantes saídos diretamente do bairro de Hochelaga-Maisonneuve, contrastando com Durand em sua roupa elegante, de calça social e camisa polo Ralph Lauren. Para completar a cena, vejo um dos caras rejeitar um maço de dólares canadenses que Durand estende para ele.

– Vamos embora – diz Flo.

Saímos à rua Saint-Paul e paramos no meio dos passantes.

– Você acha que ele estava nos seguindo? – pergunto a Flo.

Ela não consegue relaxar. Tenta sorrir, mas vejo que está incomodada. Tenho a estranha impressão de que está me escondendo alguma coisa. Que algo está saindo do previsto em um plano bem elaborado e ela se vê obrigada a improvisar.

– Estranho, não é? – comento, e expresso minhas reflexões estúpidas: – Durand com a gente na mesma loja, exatamente como há vinte anos!

Flo aproveita a oportunidade. Forçando um pouco a barra. Continuo achando que falta espontaneidade em sua resposta.

– Viu, meu amor? É exatamente isso que eu estava tentando te explicar. Acabamos encontrando com ele na mesma loja, com certeza por acaso, vinte anos depois, e você está tentando ver uma coincidência bizarra nisso! – Ela pensa, parece se controlar. – Talvez o comandante grude em nós porque ache a gente gata!

Encaro Flo.

– No milênio passado, podia até ser. Mas, hoje, sinto muito decepcioná-la, querida, acho que não precisamos mais ter medo disso. Jean-Max está sempre atrás da carne mais fresca.

Automaticamente, penso na minha pequena Charlotte. Ela tem a mesma idade que a menina de saia xadrez e meia-calça de lã que vi com Durand em 1999. Mas, hoje, o comandante está mais perto dos 60 do que dos 40. Suas conquistas não têm mais idade para serem suas filhas... e, sim, suas netas. Flo olha de novo para a loja e, de repente, parece ter ainda mais pressa de sair dali.

– Anda, vem. Vamos beber à nossa decadência com Georges-Paul, Emmanuelle e os outros.

– Onde vamos nos encontrar?

Antes que ela responda, já adivinhei.

No Fouf!

É claro!

E não tente me convencer, Flo, de que é só mais uma coincidência!

• • •

O Fouf não mudou. Reconheço minha amiga aranha, os crânios gigantes ainda muito brancos e as máscaras de zumbi ainda fazendo cara feia. Toda a equipe nos espera em torno de uma das mesas do Foufounes Electriques: Irmã Emmanuelle diante de um chá, Georges-Paul com uma cerveja pela metade e Charlotte tomando suco de toranja de canudinho. Ao lado dela, uma cadeira vazia.

Flo e eu pegamos duas cadeiras da mesa vizinha. Minha estagiária protege o lugar disponível à sua direita, no qual pôs sua pequena bolsa da Desigual, e nos lança um sorriso charmoso.

– Jean-Max ficou no hotel tirando uma soneca. Ele vem daqui a pouco.

Coitadinha, se apaixonou pelo homem invisível!

Flo e eu pedimos uma Boréale pilsen para acompanhar Georges-Paul. Visivelmente, estamos duas cervejas atrasadas. Ele tem a reputação de ser tão sério nos voos quanto incontrolável nas escalas. Acho que o lendário GPS será a qualquer momento incapaz de indicar a direção dos banheiros (bem característicos do local) do Foufounes Electriques.

– Uma soneca no hotel? – pergunta Georges-Paul, fingindo surpresa. – O comandante não perde tempo.

Percebo que sou a única à mesa que sabe do segredo de Charlotte e que minha pequena protegida sem dúvida ignora a fama do homem pelo qual se apaixonou. Cruzo os dedos para que meus colegas sejam discretos. Apoio os cotovelos na mesa. Meu coração balança junto com meus antebraços.

A mesa está bamba!

– Como assim, GP? – pergunta Charlotte, sugando o canudo, com ar inocente. – Por que o comandante não perde tempo?

Irmã Emmanuelle baixa os olhos enquanto Flo os ergue para o céu. Georges-Paul lambe com gosto a espuma da cerveja que ficou na barba.

– Ah, o comandante é tão preocupado que chega a não sair da cama do hotel a escala inteira. É um ótimo profissional, maravilhoso mesmo, o comandante Durão.

Ai...

A piada preferida de todos os funcionários! Georges-Paul não vai se privar de testá-la na novata... Ela franze a adorável testa, mordisca de novo o canudo do suco e sai em defesa do comandante:

– Por que o está chamando de Durão?

GPS ri! Irmã Emmanuelle suspira, já conhece a continuação disso. Flo parece ainda mais aborrecida.

– Ah, Durand, Durão, chame como preferir...

Os belos olhos de Charlotte ficam perturbados. Ela ainda não entendeu. A mesa quase vira sob meus cotovelos. Minha cerveja balança. Georges--Paul esvazia a dele em um gole, antes de triunfar:

– Jean-Mais Durão! – Ele cai na gargalhada, antes de continuar: – O comissário que inventou essa piada é um gênio. Será que os pais de Durand adivinharam que o filho ia ser o maior galinha do universo quando incluíram Max no nome dele?

Ele ri mais alto. Irmã Emmanuelle esboça um sorriso involuntário. Flo, que já gostou mais das piadas internas, não parece apreciar muito a brincadeira. É verdade que, assim como eu, ela já a ouviu milhares de vezes. Seguida do interminável concurso de sobrenomes mais sugestivos que Jean-Max poderia ter: Durão, Dubom, Dudelícia... Para Charlotte, é a primeira vez. Ela passa a mão na cadeira à sua direita, acariciando o vazio, a ausência, a indecência. Seu joelho bate na mesa instável, minha cerveja ainda cheia vira no inox, escorre até o piso.

– Desculpa – diz a coitadinha.

Irmã Emmanuelle corre para enxugar tudo com guardanapos. Sempre cuidando dos detalhes, nossa chefe de cabine! Ela sopra o chá, depois tosse para chamar a atenção. Isso porque quase nunca participa das conversas.

– Durand, Durango ou Durão, ele não deve voar por muito mais tempo, e não só porque está próximo da aposentadoria.

Emmanuelle foi quem jogou a notícia no ar. Tão pesada quanto o clima que se instaura! Os zumbis das paredes parecem fazer caretas menos feias do que a equipe à mesa. Todos se calam, esperando a sequência que não vem.

– Ah, fala logo! – irrita-se Flo. – Desembucha.

Emmanuelle toma um gole de chá.

– Foi feita uma queixa contra ele. Mais um ou dois voos e pronto, acabou!

Fico boquiaberta, assim como Flo e Georges-Paul. Irmã Emmanuelle é a última pessoa a fazer fofoca dos colegas. É chata, lenta, terrível, porém a mais certinha de todos.

– O que ele fez? – pergunta Georges-Paul, preocupado.

Irmã Emmanuelle assume um ar conspiratório. Os dedos de Charlotte se contraem sobre a cadeira, deixando rastros das unhas no plástico. Paro para pensar. Jean-Max Durand é um piloto irrepreensível, com 35 anos de experiência, quase intocável. Ele tem que ter feito uma besteira monumental para ser demitido.

– Ele traficou droga? – sugere Georges-Paul. – Crack? Ou talvez queijos franceses especiais para cada uma de suas noivas?

Ninguém ri.

– Roubou dinheiro? – tenta ele de novo.

Irmã Emmanuelle se mantém de boca fechada. Flo se apoia na beira da mesa, provocando novas ondas de cerveja, que as muralhas de guardanapo não conseguem conter.

– Se ninguém sabe – diz Flo, impressionada e nervosa –, como você ficou sabendo que tem uma queixa contra ele?

Emmanuelle olha Florence nos olhos e responde com a voz da chefe de cabine que exige um serviço perfeito da equipe:

– Porque fui eu que fiz a denúncia!

Todos ficam paralisados. Somente a mesa continua tremendo. Uma coincidência, Florence, eu sei, uma coincidência. Deixo aos outros a tarefa de fazer as perguntas que incomodam Irmã Emmanuelle – *O que você viu? O que Durand inventou agora?* – para me concentrar apenas nessa obsessão. A mesa que balança, que derrama gota a gota a cerveja suja nos meus pés. Das cerca de trinta mesas do salão do Foufounes Electriques, quantas estão bambas? Todas? Apenas uma? Eles investem uma fortuna na decoração rock-punk e não conseguem consertá-las desde 1999?

Tenho vontade de apertar com ainda mais força a pedra do tempo em meu bolso. Estranhamente, ninguém abriu a boca para questionar Emmanuelle. O clima de repente ficou pesado. É como se os zumbis, os lobisomens e os outros répteis mutantes tivessem nos derrotado. Olho em volta, para eles. E pensar que esses monstros foram testemunhas do melhor encontro da minha vida! Aqui! Há quase vinte anos.

Mais uma vez perdida em minhas lembranças, percebo, em uma semirrealidade, que todos os meus colegas estão com os olhos voltados para a entrada. Incomodados. Apenas Charlotte enfim abre um grande sorriso.

Jean-Max Durand acaba de chegar.

11

1999

Meu músico observa as máscaras dos mortos-vivos nas paredes, as cabeças decapitadas, as teias de aranha que pendem sobre nossa cabeça. Parece desanimado.

– Aqui é... é o bar mais próximo do Métropolis – diz ele, como se pedisse desculpas. – É a primeira vez que venho.

Adoro seu jeito de menininho decepcionado que reservou para a namorada um quarto em um castelo mal-assombrado.

– É bem... original – respondo, já me criticando por não pensar em uma resposta mais original.

Ele já encontrou.

– Na verdade – sussurra –, sempre marco encontros nos piores lugares possíveis.

Apenas assinto, sem entender aonde ele quer chegar.

– Dou um jeito de chegar um pouco atrasado... Se elas me esperarem, é porque estão mesmo interessadas!

Ele se endireita, ombros e queixo, observando minha reação. Não acredito nem por um segundo em sua imitação de pavão arrogante. Tenho a impressão de que está tão perdido quanto eu.

Eu me inclino e também sussurro:

– Quem é mais perigoso? Você ou aquela aranha gigante?

Ele não responde, mas o incômodo em seus olhos claros confirma que o lugar e a situação não o deixam mais à vontade do que eu. Ele agita a boina para chamar o garçom, que se aproxima. Peço uma cerveja Boréale pilsen e ele, uma red ale. Só então ele nota que a mesa está bamba. Suas mãos começam a tremer, demais para que a encenação de menininho pareça natural. Ele aproxima o rosto do meu e murmura:

– Fique atenta, este lugar é maldito! Posso proteger você se essas cobras venenosas do teto chegarem até nós, se esses zumbis pendurados acordarem, se homens com serras elétricas aparecerem... mas, diante de uma mesa bamba, sinto muito, fico paralisado!

Ele está brincando comigo ou temos realmente a mesma fobia?

– Eu também fico! – digo, me levantando.

Trocamos de mesa, rindo. A do lado não balança. O garçom está trazendo as duas cervejas.

– Estamos salvos! – bufa meu cavaleiro de boina. – Imagino que é nesse momento de breve revelação que devo perguntar seu nome. Não posso te chamar eternamente de Andorinha. Ainda mais sem a sua plumagem azul e vermelha.

Estou usando uma calça jeans de cintura baixa e uma camisa lilás informal.

– Eu vim escondida. Sabe como é, as andorinhas não percorrem centenas de quilômetros por dia por prazer... mas para alimentar a família!

– Nem sempre... Elas também migram. Para longe do ninho. Podem voar mais de 10 mil quilômetros a toda a velocidade, quando escolhem a liberdade!

Sem perceber, afasto a mecha que cai em meus olhos. É o gesto mais sensual do planeta, segundo Flo. Para contrabalancear o efeito, estendo a mão com empolgação.

– Nathalie. Mas prefiro Nathy. E você?

Ele toma minha mão.

– Ylian. Pode tentar me chamar de Yl... Seria a primeira a fazer isso.

Ylian

Yl

Y-lha

Ficamos em silêncio por um tempo, bebendo nossa cerveja rápido demais. Sei que deveria terminar esse copo, agradecer e ir embora. Como no pôquer, passar a vez, baixar as cartas e deixar a mesa. Ylian consulta o relógio, depois me interroga com o olhar.

– Vamos? Robert Smith nos espera... se quisermos pegar os melhores lugares!

Eu me pego perguntando:

– Tem certeza de que vou poder entrar?

– Absoluta! Se um dos integrantes do The Cure se machucar, sou o primeiro substituto. Então eles não podem me recusar nada!

– Achei que você só carregasse as guitarras.

– Hum... Foi para não impressionar você... Não parece, mas sou um músico muito talentoso.

Acho meu músico irresistível quando ele se exibe demais para ser levado a sério. Decido entrar no jogo dele.

– É, é o que parece...

– O quê?

– Parece que você é um bom guitarrista. Não sei se um prodígio, não sei nada de música, mas imagino que se vire muito bem.

Pisco como uma *groupie* e ele sorri, contendo um falso suspiro.

– Não é legal rir da minha cara assim.

– Não estou rindo. Adorei ouvir você tocar no portão M do Roissy.

Ylian ajeita a boina, empurra a cadeira para trás e se levanta. Rápido demais.

– Bom, a gente tem que ir...

Eu o sigo. Passamos sob a aranha. Ele lança um último olhar para os cartazes descolados dos artistas que passaram pelo palco do Foufounes Electriques: Sudden Impact, Skate Jam, Crew Battle, Smif-n-Wessun. Então repara no afresco preto e branco atrás da escada, com dezenas de rostos de olhos arregalados, parte humanos, parte monstros.

– Sinceramente – confessa Ylian –, sinto muito por ter chamado você para vir aqui. Não sou punk nem metaleiro, nem gosto de música eletrônica ou techno... Na verdade, componho algumas canções antigas e fora de moda...

Olho para ele. Acho muito charmoso seu jeito de não saber se expressar senão por ironia ou pedindo desculpas. Atravessamos a rua Sainte-Catherine. O Métropolis fica a alguns metros dali. Paro bem no meio da rua deserta, diante da série de lojas e restaurantes de decoração alternativa, lugares agitados da Montreal moderna e descolada. Estou com cada vez menos vontade de controlar as ondas de euforia que me embriagam. Eu me inclino na direção de meu tímido músico e murmuro:

– Eu adoro canções antigas e fora de moda.

• • •

– Está com a sua credencial?

O segurança fala com um forte sotaque quebequense.

– Estou, estou.

Ylian vasculha os bolsos por vários segundos até encontrar um cartão plastificado e amassado. O homem à nossa frente nos analisa com desconfiança. Quarenta anos, barba cheia e testa rala, sua postura parece feita para não deixar ninguém entrar, mesmo que as duas portas dos bastidores estejam abertas. Ele enxuga devagar a testa com uma ponta da camisa, como se quisesse nos fazer admirar as curvas imponentes de sua barriga. Se ele não nos pedir para pegar em seus pneuzinhos, tudo bem. *Pode verificar, cara. São de verdade!*

– Está bem, pode passar. E quem é essa?

– Uma amiga – afirma Ylian com segurança. – Fã do The Cure. Vai ficar nos bastidores. Não vai fazer barulho!

– Você vai botar sua namoradinha para fora depois do show – retruca o segurança. – Se a gente for deixar todas as bonecas entrarem…

Reviro os olhos, depois os pouso em Ylian. Seu ar triste me dá vontade de abraçá-lo. Dou um passo à frente, a mecha como um limpador de para-brisa, varrendo meus olhos de farol.

– Não é o que o senhor está pensando. Estou só acompanhando Ylian. Não ligo muito para o The Cure, na verdade. Não me importo se não entrar. Mas, antes de ir embora, vou dizer uma coisa importante: esse guitarrista ao meu lado é um gênio. Não entendo como ele pode ser só substituto… Se puder, dê um recado ao Robert: diga a ele para conseguir um lugar oficial no palco!

Ylian, vermelho de vergonha, olha as caixas atrás do segurança para encontrar uma onde possa se esconder.

– Acho que seu namorado enganou você direitinho – conclui o segurança. – Ele só carrega as guitarras. No máximo, se fizer tudo certo, pode afinar os instrumentos...

Lanço um olhar suplicante para o segurança até arrancar dele um sorriso. Ele acaba cedendo.

– Inferno! Vocês estão me irritando! Sou sentimental demais, não aguento ver dois pombinhos tristes. – Ele estende a mão úmida. – Lavallée. Ulisses Lavallée. Produtor do show. E não riam do meu apelido. Não é meu nome de batismo, mas o verdadeiro é pior ainda. Então vocês querem entrar?

Meu olhar cruza o de Ylian enquanto Ulisses suspira como se esvaziasse seu corpo – apesar de sua barriga não perder nenhuma dobra. Ele ajeita a boina de Ylian.

– Anda, ô da boina. Pegue a mão da sua namorada e vão se esconder em algum canto. Lembrem-se de que, se estou ajudando você, é porque faz anos que não vejo um casal tão gamado um no outro. Então não me enrolem: transem o máximo que puderem, casem-se e façam um bando de filhos.

Dou saltinhos de animação e dou um beijo na bochecha de Ulisses.

– Você vai ser o padrinho do primeiro – prometo.

Entramos.

O show só começa daqui a uma hora. Outros *roadies* trabalham. Por fim, Ulisses vem tomar uma cerveja conosco. Ele também é agente e está começando a ganhar certa fama. Abriu um escritório em Los Angeles, talvez logo abra outro em Bruxelas. Ylian se arrisca e confessa que está procurando um emprego como músico, diz que toca um pouco mas aceita qualquer trabalho, em qualquer canto do planeta, contanto que possa ter um instrumento nas mãos.

• • •

Então as luzes se apagam. No palco, a alguns metros de mim, uma sombra branca se aproxima, uma silhueta de fantasma parecida com a de Edward, mãos de tesoura. Então três outras sombras se juntam à primeira, em fila: um guitarrista, um baixista e um tecladista.

De repente, todos se agitam.

O salão, como um único corpo multiplicado ao infinito, se levanta.

"In Between Days"

Uma música depois da outra. O vocalista, o baixista, o baterista, o pianista e o segundo guitarrista quase não se mexem, uma dança imóvel, mas todo o local se agita.

Nunca vivi com tanta intensidade.

Será o show?

Será porque estou vivendo do avesso, como se toda a lógica tivesse mudado?

Será que é por estar tão perto dos músicos, quase podendo tocar suas camisas brancas encharcadas de suor?

Será que são os olhos de Ylian, que acompanham, hipnotizados, a dança dos dedos do baixista pelo estranho instrumento de seis cordas?

Será que é por estar tão perto dele?

"Close to Me"

Como lutar contra a magia? Como ignorar essa vontade de me soltar, de dançar, de cantar entre as caixas de som, no meio dos técnicos indiferentes?

Às vezes vou a shows com Olivier e também canto, também danço.

Mas nunca com tanta intensidade.

Nunca com tanta vontade de ser observada, de ser compreendida, de ser conquistada.

De ser surpreendida. De ser tomada.

"Just Like Heaven"

Ylian sente cada nota, cada acorde, cada verso, cada som, sabe tudo de cor, acompanha todos com a ponta dos dedos. Está distante, em outro lugar, perdido nas alamedas de seu jardim secreto.

Os portões estão abertos, suas flores me foram oferecidas...

Sei que é uma armadilha, uma emoção que vai se evaporar assim que o salão se iluminar, mas não consigo me afastar dessa ilusão estúpida. Estúpida, mas sublime.

Yl me deixaria entrar.

Para ouvi-lo, para incentivá-lo, para abalá-lo, para tranquilizá-lo. Yl me daria, se eu pedisse, o privilégio que Olivier nunca me deu. Olivier só precisa de certa apreciação, talvez de um pouco de admiração. Para avaliar seu trabalho na marcenaria, depois de terminado. Para organizá-lo. Precisa de uma secretária, uma contadora, uma esposa. Não de uma musa.

"The Hanging Garden"

O calor faz o salão derreter. As paredes estão cobertas de suor. Os holofotes ardem, consumindo os músicos, deixando apenas sombras de cinzas, que, apesar de tudo, se agitam como seres de fumaça. Ylian canta a plenos pulmões e eu canto com ele.

Sim, eu repito: nunca vivi tão intensamente.

Me sinto culpada por isso. Nesse exato instante, percebo que tudo que mais queria no mundo era viver essa intensidade com Olivier, mas vejo que é impossível. Que nunca mais será possível. Por isso sei que, sem que Yl tenha sequer me tocado, compartilhar tanta cumplicidade com ele já é trair Olivier.

Então algumas lágrimas correram pelo rosto de Ylian.

"Boys Don't Cry"

Meninos não choram.
A não ser aqueles que merecem ser amados.
Então as luzes se apagaram.
Os cantores se sentaram. Os isqueiros foram acesos.
Robert deixou a guitarra de lado e cantou.

Sometimes I'm dreaming
Where all the other people dance
Come to me
Scared princess

Às vezes fico sonhando
Onde todos os outros dançam

Venha para mim
Princesa assustada

Será que estou sonhando?
Todos os outros, diante de nós, da primeira à última fila, dançam.
Pela primeira vez, pego a mão dele.
Pequena princesa assustada
E, não, meu cavaleiro também não está muito à vontade!

• • •

A música parou. As luzes agora são de um branco ofuscante e o público entende que precisa voltar à realidade. O local se esvazia como uma ampulheta quebrada. Ylian não espera que os últimos saiam para começar a enrolar os fios dos amplificadores e guardar as guitarras nos estojos. Eu o ajudo. Isso nos toma alguns minutos. Yl só é responsável pelos instrumentos de corda, um trabalho fácil para um *roadie*! É o que digo a ele. Imagine o cara que cuida da bateria.

Yl ri.

Ulisses vem se despedir de nós e orienta que Ylian não vá dormir muito tarde, pois o grosso da arrumação começa no dia seguinte. A banda e a equipe vão para Vancouver. Mesmo que Ylian não os acompanhe, o contrato prevê que ele participe do carregamento do material.

– Não me mande esse cara destruído amanhã de manhã, senhorita. Vamos começar de madrugada!

Sorrio. Meu avião para Paris decola às seis!

Ylian e os outros *roadies* assoviam.

"Let's Go to Bed?"

Ainda não é nem meia-noite. De repente, pego meu carregador de guitarras pela mão e o arrasto para a saída. Me sinto extremamente confiante. Não me reconheço.

– Não quero dormir!

Yl ajeita a boina sobre o cabelo cacheado para coçar a cabeça. Adoro seu charmoso ar de bobo.

– Você não é nada sensata, Srta. Andorinha.

– Normalmente sou, mas…

Eu me protejo de um sorriso cativante. A mecha balança diante dos meus olhos de areia cinza. Ele banca o falso menino mau.

– Agora está fingindo que é culpa minha?

Olho em volta.

– Não sei de quem mais poderia ser… O que vamos fazer?

– Nada! – Yl baixa a boina sobre os olhos. Seu ar de censura professoral já não me agrada tanto. – Lembre que você vai voar amanhã bem cedo.

Finjo bater asas.

– Não tenho escolha, sou uma andorinha… Ou uma fada, você escolhe!

Continuo a agitar os braços, leve como uma pluma. Pelo modo como Ylian está me olhando, quase tenho a impressão de que meus pés vão sair do chão. Ele pega meu punho com carinho, antes que eu voe até o teto do Métropolis.

– Você é terrível! Está bem, venha. Vamos ao cinema!

Ao cinema?

Yl me irrita ao virar o jogo com uma frase.

– Já viu que horas são? – retruco.

– E daí? Você é uma fada e eu, um mágico… Só tenho uma condição, senhorita: temos que nos comportar! Nada de beijos na última fileira do cinema, combinado?

Ele pisca. É minha vez de tentar pegá-lo.

– Você tem princípios?

– Não, tenho é medo! Aposto que você tem um marido muito ciumento e filhos muito comportados que nunca me perdoariam por corromper a mãe deles.

– Só uma filha e um marido muito carinhoso. – Consigo enfim atrair seus olhos azuis e, com um movimento do indicador, fisgá-los com minha mecha. – Está mais tranquilo? Mas concordo com você: é só um filme, nada mais, combinado!

Sei que meus olhos estão falando outra língua, uma que não aprendi. Eles improvisam. Yl gagueja, sem conseguir discernir o quanto estou brincando e o quanto estou falando sério.

É só uma brincadeira, tento me convencer antes de romper as últimas amarras da culpa.

É só uma brincadeira. Está tudo sob controle, nada vai acontecer. Então, o que vamos ver?

Não consigo acreditar que um cinema esteja aberto a essa hora. Qual será seu próximo truque de mágica? Yl tira um folheto do bolso e o desdobra na minha frente.

Cinema sob as estrelas.

– Todo verão – explica ele, libertando seus olhos e os pousando no papel –, Montreal organiza por toda a cidade sessões de cinema ao ar livre. Posso ler? Na Promenade Bellerive, às dez e à meia-noite, *Beleza americana*. No bairro do canal, também às dez e à meia-noite, *Tudo sobre minha mãe*. No Marché des Possibles, às onze e à uma da manhã, *Matrix*. Na praça De la Paix, a menos de 200 metros daqui, à meia-noite e às duas da manhã, *A vida é bela*, de Benigni. Já viu *A vida é bela*?

– É triste, não é?

Ele pega minha mão e começa a correr. É quase meia-noite.

– Então vamos ver só os primeiros 45 minutos, os mais bonitos de toda a história do cinema!

12

2019

– Olá.

A chegada alegre ao Foufounes Electriques do comandante Durand me faz voltar à realidade de repente, dissipando minhas lembranças de um sonho que se evaporou.

Charlotte tirou a bolsa da cadeira vaga ao seu lado e a puxou, convidando Jean-Max a se instalar ali. O piloto se senta sem nem olhar para ela direito. Um meio olhar que me entristece. Como interpretá-lo? Simples discrição, para que ninguém suspeite da relação deles? Indiferença, para deixar a menina de quatro por ele? Ou o comandante Jean-Max Durand tem outras coisas em mente? Espero que ele não faça mal a ela! Uma raiva animal me leva a defender minha pequena protegida.

Depois de erguer a mão para pedir um Canadian Club Single Malt, Durand observa sem entender o silêncio constrangedor na mesa.

– Céline Dion morreu ou o quê?

Só Georges-Paul se força a rir. Durand apoia os cotovelos na mesa e dá uma olhada na decoração punk em volta, nos monstros de papel machê na parede em tom vermelho sangue.

– Devo dizer que nem em Brasov, no meio da Transilvânia, a gente encontra um bar tão sombrio. Quem teve a ideia de vir beber aqui? E escolher justo a mesa bamba?

Ninguém responde. O sorriso acolhedor de Charlotte se transformou em uma máscara de cera. Ela passa a mão no cabelo, nervosa. Será que vai se arriscar a falar com seu amado hoje? Perguntar se ele a ama de verdade? Se ela não é só mais uma boneca em sua coleção ou se ao menos importa um pouco para ele?

Flo mexe no celular. Georges-Paul tenta fazer uma piada, alega preferir uma mesa bamba a ter que dançar La Bamba. Durand responde, sem muita animação:

– Sou mais chegado num bamboleio.

Solto uma breve risada para recompensar seu esforço. Escalas são longas. Os meninos fazem o que podem para distrair a equipe. Irmã Emmanuelle não se dá ao trabalho, não mais. Ela deixa a xícara de chá e se levanta.

– Vou até a cidade ver as lojas. Quem vai comigo?

Charlotte observa de lado sua paixão secreta, as têmporas grisalhas, os cachos salpicados de fios brancos, o contorno da boca, bronzeado e de barba feita à perfeição. Ela também se levanta, alisa com naturalidade as dobras da saia, puxa a blusa rosa justa, tanto para cobrir o umbigo quanto para salientar os seios, e dá as costas ao comandante, na verdade virando a bunda bem na altura da cara dele.

– Você conhece um bom cabeleireiro? – pergunta ela a Emmanuelle.

– Pois saiba que os melhores barbeiros do mundo estão em Quebec – diz Georges-Paul, com um sotaque canadense muito pior que o de Jean-Max, que continua calado.

– Eu sei do que você precisa – responde Irmã Emmanuelle, ignorando GPS. – Conheço um lugar da moda, gerenciado por gays. Na rua Bonsecours. É bem fácil de achar.

Fico impressionada que Emmanuelle, com suas roupas da Camif, seu chá com um toque de leite e sua rotina de ir para a cama exatamente às 22h15, depois de ligar para a família (seja qual for a diferença de horário), conheça os lugares da moda em Montreal.

– Não precisa marcar horário – explica Emmanuelle. – Eles têm pelo menos vinte funcionários. O lugar se chama A Pequena Andorinha.

Meu coração para. Logo depois dispara e dá um nó na minha mente.

A pequena andorinha.

Lanço um olhar para Flo, ainda concentrada no celular. Ela nem pestanejou.

Uma coincidência. É o que você vai dizer, Flo? Uma simples coincidência! Há andorinhas em todos os cantos, no céu, no cardápio, em cartazes, nas ruas, como qualquer outro animal. Só em torno de nós, virando a cabeça, vejo aranhas, morcegos, cobras, dragões, lobos, ratos... Não os noto simplesmente porque Ylian teve o bom senso de não me apelidar de nada disso.

Enquanto Emmanuelle e Charlotte pegam suas bolsas, Georges-Paul tenta um novo momento de descontração:

– Vocês sabiam que, no meu DNA, os cientistas viram que eu tinha 99% dos genes em comum com as andorinhas? Com as cegonhas também. E os pombos-correio... Os médicos chamam isso de gene do migrador. Entre os marinheiros, 31% têm, assim como 23% dos taxistas londrinos... E só 0,3% das mulheres!

Ele cai na gargalhada sozinho. Irmã Emmanuelle dá de ombros e faz sinal chamando Charlotte. Jean-Max observa as duas irem embora sem impedi-las, Flo está concentrada no celular e eu, perdida em meus pensamentos. Ficamos os quatro em silêncio. Georges-Paul parece não saber se tenta fazer mais uma piada, mas é Jean-Max quem dispara primeiro.

– Alguém quer ir ao cinema? Finalmente fizemos uma escala em um país em que passam filmes em francês.

Fecho os olhos. Afundo na cadeira.

A lembrança me parece tão recente.

Praça De la Paix.

O filme de Benigni.

A corrida com Ylian, de mãos dadas, à meia-noite.

Se Jean-Max Durand fizer qualquer referência a esse filme, vou virar as mesas, as cervejas, as cadeiras, arrancar a serra elétrica do lenhador caolho que fica na frente dos banheiros e botar abaixo o Foufounes Electriques, incluindo os monstros de papelão, os clientes, os garçons charmosos... antes de atacar o resto da cidade.

– No Beaubien, estão passando um filme do Alejandro Chomski.

Respiro. Por um breve instante.

– *A vida é bela* – completa o comandante.

Eu me levanto de repente. Arranco Flo do celular, quase torcendo seu punho. A cadeira cai atrás de mim e eu grito alto, muito alto, para cobrir as vozes dos fantasmas que berram ainda mais alto na minha cabeça. Volto a ver passar as ruas de Montreal, a praça De la Paix, o parque do Mont-Royal, o mirante Kondiaronk.

– Vamos, Flo! Vem comigo!

Quando jogarmos a serpentina
Nas lixeiras da rotina
Quando lançarmos meu destino
Na sua manhã repentina
O que restará de nós?

13

1999

A PRAÇA DE LA Paix fica a 100 metros do Métropolis, no coração do bairro das artes. É como se Ylian tivesse planejado tudo. O filme acabou de começar quando chegamos, quase sem fôlego – na cena exata em que Dora cai do alto do celeiro, sobre uma cama de feno, nos braços de Guido.

Bom dia, princesa!

O sorriso de Guido Benigni me deixa admirada. Parece o do rapaz bobo que segura minha mão, encantado. Nos sentamos na última fileira, a bunda no cimento frio. Cerca de cinquenta espectadores se espalham diante da tela gigante, amarrada na outra ponta da grande praça retangular a dois grandes blocos de concreto. Algumas pessoas estão no chão, nas pedras quadradas cercadas de ervas daninhas, outras em cadeiras dobráveis.

Yl não larga minha mão. Eu já tinha ouvido falar desse filme, uma fábula sobre os campos de concentração, mas tive medo de assistir, horrível demais, comovente demais. Não é um filme para momentos de cumplicidade compartilhada. Por que Ylian me trouxe para ver isso?

Na tela, Guido usa toda a sua criatividade para seduzir sua princesa. Trinta minutos de filme e ainda não vi nenhum nazista. Nada além de uma história de amor sublime, com um homem muito tímido que usa estratégias cada vez mais loucas para conquistar sua amada. Eu sorrio. Ele cria coincidências. Uma chave cai do céu, um sorvete de chocolate chega na hora certa, um chapéu encharcado seca por milagre.

Incrível!, grita sua amada.

Nunca vi nada tão poético e tão romântico desde Chaplin. Guido beija sua princesa sob a mesa de um banquete. *Por favor*, suplica ela, *me tire daqui*. Sussurro no ouvido de Ylian:

– Você acha que ainda existem homens capazes dessas coisas?

Meu músico se apruma.

– Eu! E sou ainda melhor que esse italiano fanfarrão!

Ele finge voltar a se concentrar no filme. Eu me aproximo de novo para murmurar:

– Metido!

Adoro seu sorrisinho de canto de boca. Yl não tira os olhos da tela.

– Talvez. Talvez não. Para que um homem ouse cometer tamanha loucura, sua princesa não pode ter o coração fechado.

Fechado ou não, meu coração dispara, de surpresa e de raiva, a ponto de se escancarar.

– Quem? Eu? Tenho o coração fechado?

– É. Fechado para os outros. Você tem marido...

– A Dora também!

– Ela é noiva de um fascista cruel. Só está esperando Guido vir pegá-la. Diga que seu marido é um fascista horrível e vou correndo libertar você. Ou melhor, não me fale dele. Só me diga que não é feliz e eu prometo que vou inventar a mais linda fuga amorosa que esse mundo já viu.

Yl diz isso sem tirar os olhos da tela.

– As coisas não funcionam assim, Ylian.

– Eu sei.

Tento voltar a me concentrar no filme. Quarenta e cinco minutos de projeção e ainda não vi nada sobre os campos. Guido triunfa, leva sua princesa em um cavalo verde no meio do banquete. O noivo fascista, com os olhos arregalados, leva um ovo de avestruz na cabeça. Bem feito! É lindo, é cinema de verdade. É tão fácil ser levado por um cavaleiro no cinema – não porque os homens bons sejam realmente bons, não é isso que diferencia o cinema da vida real, mas porque os maus são realmente maus. Podemos fazê-los sofrer sem ódio, podemos deixá-los sem tristeza.

Ylian me puxa pela mão.

– Vamos embora. Rápido.

– Não vamos ver o final?

De canto de olho, continuo a acompanhar o filme. O cenário muda. Cinco anos depois. Um menino fofo sai de um armário e cumprimenta a mãe: *Bom dia, princesa.*

– Precisamos de poesia, não é uma noite para barbárie.

O tempo está quente. A noite é escura.

– Vamos! – chama Yl.

– Para onde?

– Ver a cidade de cima. Bem de cima.

• • •

– Olhe, Srta. Andorinha, o lago Aux Castors!

Atravessamos o parque do Mont-Royal. Ylian aponta para os reflexos negros de um grande lago margeado por pinheiros e bordos, como se tivesse sido transportado do Grande Norte canadense para fazer a capital respirar os aromas dos grandes espaços. O lago parece uma imensa piscina, demarcado por dezenas de lampiões na forma de fósforos gigantes.

O lago Aux Castors, Srta. Andorinha.

A associação me perturba.

Castorzinho, é assim que Olivier me chama.

As sombras das árvores do Mont-Royal se erguem diante de nós, um domo escuro, uma montanha de 200 metros de altura com uma cruz de ferro iluminada no topo, uma floresta no coração da cidade, refúgio de corredores, patinadores e trenós durante os longos invernos cheios de neve e dos apaixonados durante os breves verões.

Subimos. Pouco a pouco, a cidade recua. Os arranha-céus que nos esmagavam agora são apenas cubos empilhados sem ordem, entre a montanha e o rio Saint-Laurent. Aprendi que nenhum edifício pode ultrapassar a altura do Mont-Royal. Chegamos ao primeiro mirante, onde se destaca a silhueta de um grande chalé que lembra um pagode chinês, e diante dele surge uma esplanada de nome estranho, Kondiaronk.

Ponho a bolsa no chão, pego a mão de Ylian e mal escuto suas poucas palavras de explicação sobre o lendário chefe indígena huroniano, preferindo me concentrar na paisagem sublime. A cidade é guarnecida de cerca de trinta torres iluminadas. Com formas e iluminações inesperadas, parecem um exército de gigantes de armadura cintilante, reunidos junto ao rio mas incapazes de atravessá-lo. Do mirante, o Saint-Laurent parece grande como o mar.

São quase duas da manhã, mas não estamos sozinhos. Alguns casais apaixonados se beijam e tiram fotos. Um grupo de jovens bebe, sentado na balaustrada da esplanada. Os moradores da fria Montreal saboreiam as noites quentes até a última gota, assim como nós, franceses, saboreamos as últimas frutas de verão. De longe, na direção de Mirabel, um avião aterrissa. Aperto a mão de Ylian com ainda mais força.

– Meu avião parte de manhã. Tenho que estar no aeroporto em três horas.

Nosso rosto está mergulhado na escuridão. Não falamos alto, mas o vento parece levar nossa voz até o Saint-Laurent.

– Eu vou ficar deste lado do Atlântico – responde Ylian. – Para correr atrás de uma oportunidade. Ulisses me deu alguns contatos. Também tenho amigos no sul dos Estados Unidos.

Tudo foi dito.

Ylian observa os jovens bêbados a uns 40 metros de nós, ergue os olhos para a cruz iluminada que cobre a ponta mais alta da floresta e murmura:

– Vamos?

Sem dizer nada, entramos na trilha que adentra a floresta. *Caminho Olmsted*, leio nas placas, cada vez menos iluminadas à medida que subimos. A paisagem some atrás das árvores. Ninguém sobe aqui à noite.

Enfim sós.

A subida leva menos de dez minutos. A cruz monumental, visível de toda Montreal, parece quase ridícula quando estamos a seus pés: uma Torre Eiffel em miniatura, de menos de 30 metros de altura, erguida no meio de uma pequena clareira, cercada por árvores que parecem querer reconquistar seu território. Um passo sob os galhos e estamos ocultos nas sombras.

Ylian dá esse passo. Junto comigo.

– Posso te pedir um favor, Nathy?

Seu rosto está a alguns centímetros do meu. Adivinho o favor, quero que Yl o pegue, que Yl o pegue como pega flores, sem pedir permissão a elas.

– Minha vida vai ser um fracasso, Nathy. Com pouco mais de 30 anos, isso é uma coisa que pelo menos já entendi.

– Do que você está falando?

A mecha cai em meus olhos, e o rosto de Ylian está próximo demais do meu para que eu a afaste.

– Ah, não se preocupe comigo, Nathy. Não é nada de mais. Pelo contrário, é bem banal. Eu apenas nasci com a vontade… mas não o talento. Nunca serei mais do que um músico que sabe tocar bem, que gosta de tocar bem, como milhões de outros no mundo. No máximo, se eu me dedicar, a música vai me sustentar. – Ele se aproxima mais um pouco, minha mecha flutua com o sopro de sua boca. – Chegamos ao mundo com tanta esperança, Nathy. Queremos nos tornar Hemingway, Paul McCartney, Pelé ou até Bill Clinton e Michael Jackson. Tantos sonhadores nascem em cada canto da Terra, bilhões de sonhadores, e tão poucos escolhidos…

As cores da cruz mudam acima de nós. Outro truque de mágica? Elas passam do branco ao roxo. Não sei o que responder. Que os meus sonhos são bem pequenininhos?

– Nathy, eu gostaria de uma vez, pelo menos uma vez, sentir o que sente um ser excepcional.

Yl estremece.

– Como? – pergunto.

– Beijando você.

Eu estremeço. Será que ele acredita mesmo no que está dizendo? Só tenho forças para brincar:

– Achei que não fosse pedir nunca!

Ylian não tem forças nem para isso.

– Depois de hoje, nunca mais vamos nos ver. Vamos prometer esquecer um ao outro! Vamos nos perder em algum lugar do mundo, cada um em seu canto. O mundo é grande o bastante para as pessoas que se gostam se perderem.

Ponho o indicador sobre sua boca.

– Não fale mais nada, Ylie. Você sabe que a distância não tem nada com isso. Me beije. Me beije e, depois, me esqueça!

Yl me beija. Eu o beijo. A noite toda. Pelo menos o que nos resta dela. Talvez até o sol tenha hesitado em nascer sobre o Atlântico, em inundar de ouro a copa dos bordos, em fazer brilhar como diamante os vidros dos arranha-céus até os primeiros reflexos prateados das margens do Saint--Laurent. Mas, não, ele não se privou de fazer nada disso!

– Tenho que ir.

Descemos de mãos dadas, percorrendo o caminho Olmsted iluminado pela luz da manhã. Minha outra mão está no bolso da calça, acariciando a pedra do tempo. Quero acreditar no que a vendedora esquimó me disse há algumas horas, na rua Saint-Paul: não podemos parar um rio, mas podemos conter algumas gotas. Quero acreditar que este momento, esta tarde, esta noite, se manterá como uma lembrança perfeita para sempre. Emoldurada, envernizada, pendurada sobre a cama do quarto dos meus segredos. Mesmo que a cruz acima de nós tenha voltado a ser uma ferragem comum, mesmo que o mirante Kondiaronk, aonde chegamos agora, esteja repleto de lixo. Sonho com um adeus romântico. Um último beijo antes de entrar no táxi. Para fechar este parêntese mágico. Não fomos além de beijos. Nos acariciamos um pouco também, e fico arrepiada ao reabotoar a roupa.

Não fomos mais longe. Olivier nunca vai saber de nada.

Vou amá-lo mais quando voltar. Serei capaz de amá-lo melhor. Vou ajudá--lo a me amar melhor, agora que provei esta intensidade. Quero me convencer disso. Chegamos ao parque do Mont-Royal, passamos o lago Aux Castors, vemos o trânsito do Hill Park Circle e o caminho da Côte-des-Neiges. Alguns corredores passam por nós, fugindo dos ônibus, carros e táxis. Um dos que vou chamar em alguns minutos. Automaticamente, passo a mão do ombro ao peito. Meus pensamentos se interrompem de repente.

– Minha bolsa! Eu esqueci!

Ylian se vira para mim.

– Tem certeza? Onde?

– No Mont-Royal! No... no Kondiaronk, eu acho. Ou então... ou entre o chalé e a cruz. Em algum lugar da mata.

Sem pensar, voltamos a subir, trocamos palavras apressadas. Seu avião sai em quanto tempo? Duas horas, mas tenho que chegar uma hora antes. E tenho que passar no hotel. O que tem na bolsa? Meus documentos, meu dinheiro, tudo, tudo, tudo, meu Deus, tudo! Não entre em pânico, vamos encontrar.

Não encontramos. Procuramos, nos irritamos, quer dizer, eu me irrito, à beira da histeria. Ylian tenta me acalmar, como se tudo fosse culpa sua, a presença bondosa dele me acalma um pouco, mas os minutos se passam, olho o relógio, não posso esperar mais. Penso nos jovens na esplanada ontem à noite, que desapareceram de manhã e deixaram apenas cadáveres de uísques canadenses. E se encontraram minha bolsa? Quanto mais penso nisso, mais me convenço de que a deixei no Kondiaronk. E se a roubaram? Talvez apenas o dinheiro, não os documentos. Podem ter jogado a bolsa num canto, uma pequena bolsa de couro roxa, num lugar qualquer da floresta.

Ylian e eu nos separamos, a alguns metros um do outro, o olhar voltado para o chão, o cimento, as raízes, a terra. Melhor assim. Yl não pode ver meus olhos, cujos reflexos azuis se tornaram verdes de raiva. Ele acaba dizendo:

– Pode ir.

Eu me viro para ele.

– Pode ir. Vou continuar procurando. Vou fazer isso pelo resto da vida. Se eu encontrar, mando para você, prometo.

Já estou atrasada. Estou em pânico. Digo apenas, antes de ir embora às pressas:

– Sinto muito.

• • •

Chego ao aeroporto Montreal-Mirabel 45 minutos antes da decolagem. Consegui telefonar para Flo, avisando do atraso e que estou sem documentos. Ela organizou tudo. Passo pela fiscalização na fila prioritária. Assim que a encontro na pista, bem na frente do Airbus A340, desabo a chorar em seus braços.

– Não foi nada, meu amor – garante ela, me dando tapinhas nas costas. – Não foi nada. São só documentos. Eles queriam segurar você aqui no Canadá, mas depois que atestei que você é uma pessoa correta, preferiram te extraditar.

Sorrio, murmuro um agradecimento, depois volto a deixar as lágrimas caírem.

– O que houve, minha querida, o que houve?

– Eu me apaixonei! Eu me apaixonei por um homem que nunca mais vou ver.

14

2019

– MAS QUE SACO, Nathy! Você tinha que ter me avisado que queria correr no Mont-Royal. Eu não teria vindo de sapatilha.

Não respondo. Subo! Em silêncio, com ela, até o mirante Kondiaronk. Flo se acalma um pouco à medida que a paisagem surge com o desenho dos arranha-céus e vai até as margens do Saint-Laurent.

– Está bem, amiga. Está bem. É maravilhoso. Vamos tirar uma selfie!

Eu dispenso. Espero chegar na frente do chalé antes de explodir, de soltar tudo que pensei durante a subida:

– Isso já foi longe demais, você não acha? Emmanuelle falando de uma andorinha, Jean-Max falando de *A vida é bela*, todos nós no Foufounes Electriques, a mesa bamba, além de todo o resto…

– Calma, Nathy, calma. Não entendi nem metade do que você falou.

Ela tem razão. Percebo que só eu posso fazer essas ligações. Florence só sabe de alguns detalhes da minha história com Ylian, detalhes de vinte anos atrás. Volto a me ver desabando em seus braços na pista do aeroporto de Mirabel. Paro para explicar tudo a ela. Com paciência, Flo me escuta enumerar as coincidências, olhando para o Saint-Laurent e o interminável dique da ponte Champlain.

Estamos cercados por uma centena de turistas de todas as nacionalidades, mas não é difícil se isolar na imensa esplanada.

Paro de falar. Flo me olha com seriedade.

– Ok, Nathy, já terminou?

– Já.

– Tem noção do que isso significa?

– Não, não faço a menor ideia. Desisto, Flo, conto com você.

Flo volta a admirar a paisagem. O cartão-postal é perfeito. A floresta de Mont-Royal, sob os últimos raios de sol do veranico, explode em mil tonalidades, do verde enferrujado ao vermelho vivo. Uma selva em chamas, um vulcão em erupção de onde surgem colunas de basalto com 200 metros de altura, as torres da Bolsa, dos edifícios Gauchetière e René-Lévesque, do banco CIBC... Flo respira fundo antes de começar:

– Jean-Max falou de um filme, *A vida é bela*, Emmanuelle falou de uma loja, a Pequena Andorinha, um de nós escolheu esse bar, o Fouf, outro pegou uma mesa qualquer nesse bar, todos estamos no mesmo voo, Paris-Montreal... Isso só pode significar duas coisas, Nathy: ou você está maluca, ou todos nós nos unimos para deixar você maluca.

Tento, de maneira desajeitada, recuar.

– Não é isso, Flo, mas...

– É isso, sim, minha querida! Se você se recusa a acreditar no acaso e ainda se considera mais ou menos boa da cabeça, então todos nós somos uns perversos brincando com a sua mente. Sinceramente, Nathy, por que faríamos isso?

Não respondo, apesar de saber que ela tem razão. Continuo subindo, avançando pelo caminho Olmsted, em direção à cruz de ferro. Flo lança um olhar assustado para o topo.

– Tem certeza de que não quer terminar essa peregrinação sozinha?

– Foi aqui! A gente se separou no início da trilha. Eu tinha perdido a bolsa. Estávamos procurando na floresta. Uma bolsa roxa com todos os meus documentos. Lembra?

– É, eu lembro – cede Flo.

Só agora eu noto que Flo está suando. Que deve fazer anos que ela não se exercita tanto assim. Que, além de ir à piscina do hotel quando fazemos escala nos trópicos, não está mais acostumada a fazer esforço físico. Ela se abaixa por um momento ao pé de uma árvore alguns metros acima do mirante.

– Uma bolsa roxa assim?

Ela a pega com a ponta dos dedos. Meu coração de repente bate mais forte do que durante toda a subida, como se eu tivesse vindo correndo. Vou até ela tremendo. Flo se livra do pedaço de couro roxo largando-o nas minhas mãos.

Eu a reconheço.

A bolsa está manchada, o couro está gasto, o roxo se tornou um lilás e até a marca se tornou ilegível, mas reconheço o formato, quase redondo, o cordão de fechar, a alça com franjas. Abro a bolsa, nervosa. Está vazia.

Flo me observa, inquieta.

– Se me disser que esse troço nojento é a bolsa que você perdeu aqui há vinte anos, vou mandar te internar!

– Ela... é parecida!

– Porra, Nathy, como você se lembra de uma bolsa que perdeu há quase vinte anos?

– Não falei que era essa – digo, erguendo a voz. – Disse que era parecida.

Mais do que parecida, mas não ouso confessar isso a ela.

– Se tivéssemos achado seus documentos, quem sabe... – admite Flo.

Justamente, penso. Justamente...

Flo, a telepata, lê meus pensamentos.

– Minha querida, você tem noção de que estamos em 2019 e você perdeu essa bolsa em 1999, que de lá para a neve caiu no Mont-Royal, pelo menos um metro de neve a cada inverno, além de temporais de outono, e que todos os dias o lixo é recolhido, e que não tem povo mais ecológico que os quebequenses, e o Mont-Royal é o santuário deles? Então posso te dizer que se você deixou a porra da sua bolsa ao pé dessa árvore em 1999, ela sumiu há muito tempo. Não é a mesma, Nathy. Não é!

Eu sei. Eu sei, Flo, que é impossível.

Mas todos os detalhes dessa que você achou lembram a bolsa que perdi. Ela tinha um bolsinho interno, onde eu guardava a carteira, exatamente como a bolsa que tenho nas mãos.

Flo percebe minha expressão. Ela agita a mão diante dos meus olhos, como se quisesse me acordar.

– Escuta aqui, meu bem. Escuta bem antes que você enlouqueça de vez. Aí nessa lixeira atrás de você tem uma caixa de pizza que não coube direito. Bom, se você e seu namorado tivessem comprado uma para comer no mirante, você acharia muito estranho encontrar a embalagem de papelão nessa lixeira vinte anos depois. E esse maço de Marlboro no chão? Se vocês tivessem fumado um cigarro, você estaria dizendo que esse aqui era do seu Romeu. E aquele vendedor de balões ali? Você não fez isso com seu músico? Não comprou um balão e o soltou no céu? Que pena... Seria uma coincidência a mais para a sua coleção!

A bolsa fede a urina. Minhas mãos cheiram a xixi. Me sinto ridícula e a solto, deixo-a cair na lama. Olho em volta, um olhar panorâmico que tenta captar os milhares de detalhes que se oferecem aos meus olhos: os vendedores ambulantes, os turistas e seus filhos, o céu, o rio, o porto, a cidade ao infinito, as cores, os aromas, os sons. Flo tem razão. Minhas lembranças estão se tornando uma obsessão.

– Vamos voltar para o hotel, Nathy. Vamos tomar um banho. Vamos ter uma noite legal. Vamos pegar o táxi amanhã de manhã e esquecer tudo isso.

• • •

Estou no táxi. Não tive uma noite boa. Não esqueci nada. Fiquei repassando na cabeça cada palavra dita por Jean-Max, Flo, Charlotte, Emmanuelle, Georges-Paul, pelo passageiro malaio no avião. Voltei a pensar na bolsa roxa e me arrependi de tê-la largado no Kondiaronk. Quase me levantei de madrugada para voltar lá e procurá-la. Quanto mais penso nisso, mais me convenço de que é a que perdi. Na cama, recalculei as probabilidades de três membros da equipe acabarem no mesmo voo, sem nem incluir a presença do The Cure, e pesei mais de uma vez as quatro explicações de Flo, o tempo todo brincando com a pedra do tempo entre os dedos.

Definitivamente abandonei a hipótese do acaso.

Restam as outras três.

Estou louca.

Estou enfeitiçada.

Estou sendo manipulada.

O táxi desce o bulevar La Fayette em direção ao Trudeau, o aeroporto que substituiu Mirabel há cerca de 15 anos. O trânsito flui bem. Logo vamos atravessar o Saint-Laurent pela ponte Jacques-Cartier, e meu olhar se perde na Ilha de Santa Helena, na direção dos brinquedos: tobogãs e outras atrações gigantes do parque de La Ronde. Flo dorme ao meu lado, também de uniforme, fones nos ouvidos.

Estou louca.

Estou enfeitiçada.

Estou sendo manipulada.

Por quem? Por todos? Toda a equipe é cúmplice? Jean-Max, Emmanuelle, Charlotte, Georges-Paul, Flo? Mas, mesmo que fossem, isso não explicaria nada. Como eles poderiam saber de todos os detalhes daquela noite com Ylian? De todos os segredos de uma noite clandestina? Só duas pessoas os conhecem.

Ylian e eu.

Se alguém está tentando me manipular, só pode ser ele!

Na ponte Jacques-Cartier, o trânsito é mais intenso. O táxi diminui a velocidade. De repente, me inclino para a frente, aperto o ombro do motorista e grito:

– Pare!

O motorista pisa fundo no freio. Flo desperta, surpresa.

Ela me olha sem entender. Fiquei maluca, leio em seus olhos, a primeira hipótese está longe de ser a mais lógica, então por que não acabar logo de uma vez com a segunda – enfeitiçada?

O táxi estaciona, desesperado, no acostamento. Abro a porta, o vento me toma de assalto, se enfia embaixo da saia do meu uniforme, levanta meu paletó. Eu o desafio como se nadasse contra a corrente e me aproximo da grade. O Saint-Laurent corre sem pressa, 50 metros abaixo.

Flo nem tem tempo de reagir. Acha que vou me jogar. Ela grita:

– Nããããããão!

Na ponte, os carros diminuem a velocidade, buzinam, se assustam, aquela mulher de uniforme se equilibrando diante do vazio. Não ouço mais ninguém. Abro a bolsa e a vasculho sem ver nada. Minha mão se fecha sobre a pedra do tempo. Seguro-a no punho fechado por um segundo, depois respiro fundo e a jogo na água, o mais longe possível. Um navio carregado de contêineres passa devagar, indiferente. Barcos de passeio dormem ao pé da torre branca da doca de l'Horloge. Observo por alguns instantes os círculos que se abrem a partir do buraco efêmero onde a pedra afundou, depois volto para o táxi, mais calma.

Flo sorri para mim. Ela entendeu.

Agora só me restam duas explicações.

É a história de dois amantes.

Um deles está louco.

Ylian... Ou eu.

• • •

Eu espero. O trabalho das comissárias de bordo é esperar, 75 por cento do tempo. Sorrindo.

A conferência do voo começa em vinte minutos. O voo sai em uma hora. Na sala de embarque dos funcionários, aproveito o wi-fi. Em três cliques, encontro o que quero. Flo bate papo com comissários bonitões da American Airlines, do outro lado da sala.

– Vou ligar para casa – digo a Emmanuelle.

A chefe de cabine está concentrada na lista de passageiros, parece tentar decorá-la. Eu me afasto tentando esconder meu incômodo ao cruzar com colegas no corredor da área restrita, até chegar a um canto vazio. Paro diante de uma porta fechada, onde guardamos material de manutenção. Apoio as costas na parede. Mesmo assim, sinto que estou deslizando. Obrigo as pernas a não dobrarem, a mão a não tremer. Uma leve pressão do indicador basta para fazer aparecer o número na minha tela e para voltar a esse passado que deveria ser apagado da minha vida para sempre.

@TAC Prod

Los Angeles

Uma secretária atende em inglês. Estou com pressa, não dou a ela tempo de respirar.

– Gostaria de falar com Ulisses Lavallée. É Nathalie. Uma velha amiga. Diga a ele apenas meu nome, tenho certeza de que ele vai me atender.

A moça não discute. No fim, eu teria até preferido uma recusa, pelo menos para tentar deixar meu coração se acalmar. Respiro fundo. A voz de Ulisses me pega antes de eu soltar o ar.

– Nathalie? Nathalie, o que houve?

– Estou em Montreal. Daqui a pouco vou decolar para Paris. Tenho que ser rápida, Ulisses.

A voz divertida do produtor ecoa ao telefone.

– Está em Montreal e pensou em mim? Que gentileza sua, minha querida! Sabe que não ponho os pés nessa linda cidade há quase três anos? Depois que a gente conhece o sol da Califórnia...

Noto que Ulisses perdeu o sotaque quebequense. Resta apenas uma pontinha, que é difícil identificar no meio de várias outras tonalidades: belga, parisiense, americana afrancesada.

– Tenho pouco tempo, Ulisses. Eu... preciso falar com Ylian.

Minhas costas escorregam por 10 centímetros na parede. Dessa vez, Ulisses se permite um longo silêncio. Responde, droga, responde, minhas pernas não vão aguentar.

– Não acho que seja uma boa ideia.

Que se dane. Eu me deixo escorregar até o chão. Meu corpo se encolhe como uma aranha esmagada. Vou me encurvando como um gato, os seios colados nos joelhos, o celular como um travesseirinho.

– Me dê o telefone dele, Ulisses. Só isso que te peço.

O produtor responde devagar, fazendo uma pausa a cada palavra, como um escrivão lendo um contrato de venda.

– Você conhece o contrato, Nathalie. Você o assinou, assinou com ele. Sem contato. Sem notícia. Nunca.

– Foi há vinte anos, Ulisses.

– Era um contrato vitalício. Ylian demorou muito para se recuperar. Você o fez sofrer muito.

– Para mim não foi nada fácil também...

– Não foi nada perto do que foi para ele, acredite.

Funcionários da manutenção passam pelo corredor. Dois homens carregando sacos de lixo e uma moça empurrando um carrinho com vassouras. Eles me observam como um pequeno objeto abandonado. Espero se afastarem. Uma pergunta me queima a garganta.

– Você viu o Ylian recentemente? O que aconteceu com ele? Pode pelo menos me dizer o que aconteceu com ele?

– Ele está bem. Fique tranquila, agora ele está bem. Está vivendo a vida dele. É vendedor, se quer saber. Foi o melhor emprego que conseguiu. Da sessão de discos. Na Fnac.

– Que Fnac?

O produtor se permite dar uma risadinha.

– Não, Nathalie, não. Já falei demais.

– Você encontra com ele às vezes?

– A gente se fala por telefone. Por e-mail. Ou se encontra quando vou a Paris.

– Onde em Paris?

Ulisses recupera certa entonação quebequense.

– Droga, Nathalie! Deixe Ylian em paz. Esqueça o cara como ele esqueceu você. Não vá encher o saco dele de novo!

– Eu preciso falar com ele. É importante. Só me dê o telefone dele. Ele pode decidir se fala comigo ou não.

– Por quê, Nathalie? Por que está fazendo isso?

– É complicado. Nem eu estou entendendo mais nada.

Ouço Ulisses suspirar.

– Eu nunca devia ter deixado você entrar no Métropolis! Regra número um: nunca deixe mulheres entrarem nos bastidores!

Ele está quase convencido. Não esqueci como Ulisses funciona: se está reclamando, é porque está quase cedendo.

– Podemos conversar depois sobre seus arrependimentos, eu prometo. Você me disse que Ylian está melhor. Você sabe, somos adultos agora... Me dê o telefone, só o telefone, não o endereço. Ele tem o direito de escolher se quer me atender ou não.

Na mesma hora vejo que joguei o argumento certo. Uma saída. Ulisses se livra de mim mantendo a consciência limpa. É Ylian quem vai decidir.

– Inferno! Tem como anotar? 06-16-89-25-14.

– Obrigada.

– Não machuque o cara, Nathalie, não machuque o cara, por favor.

– E eu? Você nunca pensou em como ele me machucou?

• • •

Ulisses desliga.

Na mesma hora se arrepende. Tem a sensação de ter sido manipulado como uma criança.

Me dê o telefone, só o telefone, não o endereço. Ele tem o direito de escolher se quer me atender ou não.

Então ele se dá conta de que Ylian não sabe o telefone de Nathalie! Quando ela ligar, com certeza ele vai atender. Não terá escolha senão desligar na cara dela... Ulisses olha para o celular, pensa em ligar para Nathalie. Foi enganado como um novato. Mas Ylian o fez prometer! Nunca ceder, mesmo que Nathy suplicasse. Nenhuma notícia dela. Ele pensa um pouco, depois reconsidera.

Ele tem o direito de escolher se quer me atender ou não.

Ulisses tem uma ideia, bem simples.

Está bem, Nathy, se quer jogar essa carta... Você tem razão, Ylian vai escolher.

Ele decora o telefone dela, abre a lista de contatos do celular, para no de Ylian e digita rapidamente:

Nathalie acabou de me ligar. É, sua bela andorinha, depois de todos esses anos.

Ela me implorou pelo seu número. Desculpa, não consegui recusar. Você me conhece, nunca consegui recusar nada para ela.

Ela quer falar com você. Disse que caberia a você decidir se queria ou não romper o contrato dos dois. No fim das contas, essa é a verdade...

O número dela é: 06-25-96-65-40. Estou restabelecendo o equilíbrio. Agora os dois têm as mesmas armas...

Se ela ligar, você vai saber que é ela.

• • •

Eu desligo. Me levanto. Minhas pernas estão dormentes. Eu as estico, porque elas precisam estar boas, tenho a conferência de voo em cinco minutos e Irmã Emmanuelle odeia atrasos. Depois, terei uma boa meia hora de liberdade.

O suficiente para romper nosso pacto.

O suficiente para digitar um telefone com dez números.

O suficiente para surpreender Ylian do outro lado do Atlântico, em algum lugar de Paris.

A ideia de falar com ele daqui a alguns minutos, depois de tantos anos de silêncio, me parece completamente surreal. Mas não tenho escolha. Preciso entender. E só ele pode me ajudar. Enquanto ando até a sala de reunião, abro a bolsa. Ponho o celular em modo silencioso antes de guardá-lo.

Um choque.

Um minúsculo choque primeiro: meu celular acaba de bater em um objeto e se recusa a entrar no bolsinho onde o guardo! Com pressa, irritada, enfio a mão de qualquer jeito, xingando a bagunça da bolsa. O que pode estar travando o celular? Uma caneta velha? Um frasco de aspirina? Uma caixa de pílulas? (Todas as coisas inúteis que eu deveria ter jogado fora há anos!)

Um choque.

Desta vez, um choque intenso, como se um raio tivesse caído no aeroporto Trudeau, terminal A, zona 3, nível 2, escada rolante da direita. É o que me carrega, apesar de eu estar paralisada, imobilizada por uma descarga elétrica fenomenal.

Fui atingida por um raio.

Minha mão acabou de se fechar sobre uma pequena pedra. Cinza e lisa.

Um seixo.

Uma pedra do tempo.

Minha pedra do tempo.

A que acabei de jogar no rio Saint-Laurent.

15

2019

Olivier observa os objetos espalhados no banco do carona. Se arrepende. Tinha prometido a si mesmo não tirá-los do quarto, apenas espalhá-los pela cama, depois guardá-los de volta na gaveta, exatamente como os encontrou. Não resistiu e os guardou consigo, para observá-los, para entender. Não tinha pressa, ele tem tempo, ora essa. Nathalie está no Canadá e ainda não decolou.

Ele olha em volta, observa a rua, depois analisa de novo esse tesouro ginasial. Tem cada vez mais dificuldade de conter uma vontade bem simples. Pegar tudo, dar três passos e jogar fora. Há uma lixeira do outro lado da rua. Nem precisa separar nada. Plástico, papelão, papel.

Quando Nathalie voltar, abrir a gaveta e encontrar apenas o vazio, vai entender. O que ela poderia dizer? Nada... Nada, porque esses objetos não existirão mais! Nada senão entender que acabou, finalmente acabou, que o passado não pode voltar.

É, é a melhor solução.

Acabar com essa obsessão.

Jogar tudo fora...

É tão simples, no fim das contas.

Olivier volta a lançar um olhar furtivo em cada retrovisor, como se sentisse culpa. De quê? De quê, meu Deus, de quê? Não consegue nem se livrar dessa bagunça no banco! Fecha a mão, dá um soco no painel do carro. Tem que jogar fora. Se livrar de tudo. Se for tentar entender o valor de cada um desses objetos, com certeza vai enlouquecer.

Enlouquecer de dor.

Por que lembranças tão banais – uma programação de filmes, um guardanapo, um envelope rasgado – se tornaram tamanhos tesouros para sua esposa? Que segredo se esconde atrás de cada objeto? Que gargalhada? Que carícia? Que promessa?

É, o mais simples seria queimar tudo.

Talvez Nathalie não note nada. Talvez não abra aquela gaveta há anos. Talvez nem se lembre desses objetos. Talvez não tenham mais nenhuma importância e ela os guarde por mera negligência, como roupas que não usa mais, pratos lascados, lâmpadas queimadas, pilhas gastas. Livrar-se desses objetos é apenas fazer uma faxina.

Para salvar o casamento deles? Não, nem isso. O casamento não está mais em perigo, não mais. Ele quer se convencer disso. Mas não consegue impedir sua mente de girar, como seu carro estacionado, cujo motor não foi desligado. Ele pensa rapidamente no folheto. *Cinema sob as estrelas – setembro de 1999*, cuja programação ele decorou, pensa no desenho de andorinha no guardanapo da Air France. Depois para de novo na primeira frase do bilhete redigido sobre um envelope branco, deformado, rasgado e colado com fita adesiva. É a mesma letra que aparece no guardanapo.

Foi tudo que consegui achar.

Laura é muito bonita.

Você também.

Olivier esvaziou o envelope no banco do carona, junto com o resto. Fotos, documentos, cartões de crédito.

Os olhos de Olivier param sobre as fotos. Primeiro na de Laura: ela tinha apenas 6 anos, uma foto de escola tirada quando ela entrou na alfabetização. Já era séria e aplicada. Só a ideia de que outro possa ter pousado os olhos na foto de sua filha, escrito seu nome naquele envelope, falado sobre ela com sua esposa já desperta nele instintos assassinos.

Ele se acalma, passa a outra foto. A de Nathalie, quatro fotos tiradas em uma cabine automática em que ela faz uma careta na primeira, mostra a língua na segunda, fica vesga na terceira e banca a séria na quarta. Nathalie em toda a sua imaginação! Tinha pouco mais de 30 anos. Linda, quase tanto quanto hoje. Olivier deixa as lágrimas correrem. As lágrimas nunca correm diante da esposa.

Ele lista rapidamente o resto do conteúdo do envelope, cartões diversos – da associação de funcionários da Air France, de fidelidade do supermercado, do estacionamento do Roissy, do seguro-saúde –, além do título de eleitor e da carteira de identidade. Uma carteira de motorista, um passaporte. Tudo pertence a Nathalie.

Claro que Olivier entendeu. Ele se lembra. Nathalie perdeu a bolsa em um voo vindo de Montreal, há cerca de vinte anos. Montreal... Ela não encontrou, teve que tirar de novo todos os documentos. Um saco... Nathalie voltou abalada desse voo. Ele lembra que, na época, ficou impressionado, não era característico dela ser tão apegada a itens materiais. No fundo, ele achou que era algo bom, um mal que vinha para bem, um pouco de maturidade que entrava na cabeça dela. Isso ia acabar acontecendo um dia, era tão distraída... Ele tinha dado uma leve bronca em Nathalie, recomendando que fosse menos avoada...

Era um idiota.

Nathalie tinha achado os documentos.

Tinha escondido tudo dele.

E nunca havia falado sobre isso.

Olivier hesita, quer amassar o envelope branco. Mas não, ele se surpreende por estar gostando de sofrer. De se deixar hipnotizar por aquela letra desconhecida, de ler e reler aquelas cinco frases.

Foi tudo que consegui achar.
Laura é muito bonita.
Você também.
Não tente me procurar, por favor.
Seu músico fracassado que insiste na própria odisseia.

Estranhamente, ler as cinco frases em sequência acaba por acalmá-lo. A raiva passou. Através de sua determinação fria. Ele tem que ir até o fim nessa missão.

Olivier consulta o relógio do painel do carro: 12h30. Calcula mentalmente, tornou-se especialista em fusos horários. É manhã em Quebec, e o avião de Nathalie vai decolar em meia hora para só aterrissar em seis horas.

Ele lança um último olhar para os objetos espalhados no banco, esse tesouro proibido, maldito, roubado. Depois, solta o freio de mão e gira o volante.

Não tem pressa.

Só tem que voltar a Porte-Joie antes de Nathalie.

16

2019

A CONFERÊNCIA DO VOO de Irmã Emmanuelle me parece ainda mais interminável do que de costume; as piadas de Jean-Max, ainda mais sinistras. Ouço as ordens mecanicamente, memorizo-as sem pensar, por reflexo profissional. O número de passageiros, a duração do voo, as recomendações especiais, um casal de deficientes, uma criança que pode ter crises de epilepsia. Algumas comissárias conversam nos fundos da sala. Eu, não. Estou distante de Charlotte, de Georges-Paul… e de Florence.

Não falei nada sobre ter encontrado na bolsa a pedra do tempo, o seixo que ela me viu jogar no Saint-Laurent, do alto da ponte Jacques-Cartier. Flo já me acha maluca. Posso imaginar suas explicações mais condescendentes que tranquilizantes.

Tudo bem, Nathy, tudo bem, essa pedra parece a que você jogou fora. Mais do que isso, se quiser, é exatamente idêntica, em todas as ranhuras, eu concordo, é a mesma! Mas há uma cesta de vime cheia de pedras do tempo idênticas naquela loja de produtos canadenses autênticos. Elas não são recolhidas no rio de manhã cedo por feiticeiros esquimós, meu amor. São produzidas em série em uma fábrica em Winnipeg ou Edmonton.

Está bem, Flo, está bem, não sou tão ingênua assim. Mas quem colocou esta segunda pedra na minha bolsa? Desde quando ela está aqui? Como posso me lembrar com essa confusão? Alguns minutos? Ou algumas semanas?

Irmã Emmanuelle enfim nos deseja um bom voo e nos libera. A maior parte da equipe vai fumar um cigarro ou esticar as pernas antes de enfrentar as seis horas de voo. Jean-Max e Charlotte se afastam dos outros, seguindo na direção das lojas do free shop. Ninguém voltou a mencionar a questão da queixa contra o comandante, pelo menos não na minha frente, mas a notícia não vai tardar a se espalhar.

Eu me afasto o máximo possível. Ficar sozinha, parar de tremer, ligar para Ylian, não pensar mais, apenas digitar seu telefone.

Paro diante de um portão de embarque deserto e fico em frente à parede de vidro, observando os aviões parados. Lentamente, pego o celular, vejo a capa rosa, a andorinha preta, sem conseguir esquecer o peso do seixo que foi colocado de volta em minha bolsa. Ao jogar a pedra do tempo no Saint-Laurent, estava tentando me proteger da feitiçaria. Pelo menos tirar essa maluquice da minha cabeça, não acreditar naquela lenda esquimó estúpida do tempo que pararia de correr junto com o rio, que formaria uma curva entre o presente fissurado e o passado que conseguiria se esgueirar, gota a gota, até minha cabeça.

Droga! A pedra ainda está aqui. E, com ela, a explicação tão simples e radical para toda essa sequência de eventos absurda. Basta acreditar em mágica!

Colo a testa no vidro – para esmagar meus pensamentos, ou pelo menos esfriá-los. Nenhum avião está decolando, nem mesmo se mexendo. Tudo parece imóvel para toda a eternidade. Um aeroporto, assim como uma ferroviária ou um cais, não é um lugar de chegada ou partida. É apenas uma sala de espera.

Sem recuar, sem tirar a testa do vidro, levo o celular ao ouvido.

Gravei o número de Ylian.

Meu coração bate com força, cada vez mais rápido. O sangue flui veloz por minhas veias, uma inundação que meu corpo não consegue controlar. O vidro achata minha cabeça. Tenho a impressão de que minhas têmporas vão explodir, de que meu cérebro vai dobrar de tamanho.

Ligar.

Quanto tempo é necessário para atravessar o Atlântico?

Quanto tempo é necessário para romper todos esses anos de silêncio?

Será que Ylian vai atender?

Vai desligar quando ouvir minha voz?

Vai dizer alguma coisa?

Vou pelo menos ouvir sua voz?

Será que me arriscarei a pedir perdão? Pedir que me perdoe pelo crime, o pior crime que uma mulher já cometeu. O crime que ele me implorou para cometer.

• • •

Na Fnac de Ternes, Ylian dá espaço para os clientes que saem, depois se coloca de lado para não atrapalhar os que entram. Os parisienses apressados correm de loja em loja no intervalo do almoço. Ele para e tenta respirar. Os passos dos transeuntes são quase tão frenéticos na calçada da avenida Ternes quanto nos quatro andares da monumental Fnac, apesar de sua sessão, a de discos, ser menos cheia que a de celulares e jogos.

O trânsito, no cruzamento com a avenida Niel, também está intenso. Ylian observa com espanto os pedestres bancarem toureiros fora da faixa, driblando bicicletas, carros e motos, que, apesar disso, aceleram assim que o sinal fica verde. Decide atravessar mais adiante, na altura da Secret Square. O trânsito é menos intenso ali, mesmo que os carros freiem com força no sinal vermelho do cruzamento com a rua Poncelet.

Enquanto espera entre um ponto de ônibus e um banco ocupado por um mendigo, uma música começa a tocar, como se acompanhasse sua espera.

Algumas notas de piano saem de seu bolso.

"Let it be".

Nathalie!!!

Ylian agradece a Ulisses mentalmente. Assim que recebeu a mensagem do produtor, gravou o número e associou um toque a ele.

"Let it be".

Que outra melodia para anunciar a ligação de Nathalie? Depois, releu a mensagem. *Nathalie acabou de me ligar. É, sua bela andorinha*. Ele não queria acreditar, não podia acreditar. *Nathalie*... Ylian sorri, volta a pensar nas palavras de Ulisses. *Se ela ligar, você vai saber que é ela. Cabe a você decidir*.

O que ele teria que decidir? Como poderia recusar falar com ela? Faz vinte anos que ele espera isso.

Que Nathalie quebre a promessa...

Que Nathalie rompa o contrato...

Ylian olha para o céu azul, para o sinal vermelho, para o sinal de pedestres que ficou verde, enquanto pega o celular no bolso. Atravessa a rua saboreando o último momento antes de atender. Por que, depois de todos esses anos, ele não deu o primeiro passo?

Ouvir ouvir ouvir sua voz.

Um simples oi vai bastar, um simples oi e tudo vai recomeçar.

Atender.

Seu indicador interrompe a melodia. Após a introdução do piano, é a vez de Nathalie cantar.

Um cantar de pneus irrita Ylian, mas ele não se vira para olhar. Cola ainda mais o celular ao ouvido. Não quer perder a primeira palavra da única mulher que já amou.

Ylian não vê o carro branco acelerar.

Ylian não esboça nenhum gesto quando o para-choque atinge suas pernas.

Ylian não pronuncia nenhuma palavra quando o capô o projeta, quando o impacto retorce seu corpo como um pião, quando seus braços se levantam para o céu, antes de caírem desarticulados, quando seus dedos largam o telefone, que, por sua vez, voa e cai como uma pedra.

Quando sua cabeça bate no asfalto, quando sua boca o morde, quando a saliva se espalha, manchada de sangue, de lágrimas, dos últimos sopros de vida que escapam de seu peito atingido, suas narinas esmagadas, sua orelha arrancada, seu crânio aberto.

– Ylian? Ylian?

Transeuntes se juntam em torno dele.

– Ylian? Ylian? Você está aí? Está me ouvindo?

A voz de Nathalie ao telefone é apenas um sussurro no asfalto.

Um sussurro que ninguém ouve na agitação.

Um sussurro que Ylian nunca vai ouvir.

Quando guardar toda a minha nudez
Sob roupas empilhadas com rapidez
Quando deixar a guerra prometida
Pela paz das mulheres submetidas
O que restará de nós?

II

LOS ANGELES

17

2019

YLIAN NÃO RESPONDEU.

Yl atendeu quando liguei. Ouviu minha voz. Yl me ouviu.

Mas não respondeu.

Havia barulhos, como se Yl estivesse na rua, como se tivesse deixado o celular em algum lugar, longe dele.

Eu esperei. Por muito tempo. Depois desliguei.

Pensei e pensei naquelas palavras loucas, rimadas de maneira boba durante todos esses anos.

Y-lha

Y-lha deserta

Mat-Y-lha

Voei o dia todo. Cheguei ao Roissy pouco depois das sete da noite. Voltei a telefonar, assim que peguei minhas malas, depois mais uma vez no elevador, enquanto descia para o estacionamento.

Ylian não atendeu mais.

Eu estava muito cansada.

Dou partida no carro. Desligo o rádio, não estou com nenhuma vontade de esbarrar com "Let It Be", "Boys Don't Cry" ou "La Bamba", mesmo que durante o voo Montreal-Paris nenhuma outra coincidência tenha aparecido para me provocar. Nenhum passageiro para dizer as palavras que Ylian me deixou, nenhuma alusão nas falas de Jean-Max ao microfone da aeronave, nem nas de Irmã Emmanuelle, de Georges-Paul, de Flo (que ficou a maior parte do tempo em silêncio depois que banquei a lançadora de seixos na ponte Jacques-Cartier) nem de Charlotte (que ficou linda com a nova franja cortada pelo cabeleireiro quebequense descolado). Será que a nova pedra do tempo perdeu seu poder? Ou, se for a mesma lançada no Saint-Laurent e que reapareceu milagrosamente em minha bolsa, será que não é resistente à água, como um celular ou uma máquina fotográfica qualquer? Um aparelho que estraga quando molha! Estranho para uma pedra que supostamente foi recolhida por um feiticeiro no leito de um rio.

Saio do estacionamento.

Chego a quase me divertir com a sucessão de acontecimentos estranhos. Será tensão acumulada? O jetlag? O relaxamento depois de seis horas de voo? Ou apenas a alegria de voltar para casa? Uma horinha de estrada e estarei em Porte-Joie. Um banho demorado. Mesmo se Margot nem me cumprimentar direito: *Olha só, você voltou, mãe. Comprou pão*? Mesmo se Laura não deixar de me ligar: *Tudo certo para você cuidar dos gêmeos amanhã de manhã?* E Olivier vai estar em casa.

Vai ter preparado um jantar, um prato leve e bem montado, uma salada, sushi, um gravlax de salmão... Terá aberto uma garrafa de vinho branco, um gewurztraminer, meu preferido. Não vai me fazer nenhuma pergunta, vai me deixar pousar, vai me deixar ir para a cama cedo, vai se deitar para ler ao meu lado, vai fazer amor comigo se eu não estiver com sono, vai me esperar acordar se eu apagar. Olivier conhece, aceita, antecipa todas as minhas imprevisibilidades.

Atravesso Authevernes. Estou exausta. Como fiquei poucas vezes ao voltar de um voo. Quase sem me dar conta do que estou fazendo, paro no estacionamento de um posto de gasolina e tento ligar para Ylian uma última vez.

06-16-89-25-14.

É o número certo. Ele atendeu da primeira vez, sem dizer uma palavra.

Não chama. Como se a linha tivesse sido cortada.

Sem dúvida, é melhor assim. Pelo menos é o que me forço a pensar.

Deixo passar um caminhão e ligo o carro novamente.

É, sem dúvida é melhor assim. Acabou. Não tenho mais idade para virar minha vida de cabeça para baixo! Levei tantos anos para chegar a esse equilíbrio, para selecionar o que aceito esquecer e o que me é vital, para escolher amigos, amar meu marido. Sim, amar Olivier. Me sentir bem ao lado dele, porque sua casa também é a minha, odiá-lo às vezes, mas sempre ter vontade de voltar, de encontrá-lo. Paixão é ter vontade de fugir com alguém, mas amor não é acabar apreciando ser prisioneiro? Olivier aparou as arestas, Olivier baixou a guarda. Olivier, no entanto, está mais bonito do que antigamente, mais atencioso, mais elegante.

Mudo de faixa para ultrapassar o caminhão. Um carro aparece na colina apenas 100 metros à frente e a adrenalina me tira do torpor na mesma hora. Piso fundo no acelerador, no último instante entro na frente do veículo pesado, respondendo com um sinal ao piscar dos faróis do veículo que freia diante de mim.

Voltar para casa. Tomar banho. Apagar.

Deixo a rodovia 14 pegando a saída para Mouflaines. Uma longa descida pela margem do Sena e estou em casa. Vejo os meandros do rio a cada curva. Gosto tanto dessa paisagem! Desses meandros escavados de maneira tão lenta que nenhum ser humano teria consciência disso enquanto vivesse, esses gramados em declives íngremes, aparados por ovelhas equilibristas, essas falésias brancas repletas de castelos e capelas.

A costa dos Dois Amantes.

É assim que as falésias do Sena são chamadas aqui.

Os dois amantes...

Paro de repente, diante da igreja de Muids. Pego o celular e apago o número de Ylian. Também apago as últimas chamadas do histórico.

Os dois amantes.

Não me arrependo de nada. Chego a desejar que toda mulher possa um dia viver tamanha paixão. Conhecer a emoção da fuga. O que eu seria hoje se não o tivesse conhecido? Frustrada? Amarga? Decepcionada? Quem eu seria se não tivesse a certeza de ter vivido um dia? Se não tivesse passado por aquela falta completa depois de deixar Ylian? A raiva da abstinência. Hoje, não sinto mais falta de Ylian. Guardei nossas lembranças em uma gaveta que não abro mais. Mas sei que é nele que pensarei no dia em que meus olhos se fecharem. Olivier, Laura e Margot é que estarão ao meu lado, mas será a ele que vou dedicar minha vida. Só passamos pela terra, no fim das contas, por alguns instantes de euforia.

Sinto um imenso vazio. Porte-Joie. Três quilômetros. A estrada me parece interminável esta noite. Quando saio da cidade, um painel eletrônico indica minha velocidade.

Noventa e dois quilômetros por hora. Meu recorde!

Quero voltar para casa. Quero esquecer tudo. Quero dormir.

Eu sei, claro, sei por que Ylian não me respondeu.

Porque eu deveria ter ligado antes.

Porque eu deveria ter quebrado minha promessa.

Porque eu deveria ter quebrado nosso contrato. O contrato que nenhuma outra mulher teria aceitado assinar.

• • •

Observo os gêmeos. Sobre um grande cobertor espalhado no gramado, a alguns metros do Sena, Ethan e Noé se divertem com o pequeno trem de madeira que o vovô Oli fez para eles.

– Se os meninos forem brincar lá fora, não tire os olhos deles, mamãe! – Laura teve a audácia de me recomendar antes de ir trabalhar.

Claro, minha querida! Sabe, antes dos seus dois Pequenos Polegares, criei você e sua irmã aqui, à beira deste grande rio cheio de patos, cegonhas e cisnes que mordem, sob os respingos dos barcos. E nunca aconteceu nada com vocês! Ah, essa vingança das filhas sobre a mãe assim que têm filhos, como se quisessem fazê-la pagar por tudo que estão convencidas de que perderam!

Subo um pouco as costas da espreguiçadeira em que estou sentada. Ontem, dormi assim que me deitei. Já estava adormecendo no banho. Mal toquei nos sashimis de Olivier. Me recuperei com os croissants que ele me trouxe de manhã. Na cama. Mal toquei em Olivier. Ele não deixou de fazer nada. Antes que o Polo de Laura atravessasse as pedrinhas da entrada e ela deixasse os gêmeos, as fraldas, os brinquedos, os dois berços dobráveis, sem nem desligar o carro.

São 11h30. O sol do outono acabou vencendo a bruma matinal do Sena e as nuvens presas ao topo das falésias. Pus uma saia e uma camisa com decote em V. Olivier está na oficina. Terminando uma grande encomenda para um restaurador parisiense, um balcão de bar retrô e estantes art déco. Sentados no chão forrado, os gêmeos se comunicam em uma língua desconhecida. Estou um pouco entediada.

Mexo no celular, ainda de olho em Ethan e Noé (fique tranquila, Laura!). Sou tomada pelo arrependimento de ter apagado o número de Ylian, depois suspiro. Não sou mais uma adolescente que sonha acordada com mensagens de texto. Cinquenta e três anos, meu amor! Acompanho com os olhos o mergulho de um martim-pescador no meio do Sena. Geronimo, nosso cisne, agita as asas, agressivo como um gato que surpreende o bicho de estimação do vizinho comendo na sua tigela. Foi Margot que deu esse nome a ele, Geronimo, por causa do personagem histórico. Um cisne indígena! Assim como deu o nome de seus três filhotes: Saturnin, Oscar e Speedy – SOS, três cisnes problemáticos! Margot tem muito talento com as palavras. Margot tem muito talento, no geral, quando tem vontade de se conectar ao mundo.

Me forço a guardar o celular. Uma ideia me ocorre. Verifico que Olivier não pode me ver, lá na oficina, e pego a pedra do tempo, esse seixo que estranhamente saiu do fundo do Saint-Laurent para o fundo da minha bolsa. Sinto seu peso na palma da mão direita e depois, me aproximando da margem, pego, com a esquerda, uma pedrinha do Sena. Maior, mais clara e menos redonda do que a pedra do tempo.

A ideia é fazer um teste. Trocar uma pela outra! A pedra do tempo vai ficar aqui, na minha casa, na extremidade do jardim, entre os seixos brancos ao pé do muro baixo que margeia o rio. E este seixo imaculado do jardim vai me acompanhar. Em todos os cantos, na minha bolsa. Como uma bola de prisioneiro em miniatura, fácil de carregar.

•••

– Tudo bem, meu castorzinho?
Uma hora depois, Olivier finalmente sai da oficina.
– Que tal uma bebida? – sugere ele.
Alguns minutos de preparação improvisada e dividimos um *pommeau* gelado na varanda, enquanto Ethan e Noé imploram por biscoitos para vovó e vovô. O quanto vocês quiserem, meus queridos! Nenhum dos dois vai contar para a mamãe! Adoro que eles tenham inventado uma língua secreta para trocar segredos.
Olivier me bombardeia com perguntas. Mais do que de costume. E como foi Montreal? Fazia tempo que você não ia... Eles ainda falam francês por lá? Viu esquilos? Lenhadores? O belo Trudeau? Mal tenho tempo de sorrir antes que ele continue o interrogatório.
– Dessa vez, não perdeu seus documentos?
Não acrescenta nada. Fico surpresa por ele se lembrar com tanta precisão da bolsa esquecida há vinte anos.
– Não...
Não acrescento nada. Por favor, não insista, Oli. É por você, apenas por você, que quero esquecer tudo. Olivier afasta o pacote de biscoitos de Ethan e Noé.
– Viajou com alguém que conheço?
Eu me agarro a essa boia salva-vidas.
– Jean-Max Durand... você sabe, o piloto que dá em cima de todo mundo. Parece que ele está encrencado. Florence também foi.
Olivier assente. Sabe quem é Flo. Ele a viu quatro ou cinco vezes. Ela costumava vir dormir aqui em casa, antes de se casar.
– É raro, não é? Viajar com dois conhecidos.
– Acontece...
Ethan e Noé me observam com seu olhar de cãezinhos de barriga cheia, mas que por instinto mendigam comida à pessoa boazinha. Dou mais três biscoitos para cada um.
– E você, Oli? O que fez enquanto eu não estava?
Ele parece surpreso, como se eu tivesse devolvido a bola rápido demais.
– Nada... Nada de especial. Trabalhei. Hmm... Ontem fui a Paris. Na avenida de Wagram. Fui a um restaurante...
– Você, que detesta a cidade grande.
Ele não responde. Ficamos um bom tempo sem falar, observando o

Sena. Observando os pássaros que sobrevoam a reserva Grande Noé. Biguás, gaivotas, alfaiates, sternas. Ethan e Noé voltam a brincar e quase pegam a cegonha. Olivier a observa desaparecer na ponta do meandro, depois se levanta.

– Vou voltar para a oficina. Pode me chamar para almoçar?

Acompanho seu olhar, vejo que desliza por minha pele nua, para por um instante em meu ombro tatuado e observa minha andorinha como se ela pudesse voar.

E eu ficar?

Como se estivesse incomodado, seu olhar se perde em nossa casa de madeira, na horta, na cerca viva bem cortada, nas margens do rio sem ervas daninhas, na oficina.

Antes de voltar a se trancar na oficina, ele se inclina e me dá um beijo.

– Senti sua falta, castorzinho.

• • •

Os gêmeos foram embora. Laura passou para pegá-los na correria. Ela hoje trabalha no Bichat, vai ficar de plantão a noite toda. Também tem horários horríveis, quase tão ruins quanto os da mãe, mas seu universo se limita aos corredores brancos de um formigueiro.

– Vi na sua programação que você tem uma folga de vários dias entre Los Angeles e Jacarta – conseguiu dizer Laura antes de ir embora.

Achei que ela fosse querer deixar Ethan e Noé comigo, sistema pensão completa.

– Então não faça plano nenhum por alguns dias! Você promete?

Não prometi nada.

– Ainda mais porque talvez você nem vá para Jacarta – acrescentou Laura.

Olhei surpresa para ela.

– Você não vê jornal, mãe? O tsunami! O vulcão submarino que acordou no oceano Índico. As ondas tinham 5 metros de altura, casas foram levadas em Sumatra, em Java... Milhares de pessoas estão desabrigadas... E ainda deve ter mais problemas nos próximos dias.

Eu não sabia. Devo ter feito cara de idiota. Instintivamente, meu olhar buscou minha bolsa. O voo Paris-Jacarta foi cancelado? É como se uma curva no tempo tivesse sido fechada. O efeito imediato de ter substituído a pedra do tempo por um seixo do jardim?

– Até domingo que vem, mãe!

– Domingo que vem?

– É, domingo que vem, seu aniversário!

• • •

O resto do dia transcorre tão tranquilamente quanto o Sena. Meu avião decola às oito da noite. Deixamos o almoço na varanda se estender até o meio da tarde. As horas que precedem minha partida são sempre difíceis, cada silêncio parece esconder uma nova censura. Apesar de, desta vez, Olivier não dar nenhuma indireta para me segurar em casa. Margot acorda depois das doze badaladas do meio-dia, se junta a nós, com uma roupa qualquer, quando já estamos na sobremesa, para devorar um iogurte e cereais, depois vai tomar banho.

Subo para pegar minha mala, no último instante como sempre. Odeio deixá-la exposta no hall de entrada. Olivier me ajuda a colocá-la no porta-malas do meu carro. Estou um pouco adiantada. Prefiro não arriscar com o trânsito de volta do fim de semana. Já estou manobrando para sair quando Margot aparece, o cabelo molhado, os pés descalços no cascalho, apenas de roupão. Ela faz grandes gestos pedindo que eu pare, o que me assusta. Imagino que não seja porque esqueceu de me dar um beijo de despedida.

Baixo o vidro da janela.

– Mãe… Você está indo para o aeroporto? Não pode levar o Kangoo do papai e deixar o Honda com a gente?

– O quê?

– Mãe! – Margot revira os olhos como se eu fosse um extraterrestre a quem tivesse que explicar tudo. – Mãe, você sabe que estou fazendo aulas de direção… E não vou treinar com a caminhonete do papai!

– Eu volto na terça. Isso pode esperar dois dias, não pode?

– Mãe! – Agora ela baixa os olhos, como se o céu tivesse acabado de cair sobre sua cabeça. – Mãe, tenho que dirigir mil quilômetros para tirar a carteira, e desde que as férias começaram não dirigi nem 100… Porque você nunca está aqui, mãe, e esse carro não serve para nada estacionado no Roissy. Nesse ritmo, só vou dirigir aos 20 anos!

Vinte anos! Só?

Margot é tão diferente de Laura!

Tão diferente do pai, também. Vive com a cabeça nas nuvens tanto quanto o pai tem os pés no chão; o que ele tem de silencioso ela tem de temperamental, o que ele tem de conciliador ela tem de teimosa. No entanto, eles se tornaram extremamente cúmplices. Quando estão sozinhos, suspeito que conspiram às minhas costas. Olivier perdoa tudo que ela faz. Sem dúvida porque sabe que, ao contrário de Laura, Margot só tem uma vontade: voar!

Olho nos olhos de minha filha.

– Vinte anos? Você sabe com que idade tirei carteira? E quando tive meu primeiro carro? A liberdade tem um preço, minha querida! E, para isso, você tem que se esforçar um pouco na escola... E durante as férias...

Desculpe, querida, não consegui me conter! Margot passou julho e agosto fazendo nada com seu grupo de amigas também desocupadas. Sei que tenho que ir embora, mas não me importa: não vou ceder, e Margot também não cede.

A briga vai começar, detesto as palavras que ela me força a usar: trabalho, obediência, paciência, razão, frustração. Detesto me sentir tão velha. E Olivier, escondido, que não diz nada! Margot deixa passar a tempestade, um passeio gratuito sob a chuva, para voltar ao início:

– Tá bom, mãe, tá bom. Mas, afinal, você vai deixar seu carro com a gente?

Eu me controlo para não ser grosseira. Ela está me deixando nervosa! Tenho que ir! Tento um último argumento.

– Não! Mesmo porque seu pai precisa da caminhonete para trabalhar.

Péssima ideia! Margot aceita o que digo, se vira para o pai e estou certa de que ele vai aceitar, vai dizer que não precisa da minivan nos próximos dias, que pode trabalhar à noite na oficina e dirigir com Margot durante o dia, acompanhando-a, como copiloto, à escola, ao cinema...

– Sua mãe tem razão – responde Olivier, calmo, para meu grande espanto. – Preciso da minivan para as entregas. Espere sua mãe voltar para praticar.

Margot fica imóvel, traída. Depois esconde o rosto atrás do cabelo molhado para chorar. Olivier me beija, enquanto fico parada, surpresa por ele ter conseguido enfrentar sua adolescente querida. No fim, retribuo o beijo e vou embora. Perdi mais de meia hora discutindo.

• • •

Sigo para o Roissy xingando os limites de velocidade da rodovia, que me impedem de recuperar qualquer atraso, apesar de o trânsito estar fluindo melhor do que eu havia previsto. Vou para Los Angeles! Meus pensamentos não conseguem se desligar daqueles dias, há quase vinte anos, entre minha volta de Montreal e minha ida a Los Angeles, nesta mesma estrada, as lágrimas que corriam sem parar, inesgotáveis.

Paris-Porte-Joie – Porte-Joie-Paris.

Vinte anos…

Todo um simbolismo! O tempo que Penélope esperou antes de encontrar seu amor desaparecido. Eu me forço a sorrir.

Vinte anos se dedicando à tapeçaria… ou à marcenaria…

O celular preso ao painel toca quando chego à saída de Gonesse, a menos de 3 quilômetros do Roissy, tão perto que os aviões parecem atravessar os campos. Verifico no relógio que não estou atrasada, que não é a Air France preocupada.

Número desconhecido.

Ao atender, tento voltar no tempo a toda a velocidade, abandonar em um canto da cabeça a Nathalie desesperada de 1999, nesta mesma estrada, neste mesmo voo, e retornar ao celular impaciente de hoje.

– Nathalie?

– Oi.

– Nathalie, é o Ulisses. Tenho uma notícia ruim, muito ruim, para te dar.

18

1999

NÃO PARO DE CHORAR durante todo o trajeto.

Montreal-Paris.

Litros de lágrimas.

Metros quadrados de lenços de papel.

Litros de champanhe também, que Flo me traz da classe executiva.

– Chore, minha querida, chore.

Nunca mais vou vê-lo...

– Você só ficou com ele por algumas horas, vocês só se beijaram...

Nunca mais vou ver Ylian.

– Você escapou do pior, minha querida, do terremoto. Acredite em mim, você fugiu a tempo. Os próximos dias vão ser difíceis, mas depois vai ser só uma bela lembrança, para sempre.

Como imaginar nunca mais reviver aqueles instantes que me marcaram tanto?

– E pare de bancar a Bridget Jones. Tem gente em situação pior do que você em termos de deserto afetivo! Gepeto e sua princesinha esperam você em casa.

Flo tem razão. Voltei para Porte-Joie com uma única obsessão. *Ylian...*

Então Laura, cuja otite tinha melhorado como que por um milagre, saltou para o meu colo, agitou o globo de neve brilhante com o castelo Frontenac, as estrelas se multiplicando em seus olhos, me perguntou se eu tinha visto ursos e pinguins, se tinha viajado de trenó puxado por cães, depois me implorou para que eu a levasse junto na próxima vez. Papai tinha explicado a ela que eu ia para a cidade do cinema, onde moram Minnie, Anastasia, Mulan e Pocahontas.

Então Olivier me abraçou, porque notou que eu não estava bem.

– Perdi meus documentos, Olivier, todos os meus documentos.

– Não foi nada. Não foi nada, castorzinho. São só papéis.

Olivier é mais forte do que isso. Olivier é de madeira.

• • •

Fico seis dias descansando em Porte-Joie antes do voo seguinte, para Los Angeles. Olivier conversou muito comigo. Olivier me achou cansada. Olivier sugeriu que eu pedisse uma folga. Olivier me propôs fazermos outro filho. Olivier me confessou que estava preocupado por me ver partir de novo. Eu o tranquilizei, está tudo bem, Oli, está tudo melhor, graças a você, vai passar.

Não estou mentindo.

Vai passar, mesmo que, quando me abro a Olivier, quando me entrego a ele, esteja pensando em outro homem. Um homem que desapareceu em algum lugar do planeta.

Sem me deixar nenhum vestígio, nenhum endereço.

Nada que me permita correr atrás dele.

Mas uma ideia louca assombra meus pensamentos. Eu me tornei comissária de bordo apenas para esta missão. Voltar a encontrá-lo, onde quer que ele esteja.

• • •

– Nathalie?

Chorei durante todo o trajeto de Porte-Joie ao Roissy. Tinha segurado as lágrimas por seis dias. Uma comporta fechada, que por fim se abre para deixá-las correr. Qualquer amiga me garantiria que estou em depressão.

Por sorte, não conheço nenhum dos comissários que estão no voo para Los Angeles. Florence vai para Xangai; Jean-Max, para o Rio.

– Nathalie? – insiste Gladys, a chefe de cabine, uma moça muito distinta, do tipo que aceitaria voar até de graça para poder viajar, porque o marido é cirurgião, arquiteto ou advogado, e ela fica entediada. – Nathalie, tem um envelope para você no guichê da Air France.

Um envelope?

Vou para lá correndo. Uma carta? Os funcionários nunca recebem cartas! Pedem que eu confirme minha identidade, depois me dão um envelope branco. Estou mais rasgando do que abrindo, de tão animada. Já adivinhei o que é!

O envelope contém todos os meus documentos. Os que perdi com a bolsa. Identidade, título de eleitor, carteira de motorista e carteirinha do seguro-saúde, além de fotos: Laura ao entrar na escolinha, eu bancando a idiota em uma cabine fotográfica. Faltam apenas a bolsa, o dinheiro, o talão de cheques e o cartão de crédito, que já cancelei. Eu entendo tudo. Alguém achou minha bolsa, talvez os jovens que estavam bebendo no mirante Kondiaronk. Pegaram tudo que era de valor e jogaram fora o resto.

Clássico!

Penso nas últimas palavras de Ylian, sob as árvores do Mont-Royal.

Pode ir. Vou continuar procurando.

Agitada, desamasso a bola de papel que fiz com o envelope e monto o quebra-cabeça de pedaços rasgados para poder ler as palavras escritas no verso, que, na pressa de abrir, não notei.

Foi tudo que consegui achar.
Laura é muito bonita.
Você também.
Não tente me procurar, por favor.
Seu músico fracassado que insiste na própria odisseia.

Minhas lágrimas voltam a cair em cascata. Encharco o envelope depois de despedaçá-lo. Ylian continuou procurando! Achou meus documentos, sem dúvida espalhados em algum lugar da floresta. Yl os reuniu e depois, por saber meu nome, minha profissão, a companhia e o número do voo em que me conheceu, mandou tudo para a Air France. Discretamente, como um doador generoso que deseja se manter anônimo e se retira na ponta dos pés.

> *Não tente me procurar, por favor.*
> *Seu músico fracassado que insiste na própria odisseia.*

Só por esse gesto elegante, tenho ainda mais vontade de correr atrás dele. Eu, que só sei seu nome, uma paixão que não é nem sua profissão e uma indicação… o sul dos Estados Unidos.

Sei bem que, mesmo que o acaso me leve até ele, não tenho nenhuma chance de encontrá-lo na Califórnia, um estado tão grande quanto a Inglaterra, com quase 40 milhões de habitantes.

• • •

O avião sobrevoa o Atlântico. Me perco em meus pensamentos. Minha mente repete sem parar a única mensagem que Ylian me deixou.

> *Não tente me procurar, por favor.*
> *Seu músico fracassado que insiste na própria odisseia.*

Nenhuma pista, nenhuma orientação! Ylian foi claro, nada além de um beijo, nada além de uma lembrança. Você é casada, é mãe, não quero sofrer, não quero fazer você sofrer.

Ele prefere fugir.

Eu só quero uma coisa.

Encontrá-lo.

As doze horas de voo não resolvem nada. Não tem Jean-Max no comando para imitar o sotaque quebequense e fazer os passageiros rirem, nem Flo para me embebedar. Apenas Gladys, a chefe de cabine, vem conversar comigo e fazer uma lista de tudo que ela vai adoraaaaar em Los Angeles. Subir no observatório, sabe qual é? *Juventude transviada*, o filme com James Dean e Natalie Wood! Nossa, eu adoraria visitar Santa Catalina, a ilha onde ela se afogou, na baía de Avalon, uma maravilha, sabe qual é? *O grande motim* foi filmado lá, tem bisões selvagens, tem noção, bisões selvagens! Um passageiro que joga golfe lá me explicou que lá também é área de proteção para os últimos tongvas, sabe quem são? Os primeiros indígenas da Califórnia.

Eu ouço… sem escutar.

Apenas vejo sua boca se mexer. Gladys me lembra essas mulheres que querem agradar mas não são bonitas o bastante. Então exageram, usam bijuterias brilhantes demais, roupas coladas demais, acreditam se tornar mais sedutoras, enquanto apenas se tornam mais vulgares. Gladys é assim. Ela quer ser interessante sem ser inteligente o bastante. Então exagera, tem filmes demais que adorou, exposições demais que visitou, causas demais que apoiou. Ela acha que isso a torna apaixonante, mas apenas a torna extremamente chata.

Esse tipo de mulher procura, por instinto, colegas educadas que não vão contradizê-la. Sou a presa ideal e, no fim das contas, acho ótimo que ela fique falando sozinha, esperando apenas um aceno de tempos em tempos. Fico livre para pensar em duas frases sem parar.

Não tente me procurar, por favor.
Seu músico fracassado que insiste na própria odisseia.

Gladys inicia o capítulo música californiana, contando que não aguenta mais cantores de cabelo oxigenado, que dão gargalhadas em seus Mustangs enquanto correm ao longo da costa do Pacífico, sabe como é? Tipo Beach Boys trinta anos depois. Mas ela venera grupos locais de que nunca ouvi falar: Faith No More, Deftones, Rage Against the Machine, Queens of the Stone Age.

Seu músico fracassado que insiste na própria odisseia.

Os nomes das bandas que Gladys enumera explodem de repente em minha cabeça, como balões de encher que estouramos um a um nas festas na pracinha.

Sobrevoamos o Grand Canyon, aterrissamos em menos de uma hora e, por fim, acabo entendendo.

Claro!

Ylian me deixou uma pista, uma pista minúscula mas ainda assim uma pista. Suas palavras pronunciadas sob a cruz de ferro do Mont-Royal me voltam à mente.

Eu vou ficar deste lado do Atlântico. Para correr atrás de uma oportunidade. Ulisses me deu alguns contatos.

Odisseia é a pista!

Para que eu a associe a Ulisses!

Ulisses Lavallée, o produtor que tem um escritório em Los Angeles. Ulisses sem dúvida o contatou para um ou dois pequenos trabalhos. Ulisses Lavallée não deve ser difícil de encontrar… e ele sabe onde Ylian trabalha!

19

2019

Paro o carro, desesperada.

– Espere, Ulisses. Espere aí!

Meu Honda Jazz se mete no acostamento, diante de uma cerca alta que deve ser parte do aeroporto de Roissy, antes de parar.

– É o Ylian – explica Ulisses, pronunciando cada palavra lentamente. – Ele me ligou... Quer dizer, ligaram para mim há algumas horas... E...

Ele não consegue terminar a frase. Amaldiçoo o telefone, amaldiçoo o fato de não estar diante dele, amaldiçoo o fato de não poder olhar em seus olhos, de não ver sua boca soltar as palavras que já imagino que vão me penetrar como balas.

– O Ylian – Ulisses consegue enfim dizer. – O Ylian sofreu um acidente.

Minha nuca cai para trás, no encosto de cabeça. Meus braços de repente pesam uma tonelada. Um caminhão passa a toda ao meu lado, na estrada, sacudindo meu carro. Eu grito.

– Onde? Quando?

– Ontem. No início da tarde. Na avenida Ternes. Perto da Fnac onde ele trabalhava... Foi atropelado.

– Como... ele... está?

– ...

– Não me diga que ele...

Penso no maior medo de todos esses anos de silêncio: se algo acontecer com Ylian, se Yl morrer, ninguém vai me avisar. Ele vai morrer sem que eu saiba, sem que eu chore por ele. Quando enterramos uma pessoa, quantos amores secretos enterramos com ela? Quantas paixões nunca confessadas, engolidas pelo vazio, desaparecem como se nunca tivessem existido? Ulisses continua pronunciando as palavras devagar. Falar já parece deixá-lo sem fôlego.

– Ele... Ele ainda está vivo, Nathalie. Está respirando. Está consciente. Mas... teve o pulmão perfurado. A caixa torácica foi... esmagada. As pleuras foram afetadas. Os lóbulos médios e inferiores também. Temem que haja hemorragia interna. Falei com os médicos da emergência do hospital do Bichat. Eles... estão pessimistas... Estão com medo de operá-lo. Estão esperando... Estão... – Ulisses têm dificuldade de terminar a frase, hesita, depois esvazia de uma só vez as últimas balas de seu revólver: – Nathalie, acho que seria melhor ir até lá.

Um segundo caminhão passa por mim, e tenho a impressão de que meu carro vai voar.

Bichat.

Olho o relógio do painel. O hospital não fica muito longe do Roissy, a menos de meia hora de estrada, mas vai ser impossível ir e voltar a tempo do meu voo. Se eu soubesse antes, se Margot não tivesse me atrasado na hora em que estava saindo, se, se...

– Eu... eu não posso, Ulisses... Eu decolo daqui a uma hora. Vou... Vou quando voltar... Daqui a três dias.

Não consigo acreditar que digo essas palavras.

– Se ele ainda estiver vivo, Nathalie.

Procuro mentalmente uma solução. Um pretexto qualquer para não entrar no avião. Um modo de ter notícias de Ylian, de levá-lo comigo. Vejo uma possibilidade, uma única, arriscada, complicada...

– Tem outra coisa, Nathalie... Mas... é difícil falar sobre isso assim, pelo telefone.

– Diga!

– Você não tem tempo, está com pressa.

– Pode falar!

– Falei com Ylian pelo telefone. Hoje de manhã. Ele conseguiu dizer algumas palavras. Falou uma coisa que eu preciso contar para você... Temos que parar para conversar sobre isso, Nathalie. Pegue o avião. Quando você chegar ao seu destino e se instalar no hotel, me ligue.

– Você está em Los Angeles?

– Estou.

– Então não vou precisar ligar. Vou encontrar você. Estou indo para Los Angeles!

– Está de brincadeira?

– Não, Ulisses. Não estou.

De repente, ele parece desconfiar. Algo o incomoda na sequência de eventos.

– É meio estranho, você não acha, Nathalie? A gente não se falava desde 1999 e você me ligou anteontem de Montreal. Te passei o telefone do Ylian e ele foi atropelado. Eu liguei e você está justamente vindo para Los Angeles.

– É, é meio difícil de engolir, eu sei...

Mas estou começando a me acostumar. Como se tudo que estivesse acontecendo seguisse uma lógica implacável. Como se estivesse tudo escrito.

– Ulisses, por que você quer falar comigo?

– Você sabe meu endereço, Nathalie. É o mesmo.

– Diga pelo menos sobre o que é. O que Ylian disse?

– O cara que o atropelou. Na avenida Ternes. Ele não parou.

• • •

– Laura?

Colo o celular à orelha, manobrando no estacionamento do Roissy, estacionando, tirando a mala do carro com a outra mão.

Atende, Laura! Atende!

Bato o porta-malas. Tranco o carro.

– Mãe?

Ouço o bufar de Laura. Ela me responde com certo nervosismo. Imagina que seja importante, já que estou ligando durante seu plantão.

– Preciso de um favor seu, Laura. Tenho um... um amigo que acabou de ser internado no Bichat. Na emergência. Um acidente na rua. Ontem. Você poderia... poderia conseguir informações?

– Claro. Eu conheço o cara?

Paro com a mala no meio do estacionamento. É impossível continuar fazendo as duas coisas ao mesmo tempo. Estremeço. Nunca achei que teria que envolver minha filha em tudo isso.

– Não... Não... É um velho amigo... – Será que Laura vai entender, só pelo meu tom de voz? – Um amigo... que foi muito importante para mim. – Será que Laura vai entender por causa de apenas uma palavra a mais? – Diga a ele. Diga que penso muito nele.

– Não se preocupe, mãe. Seu amigo vai ser paparicado. Passei dois anos na emergência, conheço todo mundo do setor. Ele vai receber tratamento VIP. Como ele se chama?

– Eu... não sei o sobrenome.

• • •

Corri, carregando a mala, assim que Laura desligou. Ela levou muito tempo para falar, fez um longo silêncio depois que disse o nome de Ylian, como se... como se soubesse quem é.

Estou ficando maluca!

Estou interpretando os acontecimentos primeiro, depois as palavras... E agora estou interpretando até os silêncios. Os silêncios da minha própria filha! A filha a quem estou pedindo que cuide de meu amante.

Voo AF208 para Los Angeles.

Do outro lado do vidro do portão de embarque, acompanho com o olhar as comissárias de bordo da Emirates, que saem de um ônibus, em seu uniforme quase tão branco quanto o de enfermeiras. Quero fugir, pegar o carro e ir até o Bichat. Sinto tanta raiva por ter que voar enquanto Ylian está em uma cama de hospital...

– Nathy!

Eu me viro.

É Flo!

Ela vem em minha direção, toda sorrisos. Não consigo nem me surpreender com sua presença. Toda coerência, toda improbabilidade, sumiu há muito tempo. No máximo, voar sem conhecer nenhum dos outros comissários me surpreenderia.

Eu me forço a retribuir o sorriso de Florence. Me forço a pensar que não vejo Ylian há quase vinte anos, que Yl se tornou um estranho, que Yl foi importante, muito, mas não é mais tanto, que voltar a pensar nele nos últimos dias deve ter sido uma espécie de premonição, que, nos últimos anos, me esforcei para esquecê-lo. E quase consegui. Se não fosse...

– Nathy, está tudo bem?

Flo me puxa para um canto. Cortamos a fila de passageiros que começa a se formar. Já não aguento mais esse turbilhão.

– Vamos voar com Charlotte – anuncia ela. – E adivinhe quem vai pilotar?

Respondo de maneira mecânica:

– Jean-Max?

Flo parece decepcionada.

– Exatamente. Isso não surpreende você?

Sim, não, não sei mais, Florence...

Ela lista os outros nomes. Georges-Paul e Irmã Emmanuelle não estão na equipe. Depois, me arrasta para mais longe, para a loja quase deserta de perfumes do free shop, e põe o braço em meus ombros como quem vai fazer uma confidência.

– Eu fui perguntar!

Então isso nunca vai parar!

– Perguntar sobre o quê, Flo?

– Sobre todas as suas perguntas, suas coincidências. A probabilidade da sua escala de voos, a chance de fazer Montreal, Los Angeles e Jacarta nessa ordem, de estar sempre comigo e Jean-Max, exatamente como há vinte anos.

– Jean-Max e você não estavam no avião para Los Angeles há vinte anos.

– É, mas isso não muda em nada minhas conclusões.

– Que são...?

– Foi Jean-Max que organizou tudo!

Quase desabo sobre a top model de papelão que divulga o novo perfume da Lancôme. Peço desculpas sinceras a Julia Roberts.

– Tem certeza?

– Tenho. O pessoal do escritório me confessou que ele fez pressão para que nós quatro viajássemos juntos: Charlotte, você, eu e ele.

– Por quê?

– Isso o pessoal do escritório não sabe... Mas, aparentemente, Jean-Max costuma fazer essas coisas. Escolher a equipe. E como tem muita influência...

– Ele *tinha* influência... Esqueceu as revelações da Irmã Emmanuelle? Tem uma queixa contra ele! A alguns meses da aposentadoria... Talvez Durand queira encerrar a carreira entre as comissárias preferidas dele... nós!

Flo faz uma careta.

Eu, não. Pela primeira vez desde a partida para Montreal, algo foi esclarecido. Uma das coincidências mais estranhas foi explicada, mesmo que eu ainda não saiba os motivos. Nosso voo é anunciado. Eu me viro rápido demais e esbarro na Julia de novo. Ela não se irrita, está toda sorridente em papel couchê. Só então noto o nome do perfume a que seu charme atemporal está associado.

La Vie Est Belle. A vida é bela.

• • •

Para minha surpresa, o voo é relaxante. Agir mecanicamente, como faço há anos, me ajuda a não pensar. Nenhuma nova coincidência surge do nada. Várias vezes – já virou quase um TOC – abro minha bolsa e tiro o seixo branco recolhido das margens do Sena. Sinto seu peso por um instante, antes de guardá-lo, imaginando que a pedra do meu jardim me protege! A pedra do tempo ficou em Porte-Joie, assim como ficou durante todos esses anos, antes em uma gaveta e agora à margem do Sena, ao pé de um muro na beira da água. Quanto mais penso nisso, mais elaboro uma explicação racional: a que me levou a ligar para Ulisses, depois para Ylian, antes de sair de Montreal, na hora em que ele era atropelado. Só Ylian poderia organizar essa série de coincidências! Ao menos todas as que não envolvem diretamente a Air France.

Desde então, Ylian está hospitalizado.

E as coincidências pararam.

Sobrevoamos o Atlântico, a aeronave silenciosa e escura exceto por algumas poucas telas acesas. A equipe se reuniu na parte de trás do avião. Um enxame de vespas agitadas em torno de bandejas de refeição vazias. Eu me aproximo e entendo o assunto da discussão. O lendário comandante Durand! Todos na Air France só falam da queixa.

Com habilidade, consigo convencer meus colegas, inclusive Flo, a não falar sobre isso na frente de Charlotte. Quando a estagiária sai para cuidar da cadeirinha de um bebê que não parece bem presa, todos soltam o verbo. Patricia, velha amiga de Irmã Emmanuelle, conta a notícia. Patricia é tão sacana quanto Emmanuelle é íntegra, mas me pergunto quem é, no fim das contas, a mais perigosa.

– A Emmanuelle pegou o Jean-Max transando!

As vespas começam a zumbir na hora.

Onde?

Com quem?

Quando?

Uma moça!

Imagino!

Onde?

Na cabine do piloto!

Uma moça na cabine? Não!!!

Passageira ou funcionária?

Quando?

No Paris-Montreal da semana passada!

Uma comissária de uniforme!

Ela ainda estava de roupa? Jean-Durão-Max não tinha arrancado tudo?

Quem?

Quem?

Emmanuelle a reconheceu?

Quem?!

Quem?

Vocês conhecem a Irmã Emmanuelle. Ela nunca vai dizer quem era!

Observo a silhueta fina de Charlotte, um pouco adiante no avião, ocupada, toda sorrisos, conversando com o jovem casal e ajudando o bebê. Flo voltou os olhos para a mesma direção. Será que Charlotte também se abriu para ela? Ou Florence adivinhou? Ela parece tão incomodada quanto eu... Seu incômodo vai de encontro às observações picantes da equipe e suas fantasias turbulentas sobre o famoso Mile High Club, clubinho exclusivo àqueles que supostamente já fizeram amor durante um voo.

Nos minutos que se seguem, enquanto vou até Charlotte, uma nova pergunta toma conta da minha mente. Eu conheço a Irmã Emmanuelle, ela vai proteger sua equipe, ainda mais uma jovem estagiária que se deixou enrolar. Mas será que o comandante Durand tem honra suficiente para não a dedurar?

• • •

Todos, pouco a pouco, adormecem. Então, como se só tivessem se passado alguns minutos, as luzes se acendem e tudo recomeça. Acordar, bandejas; madeleine ou muffin, chá ou café? Aceleramos o passo para recolher o café da manhã quando o microfone da cabine do piloto volta a crepitar.

Jean-Max se expressa com um irresistível sotaque americano. Se é seu último voo, ele não deixa transparecer. Ou, como sugeri para Flo, quer encerrar bem a carreira.

– Acabamos de passar pelas Montanhas Rochosas e vamos começar a descida para Los Angeles. Espero que tenham tido uma boa noite, porque talvez seja a última. Tenho uma péssima notícia para dar: os dois motores acabaram de falhar. Sou obrigado a tentar aterrissar no Pacífico, em frente ao Píer de Santa Monica. A boa notícia é que, mesmo que a gente não saia vivo dessa, Clint Eastwood vai fazer um filme sobre nós. Meu último desejo, e a caixa-preta será minha testemunha, é que meu papel seja interpretado por Tom Hanks. Boa sorte a todos. Não deixem de enunciar claramente o nome dos seus atores preferidos para garantir que entrarão para a posteridade. Tudo ficará gravado para sempre.

Quase todos os passageiros dão gargalhadas. Ouvem-se nomes. Tom Cruise, Meryl Streep, DiCaprio, Marion Cotillard, Jim Carrey... Os que estão sentados perto das asas verificam que os motores estão funcionando e reparam que o avião está sobrevoando o letreiro branco gigante, HOLLYWOOD, NA COLINA NO NORTE DA CIDADE DOS ANJOS.

Alguns segundos de descanso. Assim que a última bandeja é recolhida, mergulho nos documentos que baixei no celular antes de decolar.

O táxi, reservado para minha imediata chegada.

O endereço: @-TAC Prod, Sunset Boulevard, 9.100. O itinerário que começa no aeroporto, exatamente igual ao que percorri vinte anos atrás para ir ao escritório de Ulisses.

Para encontrar Ylian.

Ylian, que luta contra a morte, Ylian, que abandonei, Ylian, de quem fujo, a cada segundo neste avião me afastando cada vez mais dele.

No entanto…

Há vinte anos, fui até o escritório de Ulisses com o coração acelerado, seguindo um Ylian tão vivo que chegava a ser inatingível, e cada segundo no avião acima de Los Angeles me aproximava dele.

Quando nossos sentidos forem proibidos
Das nossas meias-noites banidos
Quando nossos arroubos forem malditos
Quando nossos ditos forem roubados
O que restará de nós?

20

1999

Fácil. Quase demais. Uma simples busca na internet, *produtor Lavallée Los Angeles*, e o endereço de Ulisses aparece.

@-TAC Prod

Sunset Boulevard, 9.100

Um zoom no mapa e localizo seu escritório em uma extensa avenida de 39 quilômetros em West Hollywood, no cruzamento da rua Cynthia. O táxi demora quase duas horas para me levar até lá. Los Angeles não é uma cidade, explica o motorista, um latino dotado de uma frieza quase britânica, são apenas prédios construídos o mais próximo possível uns dos outros, entre o mar, o deserto e as colinas, nas centenas de quilômetros disponíveis. Não nos preocupamos em construir rotatórias, não mais do que um centro histórico, já que o centro do mundo é aqui. Depois, ele volta a aumentar o volume do rádio e cantarola uma música antiga dos Eagles, "Wasted Time", que não escuto há anos. Só para percorrer 5 quilômetros do Sunset Boulevard levamos 45 minutos. Tempo durante o qual aprecio os imensos outdoors. Lógico! Os engarrafamentos são os únicos momentos do dia em que os americanos não podem mudar de canal.

A sede da @-TAC Prod fica em um pequeno imóvel na encosta de uma colina, de onde a vista para o Pacífico e para o famoso pôr do sol seria sublime se não estivesse bloqueada por um enorme outdoor de *Toy Story 2*. Ao infinito e além, promete Buzz... Na altura do número 9.100, primeiro vejo um *food truck* na calçada vendendo hambúrgueres aos poucos clientes instalados nas cadeiras e mesas de plástico branco protegidas por alguns guarda-sóis da Pepsi. Olhando com mais atenção, descubro atrás da lanchonete improvisada uma rua não asfaltada, de uns 20 metros de extensão, e ao fim dela há uma construção deteriorada de três andares que certamente será a primeira a cair quando a falha de San Andreas se abrir.

Me dirijo até lá. Nas caixas de correio com nomes óbvios – Shrimp Music, New Vinyl Legend, Alligator Records, Deep South Sound –, percebo que dezenas de microprodutoras de música dividem o espaço. A de Ulisses ocupa uma pequena sala no térreo. Fica bem perto das lixeiras e dos carros também. E das buzinas quando as janelas são abertas.

Ulisses está nos fundos. Ele me convida para entrar e, antes mesmo de falar comigo, desliga o ventilador de chão que, além de um barulho infernal, provoca um minitornado nos papéis empilhados por todo lado.

– Você? – diz ele por fim, surpreso.

– Está me reconhecendo?

– Do Métropolis, semana passada. A mãe do meu futuro afilhado! Você me prometeu, lembra? Assim que tiver se casado com o guitarrista. – Ele enxuga a testa, como se a temperatura tivesse subido de repente. – Você me contou belas mentiras, moça bonita! É mãe, casada... e não com seu Eric Clapton de boina.

Ulisses se levanta sem esperar resposta, pega uma cerveja na geladeira ao lado da janela e me oferece uma, que recuso. Prefiro água. Ele me passa uma garrafa de Aquamantra e me convida a sentar diante de sua mesa.

– Peguei seu guitarrista com uma cara de enterro... Mais triste que uma pedra. Devo dizer, uma moça bonita como você... Quantos anos você tem, Nathalie? Trinta? Trinta e cinco? A idade de uma mulher adulta o bastante para saber o que quer de verdade e jovem o bastante para não deixar de ir atrás disso... Você olha para seu menino sensível com olhos de gata que está fazendo bobagem, segura a mão dele como se achasse que o chão fosse sumir de sob os seus pés, *close, so close to him*. Sinceramente, Nathalie? Como alguém poderia adivinhar que você já tinha uma corda no pescoço e até um pãozinho no seu forno?

Respondo sem hesitar:

– Não escondi nada dele.

Ulisses toma metade da cerveja e a coloca na mesa. Continua como se não tivesse me ouvido:

– E, na hora de ir embora, resolveu bancar a Cinderela. Deixou sua bolsa com seu estado civil, número de telefone e endereço, tudo. Bem mais claro que um sapatinho de cristal, hein? Não sente remorso por tê-lo fisgado com tanta facilidade?

Desta vez, não respondo. Se jurar que não fiz de propósito, ele não vai acreditar. Aliás, acabou de colocar uma pulga atrás da minha orelha. E se esse esquecimento foi um ato falho? E se...

Ulisses põe a cerveja na mesa fazendo um barulhão, *clac*!, para dar um susto em meus pensamentos. Ele fixa os olhos nos meus, tentando avaliar minha sinceridade.

– Você realmente se apaixonou por ele?

A pergunta me surpreende. Ele cai na gargalhada diante da minha cara abismada. A ponto de cuspir na pasta mais próxima. Quanto mais analiso seu escritório, mais tenho dificuldade de acreditar que ele organizou o show do The Cure em Montreal. Deve cuidar só de uma pequena parte da turnê, apenas mais um intermediário entre uma dezena de outras microempresas que gerenciam o equipamento e a logística. Ele se recupera e me olha fixamente, e percebo que ele gosta de me deixar nervosa com seus interrogatórios relâmpagos. Fazer as perguntas e as respostas! Vamos lá, Ulisses, não pare, pode se divertir!

Ele não tira os olhos dos meus. Os seus são doces e risonhos, como os de um belo Buda gordo que faz o que pode para cuidar daqueles que acreditam nele.

– É isso aí! Tá na cara! – continua Ulisses, sem meandros. – Você está completamente apaixonada! Mas de que adianta, meu bem, correr atrás dele até o fim do mundo se seu marido e sua filha esperam você em Paris?

Mais uma vez aguardo que ele mesmo dê a resposta. Mas, pelo visto, não está mais com vontade.

– ...

Ele acaba aceitando. Baixa a guarda, abre a janela e acende um cigarro, a fumaça se misturando à poeira e ao gás dos escapamentos dos carros parados no Sunset Boulevard.

– Ylian tinha seu endereço... e não escreveu para você. Ylian queria você... e nem tentou te levar pra cama. E posso dizer que foi uma grande vitória ter resistido, porque você é uma gata, com esses seus olhos de lua atrás dessa mecha de cabelo solta, essas suas belas curvinhas moldadas nessa roupa de animadora de torcida. Ylian quis sumir. Ele respeitou você mais do que qualquer outro cara respeitaria. Então por que voltou para fazer o cara sofrer?

Ulisses se vira para a rua, avaliando a confusão da cidade com um ar indulgente.

Me dando tempo para pensar.

Ylian não escreveu para você...

Escreveu, sim, Ulisses!

Seu músico fracassado que continua a própria odisseia.

Yl não usou essa palavra, *odisseia*, por acaso. Yl deixou a porta aberta. Yl espera que...

Pigarreio para que Ulisses se vire para mim.

– Pelo contrário, acho que Ylian queria muito que eu tentasse encontrá-lo. E estou convencida de que você sabe disso!

Ulisses esboça um sorrisinho.

– Talvez, espertinha. Digamos que sim. Vocês dois querem brincar de gato e rato. Mas o que Ulisses Lavallée tem a ver com esse amor proibido? Não quero bancar o Frei Lourenço, meu bem.

– Frei Lourenço?

– O monge que tentou ajudar Romeu e Julieta... E você sabe no que deu!

Ulisses joga fora o cigarro, fecha a janela, enxuga a testa, depois volta a se sentar. Faço o contrário, me levanto. Analiso o escritório decadente da @-TAC Prod, as prateleiras sobrecarregadas, o piso arranhado, a pintura descascada.

– Se você me ajudar, vai ter sorte, eu prometo.

– Uau... A sorte dá medo, não acha?

– Vai ser um grande produtor!

Ulisses termina a cerveja num único gole.

– Não brinque comigo! Mal consigo pagar o aluguel desse escritório. Somos mais de vinte produtores espremidos nos três andares dessa ruína, e deve ser milhares em Los Angeles, todos sonhando em fazer o novo Woodstock ou fechar contrato com o novo Kurt Cobain, todos tubarões, todos se cagando de medo de serem devorados por um peixe maior. O show do The Cure foi um golpe de sorte, eu era só um sub-sub-sub-contratado nessa história. Qual é o seu plano?

Eu improviso. Devagar. Tiro do bolso a pedrinha esquimó que a vendedora de Montreal me deu. Ulisses olha para o seixo, não muito convencido.

– É uma pedra mágica! – digo. – Ela permite ver o futuro e modificar o passado. Ou o contrário, o que você quiser. Quem me deu foi um grande chefe esquimó que estava... hã... viajando a negócios.

– Ele viajou no Boeing com seus cães de trenó?

– É, ocupou metade das cabines da classe executiva.

– E a segunda metade foi reservada pelo Papai Noel e suas renas?

Ulisses olha para o teto descascado, depois agita os braços como um fantoche que se entrega ao destino.

– Inferno, você venceu! Vou dar o endereço do seu namorado. Mas vou avisando: escreva uma bela história de amor. Uma verdadeira *love story*, não um drama que acaba em lágrimas. – Ele rabisca o endereço num pedaço de papel. – Ylian está em San Diego. No Old Town. Consegui um contrato para ele com um grupo de músicos latinos que queriam alguém que tocasse violão. São amadores, não espere a Santana Blues Band.

– Obrigada!

Vou até ele e lhe dou um beijo em cada bochecha. Guardo a pedra do tempo no bolso. Com cuidado.

Tento não dar pulinhos de alegria. Consegui as informações que queria! Quero ir correndo até lá, mas Ulisses insiste em me convidar para almoçar. Alega que o *food truck* da entrada do número 9.100 do Sunset Boulevard prepara os melhores hambúrgueres de toda a Costa Oeste dos Estados Unidos. Ele me segura por mais uma hora, conversando sob um guarda-sol da Pepsi, tempo suficiente para ele devorar três California Burgers e eu beliscar a alface banhada no guacamole. Enquanto Ulisses me fala de bandas de rock desconhecidas de Vancouver, minha alma corre para o sul.

San Diego.

Presidio Park, 17, Old Town.

Menos de 200 quilômetros de Los Angeles! Menos de duas horas de estrada! Assim que conseguir escapar dos perdigotos de Ulisses, vou correndo alugar um carro. Dá tempo de ir e voltar, meu avião só decola de Los Angeles amanhã no início da tarde.

Tomando meu Sprite de canudinho, observo, 5 metros à nossa frente, a fila de veículos que seguem lentamente para o Pacífico. Sou um solzinho radiante, erguendo-se sobre o Sunrise Boulevard!

21

2019

O TÁXI ME DEIXA no cruzamento do Sunset Boulevard com a rua Cynthia. Marquei com Flo, Charlotte e Jean-Max mais tarde, de noite. Eles vão ficar na piscina do hotel Ocean Lodge sem mim. Temos tempo, dois dias inteiros, para ir atrás de estrelas, como em um safári, por Venice, Malibu, Beverly Hills ou Rodeo Drive.

Dou um passo.

Sunset Boulevard, 9.100.

Vim direto do aeroporto. Tive quase duas horas para pôr as lembranças em ordem. De 1999 para cá, o trânsito de Los Angeles não melhorou!

Quase todo o resto mudou.

Nenhum outdoor atrapalha a vista do Pacífico. O prédio de três andares, no fim de uma ruela agora asfaltada, brilha com sua fachada recém-pintada de vermelho telha.

Só o *food truck* no início da rua não saiu do lugar. As mesas e cadeiras de plástico branco, que agora parecem capazes de voar a qualquer rajada de vento, ainda estão dispostas no mesmo lugar. Ulisses me espera debaixo de um guarda-sol da Pepsi. Tenho a impressão de ter me despedido dele aqui ontem mesmo, de tanto que minhas lembranças são precisas. Continuo andando.

No jogo dos sete erros, os três primeiros me saltam aos olhos.

Ulisses envelheceu. Ulisses engordou. E Ulisses não enriqueceu.

Ele usa uma camisa havaiana amassada, verde e rosa, com palmeiras cansadas e hibiscos desbotados.

Aponta para um lugar ao seu lado.

– Sente-se.

Nenhuma gentileza no olhar, nenhuma gentileza na voz.

Eu me sento, tentando não desfiar a meia-calça nas farpas de plástico da cadeira, puxo a saia do uniforme e desfaço o nó da echarpe vermelha, antes de forçar um sorriso ao ver um litro de Stone IPA diante de Ulisses.

Ele bebe metade da cerveja antes de começar a falar.

– Lembra? Quando você foi embora, vinte anos atrás, prometeu ao Frei Lourenço que ele ficaria rico. Seria cardeal. Até papa. Papa do pop. Errou feio, viu?

Observo a série de caixas de correio na entrada do prédio, atrás de Ulisses. Um nome só, Molly Music, substitui aquelas vinte pequenas produtoras independentes.

– Fui engolido, como os outros – conta Ulisses. – A @-TAC Prod é só uma microfilial de um grande selo, uma *major*, como se diz hoje em dia. Eles me deixam sobreviver, eu não custo quase nada a eles e também não rendo muito dinheiro. Somos vinte criativos espremidos no maldito *open space* deles, que querem reduzir ainda mais a sala para aumentar a academia... A maioria dos jovens idiotas da empresa que só escuta rap votou a favor disso! Viu, não tenho nem um escritório tranquilo ali em cima para receber você! Mas tudo bem. É melhor ficarmos aqui, como há vinte anos. Temos ar fresco e os California Burgers deles ainda são incríveis. O que vai querer?

Não respondo.

Ele continua seu monólogo:

– Não, Nathalie, mesmo que você tenha se enganado nas suas profecias, eu não reclamo. Vivo da minha paixão, tenho meus pequenos sucessos, minhas pequenas descobertas, minhas velhas bandas também, tão antiquadas quanto eu, e batalho por elas. Pelo menos não vendi minha alma. O que não me impediu de envelhecer... De envelhecer bem mais rápido que você, Nathalie! Como faz para continuar tão bonita?

A pergunta me constrange. Em um gesto automático, enrolo nos dedos a mecha de cabelo, a única faixa grisalha do meu cabelo preto. Ulisses termina a cerveja de um gole.

– É o efeito da sua pedra mágica? Lembra disso também? Você a guardou? Ainda a leva com você?

A pergunta me surpreende. Eu me vejo trocando a pedra do tempo pelo seixo do jardim, deixando-a ao pé do muro às margens do Sena.

– Levo... Quer dizer, não... Ela... Eu deixei em casa.

– Para proteger sua casa? Tem razão. Não podemos proteger tudo ao mesmo tempo. Você. Sua família. Seu amante... Quer dizer, seu ex-amante. Bom, já as minhas previsões se concretizaram. Frei Lourenço te avisou. Só há um fim para amores impossíveis... a tragédia.

Não gosto da insinuação de Ulisses. A tragédia que atingiu Ylian não tem nada a ver com nossa história de amor! Yl foi atropelado na rua. Um acidente...

Pergunto, um pouco bruscamente:

– Ulisses, o que você tinha para me contar?

Ele não responde. Algo que não mudou nele. Já seu olhar se tornou mais duro, suas palavras mais cortantes, como se o humor e as expressões de Quebec tivessem se perdido junto com as ilusões.

Ele faz um sinal com a mão na direção do *food truck*, para o cara da grelha, que solta tanta fumaça quanto os escapamentos de todos os carros engarrafados no Sunset Boulevard. Não sei o que ele pediu, se mais litros de Stone IPA ou alguns quilos de California Burgers.

Dois engravatados passam por entre as cadeiras de plástico para chegar ao prédio da Molly Music. Cumprimentam Ulisses educadamente, mas ele mal responde. O contraste entre os dois meninos de ouro da indústria musical e a postura de Ulisses é impressionante. O cara da grelha traz dois copos de um litro de cerveja pilsen e três hambúrgueres.

Ulisses empurra um copo e um prato para mim. Seus olhos mais uma vez perderam o brilho. Não têm mais nada dos olhos de um Buda bondoso. Talvez de um cardeal? Ou de um aiatolá?

Ele bebe metade da cerveja, antes de fixar o olhar no meu e me perguntar:

– Você foi ver Ylian no hospital?

Meus olhos fogem, mais uma vez seguem os dois funcionários engravatados que entram no escritório.

– Eu... não tive tempo. Mas... mas uma pessoa de confiança vai até lá... Vai... cuidar dele.

Ulisses não insiste, parece desprezar o que interpreta como negligência, ou pior, indiferença. Ele se cala, e é sua vez de se perder em seus pensamentos. Será que também está navegando entre duas décadas? Empurro a cerveja e o prato e me inclino em sua direção.

– Me conta, Ulisses. Você manteve contato com Ylian durante todos esses anos. Me conte sobre a vida dele.

Ulisses engole três quartos do hambúrguer, bebe calmamente o resto da cerveja para tudo descer melhor, limpa a mistura de guacamole e gordura de bacon no canto da boca, depois encara o prato quase vazio, como se fosse um espelho.

– Ela se resume a uma frase, Nathalie. Ou uma palavra. Desilusão. Ylian se agarrou ao sonho dele pelo tempo que pôde aqui nos Estados Unidos, depois na Espanha, depois na França. Viver de música! Até que acabou largando tudo para vender discos dos outros.

Ylian... Vendedor em um centro comercial, das 10 às 19 horas, com seu coletinho amarelo e preto.

Isso não... Ele não...

Ulisses já tinha me contado, mas tenho dificuldade para conter as lágrimas. Ele me olha friamente, sem nenhuma compaixão, como se não acreditasse nem por um segundo em minha tristeza. Ele se avolumou tanto quanto seu coração encolheu. Eu fungo e faço outra pergunta:

– Ele era talentoso, não era? Mesmo que eu não entendesse nada de música... Ele... Ele tocava bem!

O produtor sorri. Pela primeira vez vejo indulgência em seu olhar, a indulgência que um pai dirige a uma criança que não sabe o mal que fez.

– É, ele tocava bem, Nathalie. Tinha talento, aquele sonhador de boina. Muito talento, até! Caramba, se aprendi uma coisa durante todos esses anos convivendo com artistas, é que o talento não basta. Porque quase todo mundo tem talento para alguma coisa, meu bem. Você vai achar virtuosos no acordeão, no banjo ou no chocalho em qualquer vilarejo do planeta.

– O que é preciso além disso, então? Trabalhar duro?

Eu sei que Ylian trabalhava muito, mais do que qualquer um. Ele teria aceitado qualquer emprego para conseguir sua carreira na música.

– Não, Nathalie. – Ulisses solta uma risadinha cruel antes de continuar: – Trabalho e talento. Achamos que essa é a fórmula mágica. Mas, não, isso não basta. Olhe para mim: sou um visionário, tenho bom faro, estava disposto a trabalhar noites inteiras e esse é o resultado… – Ele une as mãos, quase pudicas, sobre a barriga enorme. – Se você soubesse a quantidade de caras que tocam divinamente e estão prontos para dar tudo de si, mas que nunca fizeram sucesso! Para vencer nessa profissão, basta uma qualidade: autoconfiança! Ou presunção, se preferir! Todos os artistas que vencem na vida estão convencidos de que são gênios. Sem exceção! Os verdadeiros gênios não vão alardear isso. Vão falar de sorte, vão bancar os falsos modestos. Sabem que herdaram um dom, então não têm motivo algum para, além de tudo, esfregá-lo na cara de quem está se esforçando. Mas, acredite em mim, eles têm plena consciência da excepcionalidade de suas qualidades. Ylian, não. Ylian era modesto de verdade. Ele quase pedia desculpas… Querer viver de seu talento, que pretensão! Ylian era um sonhador, não um vaidoso. Você sabe bem disso…

– Por quê? Por que está dizendo isso?

Ulisses não responde. Ele desloca a cadeira sob o guarda-sol da Pepsi para escapar da luz. Outros funcionários voltam do almoço, passam por entre as mesas com copos gigantes de café na mão e cumprimentam Ulisses, que os esnoba totalmente. Ele parece um dinossauro perdido no mundo da música atual, talvez cínico, mas, no fundo, tão inocente e idealista quanto Ylian. Ulisses ataca o segundo hambúrguer e, entre uma mordida e outra, diz:

– Tem uma pergunta que você não me fez, Nathalie. Um assunto que preferiu evitar, não foi?

Meu coração dispara de repente.

Não vou fazer essa pergunta, Ulisses. Não hoje. Não preciso das suas broncas. Não preciso levar bronca de um produtor fracassado. Procuro uma saída. Respondo rápido demais. Grito alto demais:

– Não gosto do jeito que você está falando dele! Como se tudo estivesse acabado.

Ulisses engole, analisa meu olhar por um breve instante, depois explode:

– Puta que pariu, Nathalie, não vem tentar inverter os papéis! Sai um pouco da porra do seu passado! Você tem noção do que está acontecendo agora? Faz dois dias que eu não durmo. A chance de Ylian sobreviver é mínima. A qualquer momento o telefone pode tocar para me darem a má notícia.

De repente, me sinto uma idiota. Ele tem razão. Mordo o lábio até sangrar. O que estou fazendo aqui? Deveria estar do lado dele. Nenhuma desculpa do mundo vai convencer Ulisses. Nem a mim. Depois de todos esses anos, do que tenho medo? De uma queixa na Air France? Da reação de Olivier?

Tento abstrair a gordura imunda que banha o hambúrguer na minha frente, o cheiro de gasolina do bulevar que se mistura ao de carne grelhada, as buzinas, o sol que se reflete no asfalto. Preparo uma última pergunta para não enfrentar minha covardia.

– O que você tinha de tão importante para me dizer, Ulisses? O motorista não parou, foi isso?

– Não era um motorista…

Não estou entendendo. Ylian foi atropelado. Em Paris, no meio da rua. O que Ulisses quer me revelar?

Ele afasta a cadeira, deixa o sol fuzilá-lo por um instante, passa as mãos na testa suada antes de continuar:

– Consegui falar com Ylian hoje de manhã. Ele falou com a polícia também. Umas dez pessoas que estavam presentes na avenida Ternes testemunharam. Há uma hora, falei com um tenente pelo telefone e ele confirmou. O carro branco que atropelou Ylian acelerou de propósito, atropelou e fugiu. Não era um motorista irresponsável, Nathalie. Era um assassino!

• • •

Ulisses me deixou plantada, sozinha à mesa. Foi trabalhar, levando em uma marmita o California Burger intocado por mim. Me largou ali na calçada, debaixo do guarda-sol, em meio aos carros.

Abalada.

Ylian não foi atropelado por um motorista inconsequente. Ele sofreu uma tentativa de assassinato.

Eu me levanto. Ando sem rumo pelo Sunset Boulevard, em meio aos carros que avançam devagar. Levo certo tempo para interpretar os olhares abismados dos motoristas, antes de perceber que ainda estou fantasiada de comissária de bordo. A poeira faz meus olhos arderem.

Ylian sofreu uma tentativa de assassinato?

Isso me parece tão surreal... E se Ulisses tiver inventado tudo? Pego o celular. Eu o senti vibrar enquanto conversava com ele.

Uma mensagem. Laura. Finalmente.

Eu leio. Apertando os olhos e xingando o reflexo do sol, que me obriga a inclinar a tela.

Fui ver seu amigo, mãe. Ylian. Você tinha razão, só tem um paciente em todo o hospital com esse nome. Quarto 117. Conversei um pouco com ele. Ele está consciente. Mandou um beijo para você. O estado dele é grave, mãe. Muito grave. Os médicos não querem decidir. Não sabem se podem operá-lo. Sem falar da confusão aqui. Tem policiais em todo canto. Estão falando em tentativa de assassinato. Martine e Caro estão cuidando dele. São minhas amigas. Vou mandando notícias, não se preocupe.

Fecho os olhos. Tenho a impressão de estar em uma vida paralela, que não é a minha.

Laura com Ylian? Sobre o que terão falado? Em nenhum momento minha filha perguntou quem era esse amigo. O que Ylian deve ter inventado? Ylian ferido, gravemente ferido. Os médicos não querem decidir. Ylian, que alguém quis matar.

Ylian me manda um beijo. Depois de tantos anos.

Tenho a sensação de estar perdendo o chão.

Tudo está se misturando: a dor, o medo e até os arrepios de alegria.

Guardo o celular. Tenho que achar um táxi. Um homem ao volante de uma picape diminui a ponto de quase parar e buzina para mim, enquanto seu colega, no banco do passageiro, estende os dois braços para imitar um avião planando. Idiotas! Com a bolsa ainda aberta, fico seguindo a picape, que vira um pouco mais longe, em meio à poeira.

O comentário de Ulisses me assombra. *Você deixou a pedra do tempo protegendo sua casa?* Me sinto culpada de tê-la abandonado em Porte-Joie, tenho a sensação de que apenas ela mantém o equilíbrio entre um passado que me escapa e um presente que sai do controle. De que me adianta carregar um seixo do jardim na bolsa? Penso em deixá-lo aqui, na beira do Sunset Boulevard, ou jogá-lo no Pacífico, na ponta do Píer de Santa Monica.

Pego a pedra no fundo da bolsa. Minha mão fica paralisada!

Não é o seixo branco do meu jardim que ela está segurando.

É uma pedra cinzenta.

A pedra do tempo!

Minha primeira reação não é buscar uma explicação racional – pensei ter trocado as pedras, misturei tudo na bagunça da minha bolsa, estou ficando maluca, sou vítima de um ladrãozinho que me segue desde Montreal, ou seria Flo, Jean-Max, Charlotte? Minha primeira reação não é tentar explicar esse novo truque de mágica. É acreditar, acreditar em seu poder.

Se eu apertar a pedra do tempo com força, o passado poderá voltar à vida.

Então Ylian poderá se salvar!

22

1999

VIAJAR DE LOS ANGELES a San Diego me parece incrivelmente fácil: um Dodge Challenger só para mim, com câmbio automático, estradas retas, americanos que dirigem como se tivessem apenas um ponto sobrando na carteira. Saindo de Los Angeles, ou seja, na metade dos 200 quilômetros do trajeto, a autoestrada interestadual é apenas uma longa fita. Devo ser a motorista menos consciente de todo o Sul dos Estados Unidos, já que estico o pescoço para tentar ver o *Queen Mary* preso ao cais de Long Beach, as torres de plástico da Legoland da Califórnia e as focas tomando sol na praia de La Jolla.

É a primeira vez que alugo um carro em uma escala. É a primeira vez que saio sozinha, deixando meus colegas de lado. É a primeira vez que não dou nenhuma notícia em casa; Olivier com certeza acha que estou no hotel. Quase me arrependo de não ter tido coragem de escolher um conversível, para deixar meu cabelo voar ao vento. Abro os vidros. Imagino que a paisagem ao meu redor é apenas um set de filmagem e que uma equipe armada com microfones e câmeras me acompanha. Isso não pode ser a realidade. Não a minha! Não a da Nathy comportadinha, que liga para o marido e a filha assim que o avião pousa em um país, que faz um copo de vodca durar a noite toda, que vai se deitar à meia-noite enquanto os outros comissários ficam acordados até de manhã.

Enfim Livre. Totalmente Maluca. Tão Viva.

Colei o endereço, rabiscado em um post-it rosa, no porta-luvas.

Presidio Park, 17, Old Town.

Já decorei. Felizmente.

Entre San Elijo e Del Mar, o papel voa e eu o vejo bater as asas por alguns instantes sobre a interminável praia de Solana Beach.

• • •

Ao sair de Los Angeles, tirei um tempo para aprender, com o guia turístico oferecido aos comissários pelo sindicato, que a Old Town de San Diego é o berço da Califórnia, ou seja, o lugar escolhido pelos primeiros missionários espanhóis para catequizar os indígenas que viviam na região havia 9 mil anos. Mas eu nunca poderia imaginar que chegaria em um cenário de faroeste como aquele. O Old Town, do ponto de vista histórico, é um vilarejo totalmente recriado, igual aos antigos, como apenas os americanos sabem fazer: coisas verdadeiras que parecem falsas, igrejinhas brancas que acreditamos estar vazias, *saloons* com grandes balcões de madeira que juraríamos ser de papelão, palmeiras e cactos de plástico, tonéis e fontes rococós em cada esquina, tudo tão bem cuidado, pintado, envernizado, que, ao lado dele, a Frontierland da Disney parece um vilarejo medieval. Faltam só os patíbulos… e o Zorro. A atividade da Old Town parece se resumir a duas missões: atrair famílias para as lojas de souvenir e os jovens para os bares onde são servidos litros e mais litros de margaritas.

Presidio Park, 17, Old Town.

Estaciono diante do parque, no alto de uma pequena colina com o gramado mais verde e mais curto que o de um campo de golfe. Um grande prédio colonial branco está cercado de bandeiras americanas, placas históricas, mesas de piquenique… e nenhum vestígio de música, de violão, de Ylian.

– Está procurando quem?

O sujeito que me pergunta isso está deitado em uma rede presa entre duas palmeiras. Vejo uma barraca atrás dele, um fogareiro, isopores, cadeiras dobráveis e uma van. Uma van de segunda geração da Chevrolet, um contêiner sobre rodas, retangular e quase sem janelas, totalmente customizado. Um artista muito talentoso pintou, em toda a carroceria, mariachis com sombreros gigantescos em um fundo desértico, com cactos e agaves, tudo coberto pelas letras enormes de um nome que deve ser de um grupo de músicos, *Los Páramos.*

– Ylian.

O homem, de uns 30 anos, moreno e bronzeado, torso e pés nus em uma calça saruel com estampa pré-colombiana, um lagarto gigante tatuado na omoplata, se levanta para me analisar melhor. Estou usando um short jeans Blueberry e uma camiseta verde Granny Smith.

– Aquele safado tem muita sorte! Seria uma grande falta de educação ajudar a senhorita a encontrá-lo.

Ele finge voltar a dormir. Observando com mais atenção, vejo um violão apoiado perto da rede, junto a uma palmeira. Maracás e um bongô estão guardados em uma caixa. Sem dúvida, é o grupo de músicos latinos de que Ulisses me falou.

Insisto:

– Sério, é importante.

O homem-lagarto se aperta num canto da rede, apoiando-se no caule de uma das palmeiras.

– Sério, pode esperar aqui... Ele está trabalhando. Vou com a van buscar o cara no fim da tarde. Até lá, pode se sentar. Tem lugar para duas pessoas na minha rede. Sei algumas cantigas de ninar. Tenho margaritas geladas.

– É importante... e urgente.

Ele dá de ombros, tira do bolso um pacote de tabaco para enrolar, faz que vai me oferecer e, diante de minha recusa, baixa a cabeça, dando a entender que sou difícil de agradar. Então pega um cigarro de maconha.

– Desculpa... Comigo ou outro mais sortudo, vai ter que esperar.

Está bem!

Como tenho que esperar Ylian, melhor visitar o local histórico do que fazer a sesta com um músico doidão. Dou as costas decidida, poderia dizer que piso nas tamancas. Ou melhor, nos meus tênis, até que ouço a voz do lagarto.

– Está bem, Andorinha, você venceu!

Paro na hora, surpresa.

Andorinha?

– Do que me chamou?

– Andorinha! – explica ele, imitando, mal, o sotaque francês. – Señorita Golondrina. – Usando melhor o sotaque espanhol. – O cara só fala de você desde que chegou. Uma morena pequena. Peito pequeno. Bunda pequena. Sorrisinho que quer dizer tudo e grandes olhos claros que provam que o paraíso na Terra existe. É você, com certeza! Mas acho que ele subestimou um pouco seus peitos.

Cruzo os braços sobre os seios como uma boba e lanço um olhar de raiva para ele. Ylian andou mesmo falando tudo isso sobre mim? Seja como for, não estou com a mínima vontade de ficar a tarde toda com o rapazinho que tem fantasias sexuais com a namorada do melhor amigo. Me viro novamente.

– Não tenha medo, Andorinha... Já falei que você venceu. Você não é afegã, é? Nem iraniana, norte-coreana, venezuelana, chechena, palestina?

Ele acendeu o baseado e agora solta fumaça.

– Não...

– Então pode ir. Seu namorado está em Tijuana, do lado mexicano da fronteira. Trinta quilômetros ao sul de San Diego. Não tem erro.

– E onde vou encontrá-lo? Tijuana é uma cidade grande.

– Sente-se em qualquer lugar com varanda. Ele vai achar você.

• • •

O homem-lagarto não mentiu: levo menos de meia hora para atravessar a fronteira mexicana. Mas o México começa muito antes! À medida que cruzo os quarteirões do sul de Chula Vista, o bairro mais ao sul de San Diego, as propagandas, os outdoors, os grafites nas fachadas passam de inglês para espanhol.

Estaciono em San Isidro, olhando, incomodada, a fronteira cercada que surge na colina do rio Tijuana e segue até o infinito, separando o México dos Estados Unidos, o Norte do Sul, o hemisfério rico do hemisfério pobre. A divisa mais movimentada do planeta, como indica o guia do sindicato da Air France! Os guardas de fronteira circulam de helicóptero. Pela primeira vez, fico com medo. Tijuana é conhecida por ser a segunda cidade mais violenta do mundo, ainda de acordo com o guia do sindicato. Nela, pululam drogados, estupradores, no mínimo ladrões. Sigo sozinha, sem nenhuma ideia de aonde devo ir. Tomo o cuidado de levar o mínimo possível de dinheiro, de esconder tudo que tenho de valor no porta-malas e embaixo dos bancos do carro. Com uma pequena bolsa de lona nas costas, sigo meu caminho.

Ylian, onde quer que você esteja, aqui estou!

Acho que vou perder algumas horas até entrar no México, já acostumada com as intermináveis filas de espera nos aeroportos, mas me vejo em um longo corredor afunilado, margeado por grandes muros cinza com arame farpado no topo, que termina com uma inscrição simples no cimento. MÉXICO.

Alguns outros americanos, ou turistas, de short e boné, caminham ao meu lado. O corredor termina em uma catraca. Uma simples barreira de metal giratória, parecida com as do metrô. E pronto! Basta empurrar e entrar no México.

Não há fiscais, guichês, pórticos nem revista. Alguns policiais nos observam de longe, nada mais. Cruzamos a fronteira mais segura do mundo como entramos em um supermercado. Pelo menos no sentido Estados Unidos-México!

Passando a fronteira, depois de uma ponte que atravessa o rio Tijuana, perdido e seco em um leito de cimento grande demais para ele, esperam dezenas de táxis. Não vale a pena! Não tenho um endereço e a cidade começa logo depois da fronteira. Percebo pelas lojas que vendem redes, sombreros e ponchos tão extravagantes quanto as cadeiras de plástico das cantinas improvisadas. Ando pelas ruas estreitas e animadas, margeadas por grandes bulevares engarrafados, onde os carros parecem fazer a sesta sob as palmeiras. Em todos os cantos, cartazes mostram jovens casais de dentes brancos, americanos grisalhos de corpo perfeito. Além das lanchonetes e das lojas de souvenirs, o comércio local se divide entre dentistas, clínicas de cirurgia plástica e farmácias. Os adolescentes americanos vão ao México para queimar a própria juventude se embebedando e se drogando. Os adultos e velhos voltam para tentar apagar o incêndio a golpes de bisturi.

Depois de meia hora caminhando sem destino, sem perceber a suposta insegurança (será que o amor nos deixa cegos a esse ponto?), vou parar em uma rua de pedestres minúscula, com fachadas coloridas, em que o céu é engolido por bandeiras com as cores verde, branca e vermelha penduradas e o chão e coberto por bibelôs, temperos e frutas espalhadas por ambulantes entre as varandas dos restaurantes.

Me lembro da dica do lagarto na rede.

Sente-se em qualquer lugar com varanda. Ele vai achar você.

Conto dezenas de restaurantes, centenas de cadeiras. Como saber qual é a escolha certa?

Paro em uma lanchonete qualquer. Uma das únicas sem uma menina de saia ultracurta e salto agulha esperando na entrada.

Eu me sento.

Sorrio. E sei.

A mesa que escolhi está bamba.

23

2019

O Coyote y Cantina serve as melhores margaritas de todo o sul da Califórnia, acompanhadas das melhores *tortillas* caseiras. Pelo menos é o que prometem as bandeirolas penduradas entre os dois balcões do bar-restaurante, que é tão grande quanto uma *hacienda* e recebe clientes de todas as idades, em todos os andares. No térreo, Jean-Max, Charlotte e Flo bebericam margaritas das mais variadas cores – verde-limão, curaçao, morango –, dispostas sobre uma mesa bem estável, e não parecem irritados comigo por ter proposto de maneira inocente: *E se nós quatro alugássemos um carro para ir até San Diego?*

Jean-Max topou na hora. Ele tem certa obsessão pelo Kansas City Barbeque, o bar de San Diego em que foram filmadas todas as cenas cult de *Top Gun*! E insistiu muito em ir até Miramar, a antiga base aérea dos pilotos americanos aprendizes.

Achei ótimo, enquanto Charlotte e Flo faziam cara feia.

O comandante parecia animado como um menino. Será que estava atuando? Será que ainda não estava sabendo da queixa que o ameaçava depois da agora famosa estripulia sexual na cabine, imortalizada por Irmã Emmanuelle? Nos últimos voos, não tenho conseguido entendê-lo. Me lembro do pagamento aos dois homens com cara de mafiosos na Velha Montreal, três dias atrás. Da impressão, compartilhada com Flo, de que ele estava nos seguindo. Sem esquecer as maquinações para todos sermos escalados para o mesmo voo, tanto na ida para Montreal quanto para Los Angeles, ele, Flo e eu. Entendo fazer questão de Charlotte… mas por que carregar também duas cinquentonas, mesmo que sejam as mais sexys da galáxia? Charlotte também aceitou ir para San Diego na hora. Sua obsessão são os outlets, as lojas de marca sem impostos que margeiam a fronteira mexicana.

Apenas Flo resistiu e me encarou, desconfiada, enquanto eu propunha pegar mais duas horas de carro, depois das 12 horas de avião. Aquilo não era típico meu, ela não estava entendendo… Mas Flo não conhece a continuação da minha história. Para ela, minha aventura com o músico acabou, às lágrimas, na pista do aeroporto de Mirabel, em Montreal. Nunca contei a ninguém sobre minha solitária fuga mexicana em 1999.

Flo me encurralou no banheiro de um posto de gasolina, depois de passarmos uma hora e meia em um Buick Verano alugado por Jean-Max para fugir dos engarrafamentos do sul de Los Angeles. Ela me perguntou, sem meandros, o que íamos fazer em San Diego, se tinha ficado tudo bem com Olivier na minha volta para casa, se minhas coincidências em série tinham se acalmado depois que joguei a pedra do tempo no rio, se eu também tinha me acalmado.

Sim, Flo, está tudo bem, eu só quero esquecer. Não ia confessar a ela que a pedra reapareceu duas vezes na minha bolsa e que não sei que milagre foi esse. Tinha tido tempo para pensar, para analisar minhas coisas e meus pensamentos. Sem dúvida eu tinha levado o seixo branco do Sena e deixado o cinza em meu jardim! Acabara desistindo de explicar a troca, já que a única conclusão lógica era diagnosticar minha loucura ou minha paranoia. Bastava escolher.

Eu tinha decidido me concentrar em minha intuição. Seguir a pista que os vestígios me indicavam. Seguir o rastro que meus passos haviam deixado vinte anos antes. Trazer de volta o passado. Entender por que Ylian quase havia sido assassinado. Seria uma série de pistas deixada para que eu pudesse salvá-lo? Ou uma armadilha mortal em que eu estava me metendo?

Quase três horas de estradas congestionadas depois, chegamos morrendo de fome e sede a San Diego. Levei habilmente meus colegas para a Old Town.

Eu havia pensado em tudo com antecedência, tinha baixado um mapa do bairro histórico, então os guiei pelas ruas em que os carros podiam circular. Sob o pretexto de procurar o lugar mais próximo possível da área de pedestres, acabamos estacionando, por um grande acaso, no alto do Presidio Park.

Não havia mais rede! Não havia mais homem da tatuagem de lagarto para me chamar.

Está procurando quem, Andorinha?

Não havia mais violão, nem maconha e, principalmente, não havia mais van da Chevrolet. Lógico... Já esperava isso! Como aquela van poderia estar ainda ali, vinte anos depois? Mas eu havia começado a acreditar nessas aberturas entre presente e passado, e, se passagens secretas existiam, com certeza as portas daquele velho Chevrolet abriam uma delas. Sem a van, só me restava torcer para que pelo menos uma lembrança tivesse permanecido diante do Presidio Park.

Nada!

– Bom, vamos beber essa tal margarita?

Vamos, Jean-Max, vamos.

E nós bebemos.

Todos nos sentamos a uma grande mesa de madeira maciça, sob as paredes pintadas do Café Coyote: canudos gigantes e rodelas de limão, garrafas de tequila e Cointreau plantadas na areia do deserto, alguns cactos e uma ou duas caveiras para decorar.

A próxima etapa, claro, é Tijuana.

Sei que não teria dificuldade de convencê-los a dar uma volta no México. Tão perto. Seria bobeira não aproveitar... Mas uma pergunta não me sai da cabeça: por que voltar lá? Desde que pousei em Los Angeles, nenhuma nova coincidência me conectou ao passado. Como se estivesse pegando o caminho errado. Como se eu não tivesse que estar aqui, mas em Paris. Como se estivesse fugindo, negando a realidade. Ylian, vítima de uma tentativa de assassinato. Como se, de repente, a pedra do tempo tivesse parado de funcionar.

– Vamos tomar mais uma? – propõe Jean-Max.

Ele manda, sem pedir muito a opinião dela, Charlotte buscar a segunda rodada.

Ideias contraditórias se agitam em minha cabeça, todas querendo me convencer da melhor escolha, em meio ao caos total. Tento demonstrar autoridade. Reúno o que resta da minha racionalidade e tenho a impressão de erguer a voz na minha mente, como uma gerente de RH que se levanta e dá um murro na mesa para acabar com as discussões incompreensíveis de uma reunião que saiu do controle.

Eu me lembro de uma citação, uma citação de Éluard: *O acaso não existe, apenas o encontro*. Quem disse essa frase que se repete na minha cabeça como o refrão de uma música que toca sem parar no rádio?

O acaso não existe, apenas o encontro... E se essa for a solução? Esperar a próxima mensagem do passado? E, caso não haja nenhuma, desistir! Voltar a Los Angeles. Uma boa noite no Ocean Lodge. Um telefonema para Olivier. E, assim que pousar no Roissy, correr para segurar a mão de Ylian no Bichat. Ainda não consigo acreditar em uma tentativa de assassinato, apesar do relato de Ulisses, apesar da mensagem de Laura. Me pego não acreditando nem nas coincidências de Montreal, na bolsa de couro roxo encontrada no Mont-Royal, nos trechos de conversas, em *A vida é bela*, a andorinha, como se elas se apagassem, como se Irmã Emmanuelle e Jean-Max nunca as tivessem pronunciado. Como se eu tivesse inventado tudo.

– Quatro margaritas! – anuncia Charlotte.

Desta vez, todas são de um amarelo esverdeado, cada uma com uma folha de hortelã e uma rodela de limão presa na borda.

Escolho uma por acaso.

Vejo que em cada copo de plástico tem escrita, em letras maiúsculas, uma pequena mensagem.

Drink it all, "Beba tudo", no de Jean-Max

Already empty, "Já terminei", no de Charlotte

No outflow, "Não desperdice nem uma gota", no de Flo

E no meu

Just swallow it

Engole de uma vez

Swallow, que também é andorinha em inglês

Just SWALLOW it

Quando houver apenas distância, quando houver
apenas ausência, quando houver apenas silêncio,
quando os outros tiverem ganhado, quando você tiver se afastado,
quando não houver mais nós, quatro paredes de
absolutamente nada, mas o céu baixo demais será,
quando você não mais estará,
O que de mim restará? O que de você restará?

24

1999

Pouco a pouco, as varandas da rua mexicana se enchem. A rua se anima com uma colcha de retalhos coloridos, vendedores ambulantes e aromas de carne na chapa. Eu observo, estrangeira que sou, o espetáculo de uma feira permanente, entendendo que é apenas uma ilusão para mascarar o desespero de uma cidade à beira da explosão. Roupas transbordam de malas pousadas na rua como caixões abertos, lençóis e bandeiras flutuam entre as casas como mortalhas perdidas no ar. Como as lanternas do Dia das Bruxas provocam a morte, o carnaval permanente de Tijuana provoca a opressão americana. As pessoas vivem, desse lado da fronteira, de tudo de que os americanos precisam mas não querem ter em seu jardim: prostitutas, viciados, operários mal pagos das *maquiladoras*, vivendo em pocilgas construídas em terrenos poluídos. A cerca de 30 metros, na praça Santa Cecilia, os mariachis passam pelas cantinas, tendo como alvo os raros casais de namorados perdidos, em busca de alguns pesos.

O grupo mais próximo de mim emenda "Cielito lindo" e "La cucaracha". Um quarteto vestido com um lindo uniforme azul-royal com bordados dourados, camisa branca, lenço roxo e chapelão. Mosqueteiros sem espada. Um triste e velho Athos toca violino melancolicamente. Um gordo e engraçado Porthos sopra no trompete como se sua vida dependesse disso. Um pequeno e agitado Aramis sacode o violão diante do nariz das moças mais bonitas. E um segundo toca violão, D'Artagnan, de costas, alto, esguio, discreto, tímido, e, no entanto, é o que toca melhor. Ele poderia se parecer com Ylian. Sem o bigode... Sem o sombrero... Sem as botas de couro de crocodilo. Mesma silhueta, mesmo leve meneio de cabeça, quase imperceptível para acompanhar o ritmo, mesmo...

As palavras de Ulisses surgem de repente em minha cabeça... *Um contrato para ele com um grupo de músicos latinos. São amadores.* Depois as palavras do homem-lagarto na rede: *Ele está trabalhando. Vou com a van buscar o cara no fim da tarde...* A van! A van da Chevrolet pintada com as cores de uma banda de mariachis.

Ylian?

O quarteto emenda "La Bamba" com entusiasmo. A introdução no violão é feita pelo baixinho animado e alguns transeuntes o acompanham, batendo palmas e marcando o ritmo com os pés. O grupo continua andando e tocando. Ele se aproxima.

Bamba, la Bamba...

O segundo violonista continua escondido, a cabeça baixa sob o grande chapéu, escondido atrás de Porthos, mas, por causa de olhares discretos em minha direção, tenho certeza de que me viu.

Ylian?

Atravessei metade do planeta, um oceano e dois continentes, para encontrar um amante que está de bigode falso, sombrero e roupa de toureiro! Por sorte, não confessei nada para Flo!

O quarteto toca cada vez mais rápido e caminha no mesmo ritmo, passa pela minha varanda sem parar. *Bamba, la Bamba*, Athos, Porthos e Aramis aceleram ainda mais, visando um grupo de turistas americanos velhos, sentados a uns 30 metros dali. Todo um asilo que veio comprar dentaduras? *Bamba, la Bamba*, D'Artagnan diminui a velocidade.

Ele me observa, fixamente, e agora canta apenas para mim, em um espanhol ruim, sua *Bamba.*

Vestida de luz
Ela ultrapassa fronteiras
E é para isso

Que faz tremer a terra
De alto a baixo
Bamba, la Bamba

Um breve momento de silêncio se faz. Ylian está a 3 metros de mim. Sorri. Incomodado. Impressionado. A alguns metros dele, seus três colegas começam "Solamente una vez". O hino mexicano, ou quase. Ylian os acompanha, sem tirar os olhos dos meus. A letra da música ecoa pelas fachadas de cores pastel da ruela e vai subindo ao céu. Eu pego alguns trechos, minha mente imagina a tradução.

Apenas uma vez na vida
Você vai encontrar
o amor verdadeiro
Esta chance, você deve aproveitar
E abandonar tudo
Mesmo que seja
Apenas por uma noite

Empurro a cadeira ao meu lado. Chamo o garçom e peço mais uma margarita. Ainda não terminei a minha. No entanto, meu namorado de opereta ainda parece hesitar em largar o violão, em abandonar os três outros rapazes que se afastam, sem dúvida decepcionados com a avareza dos aposentados desdentados. Agora já quase não se ouve o violino, apenas algumas notas do trompete. Então, sem pensar, no silêncio da praça Santa Cecilia, murmuro mais do que canto, apenas para que Ylian me ouça:

Tengo miedo a perderte,
Perderte otra vez.

Ylian não diz nada, mas o violão fala por ele.

Bésame, bésame mucho.

• • •

– Você fica bem de bigode!

Ylian alisa o aplique com orgulho. Está exagerando um pouco. O bigode começa a se soltar, o que o deixa ainda mais ridículo. Ainda mais charmoso também. Hesito entre pôr o dedo nos pelos falsos para ajeitar ou arrancar de repente, como um curativo que já não serve para nada. E depois dar um beijo no local dolorido.

– Não ria de mim, Nathy.

– Não estou rindo.

Adoro seu jeitinho de menino pego no flagra, se fantasiando escondido.

– E você, minha Andorinha? Em Tijuana, é carnaval o ano todo. Esqueceu sua fantasia?

Também adoro suas respostas. Muito bem, Ylie! É verdade que ando fantasiada na maior parte do tempo – dos hotéis para os aeroportos, dos aeroportos para os hotéis e, às vezes, por falta de tempo para me trocar, pelas ruas de todas as capitais do planeta. Ylian se senta ao meu lado, faz uma careta quando a mesa balança, depois sorri. Observa, preocupado, os três outros músicos se afastarem, mas ainda não me beijou. Nem mesmo me tocou. Meu único consolo é que seus olhos me desejam.

– O que está fazendo aqui?

Bom, por mais fofo que Yl seja, se espera que eu confesse que vim atrás dele... Yl banca o inocente, apesar de ter deixado migalhas pelo caminho de sua odisseia. Finge estar impressionado.

– Eu ia fazer a mesma pergunta. O que está fazendo aqui? Como sabia que eu estaria nesta varanda de Tijuana? Que estava pensando em homens de bigode e fantasiados cantando "La cucaracha"?

Yl finge lustrar com as costas da mão o veludo do colete dourado. Ajeita o colarinho. Orgulhoso como um galo de briga.

– Foi Ulisses quem te deu meu endereço? E depois o Luis?

– Luis é o lagartão que fica olhando para os peitos das namoradas dos amigos?

– Ele ficou olhando para os seus peitos?

Yl fica constrangido e não consegue deixar de baixar os olhos para as curvas na minha camiseta Granny Smith.

– Deve ser uma mania feia dos mariachis!

Ylian desvia imediatamente o olhar na hora e tenta observar um ponto atrás de mim.

– Então, Ylie, eu te peço... Pare um pouco e tire o sombrero.

O violonista lança olhares nervosos para o fim da rua.

– Preciso... preciso voltar para a banda. Parecemos príncipes com essa fantasia dourada, mas, em termos de riquezas, somos plebeus...

– Tudo bem! Vá logo encontrar seus amigos. Mas não sem antes cumprir sua promessa.

– Que promessa? Não prometi nada.

– Seu violão prometeu. *Bésame... Bésame mucho.*

Yl se aproxima. Penso que finalmente vai pousar os lábios nos meus, mas ele murmura:

Piensa que tal vez,
Mañana yo ya estaré
Lejos, muy lejos de tí.

Olho para ele. "Amanhã estará longe, muito longe de mim." Será que está sendo sincero? Está mesmo com medo de me beijar? Ou está brincando novamente de gato e rato comigo? Este sonhador com ar de cavalheiro me fez vir até aqui para me deixar cheia de desejo diante de uma margarita? Não mesmo. Sei ser mais Ligeirinho do que Minnie!

– E brindar comigo? Pode fazer isso?

Yl pega o copo em resposta. Brindamos.

Olho fundo nos olhos dele.

– Às noites de antigamente e às músicas de outros lugares.

Se meu músico cinéfilo não tiver entendido isso...

Por fim, Yl se inclina e pousa um beijo casto em minha boca. Uma borboleta que encosta na rosa em torno da qual sobrevoa. Tudo isso por isto? Yl se abaixa para pegar o violão.

– Tenho mesmo que ir.

– Tudo bem! Vou com você. Meu avião decola de Los Angeles amanhã ao meio-dia. Até lá, não vou largar você. Em menos de 24 horas, vai ter se livrado de mim.

Coitadinha da Nathy... Eu estava errada. Me tornei muito mais Minnie do que Ligeirinho! E insisto:

– Não estão precisando de uma cantora na sua *boy band*?

Frajola ri.

– Claro! Mas só se você usar bigode, sobrancelhas grossas, poncho e sombrero!

– Nunca! A Air France proíbe por contrato que a gente use outra fantasia além da de andorinha. Já me imaginou de Sancho Pança? Mas tenho certeza de que os idosos americanos que vieram recuperar a juventude vão ser mais generosos se for eu a passar o chapéu.

O safado avalia as curvas da minha camiseta justa e minhas coxas nuas e parece calcular com precisão o que eu poderia trazer para eles.

– Tudo bem. Está contratada!

Nós dois nos levantamos juntos para correr atrás dos três mosqueteiros. Só paro para pagar as duas margaritas. Vasculho minha bolsa, procuro, droga, procuro de novo, até que desisto. Arrasada.

– Estou sem meus documentos!

Ele me olha sem me levar a sério, como se fosse uma artimanha para não pagar a conta.

– Eu já imaginava. Sempre que te vejo, você perde os documentos.

– Não estou brincando, Ylian! E não perdi nada, eu esqueci. Ficaram em San Isidro, onde escondi minha carteira embaixo do banco do carro, antes de entrar no México. Deixei com o meu dinheiro, por medo de ser roubada...

Ylian fica sério por um instante.

– Perdeu... Esqueceu... É a mesma coisa. Sem eles, você não vai conseguir passar pela fronteira. Os mexicanos esperam a vida inteira.

– Sou cidadã francesa!

Ele põe a mão em meu ombro.

– Nathalie, essa fronteira é uma das mais vigiadas no mundo. Sem passaporte nem carteira de identidade, os fiscais vão ser rigorosos. Você vai levar horas para passar, sem dúvida mais de um dia.

Começo a entrar em pânico. Meu voo sai amanhã. Ninguém sabe que atravessei a fronteira mexicana. Não há ninguém para me trazer os documentos. Ninguém para quem ligar, a não ser a emergência da Air France, que vai registrar tudo em minha ficha, mas não vai acelerar o processo. Sinto meus nervos à flor da pele.

Enlouqueci. Estou presa aqui. Vou perder tudo.

Meu emprego. Olivier.

Como vou explicar a ele a situação em que estou? Minnie sente as lágrimas brotarem no canto dos olhos. Suspeito que estejam se tornando verdes. Observo Ylian e sua silhueta embaça. É tudo culpa desse homem fofo demais, desse covarde que não é culpado de nada e responsável por tudo, que me observa à beira de um ataque de nervos e parece se divertir com isso.

Ele sorri. Inclina-se em minha direção, me abraça.

– Não chore, Andorinha. Acho que tenho uma ideia.

• • •

A van da Chevrolet se aproxima da fronteira de San Isidro. Estou sentada no fundo, entre bongôs e maracás que marcam o ritmo da viagem a cada solavanco. Felipe, ou Athos, e Ramón, ou Porthos, me observam de canto de olho, rindo. Dizer que isso me irrita é pouco! Luis, ou o homem-lagarto, dirige me olhando pelo retrovisor e rindo ainda mais. Como previsto, ele veio buscar a trupe de mariachis Los Páramos com a van, para levar todo o grupo para o lado americano. Ylian, sentado à minha esquerda, mais solidário do que os outros três, se contenta em sorrir e analisar meu disfarce. Yl guardou para si todos os comentários até agora, mas será que vai aguentar até a fronteira? Quando o Chevrolet para na fila de carros que esperam, formando uma longa linha reta que precede as 24 guaritas da fronteira, Yl não resiste:

– Você fica bem de bigode.

– Eu te odeio!

– Quer outra almofada para pôr embaixo do poncho? Sancho Pança era mais gordo do que isso.

– Vou matar você!

– Tem uma linda mechinha saindo do seu sombrero. Coloque para dentro… E você esqueceu de fechar o cinto de pele de cobra.

– E esqueceu de pôr as pistolas nos coldres. Vou largar você assim que atravessarmos a fronteira!

– Pare de franzir a testa, senão as sobrancelhas vão descolar…

Fico calada. Quanto mais respondo, mais Yl ri. Sem esquecer o sorriso besta dos outros três engraçadinhos sob os chapéus. Pela janela da frente da van, vejo as pessoas que passam, em fila indiana, examinando com curiosidade os desenhos pintados na chamativa van de Los Páramos. Afundo no banco.

– Isso nunca vai funcionar!

– Vai, sim – garante Felipe. – Os fiscais conhecem a gente. A gente passa aqui todo dia. Eles se lembram da nossa van. Somos cidadãos americanos, ou europeus, no caso do Ylie, nós cinco temos visto de trabalho diário. Com 45 mil veículos e 25 mil pedestres atravessando a fronteira todos os dias, eles não têm tempo para perder com quem vai de lá para cá toda hora.

– É o plano perfeito – confirma Ramón. – Esteban tinha combinado de ficar no México hoje com a nova namorada. Amanhã a gente devolve o passaporte e a carteira de trabalho dele. A polícia está acostumada com o fato de que, com as fantasias de mariachi, não nos parecemos com as fotos dos vistos. No início, eles nos mandavam tirar o bigode falso e a peruca, mas agora não dão a mínima. O Esteban é baixinho e tem cabelo castanho como você. Com o bigode postiço, os fiscais não vão perceber a diferença.

Esse é o plano perfeito deles? Fazer com que eu passe por Esteban, ou Aramis, o segundo violonista.

– No entanto, Andorinha – acrescenta Luis, o lagarto, me olhando pelo retrovisor –, é melhor fechar os últimos dois botões do seu colete. Esteban não tem um peito sexy que nem o seu.

O jeito nojento dos mariachis! Tento fechar o colete azul e dourado sobre os seios e ajeitar o lenço violeta no pescoço.

– Com Esteban – lembra Felipe –, são mais os botões de baixo que ele tem dificuldade de fechar. Ah, a tequila...

E eles dão risada!

O que me impede de sair e terminar o caminho a pé? O lagarto volta a me analisar da cabeça às botas.

– Quando os fiscais olharem para você, fique de boca fechada para o bigode se manter orgulhosamente arrumado.

Pode deixar!

– Ficou bem em você – acrescenta Felipe, atrás de mim. – Nunca pensou em parar de se depilar?

Servida de bandeja... Os três voltam a cair na gargalhada. Só o mentiroso do Ylian se contém, ganhando um ar triste a cada comentário de seus cúmplices. Depois que passarmos a fronteira, tenho certeza de que vai ser o primeiro a se divertir: não foi tão ruim aguentar umas piadinhas por causa de sua ideia genial... me disfarçar de mariachi. Isso se der certo...

E dá!

Tudo acontece com uma simplicidade incrível. Depois de seguir devagar por meia hora até a fronteira, Luis escolheu com cuidado entre as 24 guaritas, preferindo uma cujo fiscal já conhecia.

Tremi, já me vendo erguer as mãos diante da ameaça de um revólver de um policial mexicano, sem peruca, sem maquiagem, desmascarada, levada para a prisão de Tijuana, manchete dos jornais do dia seguinte: comissária de bordo francesa é presa, ainda não se sabe o que contrabandeava...

Luis, o lagarto, brinca com o fiscal como se os dois fossem parceiros de pôquer desde a escola, enquanto Felipe passa nossos passaportes e vistos de trabalho (os de Esteban, não os meus) para outro militar cansado, que nos examina com um olhar distante, como se lesse Carlos Fuentes em latim. Os dois oficiais dão uma olhada rápida na van para nos contar, depois nos deixam passar!

A van da Chevrolet anda uns 100 metros, tempo suficiente para se perder entre os carros no enorme estacionamento de San Isidro. Meu coração, parado por minutos intermináveis, pode enfim explodir. Arranco tudo: sobrancelhas, bigode e costeletas falsas, jogo o sombrero como um frisbee para os fundos da van, enquanto toda a trupe de Los Páramos grita de alegria, canta "Hasta siempre" a plenos pulmões como um bando de guerrilheiros que toma de assalto o palácio presidencial. De um isopor, eles tiram cinco Coronas. Ylian me toma nos braços. E, pela segunda vez no dia, a terceira de sua vida, me beija.

Eu passei!

Meu coração não está com nenhuma vontade de se acalmar.

Nunca vivi com tanta intensidade!

Meus pensamentos estouram como fogos de artifício em minha cabeça, barulhentos, explosivos, sem deixar espaço para nenhum arrependimento, apenas um pequeno rojão que molhou.

A quem poderia confessar essas emoções um dia?

Acabo de atravessar ilegalmente a fronteira mais perigosa do mundo, disfarçada de homem, em uma van decorada, com quatro caras vestidos de mariachi! A quem poderia contar isso um dia? Falar, escrever? E se, por milagre, encontrar a coragem de contar tudo e um ouvido para me escutar, olhos para me ler... como convencê-los de que não inventei tudo?

• • •

Ylian assumiu o volante da van.

– Deixo você no seu carro no estacionamento de San Isidro, Andorinha, ou vamos continuar?

– Vamos continuar!

A van corre por alguns quilômetros pelas ruas de Chula Vista, o tempo de deixar Felipe, Ramón e Luis, respectivamente, em Rancho del Rey, Bonita e Otay Mesa West. À noite, explica Ylian, *adiós* Los Páramos. Felipe e Ramón voltam para suas famílias e Luis toca em um restaurante antes de voltar para a Old Town, e eu fico com a van.

Agora somos só nós dois. Vou para o banco da frente. Ele segue para o píer de Imperial Beach. O rádio toca velhos clássicos do rock americano. O mar se abre diante de nós e acompanhamos uma longa faixa de areia. A baía de San Diego se abre à direita, o Pacífico se estende ao infinito à esquerda. Uma península maravilhosa e estreita – não sei aonde ela leva, mas a vista dos arranha-céus de San Diego é mágica.

– Qual é a próxima etapa? Fugir de Alcatraz?

– Infelizmente, não... Acabou a diversão. Tenho que ir trabalhar.

Continuamos subindo o interminável cordão de dunas até a península se ampliar e nós entrarmos em um balneário muito chique, em que cada construção que margeia a praia tem sua piscina, fazendo parecer que os proprietários têm preguiça até de atravessar a rua para se banhar. Leio o nome na entrada: *Village of Coronado.*

– De novo?

– É, e dessa vez os papéis se invertem... São os músicos que se fantasiam de mulheres!

– Uau! Estamos em um gueto de travestis?

No entanto, as ruas que compõem os quarteirões desse bairro rico me parecem mais saídas de um episódio da novela americana *Santa Barbara* do que de uma série gay. À minha frente, vejo uma construção gigantesca saída direto de um conto infantil: um castelo todo decorado, coroado por dezenas de torres vermelhas pontudas, uma tenda de circo disfarçada de masmorra, telhados em todas as direções, centenas de janelas e o mesmo número de varandas, como se um desenhista o tivesse inventado para um filme da Disney e um louco houvesse decidido construí-lo de verdade, antes de colocá-lo em uma praia.

– Não – diz Ylian, estacionando. – Estou falando do filme mais famoso de San Diego.

– *Top Gun*?

Ylian solta uma risadinha surpresa. Será que falei uma besteira atroz?

– Ah, Andorinha... A vida não é feita só de aviões!

Obrigada! Dou a língua para ele. Não cruzei o mundo para brincar de adivinha! Com a mão, ele indica o incrível palácio de contos de fada diante de nós.

– O Hotel del Coronado. Cenário inesquecível de *Quanto mais quente melhor*.

Um dos meus filmes preferidos! Marilyn (ou Sugar), Jack Lemmon e Tony Curtis disfarçados de Daphne e Josephine. Como não lembrei!

Tento me redimir:

– *Ninguém é perfeito*... Você vai tocar para os clientes do hotel?

Ylian desliga o motor.

– Vou... Eu toco enquanto os clientes comem lagosta e tomam chateaubriand. É um dos prestigiosos contratos que Ulisses Lavallée conseguiu para mim.

Impressionada com a imponência do hotel, tento sobrepor sua imagem às do filme... Encontro uma pista.

– Não me diga que, assim como Marilyn, querem que você toque... ukulele!

Acertei na mosca. Ylian baixa o olhar e se fecha como um menininho envergonhado.

Idiota de novo! Tento arrancar a flecha.

– Desculpa, Ylian. Juro que adoro você de mariachi ou com um ukulele... Não sei se teria conseguido me apaixonar por Jimi Hendrix ou Chuck Berry.

Idiota três vezes! Eu me inclino para beijá-lo, mas percebo que, em vez de consolá-lo, minha última frase o deixou ainda mais chateado. Fico em silêncio por um instante. É Ylian quem volta a falar.

– Venha, Andorinha. Você é minha convidada. Champanhe à vontade. Ganho vinte dólares por noite aqui, mas é *open bar*!

Para ajudar em meu pedido de desculpa, deposito beijos no contorno de seu perfil aborrecido. Na ponta do nariz, no lóbulo da orelha.

– Sou uma boba. Desculpa.

– Não precisa se desculpar. Conquistar uma mulher como você tocando com um sombrero ou um violão de boneca é meio inesperado.

Inesperado?

Sem pensar, ponho as mãos em suas têmporas, viro sua cabeça para mim e o beijo com toda vontade. Por fim, suas mãos chegam aos meus quadris, voltam a subir, depois ganham coragem e descem. As minhas aprisionam sua nuca. Impedem Ylian de respirar. Vão decidir se vou salvá-lo. Por fim, descolo minha boca da dele e sussurro perto de seu nariz.

– Eu, na verdade, acho que você é extremamente esperto.

Estou me saindo bem. Audaciosa, intrépida, provocante. Não sinto culpa alguma, nem por um segundo.

A mão de Ylian continua a passear pela minha coxa. Eu a pego com delicadeza para colocá-la em seu joelho.

– Um pouco de paciência. Estão esperando você no Hotel del Coronado, meu tocador de banjo!

Ylian sorri, mas não insiste. Acho adorável seu jeito de esconder que voltou a ficar chateado. Pelo jeito, as palavras ukulele e banjo são tabus, sem dúvida assim como bandolim, cítara, balalaica...

Yl, gentil, abre a porta. Seus olhos voltam a brilhar.

– Pode rir! Hoje à noite, depois de pagar mico no Coronado, vou te mostrar.

Eu o interrogo com o olhar.

– Vou te mostrar o poder de um verdadeiro violão.

25

2019

OLIVIER ESTACIONA EM UMA das últimas vagas da calçada, desliga o motor e observa a estranha agitação. Os carros entram e saem. A cancela sobe e desce. Os pedestres se afastam para contorná-la. Eles passam pelas portas de vidro com bolsas na mão, flores, crianças. O lugar está mais cheio do que um shopping em um fim de semana de dezembro. Olivier se lembra dos cartazes onde antigamente se lia:

Hospital – silêncio.

Hoje não há lugar mais barulhento. Isso sem falar das ambulâncias que vêm e vão. Uma sirene parece se afastar quando outra se aproxima. Olivier vê uma luz giratória azul no retrovisor aumentar, aumentar, avançar em sua direção e ultrapassá-lo. Mais uma emergência? Ele percebe, controlando a surpresa, que é uma viatura comum. Dois policiais em roupas civis saem do carro e cruzam a entrada principal do Hospital de Bichat.

Olivier os segue com o olhar. Leva um instante para perceber que estão batendo em sua porta. Por fim, vira a cabeça. Laura está na sua frente, blusa branca, cabelo preso em um coque, um cigarro entre o indicador e o dedo médio. Ele sempre odeia ver a filha fumar. Qualquer pai odeia! Apesar de Laura ter acabado de fazer 26 anos, Olivier tem que se controlar para não arrancá-lo da mão dela e amassá-lo. Ou pelo menos dar uma bronca em Laura.

Ele se limita a abrir a porta do carro e dar um beijo nela.

– Pai! O que está fazendo aqui?

– Ah, passei para dar um oi.

– Sério?

– Tenho um cliente aqui perto. Na avenida Wagram.

As sirenes continuam gritando. Socorristas? Policiais? Laura dá uma tragada com pressa. Olivier sabe que os intervalos são contados. Ela costuma dizer que eles não têm nem mais tempo para fazer xixi nem fumar. Pelo menos o ritmo alucinado do hospital é bom para seus pulmões.

– Você parece cansada, Laura.

– É! Estou precisando de férias!

Ela dá uma piscadela cúmplice para o pai. Ele não reage. Estava concentrado em um dos dois policiais que saíram do hospital e seguem em direção ao carro.

– Vou falar uma coisa: está uma confusão aqui, não é?

Laura se permite uma última tragada.

– É... Daqui a pouco, vamos ter que fazer as autópsias também. E vamos ter que carregar revólveres embaixo da blusa para proteger os sobreviventes de atentados. – Ela amassa o cigarro ainda pela metade e acrescenta: – Ou de tentativas de assassinato.

– Você tem razão. A gente não precisa de policiais. Nem no trabalho... nem em casa.

Laura entende a indireta. Ela sabe que o pai não perde uma oportunidade de atacar Valentin, seu marido policial. Ele pode gostar do apaixonado pelo rúgbi, mas detesta o capitão com horários imprevisíveis. Ele, que passou a vida trabalhando em casa, em sua oficina, adaptando o ritmo de trabalho para respeitar o das filhas, não consegue entender a vida maluca de Laura e do marido, entre emergências no Bichat e plantões na delegacia de Cergy. Acima de tudo, ele teme o momento em que Valentin vai anunciar sua promoção, quando terão que se mudar com os gêmeos para um lugar talvez a 500 quilômetros dali.

– Tenho que ir, pai.

– Eu sei.

Ela dá um passo na direção da entrada e se vira.

– A mamãe não suspeita de nada?
Se Olivier tem uma qualidade, é saber tranquilizar a filha.
– Duvido, levando em conta onde ela está.

26

2019

Jean-Max para o carro alugado no estacionamento de San Isidro e observa com desconfiança a longa fronteira coberta de arame farpado, que se estende ao infinito no alto das colinas, os americanos seguindo em bandos para o posto da alfândega a fim de passar para o México, os mexicanos que, inversamente, entram em conta-gotas no solo estadunidense. O comandante se vira para mim, preocupado.

– Tem certeza de que, se a gente entrar, vão nos deixar sair?

Faço que sim com a cabeça.

Na verdade, não tenho certeza de nada. Não tenho a menor ideia da evolução da segurança da fronteira desde 1999, mas duvido que Donald Trump tenha dado ordens específicas para que os fiscais desconfiem... e não deixem mais entrar e sair qualquer mariachi! As lembranças voltam com uma nitidez quase surreal. Passar pela cancela sem os documentos, a curta caminhada até Tijuana, as ruas coloridas, as crianças nas ruas, os músicos de sombrero...

Passar pela cancela... e depois?

O que estou esperando? Dar de cara com Los Páramos na praça Santa Cecilia? Com Luis, Felipe, Ramón, Esteban, os mesmos de cabelo grisalho, dez quilos a mais, todos em ternos de veludo desbotado? E se, pelo milagre mais improvável, eu os encontrasse, o que eles me contariam de novo? Eu que teria que contar novidades para eles, e que novidade... Que o francesinho simpático com quem eles tocavam há anos está preso a uma cama de hospital a 10 mil quilômetros daqui, entre a vida e a morte. Mil outras perguntas me agitam, mas me forço a afastar qualquer forma de reflexão lógica.

Não hesitar, não duvidar. Só tenho que seguir as pistas!

Passar pela cancela.

– Vamos lá? – pergunto, alegre.

Charlotte continua presa ao celular. Ela baixou o aplicativo dos Las Americas Premium Outlets de San Diego e descobre que está a menos de um quilômetro de um shopping com mais de cem lojas de fábrica, com as maiores marcas do mundo exibindo seu catálogo. Sem falsificações. Verdadeiros produtos de marca! Calvin Klein, Guess, Ralph Lauren, Tommy Hilfiger... Ela mostra as logomarcas como se fossem fotos de estrelas de quem ela pudesse enfim se aproximar.

Percebo que terei que ser persuasiva se quiser que eles me acompanhem a Tijuana! E não estou com a mínima vontade de ir sozinha. Tenho uma estranha sensação de perigo. Uma ameaça. Uma impressão de que alguém espera que eu esteja isolada dos outros. Para me agredir? Ao sair da Old Town, um carro, um Ford Edge cinza, deu a partida junto conosco e pegou a mesma estrada para San Isidro, tomando o cuidado de manter distância e de desaparecer de vista agora que estamos estacionados. Tive a impressão de que estava me seguindo! Assim como Ylian foi seguido em Paris. Para me matar? Essa estranha sensação se transformou em certeza durante o trajeto, depois sumiu, ou melhor, foi apagada por outras ideias, tão loucas quanto a primeira. Uma palavra continua a girar em minha cabeça.

Andorinha.

A palavra sobre a qual eu ruminava alguns segundos antes de ela aparecer, escrita em outra língua, em meu copo... *Just swallow it.*

Tento manter o bom senso. Não acredito mais em coincidências! Chega! Eu me limito a constatar os fatos, e este é evidente, apesar de parecer bruxaria: eu esperava um sinal do passado e ele apareceu. Alguém o serviu para mim. Alguém que sabe o que ele significa. Charlotte? Um garçom maquiavélico? Um Deus capaz de ler meus pensamentos? Nenhuma dessas hipóteses faz sentido...

Com um entusiasmo que tenta comunicar minha intenção, esboço um passo na direção do longo corredor cinza que leva à alfândega mexicana, mas percebo que Jean-Max não me acompanha. Ele espera, depois se dirige para o sentido inverso, pegando Charlotte pela mão.

– Vamos, minha menina. Estou com pena de você por não ter coragem de pedir. Vamos ver os outlets! Aceito ficar três horas fazendo compras e carregar suas sacolas se você me prometer que depois vamos ver os F-35 decolarem em Miramar...

Eu os observo se afastarem na direção das lojas de fábrica, assobiando "La cucaracha" só para me irritar. Percebo que Flo também quer me abandonar... e acompanhar os dois. De repente, ela parece muito irritada comigo e observa o outdoor gigantesco que margeia o estacionamento, chamando atenção para as tarifas imbatíveis da Eterna Primavera, uma clínica mexicana de cirurgia estética. Então lança um olhar para o comandante e para a jovem estagiária.

– Tudo bem, querida, eu vou com você. Enquanto Charlotte vai abastecer o estoque de jeans skinny, temos três horas para fazer uma lipoaspiração e comprar peitos novos! Vamos fazer o Jean-Max preferir as cinquentonas liberais às menininhas.

Eu adoro Flo! Deveria fazer todos os voos, todas as escalas, compartilhar todos os destinos do mundo com ela. Enquanto seguimos na direção da famosa cancela, percebo que ela não mudou. Vejo-a no fim do funil de concreto e abro a bolsa.

Um pressentimento repentino.

Porque a pedra do tempo parece voltar a funcionar...

Eu vasculho. Há vinte anos, esqueci os documentos.

Procuro.

Eu me lembro perfeitamente de ter guardado o passaporte na bolsa, depois de me trocar no Ocean Lodge.

Fico irritada. Não há sinal do meu passaporte ou da carteira de identidade.

Flo para na hora.

– Você esqueceu os documentos no hotel?

A resposta pipoca em minha cabeça: *Não, Flo, não esqueci e também não perdi, é impossível... Mas eles não estão mais aqui.*

Isso não parece preocupar muito Florence. Pelo contrário, a traidora aproveita a ocasião.

– Sem documentos, nada feito! Venha, se corrermos, podemos alcançar os dois.

Não me mexo. Continuo revirando a bolsa.

Apesar de ter entendido a mensagem.

Tenho que atravessar a fronteira mexicana sem documentos, como há vinte anos. Sozinha! É isso que diz esse novo sinal que me foi mandado. Quem o mandou? Por quê?

O único jeito de saber é indo a Tijuana. Dou um passo à frente. Flo me olha como se eu tivesse ficado maluca.

– Você não tá batendo bem, Nathy! Nunca vai conseguir voltar.

Vou, sim, Flo, confio na pedra do tempo, vai aparecer um jeito: músicos, uma van, alguma coisa.

Não preciso tentar entender, só obedecer.

Flo não me larga, me segura pela manga da camisa como se eu fosse me jogar de um penhasco e ela fosse a única a me convencer do contrário. É o que vejo em seus olhos. Estou à beira do abismo e ela quer me salvar.

Vasculho a bolsa uma última vez, um último galho a que me agarro antes que ceda. No fundo, meus dedos se fecham sobre um pedaço de papel que eu não havia notado. Uma folha dobrada em quatro.

Eu a pego, a desdobro e a observo, sem entender o que está fazendo aqui.

Nunca imprimi nem copiei esta imagem, mas a reconheço.

Uma soldadera*!*

Uma mulher mexicana, olhos e longos cabelos pretos, bandeira nacional como echarpe, sombrero jogado às costas, cartucheira cruzada sobre o peito e fuzil no ombro. As *soldaderas* foram combatentes na revolução mexicana, figuras lendárias, mas sei onde encontrar esta guerreira. Ela está pintada em um mural gigante, que cobre toda a superfície de um pilar de concreto. As lembranças voltam em ondas. Estas são tão quentes. Tão lindas.

Sorrio para Flo.

– Você tem razão, estou maluca. Tenho uma coisa melhor do que um passeio por Tijuana para propor a você.

– Puta merda... O que você vai inventar agora?

– Uma coisa de louco. Como você nunca viu... Um museu a céu aberto. Os murais do Chicano Park no Barrio Logan.

Flo arregala os olhos, assustada.

– Me lembre de pedir ao pessoal da escala para nunca mais, mas nunca mais mesmo, viajar com você!

27

1999

– O Barrio Logan é o porto histórico de San Diego, onde os latinos vêm morar há mais de um século.

Ylian me explica a história dos *chicanos* com um tom de professor apaixonado, puxando o nó da gravata-borboleta preta que aperta seu pescoço.

– Pode segurar o volante para mim?

Eu me inclino para dirigir por um instante, enquanto Yl tira o paletó e o joga na parte de trás da van.

– Obrigado. Milhares de mexicanos vieram morar aqui durante a revolução mexicana. Vou dispensar os detalhes, patati, patatá, Zapata pra cá, Zapata pra lá, aqui se tornou o bairro mais emblemático da Califórnia, onde aconteceram todas as lutas sociais hispânicas. Os americanos destruíram as fábricas para tornar o antigo porto uma zona residencial, depois cortaram o bairro em dois para que pudessem abrir a Interstate 5, depois a ponte de Coronado, essa que vamos pegar.

Enquanto fala, Ylian desabotoa a camisa branca até conseguir, com uma das mãos, fazê-la cair pelo torso, retirar uma das mangas, trocar de mão sem largar o volante e tirar a outra manga. E de repente meu músico tímido está sem camisa diante de mim, as luzes da cidade dançando por sua pele cor de cobre.

– Pode me passar a camiseta que está ali atrás?

– Hã, posso...

Perturbada, entrego a ele uma camiseta com "BB King" estampado, e ele a veste com a mesma destreza, sem parar de dirigir. Nem de falar.

– Os primeiros murais do Barrio Logan apareceram nos anos 1970, em cada metro quadrado de concreto construído por multinacionais americanas. Isso se tornou o símbolo daqui: o Chicano Park tem mais de setenta pinturas monumentais. Hoje o lugar é patrimônio cultural, as obras foram tombadas, mas isso não impede que o bairro seja o mais rock and roll de todos os Estados Unidos. Me passa minha jaqueta, por favor.

Entrego a ele uma jaqueta de couro gasto, decorada com bótons dos Yardbirds e do Led Zeppelin. Paro para observá-lo dirigindo cheio de confiança por esse bairro em que nenhum não latino se arrisca a entrar depois que cai a noite. Que contraste com o mariachi fantasiado de toureiro dessa tarde ou com o violonista travado em seu terno de feltro preto, acompanhado por um pianista de bar, tocando no ukulele os clássicos do jazz americano. Esse cara é um camaleão.

Yl estaciona a van na frente de um pilar de concreto. Devemos estar na Interstate 5. O lugar só é iluminado por faróis de caminhões, que ofuscam uma mulher mexicana pintada sobre o poste cinza, uma mulher bela e armada até os dentes.

– Não tenha medo, Nathy. A Soldadera vai nos proteger.

Sob a luz, vejo outros murais. Retratos impressionantes de Frida Kahlo, Che Guevara, Fidel Castro, Diego Rivera, famílias mexicanas trabalhando em campos de melancia ou milho, uma águia sobrevoando a cidade e exigindo justiça, educação e liberdade, soldados, vivos ou simples esqueletos, mas sempre armados e determinados. Uma fogueira está acesa um pouco mais adiante. Silhuetas se agitam, dezenas delas. Outros murais são revelados, todos fazendo homenagem à resistência sul-americana. Ylian pega a boina escocesa nos fundos da van, a coloca sobre o cabelo cacheado, pega o violão e segura minha mão.

– Vem comigo.

• • •

Primeiro, surgem os aplausos quando Ylian rompe o círculo em torno do fogo. Um menino corre para puxar um cabo até o amplificador colocado sobre um banquinho. Adolescentes abrem espaço para mim perto da fogueira, mulheres colocam cervejas e bandejas de doces mexicanos, que provo de maneira aleatória, antes de lamber a ponta dos dedos perfumadas de anis, mel e coco. Outros moradores se juntam a nós e se sentam no chão ou nas pequenas cadeiras que trouxeram. Agora formam uma meia-lua de cerca de sessenta pessoas, que esperam que Ylian termine de afinar o violão e ajuste o microfone para sua altura.

Então Ylian toca. Canta. Ele não canta muito bem, mas toca divinamente!

Será o amor? O momento? O lugar?

Aliás, as silhuetas dançantes de Che Guevara, Frida Kahlo e Pancho Villa, atrás das chamas da fogueira, concordam comigo!

Yl emenda "Cocaine", "Sultans of Swing", "London Calling", "Imagine".

Duas adolescentes, cabelo longo que chega ao umbigo e vestido longo que chega à canela, se levantam e pedem o microfone. Ylian não protesta e continua tocando enquanto elas cantam. Melhor do que ele. E ele toca ainda melhor.

"Mala vida", "Gloria", "Hallelujah".

O momento é mágico. Não tiro os olhos de Ylian. Seus dedos dançam sobre as quatro cordas sem se cansar, seus quadris balançam, a coxa direita acompanha o ritmo e o suor molha a camisa do BB King, mostrando um torso do qual tenho apenas uma lembrança furtiva. Suas pálpebras se fecham, sua boca murmura.

Não, esse cara não é um camaleão. Esse cara é ele mesmo, apenas ele, aqui. Yl é ele mesmo quando interpreta Bruce Springsteen, Sting ou BB King. Yl é ele mesmo quando enfim se torna egoísta e se preocupa apenas com sua arte. Yl é ele mesmo quando se joga em sua loucura, em seu talento, sozinho e isolado do mundo, nesse círculo de luz e de poeira – uma poeira invisível, que pousa nos que o escutam, um pó mágico que os torna mais leves. Que os ajuda a voar.

"Stand by Me", "Eleanor Rigby", "Angie".

Os espectadores vibram com cada acorde, como marionetes suspensas pelos fios de um músico-aranha.

Yl toca o que ama. Yl é ele mesmo. E só quero uma coisa.

Ser dele.

• • •

O show termina tarde. Ylian confessa que vem se apresentar aqui a cada dois dias. Começou tocando na rua, na hora do almoço, e o dono do Chiquibaby's Bar pediu que ele voltasse, garantindo que ali, no Barrio Logan, estavam os únicos amantes verdadeiros da boa música de San Diego, diferente dos bares da moda do centro ou da reserva indígena da Old Town.

O fogo foi apagado com baldes de água. O proprietário do Chiquibaby's Bar guardou o amplificador, os moradores do Barrio Logan esticaram as pernas e dobraram as cadeiras para irem dormir. Com todas as luzes de cabeceira apagadas, Frida Kahlo, Che Guevara e Pancho Villa sem dúvida também dormem na escuridão. O Chicano Park agora só é perturbado pelo tremor dos raros veículos que ainda circulam pela Interstate 5, acima de nossas cabeças, como se o céu também tivesse adormecido e roncasse em intervalos irregulares.

Ylian me leva pela mão até a van.

– Quer que deixe você em algum lugar?

– Aonde quiser, contanto que você venha comigo.

A noite o torna sério.

– Não quero, Nathalie.

– ...

– Não quero me apaixonar por você.

Faço carinho em sua mão. Acima da van, a Soldadera zela por mim.

– Então não devia ter me beijado!

A noite o torna triste, mas as estrelas fazem cócegas nele. Ylian não consegue deixar de brincar.

– Está brincando? Foi você que me beijou primeiro no Mont-Royal, embaixo da cruz!

– Que absurdo! E seu strip-tease na van ainda há pouco? Fui eu que pedi?

– Foi você que veio até aqui atrás de mim!

– Graças às suas dicas, seu Pequeno Polegar safado. "Seu músico que continua a própria odisseia"...

Achei que ele fosse protestar: *Foi pura coincidência, está pensando o quê?* Mas não. Yl espera por um longo momento, depois abre a porta da van, acende a luz do teto e se vira.

– Se... se a gente for mais longe, Nathalie, eu nunca mais vou conseguir deixar você.

• • •

Só uma noite… Foi o que me imaginei mil vezes pedindo a ele.

Só uma noite e depois podemos esquecer um ao outro. Cada um retorna à sua liberdade. Mas meu músico tenta me prender.

Eu nunca mais vou conseguir deixar você.

São as mulheres, Ylie, não os homens, que juram isso.

Tudo bem, vou improvisar. Eu também não posso deixar você. Não sem te amar.

A traseira da van é arrumada para que se possa estender um colchão, com um galão de água para um banho grosseiro, um isopor e um fogareiro para o café da manhã. Peço que Ylian espere na frente da van e pouso os olhos em seu violão.

– Só quero que você continue tocando, Ylian. Tocando suas quatro cordas, só para mim. Não vou pedir mais nada, prometo. Só um show particular.

– Você jura?

Levo um beijo a seus lábios e subo na van.

– Juro. Posso usar o banheiro primeiro?

Quando Ylian por fim entra, estou de pé nos fundos da van, sob a luz, que forma em torno de mim uma auréola, enrolada em um lençol branco, sem maquiagem. Yl lança um olhar rápido para os lenços umedecidos, o delineador, o lápis de olho preto. Talvez ele ache que uma comissária de bordo seja capaz disso, se adaptar, dormir com amigos, na promiscuidade de um avião. Então por que não em uma van? Talvez Yl esteja realmente com medo. Talvez Yl se contentasse em tocar violão para mim a noite toda. Talvez Yl não fosse me tocar. Talvez Yl já soubesse a que ponto sofreríamos, se cedêssemos.

Mas eu não.

Eu não sabia de nada.

Yl olha em meus olhos e lê o desejo. E eu leio o dele.

Yl dá um passo para trás. Cruza os braços. Protesta. Com a voz baixinha.

– Você prometeu, Nathalie… Só uma serenata. Só um pouco de música para ninar você.

– Eu sempre cumpro minhas promessas.

Com o dedo, solto o lençol. Ele cai. Estou nua, diante dele, sob a luz fraca. Nua a não ser pelas quatro linhas que tracei, quatro cordas desenhadas com lápis preto do meu pescoço até meu púbis. Quatro traços bem retos em minha barriga lisa.

Ele parece hipnotizado.

– Vem, Ylian. Vem me tocar.

• • •

– Você vai me deixar?

Não respondo. O sol da manhã já se esgueira pela Interstate 5, iluminando como um laser os murais mais baixos do Chicano Park. Alguns raios atravessam as cortinas sujas da van, revelando que a opacidade era apenas uma ilusão. Estou sentada no colchão. Escondo os seios com o lençol.

Do lado de fora, o fuzil na mão, a Soldadera zela por nós.

Ylian está sentado ao meu lado, também nu. Ele coloca a mão em minha lombar, o polegar apertando meu cóccix, os outros dedos esticados. Então repete:

– Você vai me deixar, eu sei. Vai se vestir. Tem que ir para o aeroporto. Tem que pegar o avião. Tem que voltar para o seu marido. Tem que cuidar da sua filha.

Uma voz implora em minha cabeça: *Fique quieto, Ylie, fique quieto. Não diga nada, nem uma palavra. Por favor.* Eu me controlo para não apoiar a cabeça em seu peito, deixar o lençol cair e pressionar sua barriga com meus seios. Me limito a abraçar sua cintura. Yl é meu prisioneiro. Ele olha pela janela da van, como se as grades tivessem sido serradas, depois murmura:

– Você vai alçar voo.

Continuo sem responder. Admitir isso seria morrer. Negar seria mentir. Não vou deixar Olivier. Não posso abandonar Laura. Mesmo que a noite com Ylian supere tudo que já conheci sobre desejo, que tenha se inscrito o mais fundo na minha carne. Mesmo que eu nunca tenha sido amada com tanta poesia. Ofertado a Ylian, meu corpo, por horas, foi apenas um instrumento que ele dominou com uma paciência infinita, descobrindo calmamente todas as harmonias, toda uma gama de notas – das mais tímidas às mais audaciosas –, conseguindo fazê-lo interpretar melodias imprevisíveis, arrancar dele os sons mais inconfessáveis.

Abraçando com ainda mais força a cintura de Ylian, deixo a cabeça deslizar até o encaixe entre suas coxas entreabertas. É minha vez de sussurrar:

– Sou uma pequena andorinha. Podemos nos ver sempre que você quiser. Eu viajo. Você viaja...

– É isso que você quer, então? Um amor todo pontilhado?

Minha orelha está pousada sobre seu sexo. Eu o sinto enrijecer.

– Vamos nos encontrar sempre que pudermos. Eu prometo. Sempre cumpro minhas promessas. Vou provar para você...

– Não preciso de provas, Nathy.

Seu polegar aperta com mais força minha lombar, os outros dedos descem ainda mais, me convidam docemente a me abrir para colher o orvalho de meu desejo.

– Você sabe o que os marujos fazem?

– Têm uma amante em cada porto? Ou um amante, quando são marinheiras como eu?

O maior dedo de Ylian toma a dianteira e, sozinho, desliza para dentro de mim.

– Quando completam 5 mil milhas náuticas, eles tatuam uma andorinha. É o símbolo da liberdade deles. Vou tatuar uma andorinha, Ylie. Para você. Como prova do nosso amor eterno.

Minha cabeça sobe alguns centímetros. Meu ouvido escuta a reentrância do umbigo de Ylian, meus lábios querem tomar seu lugar. Eu os levo até lá uma última vez...

– Não quero me contentar com uma noite. Quero ver você de novo.

... antes de deixar minha boca acolher o fogo de seu desejo.

Meu celular toca na hora. Ou alguns minutos depois. Ou talvez tenha tocado antes e eu não tenha ouvido da primeira vez? Ele insiste.

– Você não vai atender?

Eu queria dizer que não, e daí, não dou a mínima, ele pode esperar. Mas engatinho até a bolsa para olhar a tela.

Olivier. Duas ligações.

E, como um eco, uma mensagem.

> *Laura com febre. De cama.*
> *Se puder, me ligue.*
> *Oli.*

28

2019

– E AÍ? NÃO valeu a pena?

Sei que Flo gosta de museus, exposições, bobagens que estão na moda. Ser comissária de bordo, quando apreciamos a cultura, o exotismo, da arte moderna à arte tribal, ajuda a gente a poder se gabar. Ela observa os murais e parece realmente impressionada com a imaginação fantástica dos pintores, com a precisão dos retratos, a dureza dos traços contrastando com a inocência dos temas: liberdade, família, educação, revolução, os homens-deuses, as mulheres-soldados. Tento esconder a emoção. Tenho a impressão de que nada mudou. Reconheço cada quadro em cada pilar, sem dúvida porque os vi muitas vezes desde então, na internet, deixando se revezarem em minha tela projeções dos murais mais bonitos. A ponto de misturar a realidade virtual com as verdadeiras imagens de minhas lembranças?

As cores me parecem mais vivas do que em minhas lembranças. Os murais estão muito bem cuidados. Para os turistas? No entanto, hoje o Barrio Logan está deserto. Ouvimos apenas o fluxo contínuo de carros passando acima de nossa cabeça, na rodovia. Sem esses desenhos incríveis, o bairro pareceria um daqueles lugares pouco recomendados para duas mulheres sozinhas se aventurarem. Isolado. Separado do resto da cidade por uma via férrea. Os pilares oferecem muitos becos; os muros pintados, muitos esconderijos. Lugar ideal para traficantes de todos os tipos.

– É, é incrível – reconhece Flo, continuando a metralhar os murais com a câmera de seu iPhone. – Mas esse bairro não dá um pouco de medo?

Sem responder, faço sinal para que ela me siga. Continuamos pela extensão da Interstate, abaixo dela, no sentido contrário aos carros. Os pilares se seguem, pilar-cobra, pilar-árvore-da-vida, pilar-águia-libertadora, pilar-Virgem-Maria, até que, por fim, encontro minha Soldadera.

Ela ainda está aqui, carabina na mão, cartuchos como suspensórios, cabelo ao vento.

Ela zela.

Por meu destino.

Meu coração de repente para. Eu não esperava nada ao vir aqui. Nada além de um mergulho em minhas lembranças. Mas ela me espera, diante de mim.

A van da Chevrolet de Los Páramos está estacionada ao lado do pilar, sob a Soldadera. Exatamente como naquela noite.

– Venha comigo – peço a Flo.

Ela parece cada vez mais desconfiada, apesar de estar tirando mil fotos da Soldadera, como fez com as outras obras. Percebo que estamos em um dos pontos mais isolados do Chicano Park, sem calçada, sem caminhos, sem fachadas. Longe das poucas passagens, Ylian não estacionou ali por acaso...

Os murais podem estar bem cuidados, mas não se pode dizer o mesmo da van. Deve estar me esperando aqui há anos. Pneus furados. Retrovisor quebrado. Portas amassadas. Ainda se veem os desenhos dos mariachis e as palavras *Los Páramos*, mas foram atacados em todos os cantos por manchas de ferrugem.

Eu me aproximo, tentando entender. O que essa van está fazendo aqui? Depois da nossa noite, Ylian me levou até San Isidro para que eu pegasse o carro alugado, depois foi buscar Luis em Presidio Park, na Old Town, e Felipe e Ramón em Chula Vista. Aliás, a van pertencia ao grupo. Quem voltou para estacioná-la aqui? Quem poderia saber que eu viria aqui, vinte anos depois?

Ao chegar ao veículo, constato a extensão dos danos. Afinal, essa boa e velha van deve ter mais de 25 anos. Não está tão malconservada para a idade. Fico na ponta dos pés para tentar olhar dentro dela pelos vidros empoeirados.

– O que você está fazendo? – pergunta Flo, em pânico. – Puta que pariu, Nathy, presta atenção! Isso aqui tem pinta de tráfico de drogas!

Aperto os olhos. Vejo uma confusão dentro da van. Acho que reconheço o fogareiro a gás com o qual Ylian preparou café para mim. Inspiro fundo, acho que sinto até o cheiro dele. Sinto um arrepio por dentro, na pele também...

– Droga, tem gente vindo, Nathy!

Eu me viro de repente e vejo primeiro o SUV estacionado atrás do pilar mais próximo. Um Ford Edge cinza idêntico ao que tinha certeza de estar nos seguindo desde a Old Town até a fronteira mexicana. Meu coração dispara. É uma emboscada? Devo fugir? Gritar?

Nem eu nem Flo temos tempo de reagir. Duas mãos cobrem nossa boca, outras duas torcem nossos braços às costas, um pé chuta a porta da van, abrindo-a com violência, e dois corpos se colam aos nossos, o cheiro deles nos envolve, forte o bastante para que eu sinta tanto o resto da hortelã-pimenta de meu agressor quanto o de tabaco frio do que empurra Flo para a van.

• • •

Eles se limitam a nos amordaçar com silver tape e amarrar nossas mãos, depois nos jogam no colchão. O que mastiga uma bituca de charuto Te-Amo Robusto manteve o celular colado à orelha. O outro, que a cada minuto tira uma latinha de Altoids do bolso para chupar uma pastilha de hortelã, continua de pé, atrás da porta fechada da van, observando os arredores pela janela.

Flo não tira os olhos arregalados das facas em coldres de couro na cintura de nossos agressores. Eu pisco sem parar, olhando para as prateleiras reviradas, os violões quebrados e com cordas arrebentadas, a pilha de velhos sombreros cuja palha parece ter sido roída por um exército de ratos, o lençol furado pendurado como a pele morta de um fantasma, o colchão em que estamos sentadas rasgado de alto a baixo, os travesseiros furados.

Eu devia estar sonhando pesado.

Te-Amo Robusto por fim desliga. Olha para cada uma de nós duas, parecendo obedecer às instruções precisas de seu interlocutor, hesita, se aproxima de mim, boca comprimindo a bituca, cara fechada, transmitindo o ar enojado de um gari diante de uma pilha de lixo a eliminar. Sem que eu tenha tempo de reagir, pega minha camisa pela gola e a puxa, rasgando-a até a altura do meu peito. Mas nem olha para meu sutiã. Apenas observa a andorinha tatuada em meu ombro.

Isso o faz abrir um sorriso, ao menos um movimento do canto da boca, que consegue fazer sem deixar de mordiscar a bituca do outro lado.

Flo treme como se estivesse presa em um furgão frigorífico. Sei o que ela está pensando. Traficantes. Nós os surpreendemos em suas pequenas negociações. Vão nos matar. Depois de nos estuprar, sem dúvida. Será que terei tempo de lhe contar a verdade, Flo? Nós não os surpreendemos... eles é que nos seguiram! Que *me* seguiram, na verdade. Você não tem nada a ver com essa história, minha pobre Flo. É a mim que eles estão procurando. A andorinha.

Por quê? Não para me fazer falar, já que eles nos amordaçaram!

Para me calar?

– É ela mesmo – confirma Robusto. – Mas temos que cuidar das duas.

Altoid chupa mais uma bala.

– Então vai pagar o dobro.

Robusto dá de ombros.

– Pode se divertir com elas antes, se acha que não foi bem pago.

Altoid não engole a pastilha.

– É mesmo? Eu comeria a loura gostosa que fica olhando a faca.

Mesmo assim, ele deixa correr os olhos, arrependido, pelos meus seios. Depois se vira para Flo, brincando ostensivamente com o coldre da faca. Ela tem a coragem de lançar para ele um olhar de desafio. Consigo ouvir todos os insultos que ela cuspiria em seu rosto se ele ousasse deixá-la falar. Percebo que o pior para ela será morrer calada.

Altoid começa uma dança estranha. Então me dou conta de que ele está se retorcendo para baixar a calça apertada na cintura avantajada. O barulho das pastilhas na latinha em seu bolso acrescenta à cena um detalhe mórbido. Levo certo tempo para entender que um outro barulho, discreto, se soma ao das pastilhas.

Alguém está batendo no vidro da van!

Um segundo depois, um rosto aparece, o nariz esmagado, os olhos arregalados, tentando ver alguma coisa através do vidro. Robusto rapidamente se posiciona entre nós e a porta, mas tenho tempo de reconhecer o rosto.

O último que eu esperava ver.

O do comandante Jean-Max Durand.

• • •

Te-Amo Robusto sai da van, tomando cuidado para abrir o mínimo possível a porta, depois a fecha. Escuto apenas fragmentos da conversa. Principalmente a voz forte de Robusto.

O que você quer? É uma área particular. Não, não vi ninguém. Cai fora!

Isso dura apenas trinta segundos, no máximo.

Quando Robusto volta para dentro da van, percebo que sua faca foi tirada do coldre. Tenho dificuldade para engolir. Um fio de saliva me asfixia. No instante em que Jean-Max apareceu, achei que fosse cúmplice dos dois. Que ele é que havia mandado nos matarem. Pelo olhar furioso de Robusto, deduzo que ele nunca viu o comandante na vida, mas que o assustou o bastante para Durand dar o fora.

O que Jean-Max estava fazendo ali?

Robusto se inclina para pegar minha bolsa, a esvazia sobre o colchão e pega meu celular. Percebo que está verificando minhas ligações e mensagens recentes. A última vez que usei o celular foi de manhã, quando liguei para Olivier e Margot. Robusto vê isso, larga meu celular e se vira para Flo. Ela ainda está com o celular no bolso da frente da calça. Robusto vê a forma retangular e, com um gesto preciso, corta o tecido. A coxa de Flo se enche de sangue pela extensão do corte, e ela não consegue conter um movimento de recuo e um grito de horror, que morre abafado pela mordaça. O bolso cai e o celular desliza por sua coxa. Robusto o pega e, instantes depois, mostra a tela para nós. Eu entendo.

Uma mensagem enviada para Jean-Max.

Apenas uma foto, a da Soldadera.

Ela avisou Jean-Max! Não consigo pensar como Flo, amarrada e amordaçada, conseguiu fazer esse truque de mágica, nem como o comandante conseguiu chegar tão rápido. Mas não adiantou de nada. Ele não nos viu. Não sabe que estamos aqui dentro. Pensou ter apenas incomodado um ladrão e deu no pé.

A coxa de Flo está banhada de sangue. Ela treme, mas se esforça para manter a respiração estável, manter o controle, mesmo que seus olhos anunciem seu medo. O corte escarlate não parece acalmar o desejo de Altoid. Ele baixou a calça quase até a canela, revelando pernas magras e uma cueca amarela com a logo do Club América. Robusto o olha com desprezo.

– Não dá mais tempo! A polícia pode estar vindo. Vamos matar as *señoritas* e dar o fora daqui.

Altoid nem contesta. O tique-taque das pastilhas, que acompanha os movimentos de sua calça subindo, vai ser a última música que vou ouvir. Vou morrer aqui, no colchão em que pela primeira vez entendi o que significava estar viva.

Vão começar por mim. Sou eu que os dois querem. Sou eu que querem eliminar. Se eu lutar, se resistir, talvez consiga ganhar tempo, não para sobreviver, mas para dar uma chance a Flo. Se demorar bastante, talvez eles fujam e a poupem.

Pelo vidro da porta, observo o topo do pilar e rezo para a Soldadera me confiar sua força. Ela não me concede nem um olhar, indiferente, ausente, os olhos voltados para uma revolução distante. Não importa: apoio de leve os pés e tento acreditar que assim vou conseguir saltar quando o assassino se aproximar.

Ele não se aproxima.

Dá um passo para o lado e vai na direção de Flo. Ela não faz nenhum movimento. Sua perna parece paralisada. O medo está estampado em todos os traços de seu rosto.

Robusto avança em um gesto fluido, suave, sem sadismo nem emoção. Flo tenta recuar, escorrega de costas, de forma desajeitada, empurrando-se com apenas uma perna. Ela ganha 30 centímetros às custas de um esforço que devora o que resta de sua energia. Seus ombros colam no metal da carroceria. Robusto só tem que dar mais meio passo.

Eu salto. Desesperada. Com todas as forças. E mais um pouco.

Altoid me empurra de volta antes que meus pés saiam do chão. Sua calça volta a cair enquanto seus braços me colam ao colchão. Eu me debato. Não desisto. Mesmo sabendo que meu agressor é mais forte do que eu.

Tento mordê-lo mesmo com a mordaça. Bato com a cabeça na parede da van. O maldito não cede. Meus pensamentos se agitam.

Me perdoe, Flo...

Altoid usa todo o seu peso para me imobilizar. Impede que eu me mexa.

Flo, me perdoe. Ainda que eu não saiba que erro cometi. Talvez eu o tenha cometido aqui mesmo, há vinte anos, neste colchão imaculado que seu sangue tornou rubro.

Bato os pés, tentando atingir bem entre as pernas do filho da mãe. Não consigo. Não consigo.

A 2 metros de mim, Robusto se inclina. A lâmina que ele empunha está na altura do pescoço de minha melhor amiga.

Tento continuar lutando, mas não consigo mais manter os olhos abertos.

Antes de fechá-los, a última coisa que vejo é a faca ser enfiada no pescoço de Flo.

29

1999

Salto do colchão e me visto o mais rápido possível. Por ficar pulando de hotel em hotel, estou acostumada a partidas rápidas. Pegar uma calcinha, enfiar uma saia, vestir a camiseta sem sutiã.

Saio descalça, mando um beijo a distância para Ylian e fecho a porta da van. Eu me afasto enquanto ligo para Olivier.

Laura com febre. De cama.

Enquanto minha ligação atravessa o Atlântico, sendo redirecionada no alto, por um satélite, calculo mentalmente o fuso horário. Deve ser pouco mais de seis da tarde na França. Olivier atende ao primeiro toque. Paro três pilares depois, sob o belo retrato de Frida Kahlo, rosto de mel, lábios da cor de cereja e olhar negro sob sobrancelhas de asas de águia. Deixo Oli falar sem interrompê-lo, é mais fácil assim. As palavras se conectam sozinhas, completo mentalmente as que faltam quando minha concentração falha, como em uma conversa em uma língua que não dominamos direito.

Estava dormindo? Desculpa ter te acordado. Esperei o máximo possível. Laura não se sentiu bem na escola. A professora ficou preocupada. Dor de cabeça. Dor de barriga. Reclamou o dia todo. A Laura, não a professora. O

Dr. Prieur só pode atender a gente amanhã de manhã. Laura está deitada. Está dormindo, apagou.

Eu o escuto como um médico atento. Eu me ouço passar a meu marido um diagnóstico tranquilizador, basta dar a ela um paracetamol infantil, com o conta-gotas, 19 quilos, a caixa rosa, gaveta da esquerda do banheiro. Dê meia pastilha para cólica também. Faça com que beba água. Fique de olho na temperatura. Ligue de novo se ela não melhorar, não deixe de ligar.

Minha dicção é fluida e meus conselhos, claros, mesmo que tudo esteja confuso em minha cabeça. A preocupação, a culpa e, ainda pior, a sensação difusa de que há alguém me punindo, ou melhor, me enviando um primeiro aviso: hoje, sua filha está só com 37,9ºC. Da próxima, vai ser mais grave. Uma peritonite. Uma meningite... Uma mensagem disfarçada mas clara, enviada por algum deus guardião da moralidade: se você voltar a trair seu marido, vai colocar sua família e a felicidade inocente de sua filha em perigo.

Uma ameaça?

Eles que tentem, esses distribuidores de lições do céu! Quero ver tocarem em um fio de cabelo de Laura!

Não tenho que me justificar para eles. Estou cumprindo meu papel. Mãe. Esposa. Eu dou conta. Me dou por inteiro sem pensar. Há anos. Meu tempo, meu coração, minha paciência, minha constância, minha diplomacia, minha energia. Sem limites. Então qual é? Não tenho direito nem a um breve momento de liberdade? Para mudar de ares, planar, me sentir livre, alçar voo com um bater de asas? Decidir onde pousar? Prometo voltar depois. Fechar a gaiola de novo.

E até cantar lá dentro.

Olivier não fala muito. Ainda menos ao telefone. Ainda menos quando estou viajando. Talvez eu também o ame por isso. Seja como for, me surpreendo ao agradecer internamente por ele desligar tão rápido.

Quando volto à van, Ylian já vestiu a cueca e está esquentando café no fogareiro portátil. Não pergunta nada. É o tato em pessoa! Eu me abaixo para pegar minhas coisas espalhadas em volta do colchão. Bolsa. Sutiã. Pedra do tempo. Ylian se aproxima e me entrega uma xícara fumegante.

– Ainda vou ficar uns dias em San Diego. Depois vou para Barcelona. Tenho um ou dois lugares para tocar. Mas você só faz voos longos.

Pego a xícara. Ela queima meus dedos. Seria tão simples responder que sim. Só faço voos longos, Ylie. Três mil e quinhentos quilômetros, no mínimo. Só vamos poder nos ver em Xangai, Melbourne ou Joanesburgo. Ou seja, nunca. Em um canto da mente, um canto distante, ouço Laura tossir, vejo Olivier na cabeceira, preocupado, exemplar, atento a nossa filha. Então me ouço responder:

– Vou dar um jeito. Estou de folga na semana que vem, mas posso fazer um pedido. Escolher para onde quero ir.

Ylian não se mexe, surpreso. Observo sua nudez petrificada. Vou dar um jeito, Ylie... A queimadura na ponta de meus dedos se espalha como um incêndio, põe fogo em meus braços, coração, barriga, incandescente do bico de meus seios ao último pelo de meu púbis. Me deixo consumir por esse fogo delicioso, amaldiçoando a magia suja que chamamos de desejo. Posso dizer o quanto quiser que Ylian não é mais bonito do que qualquer outro, nem mais musculoso, que sua bunda não é mais redonda, seu torso não é mais bem desenhado, mas por que o quero tanto? Porque a bunda mais linda não tem como competir com um simples sorriso?

Yl sorri para mim.

– Se for me encontrar em Barcelona, vai ser minha vez de fazer uma promessa.

Ele se mantém a centímetros de mim. Deixo a xícara de lado para passar a mão pela minha mecha de cabelo, antes de tocar no rosto dele, na barba incipiente, acompanhar com o indicador a linha do pescoço.

– Lembra do cinema sob as estrelas em Montreal? – diz Yl. – Guido, em *A vida é bela*, como ele consegue seduzir sua princesa?

A ponta de meu indicador quente gira em torno de seu mamilo amarronzado.

– Lembro...

– Se você for me encontrar em Barcelona, prometo que vai se apaixonar por mim!

Meu dedo para, minha boca mordisca o mamilo desse galo safado que se apruma sobre suas garras. Uma noite de amor perfeita, alguns "eu te amo" confessados quando o corpo explodia e ele já está deixando seu ego falar mais alto.

– Acha mesmo? – murmuro. – Olha que isso pode não acontecer com você!

Sua mão se encaixa em minhas costas, bem reta, e depois, com uma leve pressão, convida a almofada macia de meu ventre a abrir espaço para a elevação que já deforma sua cueca.

– Já aconteceu, Nathy. Já estou. Apaixonado por você.

Quando nossas últimas voltas no carrossel
se tornarem as primeiras brigas cheias de fel,
Quando o voo das asas de nosso coração
desabar sob o peso de nosso medo ao chão,
Quando nossos risos forem levados
Quando nossos suspiros forem abafados
O que restará de ontem?

30

2019

PÁLPEBRAS FECHADAS. A VAN está mergulhada na escuridão. Por apenas meio segundo, não consigo manter os olhos fechados. Ao abri-los, a primeira coisa que vejo é a garganta de Flo vermelha de sangue.

A faca de Robusto ainda está no pescoço dela, mas a lâmina não foi enfiada. Ainda não. Vejo o olhar determinado do assassino, enquanto Altoid, indiferente, se limita a impedir qualquer movimento meu. Para eles, um simples trabalho a cumprir. Primeiro cortar a garganta de Flo, depois a minha. Percebo o início do gesto de Robusto para terminar a tarefa, uma leve torção do pulso, suficiente para abrir uma carótida. Então o mundo se agita.

Um terremoto.

Um imenso choque ergue a van, lançando contra a carroceria todos os objetos na traseira do veículo: instrumentos musicais, caixas de conservas, copos e talheres, o colchão que se ergue, pratos que se quebram. Como se um furacão estivesse passando pela van. A faca de Robusto sai voando até o painel. Altoid, surpreso com o tremor de terra, é lançado contra o encosto do banco do carona. Não ouço nenhum de seus xingamentos, nem as ordens de Robusto, encobertas pela sirene que começou a soar no mesmo instante em que a carroceria balançou. Consigo me encolher como uma bola na hora do choque. Flo também tem o reflexo de se curvar. As paredes da van ainda vibram, mas agora é a confusão que assusta.

O barulho de uma buzina.

Robusto é forte. Mal estremeceu com o impacto. Por isso, logo se recupera e lança um olhar pela janela do carro. Um veículo, um Buick Verano, bateu direto na van, como um aríete. O motorista é o mesmo homem que bateu na janela poucos minutos atrás, que Robusto fez ir embora. Que havia sumido de vista.

Ele voltou!

Observo os dois, paralisada.

O primeiro reflexo de Robusto e seu cúmplice é ir tirar satisfação com o maluco. Tarde demais. O choque do Buick com a van e a buzina que soa sem parar alertaram o bairro. Ouvimos ao longe uma sirene de verdade, desta vez da polícia, e o som vai aumentando em volume, indicando que se aproxima.

– Vamos embora – diz Robusto.

Ele desaparece sem pegar a faca, sem esperar o cúmplice, que segura a calça com as mãos e corre como um pinguim para alcançá-lo.

Respiro fundo. Tateio até encontrar a mão trêmula de Flo.

O Buick Verano alugado está destruído. Estamos salvas.

• • •

Jean-Max posa de herói. Não cansa de contar sua aventura. Ele a testou primeiro com os transeuntes no Chicano Park, depois a aumentou ao repeti-la para os policiais da delegacia do Barrio Logan e a aperfeiçoou para os tripulantes do Boeing Los Angeles-Paris. Nem eu nem Flo podemos recriminá-lo. Que conte sem parar, durante décadas se quiser.

Ele salvou nossa vida!

No início não consegui entender direito, assim como os primeiros policiais que chegaram ao local, como Jean-Max nos localizou. Mas a explicação era simples: menos de uma hora depois de nos deixar no estacionamento de San Isidro, o comandante Durand já estava cansado de perambular com Charlotte pelos corredores dos outlets, então mandou uma mensagem para Florence: *Onde vocês estão?* Flo respondeu com algumas fotos dos murais, uma pequena série de pistas que começava com o carro alugado estacionado na entrada do Chicano Park e terminava na van estacionada sob o pilar da Soldadera.

Jean-Max seguiu as pistas, colou o nariz no vidro da janela da van e nos viu ali dentro, mortas de medo. Disfarçou o choque, fingiu que fugia por causa da ameaça de Robusto com a faca e depois improvisou. Ligou para a polícia e, sem esperar que chegassem, pôs o cinto de segurança, deu a partida no Buick Verano e lançou o carro bem em cima da van, sem jamais parar de apertar a buzina.

– Vocês tiveram sorte – explicou o delegado do Barrio Logan. – Muita sorte. Passear assim por esse bairro não foi muito sensato.

Logo entendi que a polícia não perseguiria muito a pista dos criminosos surpreendidos enquanto traficavam, ou que foram atrás de duas mulheres, da idade de suas mães, claro, mas sozinhas. Vamos encontrá-los, senhoras, com os retratos falados que passaram e o DNA que deixaram em todos os cantos. Vamos encontrá-los. Flo parece se contentar com a versão da polícia e baixa a cabeça comportadamente diante da bronca do velho delegado, que fala em uma mistura de inglês e espanhol, aquiesce quando ele menciona drogas e estupros frequentes, quando mostra os números preocupantes e exponenciais de insegurança no bairro. Ah, se nosso depoimento pudesse dissuadir outros turistas a cometer tamanha imprudência! Já há tanta coisa a fazer, se ele ainda tiver que proteger os estrangeiros! Flo promete, por ela e por mim, que nunca mais faremos isso, que não sabe o que deu na gente, que, apesar de tudo, os murais são bonitos. Ela não me culpa, não conta que me aproximei da van para ver o que havia lá dentro, mas percebo que está irritada comigo. Claro que está. Seu pescoço ainda traz a marca vermelha de uma faca que quase a matou. Sua coxa tem um longo ferimento superficial.

Estou com vergonha por continuar mentindo para ela. De, ao menos, não contar a verdade. Nem a ela, nem a Jean-Max, nem aos policiais? Mas o que posso confessar a eles?

Que aquela van já estava estacionada ali, diante do mesmo pilar, há vinte anos?

Que passei ali a melhor noite de minha vida com meu amante. Que tudo está recomeçando, inexplicavelmente, talvez por causa da magia de uma pedra do tempo que aparece e desaparece em minha bolsa.

Que fui eu que aqueles caras seguiram, depois me identificaram por causa de minha tatuagem, que era a mim que eles queriam matar, assim como tentaram matar meu amante em Paris, a 10 mil quilômetros daqui. Será que realmente posso contar tudo isso, em uma mistura ruim de inglês e espanhol?

• • •

Jean-Max foi acolhido como herói na área dos funcionários do aeroporto de Los Angeles. As peripécias que acontecem em escalas se espalham com mais velocidade do que um furo de reportagem transmitido ao vivo. Os comissários matam o tempo colados em telas, vendo jornais em sequência, esportes em série e notificações das redes sociais em saraivadas. O comandante Durand se encarregou de fazer a adrenalina subir. Uma foto do Buick Verano alugado destruído. Reportagem ao vivo em um programa de TV sobre casos de polícia. Mensagem de texto enquanto todos ainda ignoravam o que havia acontecido: duas comissárias de bordo agredidas, um piloto as salva dando uma de maluco. A própria Flo, diante da atenção dos comissários de diversas nacionalidades, parece esquecer pouco a pouco o trauma e consegue brincar. O lenço vermelho esconde a ferida no pescoço e ela ergue o uniforme com um grande sorriso para mostrar o corte na coxa, comentando que, felizmente, não tem mais idade para usar saia acima do joelho. Comissários suecos, um piloto coreano especialmente corpulento e um adorável copiloto português de cabelo grisalho parecem todos dispostos a consolá-la.

Eu a deixo e vou até o corredor telefonar para Olivier. Vou dizer apenas o mínimo, para não o assustar. Mas vou deixá-lo a par. De um jeito ou de outro ele vai ficar sabendo alguma noite por algum colega. Além do mais, por que mentir para mim mesma? Preciso falar com ele. Mesmo que esconda a maior parte da verdade. Diminuir, diminuir tanto quanto Flo e Jean-Max estão aumentando.

Os caras não tocaram na gente, Oli. Ladrõezinhos vagabundos. Estavam com tanto medo quanto nós. Se mandaram assim que o bairro todo foi alertado.

Minha estratégia para tranquilizar meu marido parece não funcionar muito.

– Vou te buscar – conclui Olivier. – Vou te buscar no Roissy. Te espero no desembarque.

Como recusar? Explicando a ele: não, querido, não precisa. Tenho coisa melhor a fazer do que me aninhar nos seus braços. Tem uma pessoa me esperando no hospital de Bichat! Alguém que não vejo há muito tempo. Meu ex-amante.

• • •

"Senhoras e senhores, aqui é o comandante Jean-Max Durand. Logo vamos decolar de Los Angeles, e tenho uma boa notícia para vocês. Pela primeira vez no mundo, nosso Boeing AF485 está equipado com um lança-foguetes. Os passageiros sentados perto das asas sem dúvida já notaram. Vamos chegar a Paris não sobrevoando a América e o Atlântico, mas pelo leste, e temos a honra de nos livrar, no meio do percurso, dos dois mísseis Tomahawk que a ONU pessoalmente me pediu que soltasse em Pyongyang. Fiquem tranquilos. A velocidade de cruzeiro do nosso Boeing é ligeiramente superior à dos antimísseis norte-coreanos, chineses e russos."

O avião está sobrevoando o Atlântico, embora alguns passageiros crédulos torçam o pescoço tentando identificar o oceano abaixo deles. Jean-Max espera até que as luzes do avião se apaguem, que as últimas bandejas sejam retiradas e que a maioria dos passageiros tenha dormido para nos chamar à cabine.

Charlotte, Florence e eu.

Ele ordena com autoridade que o jovem copiloto se retire. O garoto não discute. O comandante fica muito tempo olhando para o céu estrelado à sua frente.

– Achei que já tivesse enjoado – acaba confessando ele, mais sério que de costume. – Todas essas estrelas, a noite toda. Mesmo quando me deito, quando fecho os olhos, quando durmo, eu ainda as vejo. Vou... vou sentir falta delas.

Não respondemos nada. Charlotte brinca com o relógio Lolita Lempicka, uma pequena extravagância que se deu de presente no passeio pelos outlets. Desde que decolamos, passei muito tempo com ela, para tranquilizá-la. Ela nos encontrou na delegacia, em pânico, saindo do táxi com os braços cheios de sacolas, dividida entre a euforia e o medo.

– Meninas, este é meu último voo.

– ...

– Por favor, não finjam que estão surpresas. Sabem perfeitamente que há uma queixa contra mim. Esse tipo de boato corre ainda mais rápido do que a fofoca de um piloto que se acha o Bruce Willis... A seis meses da aposentadoria, eu podia fazer isso. Entrei na brincadeira... e acabei sendo pego!

Tenho noção da minha dívida com Jean-Max. Ponho a mão em seu ombro.

– Você vai sair dessa só com uma advertência. É uma lenda, todo mundo quer voar com você. Vamos testemunhar. Centenas de nós vamos!

– Milhares! – afirma Jean-Max. – Se mobilizar todas as minhas ex, serão milhares!

Charlotte fica vermelha, cobre a boca com a mão e mordisca a pulseira do relógio. Flo hesita, sem saber o que fazer. Ela nunca gostou muito de Jean-Max, e ainda menos de seu comportamento com as mulheres, mas, se ele não tivesse chegado com seu carro-aríete...

Ela toma a palavra:

– Tudo bem, a Irmã Emmanuelle te denunciou. Você a conhece, ela é extremamente rígida com a segurança! Mas vamos conversar com ela. Ela não vai atacar você, vai relativizar, vai...

– Não foi só isso! – interrompe Jean-Max, sem tirar os olhos das estrelas, concentrado na Via Láctea. – Não foi só isso – repete o comandante. – Fui interrogado quando me convocaram. Eles me forçaram a confessar e acabei contando um pecado que cometi, mas não do qual estava sendo acusado.

Um pecado? Outro pecado, além de transar na cabine acima do oceano. Eu espero o pior... Jean-Max solta uma das mãos do manche e finge se persignar.

– Minhas caras, alguns anos atrás, montei uma pequena rede de tráfico. De bebidas alcoólicas. Eu as transporto sem imposto nem controle da vigilância sanitária. Em pequena quantidade. De alta qualidade, para clientes privilegiados. Tenho meus canais. Vodcas excepcionais da Rússia. Runs envelhecidos do campo. Na semana passada, em Montreal, descobri um uísque canadense raríssimo, um Alberta Premium...

Revejo Jean-Max na loja da rua Saint-Denis, na Velha Montreal, entregando dólares canadenses a dois caras com jeitão de mafiosos. Contrabando! Finalmente um mistério é explicado, apesar de isso tornar mais difícil de entender o comandante: piloto primoroso, mulherengo inveterado, herói que acaba de salvar minha vida, manipulador de escala e, agora, contrabandista de vinhos e destilados!

– Alguns altos funcionários aproveitaram bem meus presentinhos, mas os tiras do céu não vão me perdoar... Vão querer saber tudo. Não só sobre o tráfico. Sobre a derrapagem na cabine também.

Charlotte fica vermelha. Flo o observa e parece se perguntar se ele vai cometer a grosseria de revelar o nome da comissária com quem cometeu o deslize.

– Vou dar a eles o nome de todas as minhas meninas – admite Jean-Max, antes de enumerá-las sorrindo –: Monopolowa, Żubrówka, Havana, Alberta...

Mais uma vez, a coragem de Jean-Max me surpreende. Eu acredito nele. Não vai dar com a língua nos dentes. Não vai contar quem foi. Ao que parece, foi pego com Charlotte, mas, se Emmanuelle não a denunciar, ele vai assumir a responsabilidade sozinho.

Muito bem!

– Por favor, não fiquem tristes, minhas caras! Vou negociar uma última chance com a Air France. O que acham de nos encontrarmos daqui a dez dias no voo para Jacarta? Depois do Chicano Park, tenho que assumir meu papel de herói e com certeza vão precisar de mim lá.

Jacarta.

Lembro das palavras de Laura, pouco antes de minha partida.

Você não vê jornal, mãe? O tsunami! As ondas tinham 5 metros de altura, casas foram levadas em Sumatra, em Java... Milhares de pessoas estão desabrigadas...

Um tsunami.

Meu tsunami.

Onde tudo começou e vai terminar.

Alguém bate à porta da cabine. O copiloto está irritado. Atrás dele está Patricia, a chefe de cabine, que nos chama. Temos que sair. Voltar a trabalhar. Deixar Jean-Max pilotar.

O comandante lança uma última piscadela para nós três. Eu deveria estar mais tranquila, tudo voltou ao normal. Alguns mistérios se esclareceram e, quando estava à beira do abismo, pude contar com meus amigos. Mas não consigo me livrar de uma sensação ruim. Uma sensação que não parou de me assombrar nessa cabine superlotada, de se insinuar, de crescer. Olho sucessivamente para o piloto e as duas comissárias, sem que os três percebam. Volto a pensar nas conversas que tivemos desde Montreal, desde Los Angeles, desde San Diego. Tento esquecer essa impressão horrível, tento me convencer de que é só uma traição, mas, quanto mais tento afastá-la, mais ela volta como uma prova.

Todas as conversas que tivemos foram armadas.

Todas, simplesmente todas. Charlotte, Flo e Jean-Max estão mentindo para mim!

• • •

No avião, as comissárias se revezam para dormir algumas horas. Duas ou três. É minha vez, mas não consigo desligar. Perguntas giram sem parar na minha cabeça. Contradições. Sinto uma terrível vergonha por suspeitar de meus colegas, mas de que outra maneira explicar o inexplicável? Meus documentos, por exemplo. Eu os encontrei na mala, na cama do meu quarto no Ocean Lodge. Mas tenho certeza de tê-los levado comigo quando fui cruzar a fronteira mexicana. A resposta é simples e Flo me deu a dica: eu estava tão estressada que os esqueci! Tudo bem, Flo. Tudo bem. Não vou insistir. Embora…

Um homem esbarra em mim, pede desculpas automaticamente e para em frente ao banheiro, rosto cansado, celular na mão e fones no ouvido. Parece um pouco Olivier, apesar de eu nunca ter visto meu marido escutar música com um aparelhinho nas orelhas. Sorrio para o sonâmbulo, depois deixo minha mecha grisalha cair, como uma cortina de dossel, sobre os olhos. Queria tanto dormir… Queria tanto me desconectar… Estou ansiosa para voltar para casa. Para ver minhas filhas. Para cuidar dos meus netos. Retomar minha vida de mãe e avó. Uma vida simples, sem mentiras. Sem mentiras desde que Margot nasceu.

As perguntas voltam a toda a velocidade.

Será que querem me fazer pagar por uma mentira de vinte anos atrás? Uma mentira horrível, nunca confessada… mas será que, desde então, o rio Sena não correu?

Querem me matar por causa disso? Como tentaram matar Ylian?

Querem me enlouquecer? Como sou louca por ele?

Percebo que, pouco a pouco, minha lucidez está definhando. Cobertas pela mecha, minhas pálpebras se fecham. Será que vou, enfim, conseguir cochilar? Embalados pelas turbulências, meus pensamentos se transformam no algodão das nuvens que atravessamos. Vozes se misturam. Rostos se sobrepõem. Músicas me acalmam. Alguns acordes de violão soam baixinho no silêncio da minha mente. Algumas notas de piano. Sobre as quais pousam palavras.

When the birds fly from the bush
There will be nothing left of us

Alguém as canta para mim, quase um murmúrio, sussurrado ao pé do meu ouvido. As palavras de Ylian, nossas últimas palavras, que traduzo mentalmente.

Quando os pássaros tiverem voado da clareira onde nos amávamos,
Nada restará de nós

Estou sonhando. Com certeza estou sonhando. Mesmo que tenha a impressão de que alguém está realmente cantarolando. Bem baixinho. Bem perto de mim. Aquele homem? O homem que estava esperando para ir ao banheiro? Eu definitivamente enlouqueci! Mas tenho certeza de que não estou delirando: essas palavras estão sendo ditas por um homem, de verdade, ao meu lado. Hesito em abrir os olhos… Enfim os abro.

As palavras alçam voo.

Não há ninguém na minha frente. Ninguém no corredor. Apenas o banheiro está ocupado, obviamente pelo homem que se parece com Olivier.

Estou ficando doida. Quero acordar. Não quero naufragar, quero me agarrar à sanidade.

Vou esquecer o passado! Enterrá-lo, jogá-lo fora. Queria poder abrir a janela e jogar a pedra do tempo nas nuvens, aquela que sei que deixei às margens do Sena. Na minha casa. Quero voltar para casa!

Pego o celular. Já sei que não vou dormir. Acaricio a capa rosa, seguro a andorinha preta rabiscada de caneta. Leio e releio a mensagem que Laura me mandou antes de eu partir para Los Angeles. Ela não falou nem de Ylian nem do hospital. Escreveu apenas:

Volte logo, mãe. Eu, Margot e os gêmeos temos uma surpresa para você.

III

BARCELONA

31

2019

O VENTO NÃO ESTÁ muito forte no fim dessa manhã, mas penetra no vale do Sena em rajadas imprevisíveis, suficientes para sacudir as últimas lágrimas de orvalho dos galhos dos chorões, para agitar a superfície do rio, para dar sustentação invisível ao planar das andorinhas-do-ártico que sobrevoam minha cabeça e para brincar de erguer a toalha de papel com que Laura forrou a mesa montada no jardim, no meio da varanda de ipê que Olivier se orgulha de ter construído. Laura colocou quatro pedrinhas para segurar a toalha, prendeu os guardanapos sob os pratos, ancorou os copos nos talheres. Quer muito que a mesa fique linda, alegre e colorida. Ela finge não ter nenhuma lembrança de seus aniversários de adulta – são todos iguais, ano após ano. Apenas as fotos permitem distingui-los, graças mais ao crescimento das crianças do que ao envelhecimento dos rostos.

"Olhe", vamos dizer daqui a um tempo, ao rever as fotos. "Ethan e Noé tinham menos de 2 anos! Então isso foi em 2019!"

E vamos também lembrar a bela manhã de setembro e o almoço campestre no jardim para festejar os 53 anos de mamãe.

Obrigada, Laura!

Vejo minha filha mais velha se agitar, um olho no relógio, outro no céu, intimando-o a se manter azul até o fim do dia, depois os dois olhos no fim da rua, por onde Valentin deve chegar, pôr amendoins, castanhas de caju, pretzels e outros belisquetes em minhas travessas de porcelana japonesa, trazidas de Okinawa. Tão educada, minha pequena Laura. Ela se esforça muito em cada aniversário dos pais. Fizemos isso por ela, e também por Margot, do primeiro ao 15º anos de vida, reunindo amigos e parentes, bolos e presentes, docinhos e enfeites. Um belo investimento, se pararmos para pensar! Em troca, os filhos assumem a organização dos aniversários dos pais durante os cinquenta anos seguintes... Mais ou menos dos 40 até os 80!

Laura me expulsou da cozinha, depois me tirou da varanda. Não fique em cima de mim, mãe! Vá dar uma volta no jardim, pegue uma revista, um livro... Margot e eu vamos cuidar de tudo.

Bom, Laura com certeza vai.

Margot acordou uma hora depois de a irmã chegar, abriu um espacinho para pôr a caixa de cereal na mesa já entulhada da cozinha e aceitou, de má vontade, descascar dez rabanetes e cortar um salame com uma das mãos, sem deixar de mexer no celular com a outra. Olivier está cuidando dos gêmeos, um pouco adiante na estrada de terra, os três apanhando madeira para o churrasco. Carvão nunca!

Aproveitei que Laura estava de costas para roubar da varanda um punhado de Pringles de páprica. Vou me aproximando devagar do fim do jardim, do Sena, e jogo as migalhas para Geronimo e seus filhotes.

Feliz aniversário para você também!

Verifico se todos estão ocupados e me inclino sobre o muro baixo que margeia o rio. Não tive tempo, ou coragem, de verificar quando cheguei. Eu me lembro perfeitamente de ter substituído, antes de ir para Los Angeles, um dos seixos brancos pela minha pedra do tempo. No entanto, ao chegar lá, havia uma pedrinha canadense na minha bolsa, não uma do Sena. Uma pedrinha canadense idêntica às dezenas vendidas naquela loja esquimó. Mas era impossível que fosse a minha, a que escondi aqui, em meu jardim. Eu estava sozinha quando a larguei na margem. Ninguém me viu fazer aquilo. Eu me inclino, observando atentamente o alinhamento perfeito dos seixos brancos.

Não falta nenhum! Nenhuma pedra cinza interrompe a fileira de seixos! Como se eu nunca tivesse feito a troca. Como se, mais uma vez, eu tivesse inventado tudo. Um colega de trabalho brincar comigo, mexer na minha bolsa, achar divertido substituir uma pedra por outra é uma coisa, pode acontecer, por que não? Mas aqui. Na minha casa! Quem teria vindo roubar esse seixo?

Um grito me faz voltar à realidade.

É Laura.

Pela terceira vez ela chama Margot. Cada vez mais alto, pede que a ajude a carregar a mesa de sobremesa, mas não nota os fios do fone que saem das orelhas da irmã mais nova. Margot finalmente a ouve.

– Oi?

– Alô, aqui é do Sena! Você não pode largar isso e me ajudar?

– Lamento, Ratched, mas estou ocupada!

Ratched, a enfermeira torturadora de *Um estranho no ninho*. Normalmente, Laura reage ao apelido como se fosse uma bruxinha de Harry Potter a quem chamassem de sangue ruim.

– Ah, é? Com quê, Lolita?

– Estou preparando uma playlist para o evento, tá legal? Com as músicas preferidas da mamãe. Tipo, eu acho que ela gosta mais de música que dos seus rabanetezinhos sem talos, sempre sem talos, e seu salame com nozes cortado em rodelas fininhas, viu, Margot? As rodelas têm que ser finas!

Laura dá de ombros e levanta a mesa sozinha. Margot se afasta, dançando de maneira exagerada.

Oito anos de diferença!

Será uma questão de idade? Ou de ordem de chegada? As duas sempre foram bem diferentes. Laura é muito dedicada, muito organizada, leva a generosidade tão longe que chega a querer organizar a cabeça das pessoas que ama. Mas ninguém vai tocar na bagunça que Margot tem em sua mente, em seu quarto, nem mesmo em seu mundo. Só a desordem é criativa! E essa menina esperta conseguiu convencer o pai, o pai mais metódico de toda a galáxia, a concordar com sua teoria.

Laura e Margot não têm nada a ver uma com a outra, e a fase adolescente de Margot não ajudou em nada a reduzir essas diferenças, mas sei que há entre elas um elo inabalável. Laura protege a irmã mais nova, apesar dos protestos dessa irmã, apesar de tudo, e Laura é um modelo para Margot – um modelo do que ela não quer ser, mas ainda assim um modelo. Uma bússola que indica o norte. Laura e Margot. Afogo o olhar no rio, por medo de que lágrimas venham estragar minha maquiagem. Laura e Margot, se vocês soubessem quantas vezes quis confessar meu segredo para vocês! Aquele pacto com o diabo. Aquela mentira pela qual vocês nunca poderão me perdoar...

Uma buzina no fim da rua provoca a revoada dos patos. Valentin acabou de chegar! Os gêmeos correm pela trilha em direção ao pai, deixando Olivier para trás com os braços cheios de galhos. Laura tira o avental com pressa. Margot conecta o celular via bluetooth nas caixas de som posicionadas na janela.

"Mister Mystère", de -M-.

Boa escolha, Margot.

E a mesa está linda, Laura.

Uma doce melancolia invade meu coração.

• • •

Somos sete em torno da mesa. Depois cinco, quando os gêmeos vão brincar na areia. Depois quatro, já que Margot continua sentada ao nosso lado, mas imersa no celular.

Grelhados

Valentin cuidou do churrasco com perfeição, mesmo porque Laura ficou em cima dele o tempo todo. Pelo visto, fazer bem uma carne na grelha é uma das provas a que ele está sendo submetido para que a esposa aceite recebê-lo no leito conjugal.

Ao contrário de Olivier, eu gosto de Valentin.

Sei que um dia ele vai roubar nossa filha e levá-la para uma delegacia distante, de um vilarejo sem hospital, onde Laura se tornará a enfermeira das fazendas. Mas Valentin me faz rir. Mesmo sendo inspetor, ou tenente, ou não sei que patente tem, ele parece ser submetido a um interrogatório assim que se senta diante do sogro. Falta só Olivier apontar uma luminária contra a cara dele. E as férias? Tem que pedir logo, minha filha está cansada! E o quarto dos gêmeos, não era mais urgente do que a despensa?

Salada

Passo para Laura o presentinho que trouxe de Los Angeles: um globo de neve que lança estrelas brilhantes sobre a montanha da Paramount. Ela o observa por um breve instante. Assim como as outras peças da coleção, uma coleção constituída pacientemente ao longo de vinte anos, vai deixá-la em nossa casa em Porte-Joie, na estante do cômodo que foi seu quarto, que hoje acolhe os gêmeos. São pequenos demais para mexer nos globos, segundo a mãe!

Queijo

Laura deixa cair o guardanapo de papel sobre o celular da irmã. Breu completo! Acabou o 4G. Margot se prepara para revidar, antes de entender o que ela quer. As duas se levantam rindo, e eu me surpreendo ao adorar essa cumplicidade repentina. Valentin tamborila os dedos no canto da mesa, um rufar de tambores no estilo guarda-florestal.

Elas voltam com um suntuoso manjar de coco, meu preferido.

O vento do Sena com certeza será mais rápido do que eu para apagar as velas, mas vamos reacendê-las quantas vezes for preciso para que os gêmeos também participem, no colo da vovó, da fotografia.

"Olhe, Ethan e Noé tinham menos de 2 anos! Então foi em 2019! Meus 53 anos..."

• • •

Laura me entrega três envelopes de presente.

Valentin, o guarda-florestal, rufa o tambor ainda mais forte.

– É para você – diz Laura. – E para o papai também. Enfim, é para todo mundo.

Recordo as palavras de minha filha mais velha antes da minha partida para Los Angeles. Você não planejou nada para os seus dias de folga? Então não marque nada!

Ela explica:

– Foi o único jeito que achamos de segurar você aqui, mãe. E de fazer você sair daqui, pai! Vamos todos os sete.

– Vamos viajar? – pergunta Olivier, inquieto.

Tateio os envelopes. Só contêm papéis. Passagens? Uma viagem? Entre a volta de Los Angeles e a ida para Jacarta?

Meu coração para. Sem abrir o envelope, já adivinhei o destino. É como se minha história, mais uma vez, gaguejasse. Mas eu rezo, rezo para todos os deuses do universo, todos os que os homens inventaram nos quatro cantos do planeta, rezo para não ter razão.

– Vai abrir ou não, mãe? – insiste Margot, um pouco irritada.

Mas ela está sobretudo animada.

32

1999

Estamos os dois no pequeno pátio. Como namorados. Uma pequena mesa redonda foi colocada no chão de cimento. Olivier não sabe se vai escolher teca ou ipê. Ele é capaz de falar durante horas sobre as vantagens e desvantagens de cada madeira exótica. Respondo que não me importo muito, que basta ele se decidir, que seria legal se colocássemos piso antes de Laura fazer 18 anos. Laura brinca ao nosso lado.

Ela adora cimento! Dá para fazer desenhos com giz. Corações para os pais, sóis, nuvens… Aviões também, os da mamãe.

Laura tem ao seu lado um tesouro, o globo de neve que eu lhe trouxe de Los Angeles: Mickey e Minnie, de mãos dadas, na Disney da Califórnia. Foi comprado no aeroporto no último instante. Ela não tem nenhum sinal de febre e menos ainda de cólica, como se Olivier tivesse inventado tudo. Foi emocional, afirmou Olivier. Ela sentiu sua falta.

A noite cai devagar. É minha hora preferida do dia, quando todas as aves do mangue do Sena dão uma de tagarelas. Durante esses poucos minutos, me convenço de que estou bem ali. Na minha casa. Que poderia dar a volta ao mundo mil vezes, mas sempre voltaria para cá. Olivier quis abrir uma garrafa de gewurz. O ritual de quase toda escala, para comemorar minha volta. Tomamos uma ou duas taças normalmente e vou embora antes de acabar a garrafa. Olivier gosta de dizer que, quando me ausento, deixo o bastante para que ele possa afogar as mágoas.

– Querido, eu fiz um pedido de viagem.

Olivier observa Laura, concentrada, ocupada em escrever com o giz, no pequeno pátio de concreto, o nome das cidades que mamãe mostrou no mapa. *Roma-Ottawa-Lapaz.* Está orgulhosíssima de quase saber escrever. Espero que ele responda alguma coisa e, como nada acontece, enumero os argumentos que repeti dez, cem vezes. Será que uma mentira se torna verdade quando a repetimos muitas vezes?

– São só três dias. De terça a quinta. Com Florence, Laurence e Sylvie, duas outras comissárias. Faz meses que não viajo.

– Você viaja três vezes por mês, Nathy!

A briga está prestes a começar.

Eu respiro fundo. Voltamos ao território conhecido. Já tivemos essa conversa muitas vezes. Mais uma vez tenho certeza do que estou fazendo.

– A trabalho, Oli. A trabalho! Agora estou falando de três dias de folga com minhas amigas.

Olivier olha para outro lado, decifra os garranchos da filha. *Dacar-Berlim-Quito.*

– Lamento por Laura.

Forço um pouco o limite. Conto com minha absoluta sinceridade para que Olivier não duvide.

– Tenho mais de 15 dias de folga por mês, Oli! Passo mais tempo com a Laura do que a maioria das mães que trabalham quarenta horas semanais perto de casa. Então não me faça me sentir culpada! A única vantagem da minha profissão é poder viajar sem pagar quase nada. É você que quer ficar aqui. É você que nunca quer ir comigo. Eu sempre convido você.

Sempre. Mas não desta vez...

Olivier não percebe isso. Nem pergunta para onde vou. Limita-se a terminar sua taça, se abaixar e começar a recolher os brinquedos de Laura, sinal de que está na hora de ela dormir.

– São só três dias, Oli. Três dias em Barcelona, com três amigas. Você não vai me proibir de fazer isso, vai?

– Nunca proibi você de fazer nada, Nathy.

33

2019

Um ponto de interrogação está escrito com canetinha nos três envelopes. Rasgo o primeiro devagar. Laura se divertiu. Uma bola de futebol está desenhada dentro dele.

– E então? – pergunta Margot ao pai. – Para onde vamos?

– Manchester? Turim? Munique? – tenta Oli.

– Seria ótimo! – ironiza Valentin. – Três dias na Baviera! Por que não Mönchengladbach?

Olivier não responde e toma todo o seu vinho, irritado, porém, mais que isso, está impressionado com o conhecimento futebolístico do genro, que joga na terceira linha do clube de rúgbi de Cergy.

– E você, mãe? – pergunta Laura. – Tem alguma ideia?

Eu me esforço para fingir um ar de indecisão, rasgar o segundo envelope com impaciência e disfarçar a surpresa. Dentro há uma colagem com pinturas de Picasso, Dalí e Miró. Sinto como se meu coração fosse parar. Laura abre um sorriso largo e Margot bate palmas. Olivier também entendeu. Só abro o terceiro para confirmar – em uma folha foram reunidas as obras-primas de Gaudí: a Casa Milà, a Casa Batlló e a Sagrada Família.

– Barcelona? – digo, incrédula.

– Uau! Você é boa em geografia, mãe! – brinca Margot. – Tem certeza de que não é comissária de bordo?

Os minutos seguintes são repletos de animação. Vamos viajar amanhã! Margot tenta explicar aos gêmeos que eles vão pegar o avião no céu, como a vovó sempre faz. Laura tenta explicar ao pai que não vai ser muito complicado: eles saem de Beauvais e vão voar de Ryanair. Não correm o risco de encontrar colegas da mamãe! Valentin explica que está tudo reservado. Uma pensão no Eixample, bem perto do centro. Diz que Barcelona é a capital dos ladrõezinhos, mas que ele vai garantir pessoalmente nossa segurança.

Barcelona.

Minhas filhas fazem propaganda para Olivier do estádio Camp Nou e dos entalhes em madeira da arquitetura medieval do Bairro Gótico. Você vai adorar, papai! Seja como for, apesar de não entrar num avião há treze anos, quando passamos quinze dias na Martinica, ele não tem escolha. Sequestrado pelas próprias filhas!

Barcelona.

O elo que faltava à corrente.

As risadas de minhas filhas me parecem distantes, quase irreais. Eu sorrio, simulo emoção, mas não compartilho dessa euforia. É como se assistisse ao filme da minha vida. Um filme de roteiro mal escrito. Um filme que não faz sentido. Minhas duas filhas preparam uma surpresa para mim, entre dois voos a trabalho, Los Angeles e Jacarta, e escolhem... Barcelona!

A terceira das quatro cidades em que estive com Ylian.

É impossível que seja coincidência. Talvez um encontro? Com quem? O que tudo isso significa? Que essa cerimônia familiar é só uma armação? Que estão armando algo contra mim? Que as brincadeiras, a história de Valentin sobre suas noites em claro acampado com outros adolescentes na praça da Catalunha, o desejo de Margot de visitar de qualquer maneira o Palácio da Música Catalã são diálogos ensaiados? Que o susto de Oli, que parece procurar todos os modos de explicar que não pode viajar assim de uma hora para outra, que tem clientes, armários para terminar, pranchas a serrar, prateleiras a aplainar, é falso? Que suas filhas queridas recitam falas decoradas quando respondem, sorrindo, que os clientes dele estão vivos, vão esperar, que ele fabrica móveis, não caixões!

Estou ficando maluca! Em um instante, tenho a impressão de que tudo está girando à minha volta e que vou cair nas tábuas de ipê. Só Laura parece notar.

Ela me pega pela cintura.

Venha aqui, mãe. Venha.

– Vamos fazer um café! – anuncia.

Ela me puxa para a extremidade do jardim. Ninguém nota nada.

• • •

– Você não gostou, mamãe, dessa viagem que vamos fazer juntos?

– Claro que gostei, querida.

Meus olhos são uma barragem tentando conter uma enchente de lágrimas.

– Papai me contou que você foi agredida em San Diego. Você podia ter pedido que adiássemos a festa de aniversário...

Abraço Laura com força. Minha filha querida! Tão mais razoável do que eu!

– Não foi nada, meu amor. Foi só um susto. Já passou.

Mas estou tremendo. Laura acaricia minhas costas como eu fazia com ela quando era criança. Seu carinho me surpreende: talvez sejamos maternais com nossas mães apenas quando nos tornamos mães?

– Achei que eu teria dificuldade de convencer papai, não você. Você... está preocupada com aquele seu amigo que está internado no Bichat?

Dessa vez deixo as lágrimas rolarem livremente. Laura me leva para um pouco mais longe, e saímos do jardim para caminhar pela margem do Sena. Geronimo olha assustado para Laura, tentando entender como o cheiro e a voz dessa mulher podem ser iguais aos da menininha que por anos jogou pão para ele, dia e noite. Baixo a cabeça. Caminhamos. Laura segura minha mão.

– Não se preocupe, mãe. A condição dele é estável. Os cirurgiões ainda vão esperar alguns dias para ver como o quadro vai evoluir. Só então vão decidir se operam. Você pode visitá-lo quando voltarmos de viagem. Mesmo eu não indo ao hospital por dois dias, deixei instruções com minhas amigas Caro e Martine. Elas vão me avisar caso aconteça alguma coisa. Eu... eu não imaginava – diz ela, quase como se pedisse desculpas.

O que você não imaginava, Laura? Que meu amigo seria atropelado depois que você já havia comprado as passagens? Não se preocupe, querida... Sem isso, será que eu teria ido visitar Ylie? Será que teria quebrado nosso contrato?

Continuamos a caminhar por cerca de 100 metros, até o meandro e suas quatro microilhas. Gosto demais da tranquilidade dessas ilhotas desertas e cobertas de árvores nesse braço de rio adormecido, vigiadas apenas pelas cegonhas imersas só até o meio das patas, como se a água estivesse gelada demais para suas penas. Me sinto confiante nesse momento. Pergunto com cuidado a Laura. Preciso saber.

– Por quê, minha querida? Por que você escolheu Barcelona?

– A gente... foi uma decisão de todos nós. Valentin. Margot...

Eu sorrio.

– Não, Laura. Eu conheço você. Foi você que decidiu. Ninguém decide essas coisas por você. Por quê?

– Porque... É bem perto... Tem praias, museus, a catedral, as Ramblas, o Camp Nou, sangria, palmeiras, palácios...

– Por que não Roma, querida? Por que não Amsterdã? Por que não Viena ou Praga?

Laura me encara, não está entendendo.

– O que isso mudaria, mãe?

Tudo! Tudo, minha querida!

Não respondo.

Damos meia-volta. O resto da família deve estar esperando o café. Ficamos em silêncio por mais alguns metros, antes de Laura voltar a falar.

– Agora que você perguntou, mãe, talvez eu tenha uma explicação. Por que Barcelona? Lembra quando eu tinha 6 anos e você me trouxe um globo de neve da Sagrada Família?

Claro que lembro, Laura.

– Eu o guardei por anos. Era o meu preferido! – continua ela. – Claro, você vai dizer. Todos os outros estavam quebrados. Foi o primeiro da minha nova coleção! Sabia que o de hoje, da montanha da Paramount, é o 139º?

E eu que achava que Laura já não dava a mínima para meus presentes trazidos do fim do mundo! Me controlo para não a abraçar e agradecer.

Obrigada, obrigada, obrigada, minha querida.

• • •

Quando voltamos, Valentin, Margot e Olivier já estão tomando café. Dispuseram os pinos de madeira e começaram uma partida de boliche. Valentin pôs os gêmeos para dormir.

Laura não consegue se segurar e tira toda a mesa, enquanto desabo em uma cadeira. Margot se diverte encantando os dois homens. Sua cumplicidade com o pai é emocionante. Evidente. Nós conseguimos pelo menos isso…

Mas nem tudo foi fácil.

Olivier duvidou, duvidou tanto…

Observo Margot aumentar o volume do celular, uma antiga música de Chuck Berry, e se contorcer imitando um solo de guitarra.

Talvez ele ainda duvide…

As folhas e os envelopes que ficaram na mesa também dançam, o vento as erguendo de leve. *Dalí, Sagrada Família, Gaudí, Casa Milà*. Coloco a mão sobre elas para que não voem. Já meus pensamentos não deixam de escapar para Barcelona.

34

1999

– BOM DIA, BOM dia, princesa.

Ylian está sentado diante de mim no terraço do Quinze Nits, sob as arcadas de cor ocre da Praça Real.

Barcelona.

Meus olhos registram tudo. O quadrado perfeito da praça fechada, a sombra das palmeiras, os longos troncos magros que balançam até o alto dos telhados, a sensação mista de calor e frescor, o sol a pino e os jatos d'água da fonte de ferro, os guarda-sóis alinhados, as cadeiras espalhadas, a cadeira de Ylie, o estojo preto do violão ao seu lado. Ylian deixou a barba crescer, deixou o rosto bronzear também. Seus cabelos cacheados caem da boina escocesa até a camisa larga vermelha e dourada, mal abotoada. Tão romântico quanto o cenário. Eu não tinha notado que Yl era tão bonito!

Ele se levanta e se aproxima, e o simples roçar de sua calça jeans na minha barriga, de sua camisa aberta no meu peito basta para me fazer derreter. Ou melhor, sublimar. Passar do estado sólido ao gasoso. Tenho a impressão de que basta que ele respire para me aspirar, para engolir minha alma, para se alimentar de cada um de meus desejos e abandonar o resto como uma concha frágil e inútil. As mentiras, os escrúpulos. Olivier. Laura.

Foi tudo tão rápido... Saí de Porte-Joie há menos de quatro horas. Uma hora de estrada, uma hora de avião até El Prat, trinta minutos de ônibus até a praça da Catalunha, dez minutos de caminhada até a Praça Real. Não tive nem tempo de telefonar para Florence nem para nenhuma outra amiga, a fim de acobertarem minha mentira.

Irresponsável!

Eu me sento ao lado de Ylian, ficamos apertados junto à mesinha.

Bamba.

Ylian sorri.

– Foi difícil à beça achar uma! Tive até que serrar um dos pés.

A alusão à marcenaria me causa um sobressalto. Parece uma pequena partícula que resistiu à sublimação. Um pouco de serragem, que Ylian sopra e faz voar. Peço uma Cap d'Ona pilsen para acompanhá-lo. Nossos olhares se perdem na agitação do local. Os turistas permitem que o sol lhes queime a cabeça enquanto tiram uma fotografia panorâmica e depois correm para a sombra dos arcos. As palavras demoram a vir. Eu me pego pensando que, apesar do meu desejo, talvez me cansasse de Ylian. Depois da paixão, será que poderia ter com ele longas conversas, como as horas que Olivier e eu passamos discutindo a educação de Laura, as reformas da casa?

– Posso te dar um beijo, princesa?

O pedido me surpreende.

– Vai ser formal comigo agora, meu pequeno príncipe?

– Pelo menos até que você se apaixone por mim!

Até que eu me apaixone por você?

Passo a mão em seu peito, sob a camisa, a outra em sua coxa, e penso, como se falasse baixinho: *Por que você acha que já não estou apaixonada?*

• • •

Quando eu me apaixonar por você, Ylie?

Que estratégia você imaginou para isso?

Andamos pelas ruas medievais do Bairro Gótico, as cinturas unidas, formando um único ser de quatro pernas, às vezes grande demais para as ruas estreitas de paralelepípedos. Paramos a cada pátio e a criatura quadrúpede se dobra para formar apenas um corpo de duas cabeças, inundado pelo sol que entra pelos poços de luz, antes de se refugiar sob os arcos ou subir alguns degraus. Cada pátio de cada nova rua me parece mais elegante, mais luxuoso, mais exuberante que o anterior. A cidade inteira parece ter sido construída, há séculos, apenas para nosso encontro. Posso muito bem deixar Verona para Romeu, Montmartre para Nino e Amélie, Manhattan para Woody, mas ficarei com o Bairro Gótico, junto com Ylie! A cada raio de sol no cruzamento de duas ruas tenho vontade de procurar um canto escuro para amá-lo, a cada fonte de pedra quero molhá-lo, a cada alpendre, nos esconder. Até o pomar do claustro da Catedral de Santa Eulália, e Deus sabe que não é fácil me arrastar para uma igreja, ganhou ares de Jardim do Éden, onde nenhum fruto será proibido.

Chegamos, através do Carrer de La Palla, na Plaça Nova, com suas lojas de souvenirs. Uma cicatriz moderna que corta o labirinto das ruas. Ylian para e compra um cartão-postal. Escolhe um papagaio do parque de La Ciutadella e pede que eu segure o violão enquanto escreve no verso; palavras que leio por cima de seu ombro: *À minha linda andorinha de asas de pedra.*

Fico impressionada.

– De asas de pedra?

– Temos dois dias para torná-las leves! Vamos mandar o cartão?

Yl me leva para a rua mais próxima, passamos sob a sombra dos detalhes de pedra da ponte Del Bispe, depois ele para alguns metros à frente, diante da Casa de l'Ardiaca. Observo o muro da fortaleza, a imensa palmeira que o supera, ouço o gorjeio da água que pinga de uma fonte… tudo me atrai para o pátio interno da casa do arcediago, mas Yl me detém na frente da porta.

– Expresso ou lento? – pergunta ele, agitando a carta. – A passo de tartaruga ou a galope?

Então percebo que, realmente, estamos diante de uma caixa de correio, bem ao lado da porta monumental. Uma caixa linda, toda trabalhada! Decorada com animais esculpidos. Uma tartaruga… e três andorinhas de pedra!

O cartão cai, sem barulho, sem endereço, sem nem mesmo selo!

Muito bonito, Ylian! Uma armação e tanto!

Eu o beijo. A vida é tão bela!

• • •

Continuamos passeando ao acaso pelas ruas. O bairro El Born me parece ainda mais labiríntico que o Gótico. As ruas substituem pracinhas, depois se abrem para outras ruelas. Os restaurantes substituem as lojas de arte, depois outras galerias, outros museus, outros bares de tapas. Estamos caminhando há quase uma hora, com uma impressão maravilhosa de andar em círculos, em uma cidade em que as ruas têm um prazer especial em se disfarçar para trocar de lugar. Meus pés doem. Estou com fome. Com sede. Com vontade de fazer amor. Quando chegamos a uma adorável pracinha deserta, a Plaça Sant Cugat, decido fazer uma pausa. Ataco Ylian. Ele me beija.

– Você parece uma gatinha.

Respondo ronronando:

– Eu sei... Carinhosa e felina... Você me conheceu antes que eu raspasse o bigode...

Desabo no banco de madeira mais próximo. Ylian fica de pé, o violão pendurado no pescoço pela alça.

– Você sabia que minha música doma gatos?

Brinco com minha mecha angorá, tentando lançar um olhar de gatinha charmosa.

– Quer atrair outras além de mim?

Yl termina de afinar o violão e se contenta em lançar um olhar misterioso.

– Você acredita em magia, Nathy?

Ylian também se senta no banco e começa a tocar na pequena *plaza* vazia. Uma bela e doce melodia que ele parece improvisar. Menos de um minuto depois, um gato bem magro e quase sem pelos surge em um telhado, para e arranha a árvore mais próxima por alguns instantes, para nos impressionar, depois vem se esfregar em nossos pés. Antes mesmo de decidir se faço carinho ou o espanto, dois outros gatos aparecem, vindos do exaustor de um restaurante fechado para a sesta. Gatos de rua, em geral mais acostumados a andar pelo chão do que no alto, a julgar pelo estado imundo deles. Outros três surgem do nada e vêm se postar diante do banco em que Ylian está tocando. Nenhum desses felinos selvagens aparenta desconfiança! Todos estão sentados, formando quase semicírculo, comportados e concentrados, como transeuntes que param diante de um artista de rua.

Estou impressionada. Ainda mais porque a plateia continua crescendo. Conto agora mais de quinze gatos. Não teria achado estranho se Ylian tivesse me pedido para passar o chapéu e os gatos tivessem sacado uns trocados das patas! Ele para de tocar quinze minutos depois, para a grande decepção do público, que, calculo, já são cerca de vinte gatos.

Não acredito! Tento entender. Com certeza é algum truque!

Meus dedos deslizam pelo pescoço de Ylian enquanto ele guarda o violão.

– Anda, fala logo. Me conta o segredo!

– Foi só uma melodia que eu compus e que, estranhamente, parece agradar os gatos de rua. Mas agora que o show terminou, tome cuidado com todos esses gatos, minha andorinha. Fique bem perto de mim.

Os gatinhos não parecem querer sair dali. Eles continuam olhando para nosso banco. Ylian assobia e se levanta. Ele me irrita. Quero saber, mas sinto que está apressado para deixar a Plaça Sant Cugat. Isso me intriga. Yl está dois metros à minha frente, quase chegando à Carrer dels Carders, quando vejo a porta vermelha da casa atrás de nosso banco se abrir. Uma velha sai, curvada sob o peso de uma pilha de pratos fundos, que ela espalha na calçada. Depois, com cuidado, ela derrama um litro de leite, dividindo-o pelos pratos. Os gatos correm até ela!

E eu também! Para pegar meu encantador de felinos.

– Você me enganou! Já sabia disso! Tenho certeza de que já veio aqui. Tocou nesta praça ontem, ou anteontem, e notou o ritual da mulher. Os gatos têm um relógio na barriga. Eles vêm esperar diante da porta no mesmo horário, todos os dias! Bastava se sentar naquele banco, entre eles e a casa!

– Claro que não!

Yl põe o violão nos ombros, com o cuidado de um pai que carrega a filha de 6 anos, e continua andando rápido.

Como eu o amo!

Que outro homem teria tanta imaginação para seduzir sua amada? Encantar gatos! Até o mais romântico dos amantes teria se limitado a atrair os pelicanos do parque St. James de Londres, ou os pombos da praça São Marco de Veneza!

• • •

Continuamos andando por muito tempo. Com um único destino: o parque Güell. Chego tão cansada quanto fico após um serviço café-almoço-jantar em um A380 para Sydney, mas Ylian me pede para não parar.

– Vamos subir! A vista do alto é ainda mais bonita!

Por isso subimos, percorrendo os degraus de uma escada estranha, saída do país das maravilhas de Alice, que serpenteia entre casas de pão de mel, vigiadas por um dragão e uma salamandra recobertos de pedaços de cerâmica colorida. Um cenário de um filme de Tim Burton, que exagerou no milk-shake, revisitado por um Walt Disney sob efeito de ácido. Um universo singular, uma pintura em que Monet encontrou Klimt. No alto da escada, turistas estão sentados no famoso banco ondulado, que, como descubro, é o terraço superior de um templo impressionante, sustentado por mais de oitenta colunas dóricas. Também nos sentamos no banco, contemplando o parque 10 metros abaixo de nós. Dezenas de pessoas circulam e Ylian as observa com uma irritação que não parece característica dele.

– Esse povo me irrita!

– Por quê?

– É gente demais! Você não acha? Eu queria fazer amor com você aqui, neste banco-cobra. Não acha que a gente merece?

Seu olhar abraça toda a cidade que se estende diante de nós até o Mediterrâneo.

– Bom, então saque seu violão mágico e faça todo mundo desaparecer!

Yl parece se concentrar de verdade na possibilidade.

– Isso me parece um pouco difícil – reconhece ele, no fim. – Mas posso pelo menos tentar fazer todo mundo dormir.

– Já seria bom – respondo, demonstrando minha decepção.

Yl olha por um bom tempo para as pessoas que passeiam, se fotografam, conversam e caminham, depois conta, alto:

– Cinco, quatro, três, dois… – Ele diminui a velocidade, esboça um feitiço com as mãos. – Um!

Todos os turistas param na hora!

Paralisados! Como os personagens de *A Bela Adormecida*! Alguns de boca aberta, outros com os braços erguidos, máquinas fotográficas ainda a postos.

Meu coração despenca por dez andares, para, desaba, depois volta a bater em disparada. Não é uma ilusão nem uma alucinação. As pessoas estão petrificadas! Ylian criou uma fantasia a ponto de contratar trinta figurantes apenas para esta encenação? Privatizou o parque Güell para que nenhum turista desavisado se encontrasse próximo às colunas dóricas no momento errado? É impossível!

– E então, princesa?

Meu coração está disparado.

– Como você conseguiu isso?

– Não vai se apaixonar?

– É sério, me responda... São todos amigos seus?

– Só conheço você e uma outra pessoa em Barcelona... Então, ainda não vai se apaixonar?

– Eu te odeio!

Irritada como uma menininha que não entende um truque de mágica, analiso as pessoas paradas. Até o silêncio é impressionante. Até os pássaros pararam de cantar. Ylian é um encantador, melhor, mil vezes melhor do que o Guido de Benigni.

Eu o amo, eu o amo, eu o amo!

Estou prestes a dizer isso a ele quando ouço um grito.

– Está bem, corta! Vamos fazer de novo!

Abismada, vejo todas as pessoas voltarem a se mover, ao mesmo tempo que técnicos saem do terraço inferior. A maioria são mulheres, que se espalham por todos os cantos para modificar diversos detalhes, enxugar a umidade de um mosaico, ajustar um chapéu mal colocado, catar um papel que voou. Câmeras mostram o focinho atrás de sombras e homens armados com blocos de notas dão ordens aos figurantes para que eles mudem de posição antes de ficarem imóveis.

– Um filme? – pergunto, toda sorrisos. – Estão gravando um filme?

– Uma propaganda – explica Ylian, se divertindo. – Uma simples propaganda de perfume. Cobalt, de Parera. Eu devia estar entre os figurantes. Mais um dos bicos que faço para sobreviver. Não é preciso ter estudado no Actors Studio para fazer papel de estátua. Mas, quando você chegou, tive que cancelar.

– Você é o cara mais maluco que já conheci!

Pego sua mão. Atravessamos o terraço para percorrer o caminho dos duendes até a esplanada do parque. A equipe de filmagem voltou a se esconder atrás das colunas. Ouvimos o diretor gritar:

– Aos seus lugares!

Rimos, corremos, sem parar.

Os figurantes voltam a se posicionar. Passamos pela salamandra multicor no instante em que uma voz forte berra:

– Ação!

No último degrau, um técnico tenta nos impedir de sair.

Ele que tente!

Estamos bem no meio dos figurantes que passeiam com toda naturalidade, erguem a cabeça, conversam e, então, de repente, param.

Silêncio absoluto.

Então eu grito:

– Eu te amo!

Beijo Ylian com vontade. Yl me faz girar como um peão no meio dos homens e mulheres paralisados, que devem pensar que somos os atores principais de um roteiro que acabou de mudar.

Os caprichos de um diretor… que, aliás, está histérico.

– Corta! De onde saíram esses dois *hijos de puta*?

Não ficamos para ouvir o que ele disse depois. Já saímos correndo.

• • •

Entramos no primeiro ônibus que vemos e descemos na praça da Catalunha. Ylian quer me mostrar as Ramblas. À noite. Quando a multidão se reúne ali para descer até a praia. A multidão nos esperou! Abraçados, deixamos as pessoas nos ultrapassarem, esbarrarem na gente, como dois nadadores sendo levados pela corrente.

– Eu avisei! – grita Ylian. – Você se apaixonou por mim!

Eu o abraço ainda mais forte. Não quero pensar em nada além desse instante. Quebrar meu relógio. Não contar as horas e menos ainda os dias. Não pensar no depois. Não pensar nos parênteses, nas aspas, nas reticências. Pensar apenas em mergulhar nessa multidão tendo Ylian como única boia. Essa multidão que nos esmaga assim que diminuímos a velocidade.

– Venha – chama Ylian.

Nos afastamos alguns metros, indo contra o fluxo de gente, na direção de um sorveteiro.

– Que sabor, *señora*?

Devoro Ylian com os olhos. Nunca foram tão azuis.

– Maracujá, a fruta da paixão.

– Ótima escolha. Esperem aqui!

Yl me convida a sentar no banco mais próximo enquanto vai pedir os sorvetes. Um banco lindo, de pedra branca, no mais puro estilo Gaudí, decorado com uma estátua de soldado de capacete, talhado na mesma pedra do banco.

Ylian se vira mais uma vez.

– Comporte-se. Não leve cantadas de desconhecidos.

Fico olhando Yl esperar diante do carrinho vermelho e branco. Sua nuca, suas costas, sua bunda. Sinto um desejo louco por ele.

É aí que sinto o banco de pedra se mexer! Então, como se um terremoto não bastasse, vejo a estátua de pedra ganhar vida. Suas pálpebras de arenito se erguem, os blocos de rocha de seu peito se racham, seu rosto fissura. Como um cavaleiro enfeitiçado há uma eternidade, que esperava que eu me sentasse neste banco para acordar, para sair de um longo período de adormecimento e entregar uma mensagem. Uma mensagem que tem cinco palavras.

Acho até que, ao pronunciá-las, a estátua de pedra sorri.

– Bom dia, bom dia, princesa.

Quando nossos buquês de verões anteriores
se tornarem flores secas de dissabores,
Quando o fogo de nossas noites insolentes
forem apenas insônias ambivalentes,
Quando as brincadeiras das manhãs preguiçosas
forem apenas madrugadas pesarosas,
Quando a fome pelo que é terno
for apenas um fim eterno
O que restará amanhã?

35

2019

– Mãe, compra um *smoothie* para mim!

Aos 18 anos, Margot ainda mantém o jeito de adolescente. E cá estamos nós sete, nos esgueirando pelos corredores do mercado La Boqueria, cada um com um suco de laranja, de manga ou uma salada de frutas.

– Que tal comer tudo isso na Plaza Real? – propõe Valentin. – Com um café?

Nossa pequena tropa atravessa as Ramblas, deixando a sombra dos plátanos para seguir em direção às palmeiras mais altas que os prédios. Olivier guia o grupo, abrindo caminho para Laura, que desvia dos transeuntes com o carrinho duplo, Noé atrás e Ethan na frente. Vrum, vrum... Os gêmeos adoram. Talvez, na língua de bebê, eles estejam comentando como seu Maclaren tem estabilidade, como os pneus têm aderência e como a direção é macia. Margot é a última. Não é todo dia que tem a chance de postar no Instagram uma selfie com um *smoothie* em Barcelona.

Olivier entra na Carrer de Ferran e nós o seguimos.

Ele olha em volta, atravessa... no exato instante em que surge um Seat Inca cinza.

Pneus cantam e ouvem-se gritos.

Em um instante de pânico absoluto, estou certa de que ele não vai frear e vai nos atropelar. O utilitário para no último instante!

Meu coração continua disparado, enquanto Valentin se adianta e faz um sinal tranquilizador ao motorista. Mesmo em roupas civis, seus gestos transmitem a segurança de um policial. Laura atravessa a rua com os gêmeos, Margot corre e eu fico com as pernas bambas. Desde que cheguei a Barcelona, não importando se estou no aeroporto, no ônibus, na rua, não consigo parar de pensar nos dois homens do Chicano Park, o fumante de charuto e o chupador de pastilhas, os caras que não estavam perto da van por acaso, os caras que queriam me matar. Os caras que puderam agir em San Diego e, alguns dias antes, podem ter agido em Paris, na frente da Fnac de Ternes. Por que não aqui?

Por fim, todos nos sentamos na Plaza Real, no terraço do Quinze Nits. Eu que escolhi o lugar. Laura que escolheu a mesa. Uma mesa que não está bamba! Mal dá tempo de Olivier e Valentin tomarem o café e de Margot tentar tirar uma selfie diante da fonte de ferro das Três Graças e Laura já se levantou. Ela colocou sobre o carrinho dos gêmeos um mapa dobrado de Barcelona, no qual marcou um percurso pelo Bairro Gótico. Se alguém tivesse inventado um carrinho com GPS integrado, Laura o teria comprado.

Vamos em frente!

O percurso escolhido por Laura não tem nada de original: catedral de Santa Eulália, palácio da Generalitat, Plaça de Sant Jaume, Plaça de la Seu... Mas todos ficamos maravilhados com cada escultura nas paredes, cada ferragem nas portas, cada cerâmica, fascinados com cada vitrine repleta de arte, cada artesão ocupado no fundo de seu ateliê.

Carrer del Bisbe, Casa de l'Ardiaca...

A caixa de correio ainda está aqui!

A tartaruga não se mexeu, as andorinhas de pedra não alçaram voo. Por sobre a bolsa de lona que carrego trespassada, aperto a pedra do tempo como a um talismã.

• • •

Pouco a pouco, cada um descobre seu papel em nosso pequeno bando. Laura banca a guia entusiasmada e autoritária. Valentin é o segurança confiante e sorridente. Margot, a adolescente impressionada com cada pracinha convidativa, sem dúvida já pensando em voltar a essa cidade. No verão, com amigas. Até Olivier parece se interessar, erguendo o nariz. Na catedral, ficou um bom tempo parado admirando o grande órgão de madeira.

E eu, nesse grupo barulhento e divertido? Qual é meu papel?

Quem sou eu? Onde estou?

Aqui, hoje? Com minha família, em meu papel natural de jovem avó, em meio a três gerações reunidas?

Ou aqui, mas no passado? Aqui, mas obcecada pela lembrança da doce fantasia de Ylie, tão presente que pareço ver sua mágica em cada nova ruela do Bairro Gótico, ou do bairro El Born, por onde andamos agora. *Plaça Sant Cugat.*

Meu coração fica apertado. Um senhor está sentado no banco em que Ylian sacou o violão. Também é artista. Ele desenha com giz no asfalto da praça. Nós nos aproximamos. Margot cai na gargalhada! Os rabiscos do pintor são ridículos! Feios, errados, de dar pena! Até Ethan e Noé conseguiriam fazer melhor!

– Talvez seja um truque – sussurra Laura ao ouvido da irmã, observando o chapéu que está ao lado do homem. – Para deixar as pessoas com pena e fazer com que deem mais dinheiro!

Margot parece achar a hipótese interessante. Ela se aproxima do chapéu enquanto eu me afasto alguns passos, na direção da porta vermelha à nossa frente. Meu olhar tenta abarcar toda a praça, as paredes, as sarjetas, os exaustores.

Nenhum gato!

Nenhuma moeda no chapéu, constata Margot depois de lançar um olhar discreto.

– Sua teoria é furada – explica lentamente Margot à irmã mais velha, sem se perguntar se o desenhista da praça entende francês. – As pessoas doam mais dinheiro a um mendigo se ele estiver bem-vestido, se tiver bom humor e se tocar muito bem o acordeão ou o violino, com um belo estojo de couro vermelho para deixar as moedas. Se ele gagueja, fede, toca mal um instrumento, se estende uma caneca suja, as pessoas o mandam pastar!

Olivier sorri.

– É a lei do mercado, minhas queridas! Mesmo para os que escapam dela...

Normalmente, eu adoro que Olivier escuta as filhas antes de propor uma síntese ponderada do assunto. Mas, nesse momento, presto uma atenção distante. Estou parada diante da porta vermelha e ninguém notou que me afastei. Tento me concentrar, ouvir miados, barulhos de passos. Tento me convencer de que a senhora dos pratinhos de leite sem dúvida já morreu. Ou não? Ponho a mão na maçaneta, ela gira e, para minha grande surpresa, se abre!

Antes mesmo que dê um passo, antes mesmo que veja o que se esconde atrás da porta de madeira, ouço um latido. Um segundo depois, um doberman surge de um pequeno pátio fechado, as orelhas erguidas, a boca aberta. Fico muda, paralisada. Mal reajo quando uma mão firme me puxa para trás, bate com violência a porta vermelha e tranca o cão dentro da casa.

– O que você está fazendo? – pergunta Olivier, sem fôlego.

Ele reagiu como se tivesse previsto meus gestos, ainda mais rápido do que Valentin.

– Eu... Eu só encostei na porta... Não achei que fosse se abrir.

Olivier olha para mim com estranheza. As meninas não notaram nada, ocupadas em oferecer alguns euros ao pintor fracassado.

Obrigada, Olivier!

Obrigada, Olivier, mesmo que seu entusiasmo pela arquitetura catalã, pelas vielas góticas e suas portas, pelas catedrais e seus órgãos me pareça um pouco exagerado. Obrigada por ter vindo, obrigada, meu marido, por não ter dito nada, obrigada, meu eremita, por ter feito isso com tanta boa vontade. Porque Margot e Laura podem ter escolhido o destino por acaso – algo em que não consigo acreditar –, mas sei que é você, não eu, que está tendo que contar a pior das mentiras.

• • •

Sagrada Família, Casa Milà, Casa Batlló, viva Gaudí! Laura nos outorga uma pequena pausa ao meio-dia – Plaça del Sol, tapas e jarra de vinho da Tarragona –, em uma mesa bem estável. Um pelotão de jovens garçons morenos se esquiva por entre clientes com a elegância de toureiros. Margot já se interessa pelas touradas e, assim que os cafés são pagos, insiste em visitar o Palácio da Música Catalã.

Com a mesma determinação com que guiou o grupo, Laura decide abandoná-lo.

– Vou passear com Ethan e Noé no parque da Ciutadella.

Eu vou também. Os gêmeos começam a ficar agitados, e testar com eles a acústica do Palácio da Música pode gerar uma cacofonia.

– Vou com você – falo, sem planejar nada.

– Tem certeza, mãe? – pergunta Margot, surpresa. – O palácio é ainda mais bonito que a Sagrada Família!

Mas ela não insiste, apenas arrasta o pai e Valentin. Antes que se afastem, ouço Olivier murmurar para a filha:

– Talvez ela já conheça.

Ethan e Noé se apropriam de imediato do parque da Ciutadella. Como se também já tivessem ido até lá, eles seguem, por instinto, na direção dos papagaios. Minha mão, sobre a bolsa, se fecha em torno da pedra do tempo. Já virou um tique que não consigo mais controlar. Sempre que o passado surge. Um cartão-postal. Algumas palavras.

À minha linda andorinha de asas de pedra.

Enquanto os gêmeos brincam de assustar os pássaros, pergunto a Laura. Tem notícias do meu amigo, é, o que está hospitalizado? Não me agrada a ausência de coincidências desde que aterrissei em Barcelona. Nenhuma mesa bamba. Nenhum gato na praça Sant Cugat. Nenhuma alusão nas conversas. Um pressentimento horrível me diz que Ylian morreu, ou vai morrer, que o fio do passado se desfaz e as coincidências anteriores eram apenas seus últimos frangalhos. Laura me tranquiliza como se eu fosse sua filha, sem me questionar nada.

– Está tudo bem, mãe. Martine e Caro estão cuidando dele 24 horas por dia. Elas vão me avisar se acontecer alguma coisa.

• • •

À noite, depois de jantarmos paella e massa, nos instalamos nos dois cômodos da pequena pensão na Carrer d'Hèrcules, muito perto da praça de Sant Jaume. Valentin, Laura, Margot e os gêmeos foram todos dormir na sala e nos deixaram o único quarto. Nem adiantaria reclamar: é tão pequeno que não caberia outra cama.

Olivier está mergulhado em um livro sobre Gaudí em espanhol, encontrado na sala. Admiro mais uma vez seu esforço. Acompanhar o grupo sem protestar, demonstrar interesse pelos museus, participar da conversa… Ele que, quando estou viajando, pode passar dias serrando, limando, lixando, sem dizer uma única palavra. Sou tomada pelo remorso. Tenho que demonstrar que estou à altura.

– Vou pensar em um programa para os gêmeos – me comprometo, consultando o guia *Lonely Planet*. – Eles não vão aguentar se continuarmos indo só a lojas e museus.

Olivier fecha o livro.

– Desculpa, Nathy.

Não entendi. Pelo quê?

– Desculpa, Nathy – repete Olivier. – Pelo Palácio da Música. A alusão. Para Margot.

As palavras ditas na Plaça del Sol me voltam à mente.

Talvez ela já conheça.

Olivier passou a vida protegendo nossas filhas. Pôs acima de tudo o respeito à inocência da infância das duas! Não era para acabar com isso hoje. Mesmo estando aqui.

Eu me estico na cama para beijá-lo. Um beijo de leve em seus lábios.

– Sou eu que peço desculpas. Foi um pouco de azar nosso. Laura e Margot podiam ter escolhido qualquer cidade…

– Elas não tinham como saber. Não vamos mais falar disso, Nathy. Acabou. Vamos esquecer!

Olivier é perfeito. É possível amar um homem perfeito?

Meia hora depois, meu roteiro está feito e Laura não vai ter escolha! Café da manhã na Boqueria para que os gêmeos se encham de frutas, depois Parque Güell para mostrar a eles os dragões de cerâmica e as casas de pão de mel, praia à tarde e, depois, volta pelas Ramblas para admirarmos as estátuas vivas.

Obrigado, vovó!

• • •

Laura aceitou tudo. Será que sua mãe ainda tem autoridade sobre ela?

Depois de se entupir de melão, pêssego e kiwi na feira coberta, Ethan e Noé brincam de esconde-esconde entre as colunas do parque Güell, sempre olhando com desconfiança para a horrível salamandra gigante. Prometemos que vamos à praia depois! Os homens foram embora. Valentin foi fazer compras no distrito de Eixample, atrás de *bodies* do Umtiti e do Messi para os gêmeos (eles já têm da equipe de rúgbi Arlequins de Perpignan!). Olivier foi com ele, mas acho que logo abandonou o genro. Margot percorre cada canto do parque armada do celular e continua a colheita de selfies, que ajudarão quando ela voltar, sozinha, como estudante, para brincar de albergue espanhol.

Pela primeira vez desde que chegamos, eu me sinto bem. Desde o início do dia não penso na ameaça que pesa sobre meus ombros. Estou conseguindo só olhar o celular a cada dez minutos. Ou cinco? Seja como for, olhei menos para ele do que para a pedra do tempo. Sem saber exatamente de quem espero uma mensagem. De Flo? De Jean-Max? De Charlotte? Não recebi nenhuma notícia deles desde Los Angeles. De Ulisses? Ou mesmo de Ylian? Ele tem meu número gravado no celular. Recebeu minha ligação. Yl...

– Foto! – grita Margot.

Valentin, carregando um saco vermelho e dourado do Barcelona, e Oli, com um belo pacote da Desigual, já voltaram.

– Todo mundo junto! – insiste Margot.

Estamos sentados, em linha, apertados no banco serpente com vista para o parque. Margot dá o celular a um turista coreano. Valentin o observa, pronto para derrubá-lo no chão se ele tentar fugir com o aparelho. Pedimos a ele que tire uma foto. Ele tira vinte, quase precisamos arrancar o celular de suas mãos. Em quase todas estou com a cabeça virada para o lado, de perfil, observando o parque abaixo, imaginando o momento em que o fluxo de turistas vai parar, como que por mágica.

É um momento que não chega nunca! Não existe mágica na vida real. Só uma realidade que gostamos de reinventar.

– Vamos! Vamos para a praia, baleias! – volta a gritar Margot, abraçando os gêmeos e girando com eles no colo.

Os dois caem na gargalhada sob o olhar preocupado da mãe. Acompanho com o olhar a rota de minha filha pião e seus dois sobrinhos de cabelo ao vento, até ficar zonza. Penso de novo nesse parque, penso de novo em Ylian nesse banco, penso de novo na declaração sussurrada no meio dos figurantes.

Eu te amo.

Não existem figurantes na vida real. Apenas pessoas de verdade que não queremos que sofram.

• • •

Os gêmeos não gostaram da praia: gente demais, ondas demais, passos demais para chegar até lá. Mas adoraram correr nas Ramblas e parar a cada 10 metros na frente dos artistas de rua, um mais extraordinário que o outro. Laura acaba com suas moedas. Como resistir à aproximação tímida de Noé, depois de Ethan, diante das estátuas vivas de vampiro ciclista, deusa egípcia alada, chapeleiro maluco da Alice e Carlitos, totalmente imóveis, mas que ganham vida, cumprimentam, espirram ou fazem caretas assim que um dos meninos coloca uma moeda na caixinha?

Os gêmeos arrastam os pais, dessa vez para saudar um cavaleiro que enfia a espada em um dragão verde. Margot faz uma selfie com o pai diante de Edward, mãos de tesoura.

Seguimos a grande rua. A praça da Catalunha está a apenas 50 metros e as estátuas vivas são cada vez mais raras. Estou um pouco à frente e espero o resto do bando quando o vejo.

Um banco.

Talvez o mais realista e surpreendente de todos os artistas das Ramblas.

Um banco vivo.

36

1999

Batisto ocupa um apartamento de sótão, no sexto andar de um dos prédios do Passeig de Colom, no fim das Ramblas, com uma vista incrível para o Monumento a Colombo e os veleiros do Port Vell. É um apartamento antigo e malcuidado, de paredes descascando e piso arranhado, mas que poderia passar por novo ou recém-reformado devido ao forte cheiro de pintura acrílica e verniz que inalamos assim que entramos. Um ateliê. Latas de tinta e sprays estão entulhados nos dois cômodos sob a mansarda. Há telas espalhadas. Telas mesmo! Não quadros, mas imensos tecidos, panos, cortinas, pintados, engomados, prateados ou dourados. Só Batisto sabe dizer para que servirão essas tinturas.

Ele está especialmente orgulhoso de sua última obra, o banco Gaudí, e me explica, com um copo de vermute na mão, que cansou de esqueletos, zumbis e outros monstros para assustar os transeuntes. O que dá dinheiro é a originalidade! O risco é grande – uma fantasia exige um ano de trabalho! Que pode dar muito dinheiro... Barcelona é a capital mundial das estátuas vivas, e as Ramblas são seu maior palco. Já há mais de cinquenta entre a praça da Catalunha e o Mediterrâneo. Agora elas estão em todas as grandes cidades do mundo, a técnica está sendo exportada, mas as verdadeiras estão ali. Estátuas de origem controlada!

Não consigo adivinhar a idade de Batisto. Entre 50 e 60 anos? Um rosto elástico, tanto enrugado quanto liso. Um corpo magro e encurvado, mas impressionantemente vivo e suave assim que ele se põe de pé. Um rosto de duende brincalhão calvo que caminha com a graça de uma estrela da dança. Há alguns dias, Ylian passou toda uma tarde tocando violão nas Ramblas, diante do banco Gaudí. Pouco antes de cair a noite, o banco o chamou para se sentar sobre ele e tomarem uma cerveja, depois comerem um macarrão à carbonara na casa dele, depois ficar para dormir. Você não vai gastar todo o seu dinheiro em um albergue, vai, amigo? Os dois artistas adotaram um ao outro. Ylian podia ficar. Uma noite, duas, dez. Contanto que não tocasse em nada.

Batisto é um velho artista um pouco louco. E bastante rico... Ele ganha mais na rua, vestido de banco, do que como ator em um filme ou palhaço em um circo. Ao menos é o que ele diz, mergulhando três azeitonas verdes no vermute. Mas o dinheiro não é nada, o importante é a glória! Batisto, assim como outras das mais lindas estátuas vivas das Ramblas, é fotografado todos os dias por milhares de pessoas, aparece em álbuns de viagem de todos os continentes, alimenta conversas. Você foi a Barcelona? Passeou nas Ramblas? Viu o diabo-cobra? O polvo gigante? O banco vivo? Batisto tem admiradores armênios, sul-africanos, chilenos... Livre, famoso e anônimo! Uma equação impossível para qualquer outro artista.

Eu amei Batisto de cara! Ele adora o fato de eu ser francesa. Chama-se Batisto em homenagem a Deburau, o pierrô lunático de *O boulevard do crime*. Ele se diverte, finge que tenho a risada da mocinha do filme, Garance, fala sem parar, com gestos amplos e nervosos. Faz perguntas sem ouvir as respostas, sorri para mim, lança um olhar desconfiado para Ylian, com ar de inveja, e, de repente, sem avisar, abre a grande janela para o Port Vell, andem logo, vão para o quarto, pombinhos, voem, e me deixem em paz, preciso de calma para cozinhar, vou fazer um risoto que vocês nunca vão esquecer, minha cara Garance, enquanto isso me deixem em paz! Ele então bate a porta do único quarto. Alguns minutos depois, o cheiro de cogumelos e chalotas já encobre o de tinta acrílica. E a música na sala encobre nossa conversa.

Tommy, The Who. Nas alturas!

– Batisto tem bom gosto musical – diz Ylian, pondo a boina na mesa de cabeceira. – E cozinha divinamente.

Vim até a claraboia, o Port Vell se estende diante de mim. Turistas passeiam pelo calçadão do Moll de la Fusta, param diante de cada iate, sonham, posam em frente aos barcos de seus sonhos, como se quisessem acreditar pelo tempo de uma foto, antes que a noite caia. Os últimos raios de sol me cegam. Fecho os olhos por um instante e murmuro:

– Tenho uma surpresa para você!

Lentamente, eu abro a camisa, apenas alguns botões, os de cima. Deixo o tecido deslizar por meu ombro nu, libertando a andorinha escura gravada em minha pele.

Ouço Ylian se aproximar, antes que eu possa dizer:

– Ela nasceu ontem, ainda é um pouco frágil...

Com uma delicadeza infinita, a ponta dos lábios, Ylian a beija.

Eu me viro.

Quero me lembrar de tudo.

Dos últimos botões se abrindo, de minha camisa caindo, do sutiã deslizando, eu tremo, queimo, morro, renasço, mas quero me lembrar de tudo, dos cliques de seu cinto, de minha saia e sua calça espalhados pelo piso, da inclinação da mansarda, da claraboia oval, da luminária de cabeceira, do cheiro de manjericão e tinta, desse sonho acordada, uma amante fabulosa, me entregando a um artista sob o telhado, quero me lembrar de tudo que minha cabeça imagina, quero viver esse instante e me observar vivendo, *carpe diem*, colher o dia e logo colá-lo em um herbário para conservá-lo até o fim dos tempos. Não quero esquecer nenhum detalhe dos lábios de Ylian em minha barriga, dos poros de sua pele bronzeada, de sua boca me devorando, grito sem me controlar junto com as guitarras do The Who, gozo, não quero esquecer nada de minha audácia, do frio do vidro em meus seios ao pressioná-lo, do quadro que nossos corpos nus formam no espelho, de cada expressão do rosto de Ylian quando ele explode dentro de mim, de cada passagem da luz sobre sua bunda quando ele se levanta para fumar à janela, do cheiro de seu suor quando, ajoelhada atrás dele, eu beijo suas costas, minhas mãos contornando seu corpo e acordando seu desejo. Não quero esquecer nada da minha embriaguez, do meu cansaço, de sua gentileza. Quero me lembrar de tudo. Quero colher o dia, a hora, o minuto, o segundo e nunca mais deixá-los morrer.

– Está pronto.

Batisto pôs uma pequena mesa e três cadeiras na varanda, bem em frente às torres de Jaume I e Sant Sabastià, as duas velhas colunas de ferro nunca derrubadas, que parecem cadeiras de salva-vidas gigantes. Cabines vermelhas de teleférico, grandes como joaninhas domesticadas, sobem e descem entre as torres e a colina de Montjuic.

Batisto é um anfitrião tão delicioso quanto o risoto de champignons e chorizo que ele preparou. É capaz de passar uma noite inteira falando de estátuas vivas. Dos limites da vulgaridade que nunca devem ser ultrapassados – cabeças decapitadas, outros sentados em privadas... *Dios mío*, nós fazemos isso para os *niños*! Fala ainda de suas pesquisas, ideias, sonhos, uma estátua que desafiaria a lei da gravidade, ainda mais espetacular do que as obras daqueles safados Carlos e Benito, que conseguem se fantasiar de Mestre Yoda parado sobre uma bengala a um metro do chão ou de Pequeno Príncipe voando junto com os pássaros selvagens. Ele vai conseguir!

Enquanto Ylian toca violão e sua música viaja para fazer dançar as joaninhas que passam por cima do Port Vell, Batisto me mostra os desenhos de um Adão levitando, ligado a um Deus barbudo por um único dedo!

Me sinto ótima. Me sinto muito longe de Porte-Joie. Vivendo momentos mágicos na mansarda de um artista. Como, antes de mim, Pilar amou Miró, Olga amou Picasso e Gala amou Dalí. Estou nua sob uma cobertura dourada, parecida com a tinta que cobre uma deusa indiana e o vento do mediterrâneo sopra ar quente em minha pele. Batisto me oferece um cigarro.

Tudo que vivo é tão surreal... Colho o dia como se colhesse uma flor exótica. Uma flor que não cresce em meu jardim.

37

2019

Uma leve brisa sopra sobre o porto adormecido. É um vento preguiçoso e brincalhão, que não tem coragem de encher as velas dos iates ancorados no Port Vell, menos ainda de balançar os teleféricos-joaninhas no cabo suspenso, mas que brinca com meu lenço da Desigual e o agita diante de meu nariz.

Obrigada, Oli.

O lenço é bonito, do jeito que eu gosto, meio suave, meio rebelde, excêntrico e romântico ao mesmo tempo. Olivier tem o talento de me dar sempre o presente certo na hora certa: um buquê de flores quando nossa casa em Porte-Joie me parece cinza demais, um perfume quando o cheiro da cozinha começa a ficar insuportável, lingerie sexy quando o desejo diminui. Sempre soube antecipar aquilo de que preciso, controlando, por não satisfazer tais necessidades.

Oli me conhece. Mais do que ninguém.

Ele não acreditou em mim hoje quando, tendo acordado antes de todo mundo, falei que precisava ligar para Flo e Jean-Max a fim de saber sobre o voo para Jacarta amanhã. Os telejornais estão falando sobre isso desde ontem à noite, sobre as consequências do tsunami na Indonésia: as casas inundadas, os carros arrastados, as estradas interrompidas, os turistas atordoados e as longas filas de refugiados que seguem para os acampamentos improvisados no interior da ilha. Uma procissão de especialistas fala sobre a Veneza da Ásia, que está afundando, dos 30 milhões de moradores que vivem menos de 10 metros acima do nível do mar, sob a ameaça de inundações recorrentes a cada estação de chuvas, da corrupção, da irresponsabilidade do poder público – que abandonou a construção do Grande Muro, a maior contenção marinha do mundo, que deveria proteger a capital indonésia. Antes que eu fechasse a porta, tomando cuidado para não acordar os gêmeos, Olivier apenas me lembrou que nosso avião decolaria dali a quatro horas.

– Não vou demorar. Não se preocupe!

Minha resposta quase me fez sorrir enquanto descia a escada da pensão. Olivier? Não se preocupar?

• • •

Paro no início das Ramblas, ao pé da estátua de Colombo. O navegador, empoleirado no alto de sua coluna de 60 metros de altura, continua apontando obstinadamente a direção das Índias, bem a leste. Dou as costas a ele – desculpa, Cristóvão – para observar os prédios que margeiam o Passeig de Colom, enquanto ligo para Flo.

Não menti para Olivier. Ao menos não completamente. Eu precisava mesmo falar com meus colegas para entender tudo melhor. E precisava arejar a cabeça! E precisava voltar aqui, ao Passeig de Colom, rever a fachada desse prédio, a claraboia do sexto andar, sob a mansarda, entrar na portaria do número 7, subir a escada se tiver coragem, bater na porta. Só consigo pensar nisso desde ontem, desde que encontrei Batisto no fim das Ramblas, o mesmo artista de rua, no mesmo lugar, vinte anos depois. Ele não me viu, eu vi apenas ele.

– Nathy? É você, Nathy?

A voz de Florence me arranca dos meus pensamentos.

– Flo?

Explico rapidamente a ela que estou em Barcelona, com minha família, e voltarei a Paris à tarde.

– Pode ficar tranquila, querida! É pouco provável que nosso avião para Jacarta decole. O aeroporto virou uma piscina olímpica. Estão cancelando todos os voos civis e os substituindo por uma rede humanitária aérea. Estão buscando voluntários, pilotos e comissários que tenham noção de primeiros socorros. Eu me candidatei... Afinal, quando tinha 20 anos, fiz três meses de medicina! Jean-Max também botou o nome na lista. E Charlotte. Essa menina é corajosa... A princípio, eles vão a partir de amanhã, até Denpasar. De lá, pegam um barco para Jacarta.

– A menos que os dois prefiram ficar em Bali.

A frase me escapou. Eu estava ouvindo Flo com a cabeça distraída, ocupada em identificar qualquer silhueta que passasse pela luz da claraboia do sexto andar do Passeig de Colom.

– Por quê? O que os dois fariam lá?

Que idiota! Falei demais. Flo é esperta. Ah, e daí? Por que continuar a esconder o que está na cara? Charlotte mal consegue disfarçar os olhares apaixonados pelo piloto e Flo vai saber guardar segredo.

– Porque Jean-Max e Charlotte estão juntos! O que você acha?

– Como assim?

– Eles estão se pegando, Flo!

– Você... tem certeza?

Eu esperava que Flo soltasse gritinhos animados de fofoqueira, mas não: sua voz ganha uma entonação de freira irritada. Mais do que irritada, abalada.

– Sim, tenho certeza! A própria Charlotte me contou. Só eu estou sabendo, mas eu juro, depois que se sabe, não dá para não perceber!

Sinto um misto de vergonha e alegria culpada ao revelar para Florence uma história sentimental de que ela não havia desconfiado, apesar das evidências bem diante do seu nariz. Mas minha amiga não consegue responder. Será que está chateada?

– Flo? Flo?

– ...

– Flo... O que você tem? Não vai me dizer que a diferença de idade choca você... A Charlotte tem tudo que os homens adoram e, como você mesma disse, a menina é corajosa! Os dois são maiores de idade. Ela está se divertindo. Jean-Durão-Max está se divertindo. Está tudo bem...

Outro longo silêncio. Eu a ouço fungar. Não reconheço mais a voz brincalhona de minha amiga.

– Isso foi antes, Nathy, antes… Jean-Max não é mais assim. Ao menos… Eu acho… Achava…

Tenho a impressão de estar falando com Irmã Emmanuelle.

– O que você achava, Flo?

E então Flo não contém mais as lágrimas.

– Ninguém sabe na Air France, Nathy. Ninguém! Nem Max nem eu queremos encheção de saco. De qualquer forma, com exceção dessas duas últimas semanas, a gente quase não voa mais junto.

Minha mão retorce o lenço da Desigual até formar uma bola. Estou com medo de entender.

– O que você está me dizendo, Flo?

– Droga, que é ele, Nathy! É ele! O Max! O cara com quem eu moro! O cara perfeito que você nunca viu, que tem dinheiro e me deixa livre para viajar. É ele o homem que eu amo e que me prometeu nove anos atrás que ia parar com isso. O Jean-Max! Ele é meu marido!

Droga… Antes de desligar, recorro ao que pode ser salvo. Talvez Charlotte tenha inventado tudo. Eles talvez tenham só flertado…

Flo e o comandante Durand juntos!

Agora entendo essa impressão de segredo e mentira permanente que existia quando Jean-Max e Florence conversavam comigo, um comportamento às vezes estranho, as mensagens trocadas no Chicano Park. Guardo o celular na bolsa e percorro o Passeig de Colom, chicoteada pelas rajadas de vento do porto. Percebo também que cometi uma gafe terrível! Que babaca! Uma menina me confessou o nome de seu amante casado... e eu fui contar tudo à mulher traída! É pior do que a pior peça de *vaudeville*! Enquanto caminho, tento encontrar desculpas para mim. Como poderia imaginar isso? Como Flo pôde ser tão ingênua? Jean-Max Durand se tornar um santo, que ama apenas uma mulher. Uma única. Ela…

Chego ao número 7 do Passeig de Colom. Agora basta empurrar a porta de vidro.

Sei que vou subir a escada. Que, se Batisto abrir a porta, vou entrar, ficar, conversar por muito tempo. Tentei tudo que podia para que minha alma esquecesse, mas meu corpo a desobedece, acorda, vibra, marcado para sempre pelas poucas horas passadas nesse apartamento. Em outra vida. Há uma eternidade. Vou subir, sem hesitar. E sei que vou sofrer um golpe mortal. Volto a pensar em Flo, minha guerreira, tão ingênua...

Será que, quando amamos, todas ficamos burras assim?

Enquanto subo a escada, seis andares nesse prédio sem elevador, paro para escrever uma mensagem para Olivier.

Vou demorar um pouco. Volto antes do meio-dia.

Vou achar uma desculpa, levar um presente para ele. Não tenho a menor ideia do quê. Vou improvisar em uma das lojas de souvenirs do Bairro Gótico, na volta. Será que o amor acaba quando não sabemos mais o que dar de presente? Afrouxo o lenço. Então Oli ainda me ama.

Estou com calor e ofegante e estou só no quarto andar! E pensar que a musa de 30 anos que eu era subiu os seis andares quase correndo, saia ao vento e pernas livres, perseguida pelas mãos bobas de seu bobo da corte.

Mando a mensagem para Oli. Se a desculpa do presente não bastar, vou contar sobre Flo e Jean-Max. Com uma novidade dessas, ele vai entender que fiquei muito tempo ao telefone com minha amiga. Olivier já me ouviu falar de Durand muitas vezes, conhece sua fama de galinha, mas conhece melhor Florence, da época em que ela vinha dormir lá em casa, quando era solteira. Olivier gosta de Flo. Vai ficar tão abismado quanto eu.

Sexto andar!

Ufa... Estou sem fôlego.

Batisto Nabirès. O nome está escrito sob a campainha da porta.

Ufa, ele ainda mora aqui!

Guardo o celular na bolsa. Antes de levar o dedo à campainha, não consigo resistir a uma tentação que se tornou uma mania horrível: pegar a pedra do tempo, sentir seu peso na palma da mão, acariciar com a ponta dos dedos sua superfície lisa. Para me dar coragem. Para conectar passado e presente. Minha mão vasculha, procura, se irrita.

Não está aqui!

Estou começando a ficar acostumada, meus dedos curvados selecionam objetos, pegam canetas e batons, porta-moeda e agenda, depois soltam todos eles. Nada! Já sei que não vou encontrá-la.

Percebo que já nem fico surpresa. A pedra estava na minha bolsa ontem. Seu desaparecimento quase me tranquiliza. Ele me permite descartar a pior das hipóteses: alguém próximo de mim está brincando de roubá-la e devolvê-la. Ontem eu estava apenas com minha família e só meus colegas de trabalho estavam comigo quando essa pedra brincou de esconde-esconde em Montreal e San Diego. A menos que imagine um complô delirante, eu é que estou maluca... Ou minha pedra é realmente mágica!

Toco a campainha.

E espero.

E ouço.

Passos lentos.

A porta se abre devagar.

Batisto olha para mim. Seu rosto se tornou o de um velho, uma estátua cujo rosto elástico derreteu, ganhou vincos e endureceu como cera, cujas pernas graciosas foram pregadas a um pedestal. Apenas o olhar de duende brincalhão não envelheceu.

Ele me dirige um sorriso enrugado.

– Garance? Entre. Entre, por favor.

Como se me esperasse há anos.

38

1999

Olivier nunca traiu Nathalie. Não se lembra de já ter mentido para ela, nem de ter escondido uma informação deliberadamente. Sempre teve a impressão de falar com ela de maneira tão livre quanto se expressa em sua própria mente; havia pouca diferença entre suas reflexões internas e as que compartilha com a esposa. Para ele, é isso que justifica morar com alguém: o cérebro deixa de ser uma prisão na qual os pensamentos andam em círculos e o crânio passa a ser transparente, aberto à pessoa que se ama. Essa é sua ideia de liberdade.

Olivier engole em seco, tentando se livrar do gosto ácido que queima seu paladar. No entanto, ele se força a sorrir de boca fechada ao se virar para Laura, que está no banco traseiro do carro. A menina na cadeirinha nem teve tempo de pegar a mochila dos Anjinhos. Não vale a pena, papai. Você mal liga o carro e a gente já chegou! Ela tem razão. A escola de Porte-Joie fica a menos de 2 quilômetros da casa deles. Às vezes, nos dias mais bonitos de verão, eles vão até lá a pé, caminhando ao longo do Sena. Laura gosta de colar o nariz na janela do carro para chamar Lena, Anaïs e Manon, as amigas que vê na calçada.

– Espera, Laura. Elas não estão ouvindo você.

Olivier para no pequeno estacionamento na frente da escola. A bile continua presa em sua garganta, queimando seu nariz, irritando a narinas. Ele vai trair Nathalie.

Assim que Laura sair correndo, risonha, ao encontro das amigas da escolinha, assim que ela cruzar o portão, ele vai trair Nathalie.

Nesses dez anos em que moram juntos, Olivier nunca conseguiu ter certeza quanto aos sentimentos de Nathalie por ele. Ela não é como ele, não deixa os pensamentos passearem livremente entre os dois, ou então os deixa fugir sem nenhuma autoridade, contraditórios, bagunçados, impossíveis de captar. Mas Olivier tem certeza de uma coisa: Nathalie admira sua franqueza. Sua retidão. Sua estabilidade. Ela adora que ele não seja do tipo safado que vive enganando, dia e noite. Que seja do tipo que fala pouco, mas diz as coisas. Do tipo em que se confia. Do tipo em que se apoia. Como uma mesa, uma cadeira, uma cama.

Sólido. Essa é a palavra. Sólido.

– O que está fazendo, papai? Não vai abrir a porta pra mim?

Laura detesta ficar presa por causa da trava de segurança. Olivier a liberta, dá um beijo nela – tenha um bom dia, papai! Ela vai embora. Olivier tem que apertar algumas mãos, cumprimentar com dois beijinhos, trocar algumas palavras. Se as crianças estão na escola, todos os pais se conhecem nas cidadezinhas. As mães são faladeiras e os pais são sempre simpáticos. Que ilusão!

A agitação diante da escola dura ainda alguns minutos, até que bruscamente, às 8h30 em ponto, tudo acaba. Não há mais vida. Não há mais barulho. Nada além de um pátio vazio e uma rua deserta.

Está na hora.

Mentir. Trair.

Sentado ao volante, Olivier verifica uma última vez se está mesmo sozinho. Curiosamente, a adrenalina consegue dissolver os fluidos ácidos. Uma agitação que ele detesta o invade. Será a sensação que leva ladrões e assassinos a voltar a roubar e matar? Que engrenagem ele está acionando? Por quê? Por quê?

Ele pega o celular e busca o número de Florence.

Enquanto os dedos apertam as teclas, a mente visualiza a jovem comissária de bordo, as bochechas redondas, os cachos louros, os olhos azuis e o sorriso quase tocando as maçãs do rosto, marcadas por covinhas. Também visualiza seu corpo, sempre um pouco rechonchudo. Uma carne a ser esculpida. Uma silhueta que se tornaria perfeita nas mãos de um artesão que soubesse onde limar, desbastar, lixar. Bem diferente do corpo esguio de Nathalie.

– Flo?

– ...

– Flo, é o Olivier.

– Oli? O que houve? Algum problema com a Nathy?

Olivier se preparou para a surpresa dela. Não é porque os dois já trocaram olhares cúmplices, algumas gargalhadas, esboçaram alguns gestos incomodados ao se cruzar pouco vestidos de manhã, na entrada do banheiro, que Florence esperava sua ligação. Aos seus olhos, ele deve representar o modelo de marido confiável e fiel. O fato de Olivier ter seu número já deve impressioná-la – ele teve que ser esperto para pegá-lo na agenda de Nathalie. Mais uma vez, Olivier pensa em desligar. Ainda dá tempo. Ele se odeia. Mas o veneno é mais forte e ele se escuta falar com uma voz que não parece sua.

– Não, Nathalie não está aqui... Ela... ela não sabe... Eu... eu queria conversar com você...

Florence parece ficar eufórica na hora. Uau... um complô? Está organizando o aniversário de Nathy e acionando as amigas dela? Quer uma sugestão de presente? Você tem alguma coisa contra strippers?

Olivier também adora o humor de Flo. Sua alegria de viver simples e comunicativa.

– Não... Não é bem isso... É... É difícil explicar pelo telefone... Será que a gente... poderia se ver?

– ...

A euforia de Flo se transforma de repente em desconfiança. Em resistência, até. A que aguça todos os nossos sentidos quando percebemos o perigo tarde demais. Olivier não esperou o bastante. Mas ele tem certeza de que Florence o acha bonito, interessante, que os dois teriam se aproximado se ele fosse solteiro, que, no fundo, ela deve estar lisonjeada. Espantada com a ligação, mas lisonjeada. Ele só não pode se precipitar.

– Você... está por aqui?

– Estou. Estou, mas...

– Hoje, quero dizer... Será que a gente pode se encontrar hoje?

– Hoje? Não vai dar, eu...

Olivier a interrompe:

– Você... não está sozinha, é isso?

Ele voltou a ser rápido demais, e se frustra com isso. Mas não tem escolha: tem que aproveitar o efeito surpresa! Apostar alto. É pegar ou largar! Flo fica em silêncio por um longo instante. Uma mulher passa na frente do carro estacionado, puxando pela mão o filho de 8 anos aos prantos, carregando a mochila dele na outra. Stéphanie Levasseur, mãe de Diego. Ela não o vê. Flo enfim responde. Seu tom de voz passou do eufórico ao colérico, sem nem passar pelo irônico.

– Estou... Estou... Mas... Espere, Olivier, eu estou imaginando coisas? Você está me propondo um encontro?

Oli enxuga as gotas de suor que escorrem pelas têmporas. O coração bate a toda a velocidade. Ele já tem a resposta! Quer destruir o volante, bater a cabeça no painel. Tudo está desmoronando. Ele encontra forças para articular:

– Não... Não, Flo... É que... É... Deixa pra lá, Flo, deixa pra lá. Eu tive uma ideia, mas era bobagem... Vou desligar... Não comente isso com a Nathalie, por favor.

Florence engrossa o tom:

– Claro que não. Quem você pensa que eu sou? – Mas logo se compadece. – Você... Você está bem, Oli?

– Sim, sim... Só não conte isso para a Nathalie. Foi uma bobagem... Eu amo minha esposa, você sabe disso. Eu a amo mais do que tudo!

– Claro que sei. Todo mundo vê isso! Então cuide dela e não deixe que escape!

– Obrigado, Flo.

Ele desliga. Droga. Mil vezes droga.

Olivier acabou de trair Nathalie, mas, antes disso, Nathalie o traiu.

Ele estava certo e se culpa por estar certo, por ter suspeitado da esposa, por tê-la espionado, roubado de sua agenda o número de sua melhor amiga, chegado ao ponto de ligar para ela usando uma desculpa baixa...

Ele se lembra das palavras de Nathalie antes de ir para Barcelona.

Querido, fiz um pedido de viagem. São só três dias. De terça a quinta. Com Florence, Laurence e Sylvie, duas outras comissárias.

Olivier se sentiu culpado por não conseguir acreditar nela, lutou contra a desconfiança. Queria poder fechar os olhos e esperar que Natalie voltasse, como sempre. Mas Nathalie não estava como sempre. Ele se lembra da esposa sonhando acordada à beira do Sena, mal respondendo. Você vem comer, castorzinho? Vem contar uma história para Laura? Vem deitar? Ele volta a ver a tatuagem de andorinha, aquela loucura repentina, reúne todas as pistas convergentes.

Três dias de férias com as amigas.

Bastava ligar para Florence para verificar. Bastava surpreendê-la, fingir que passava uma cantada ridícula, para que ela se traísse, mesmo que Nathalie a tivesse preparado. Se ele tivesse se contentado em perguntar: Nathy está com você? Como está o clima em Barcelona?, ela teria desconfiado.

Estou, estou, estou por aqui.

Estou, estou, estou sozinha...

Florence não está em Barcelona. Nathalie mentiu para ele.

• • •

Olivier perde a noção do tempo. São os gritos das crianças que o tiram de seu torpor. Elas saem para o recreio gritando. Ele vê o casaco azul de Laura através da grade, depois dos escorregas. Em pânico, liga o carro. Laura não pode vê-lo. Não pode se perguntar o que papai está fazendo ali. Está tudo saindo dos eixos.

É preciso salvar o que ainda pode ser salvo.

As palavras de Flo ressoam em sua cabeça.

Claro que sei. Todo mundo vê isso! Então cuide dela e não deixe que escape!

Será que ele vai conseguir ficar calado? Será que vai conseguir mentir? Será que vai conseguir ao menos não dizer nada? Beijar os lábios beijados por outro? Acariciar o corpo acariciado por outro? Ver Nathalie se despir sem pensar que outro a viu nua, outro a quem ela quer agradar, outro a quem ela se entrega, outro por quem ela marcou sua pele de modo permanente?

Uma andorinha.

Para que ele nunca esqueça que ela está em uma gaiola com ele.

Será que ele conseguirá fingir que não entendeu? Será capaz de trancar as palavras em sua cabeça? Trancar-se também, ao seu modo, em uma prisão?

39

2019

– Entre, Garance.

Eu entro. O apartamento de Batisto não fede mais a tinta acrílica nem cola. Não fede mais a nada. Não há mais sprays de tinta amontoados no chão, nem tecidos estendidos, nem uma bagunça de ferramentas, papelão, madeira e gesso estocados. O apartamento está arrumado de maneira impecável. Na sala, Batisto pôs um sofá lilás com estrutura de madeira, um modelo que não dá para abrir. Imagino que durma em seu quarto e que os amantes de passagem sejam raros. O piso é encerado. Nas paredes há quadros de Miró, Dalí e uma série dos mais belos artistas de rua das Ramblas. Flores secas e uma cesta de frutas decoram a única mesa. O apartamento, mantido com gosto e cuidado, meio fora de moda, não tem mais nada a ver com um ateliê de artista. Agora é mais um quarto de asilo, me sussurra um pensamento maldoso.

Que idade Batisto tem? Entre 70 e 80 anos?

Vou até a janela. A vista para o Port Vell continua esplêndida. O sol faz brilhar as escamas de cobre do Peix, o peixe de aço gigante disposto na frente da praia. Monto um buquê de frases de apresentação, como estou acostumada a fazer nos aviões com os passageiros tímidos, que mendigam um pouco de atenção com o olhar. Estou aqui com minha família, por dois dias, meu avião sai em quatro horas, é a primeira vez que volto a Barcelona, não paramos desde ontem, estou bem, tenho outra filha, já grande, e você? A vista daqui ainda é linda, parece que nada mudou desde 1999, podem receber as Olimpíadas amanhã. Você também, Batisto, está como um atleta.

Batisto abre um sorriso de palhaço triste. Não me contradiz. Não vai atrapalhar sua alegria. Eu me viro para ele. Me pergunto o que ele pensa da mulher que está diante dele, de cabelo escuro demais para não ter ficado grisalho, dessa Garance de confiança quase arrogante, lenço chique, cinquentona charmosa, vovó moderna. Será que também quer saber onde foi parar a mulher apaixonada e sensual, a moça de ombros nus, vestida com uma leve coberta, colada em Ylie, a sonhadora que soprava a fumaça do cigarro na direção da estátua de Colombo?

– O que aconteceu, Batisto, depois de 1999? Depois que fui embora?

– O que você quer que tenha acontecido? As estrelas se apagaram, simplesmente. O vento continuou a soprar. Os rios, a correr. O mar, a subir. Ele apagou seus nomes da areia e voltou a baixar, deixando a praia límpida para outros namorados. A vida é assim, Nathalie.

Procuro a pedra do tempo em meu bolso. Idiota!

– Você quer um chá?

– Me conte...

Ele não me oferece outra coisa – nem uma bebida, nem um cigarro, nem mesmo um café. Só um chá. Vai para a cozinha. Caminha com dificuldade. Combina o ritmo dos passos lentos com o das palavras.

– Ylian ficou aqui por mais alguns dias. Você sabe parte do que aconteceu depois. Ele foi para Jacarta. Depois voltou. Para cá. Acho que não tinha para onde ir. Ficou vários meses. Tentou fazer sucesso. Ele se agarrou a isso. Na rua. Nos bares. Nas boates do porto. Tocou muito, ganhou pouco. Então, um dia, cansou de dormir no meu sofá, de fazer bico e voltou para Paris.

Batisto mede com uma precaução infinita as colheres de chá. Aproveito para andar pelo apartamento, chegar até o quarto, dar uma espiada. Me arrependo na hora. Cortinas fechadas, lençóis esticados, travesseiros alinhados. Uma luminária está presa à direita da cama, um livro na mesa de cabeceira, *A sombra do vento*, de Carlos Ruiz Zafón. Um par de óculos. Uma caixa de lorazepam. Só falta o copo da dentadura! Um quarto de velhinho, um quarto que agora vai se manter idêntico talvez por anos, até que vizinhos preocupados o encontrem na cama, dormindo para sempre há várias noites.

Tento espalhar minhas lembranças pelo quarto. Revirar a cama. Amassar os lençóis. Furar os travesseiros. Abrir a janela. Sinto um arrepio. Será que as paredes guardam para sempre a marca, o cheiro, os gritos dos amantes que elas acolheram?

Batisto me entrega uma xícara de chá. Sem me explicar de que é, mas escolhido por ele com cuidado. Eu insisto:

– Me conte mais, Batisto. Você voltou a vê-lo? Teve notícias dele depois que foi para Paris?

– Não. Não, Nathalie, nenhuma. Ele sumiu. De um dia para o outro. Tive até medo que fizesse uma bobagem.

– Que bobagem?

Batisto me olha com um ar sério.

– Que bobagem? Quer mesmo que eu diga? Que se matasse! Que desse um tiro na cabeça, se jogasse na frente de um carro, que achasse qualquer pretexto para acabar com a própria vida... Ylian sofreu muito, Nathy, depois de Jacarta.

– Eu também sofri muito.

Batisto toma um gole do chá, sem responder. Quanto mais a conversa se estende, mais sinto uma perturbação no ambiente. Batisto está escondendo alguma coisa, uma verdade essencial e decisiva, algo que não consigo delinear bem. É um pouco como se ele esperasse minha vinda e isso explicasse por que o apartamento está tão arrumado...

Ele me observa enquanto tomo o chá. Os olhos cravados em mim, duramente.

– Vocês formavam um belo casal, você e Ylian. Ele amava você, você o amava... Você estragou tudo.

– Não foi minha culpa... Você sabe disso.

– Também não foi culpa dele.

– Eu também sofri. Sofri mais do que ele.

– Se você diz...

Digo, sim! Você não sabe de tudo, Batisto. Você não sabe do inconfessável. Olho o relógio. Meu avião sai daqui a três horas. Não posso ir embora assim. Não sem avisar Batisto. Reúno coragem, os olhos voltados para o

Port Vell. Por alguns instantes acompanho a subida de um bondinho-joaninha em direção ao Montjuic, depois revelo a notícia horrenda. Ylian trabalhava na Fnac do 17º *arrondissement*, foi atropelado há dez dias na avenida Ternes, está internado. Não consigo mencionar a hipótese de tentativa de assassinato. Batisto não precisa disso.

Ele se senta no divã. Minhas notícias amoleceram suas pernas. Está paralisado, mais uma vez uma estátua sobre um banco. Tenho a impressão de que ele realmente havia imaginado, durante todos esses anos, que Ylian tinha se matado e que teria preferido ficar sabendo disso, que seu amigo havia morrido de tristeza, uma morte livre e trágica, não sob as rodas de um mau motorista, ao sair do centro comercial onde ele sobrevivia entre centenas de outros funcionários.

O tempo passa depressa. Ir embora agora é difícil, mais difícil do que nunca, mas não tenho escolha. Valentin, Oli, Margot, Laura e os gêmeos já devem estar se preparando para pegar um táxi para El Prat. Olho o celular com cada vez mais frequência, esperando uma mensagem de Olivier.

– Eu tenho que ir, Batisto.

– Claro.

Mas não consigo sair do apartamento. Não consigo tomar a decisão de deixar o velho artista nesse estado. Além disso, não consigo deixar esse lugar sem identificar o detalhe que não se encaixa. A intuição de que estou deixando de ver algo evidente. A sensação de que, mais uma vez, toda a conversa foi montada, preparada, arranjada. Talvez seja apenas a nostalgia por estar aqui outra vez. Apenas arrependimentos. Nenhum sinal do passado. A pedra do tempo não funcionou. Claro, alguém a roubou!

– Não tem mais nada a me contar, Batisto?

– Tenho, mas hoje não adiantaria de nada...

Não entendo o que ele está insinuando. Não tenho mais tempo para insistir. Minha família está me esperando. O avião vai decolar. Eu me aproximo da porta e deixo mais uma vez meus olhos se perderem no cômodo arrumado demais. Volto a pensar em outra noite, uma última noite, na época em que tudo ainda era perfeito...

Antes do tsunami.

40

1999

– Essa certeza só acontece uma vez na vida.

Eu murmuro isso à janela, e um leve sopro quente embaça o vidro da claraboia, uma pequena nuvem de vapor redonda em que desenho um coração com o dedo. Fui a primeira a acordar. Adormeci colada a Ylian. Não sei a que horas da noite nossos corpos se separaram, quem foi o primeiro a se afastar, se um de nós, inconscientemente, procurou o outro sob os lençóis.

Beijei por muito tempo o corpo ardente de Ylian antes de me levantar. O Port Vell ainda está adormecido. Nenhuma joaninha pende no céu. Só Cristóvão apontando o dedo para o sol que nasce e centenas de veleiros bem ancorados não dando a mínima, conscientes de que não há mais nenhum continente a explorar. Imagino o cheiro de café e pão torrado, preparados por Batisto, dispostos na varanda, bem ao lado. Imagino que, do píer, dos iates, ninguém pode ver minha nudez. *Essa certeza só acontece uma vez na vida.* Tento me lembrar de cada gesto de Meryl Streep diante de Clint, seu modo de abrir uma janela, segurar o cigarro soprando a fumaça, observar uma picape se afastar em meio a uma nuvem de poeira, no fim da estrada de Madison. Imitar esses gestos. Ouço Ylian se mexer nos lençóis e então repito isso em voz alta:

– Essa certeza só acontece uma vez na vida.

Ylian é cinéfilo demais para não ter entendido.

– Eu sei, Nathy. Eu sei. Mas… – Estranhamente, seu tom calmo e razoável me lembra o de Oli. – Mas você não pode deixar seu marido… Não por minha causa.

A passarela do Port Vell é parecida com a Holliwell Bridge. Ainda mais dali a algumas horas, quando os caminhões de lixo que lavam com muita água a farra noturna das Ramblas e do Passeig de Colom tiverem desaparecido e tornado a cidade tão bonita quanto na véspera.

Não estrague tudo, Ylian.

O vapor de meu coração volta a se tornar água, uma primeira flecha escapa para dentro dele.

Eu repito, desta vez em voz alta:

– Não estrague tudo.

A resposta, imediata, vem como um golpe:

– Não estrague a sua vida, Nathy.

Ylian não precisa de um café da manhã completo para recuperar a consciência. Eu preciso. Então não respondo. As sarjetas do Passeig de Colom estão cheias de água rosada e espumante. Meu coração de vapor escorre.

– Não estrague a sua vida comigo – insiste Ylian. – Você amava seu marido antes de me conhecer. Você ama sua filha e nunca vai deixar de amar. Você tem uma vida feliz, Nathy. Não a estrague com um músico fracassado. Um cara que mora de favor. Um cara que mendiga. Um cara que vai acabar frustrado e amargo, arrastando um fardo de sonhos nunca realizados.

Arrastando um fardo de sonhos nunca realizados. Sopro de novo no vidro. Desenho outro coração. Por fim, me viro. Ylian pode falar bobagens e mais bobagens, isso não impede seus olhos de me devorarem da cabeça aos pés. Despenteada, sem maquiagem. Amarrotada. Mas Yl parece apreciar isso. Tento não deixar nada transparecer, nem raiva nem ironia.

– Não se preocupe. Não se preocupe mesmo. Não vou deixar meu marido. – Deixo passar um longo silêncio, antes de mandar tudo que minha expressão pode ter de séria às favas. – Não agora!

Eu me aproximo com três passos de bailarina e me jogo na cama com um salto travesso. Ylian me imobiliza com uma das mãos sobre a minha, a outra em minha coxa.

– Não brinque com isso, minha princesa. Sei fazer um ou dois truques de mágica. Impressionar você por um dia. Uma noite. Mas isso não muda nada. Não mereço você.

Olho fixamente para ele. Deitado. Lençol empurrado até o limite de seu sexo. Eu amo Ylian. Ainda mais porque Yl não tenta me levar, não tenta conseguir algumas carícias com promessas falsas. Porque não é um safado. Porque é capaz de me deixar ir para não me fazer infeliz. Que homem é capaz disso?

– Pare com isso.

Volto a olhar para ele, antes de perguntar:

– O que tem em seu fardo de sonhos?

Yl não responde. Parece um menino desamparado. Na sala, do outro lado da parede, ouvimos a música que Batisto escuta às alturas.

Alguns acordes de piano.

"Let It Be".

Os olhos de Ylian se fecham.

– Isso! – limita-se a murmurar.

Eu não entendo.

– Isso o quê?

– Só isso. "Let It Be". Ou "Angie". Ou "Hotel California". Compor uma canção que fique. Uma melodia que sobreviva a mim. Algo que entre na vida das pessoas, que elas cantarolem, com a qual associem lembranças, imagens, que lhes dê coragem. Acho que é o único jeito de se tornar imortal.

Esse filho da mãe não me deixa escolha! Eu o beijo, a ponto de roubar sua alma, de tirar seu fôlego, para mostrar o que é a imortalidade de verdade.

Uma apneia de três minutos antes que o piano cesse.

"Let It Be" acaba.

Eu me ajoelho diante dele. Pode parecer que estou rezando, meu ventre descoberto a alguns centímetros de suas pálpebras, meu peito livre acima dele.

– Eu ajudo você, Ylie... Prometo. Vamos carregar juntos seu fardo. Vamos ser imortais juntos.

Sei que Yl sente o desejo ardente de pôr as mãos em meus seios, afastar minhas coxas para me engolir. Para fazer com que me cale, para fazer com que goze.

– Você consegue, Ylie... consegue dizer que podemos parar por aqui? Que pode viver sem mim?

– …

– Vamos ser os melhores. Vamos ser os mais espertos. Só me dê um pouco de tempo. Temos a vida toda para nos amar.

A vida toda. E um avião que sai para o Roissy daqui a três horas.

Sua mão pousa em meu peito, o que abriga meu coração. Ele bate a mil por hora. Continuo minha súplica.

– A gente tem um planeta inteiro para se amar, Ylian. Daqui a dois dias, vou para Jacarta.

– Eu sei. Você me disse isso em Montreal, minha andorinha.

– Vou sair do Roissy e voltar para o Roissy. Você… não pode me encontrar em Paris?

O lençol deslizou. Ylian está acordado, muito acordado. Resisto à vontade de me abaixar mais, levar a boca até o topo de seu desejo ereto, abri-los para voltar a descer, deslizar, engolir.

– Não… Não dá. Depois de Barcelona, Ulisses conseguiu um novo contrato para mim. Eu enchi o saco dele.

– Um novo contrato? Onde?

Meus dedos afloram sua rigidez, convidam minha boca a participar do banquete. Vou me inclinando devagar, mas, com um gesto de judoca apaixonado, Ylian me faz cair de costas.

Ele está sobre mim.

– Um emprego sério – sussurra ele. – Tocar no bar de um hotel de luxo.

– Onde?

Yl entra em mim.

– Em Jacarta!

Jacarta.

Yl está em mim.

Jacarta!

Nossa história continua, mais linda do que nunca! Perco o controle do meu corpo. O prazer me faz submergir. Em cada poro de minha pele, recitando sem parar para mim mesma:

Essa certeza só acontece uma vez na vida.

– Eu te amo, Ylian. Eu te amo. Eu te AMO.

Yl vai e vem. Me leva para bem longe…

– Para onde vamos, Nathalie? Para onde vamos assim?

– Para Jacarta.

Nossos corpos se casam. Nossas almas alçam voo. Deixando na cama duas cascas exaustas.

– E depois?

– Depois a gente tem a vida toda, o mundo todo para se amar.

Me deixe um pouco de você
Um pedaço, um traço, uma pétala da sua flor
Uma migalha, três medalhas, um pedacinho da sua cor

41

2019

Por que tomamos tantas precauções antes de entrar em um avião? Afinal, não impomos tantas medidas antes de entrar em um trem, subir em um ônibus ou em um barco, onde poderia haver os mesmos danos se um louco dominasse os comandos. Acostumada com os atalhos dos funcionários, eu raramente me faço essa pergunta. Engolida pela multidão que espera para passar pelo detector de metais do aeroporto de Barcelona, El Prat, acho a demora insuportável. Cerca de cinquenta passageiros ainda devem encaminhar suas bolsas, tirar chaves, joias, celulares, sapato, cinto, bijuterias, antes de chegar a nossa vez. Nós sete esperamos em silêncio; os gêmeos estão absortos com o desenho que passa sem parar no tablet, enquanto Laura tenta começar uma conversa.

Foi ótimo o nosso passeio, não foi? Ela insiste, recapitula, resume, nos felicita, se parabeniza, *foi uma boa ideia, não foi?*, planeja, *a gente pode fazer isso de novo, todo mundo junto, não podia?*

Claro, Laura. Claro! Não se preocupe. Foi uma ideia maravilhosa.

Mesmo que Olivier permaneça calado.

Oli não gostou de eu ter desaparecido até meio-dia. Não ficou convencido com minha notícia: Florence é casada com o comandante Durand, tem noção? E isso tomou toda a sua manhã? Não ficou convencido com o presente que levei para ele, uma caneca de cerâmica no estilo Gaudí. Está bem, está bem, não foi a ideia do século, mas como dar algo de Barcelona para um homem que não gosta muito de futebol nem de pintura? Olivier parece ter pressa de voltar para casa. Muitas vezes rio com ele, quando somos convidados para algum lugar e ele boceja e olha para o relógio depois do café, quando ele cheira a marcenaria, tal como cavalos cheiram a estábulo.

Mas não hoje.

O momento não é para brincadeira. Olivier está zangado comigo, sei disso. Ele se esforçou para aguentar tudo, por Margot e Laura, não se permitiu nenhuma alusão, ou quase nenhuma, me prometeu anteontem na cama: *Não vamos mais falar disso, Nathy. Acabou. Vamos esquecer!*

E eu fugi. Olivier aceitou varrer tudo para baixo do tapete e eu achei um jeito de sacudir toda a poeira. Sinto muito, Oli.

Pego a mão de meu marido para tranquilizá-lo. Para tranquilizar Laura. Margot não dá a mínima. Está selecionando as fotos no celular. Se diverte sozinha, nos mostrando as melhores: as esculturas da Sagrada Família, o teto do Palácio da Música; as mais engraçadas: Ethan e Noé dando a língua para a salamandra do Parque Güell, um cara sem sunga na praia de Barceloneta, Valentin posando nas Ramblas com dois dedos na bochecha diante da estátua viva de James Bond.

Menos de dez pessoas à nossa frente passaram pelo detector.

Primeiro, eu entendo. A fotografia de Margot esclarece tudo. Entendo por que minha conversa com Batisto hoje de manhã me pareceu encenada. Como não pensei nisso antes?

De repente, entro em pânico. Tenho que voltar ao Passeig de Colom. Tenho que falar com ele. Batisto tem que confessar.

Olho para Valentin e Laura, os gêmeos, Margot, Oli. Em meia hora, no máximo, teremos passado pela alfândega. Em uma hora, teremos embarcado.

Sem pensar, largo a mão de Oli. Grito:

– Eu… eu esqueci…

Margot me olha sem entender.

– O que você esqueceu, mãe?

– Eu… Eu…

Não tenho nenhuma ideia, nenhuma desculpa. Não consigo acreditar que estou agindo assim. Que sou a maluca que começa a dar meia-volta, que abandona as filhas, os netos, o marido e faz a multidão abrir espaço para ela passar.

– Não me esperem. Eu encontro vocês.

A louca já se afasta. Oli continua mudo, perturbado. Valentin, normalmente tão ágil, parece completamente perdido. Minha sogra surtou! Apenas Laura grita:

– Quando você vai encontrar a gente, mãe? O avião decola em uma hora.

– Podem ir, podem ir sem mim... Eu pego o próximo.

Saio correndo. Sem me virar. Sem ousar enfrentar a vergonha no olhar das pessoas que amo. Estou louca. Corro, esbarro nas pessoas, sem pedir desculpas. Não, não estou maluca. Estão querendo me deixar doida! Não tenho escolha. Preciso lutar, preciso me debater. Preciso saber.

Quando saio, roubo um táxi de um hipster que parece bem feliz em ceder a vez para uma mulher furiosa que poderia ser sua mãe. Passeig de Colom, número 7! Na avenida do Paralelo, um engarrafamento. Perco minha última esperança de conseguir ir e voltar de Port Vell a El Prat antes que a aeronave saia do solo. Seis andares! Bato na porta do apartamento com a mesma força que meu coração bate em minhas costelas. Batisto abre, surpreso em me ver de volta. Não dou tempo para que ele improvise uma desculpa.

– O que você estava fazendo nas Ramblas?

– ...

– Ontem, quando passei com a minha família, você estava perto da praça da Catalunha com seu banco vivo.

– Eu... estava trabalhando, Nathalie.

– Porra nenhuma!

E, para mostrar a ele que não sou idiota, dou uma volta na sala, abro as portas dos armários, puxo gavetas, mexo em alguns objetos bem arrumados. E repito:

– Porra nenhuma! Você parou, Batisto. É óbvio que você parou. Não tem nenhum vestígio de tinta aqui, das máscaras, da maquiagem. Olhe só para você, se curva com qualquer movimento! Não atua como artista há anos, está aposentado. Isso é evidente. Então por que você pôs a fantasia ontem de novo, Batisto? Por quê? Só para mim! Porque você sabia que eu ia passar por lá? Que eu não ia deixar de ver você? Quem pediu isso, Batisto? Quem está mexendo os pauzinhos?

Batisto se senta. Não nega. Não confessa nada, mas não nega. Se soubesse o que a simples falta de refutação significa para mim... Não estou maluca! Não sou uma mãe irresponsável. Sou uma vítima!

– Não posso falar nada, Nathalie.

– Por quê?

– Volte para casa, Nathalie. Seu lugar é junto com a sua família.

Tarde demais, Batisto. Tarde demais. Minha família está sentada em um avião e vai para Beauvais. Ele leva meu marido, que talvez nunca me perdoe, que, talvez massacrado pelas perguntas das filhas, acabe confessando toda a verdade. Sua mãe teve um amante. É verdade, faz muito tempo. Mas sua mãe, sua mãe perfeita, não é, de modo algum, quem vocês pensam.

– Minha família está despedaçada, Batisto. Por favor. Me diga quem está por trás de tudo isso.

Tudo isso. Tudo está ligado? As coincidências? A maldita pedra do tempo. As tentativas de assassinato.

– Não posso, Nathalie. Sinto muito.

Desato a chorar. Meu artista encurvado se esforça para ir até o quarto e trazer um pacote de lenços de papel.

– Não posso, Nathalie. Mas mesmo assim vou confessar um segredo.

Levanto a cabeça. Minha mecha grisalha varre uma ou duas lágrimas. Desconfiada. Será que enfim vou erguer o sudário dos fantasmas que me assombram?

– Vou revelar por que você se apaixonou pelo Ylian!

Batisto está de sacanagem comigo?

Ele me atraiu até sua casa, meteu-se na fantasia para ir às Ramblas, só para me vender uma sessão de terapia?

– Desculpa, Batisto. Eu sou a única responsável pelos meus sentimentos. Acho até que sei mais do que você por quem e por que meu coração bate.

– Não, Nathalie, você não sabe. Ao menos não entendeu.

Eu fungo. As lágrimas secaram. Decido ceder, rasgando em faixas finas o lenço de papel encharcado.

– Pode falar.

– Ylian não era um cara qualquer. Morei vários meses com ele. Ylian era uma pessoa muito especial. Eu o conheci pouco a pouco. Tive dificuldade de me convencer. Mas, dia após dia, isso ficou claro…

Estremeço. Só consigo repetir:

– Pare de enrolar. Pode falar…

– Ylian era um gênio! Não só um cara com um dom, não só um músico talentoso. Não! Ylian era um gênio. Acredite ou não, mas era do nível de Bob Dylan, Leonard Cohen, Neil Young, Paul McCartney. Ele tinha esse dom.

Tenho dificuldade de entender isso. Eu me revejo no portão M do terminal 2E, antes do voo para Montreal, a primeira vez que o vi. Ele tocava violão sozinho. Fiquei encantada pela cena. Achava que tivesse sido a solidão dele o que me seduziu. Mas foi a música?

Batisto não para. Ele passou anos elaborando essa certeza.

– Era um gênio, é sério. Eu o vi tocar na rua. As pessoas paravam, ficavam, fascinadas. Ele as encantava como um flautista encanta ratos.

Uma voz lá no fundo me garante que ele tem razão. Que eu sempre soube disso. Mas há um bloqueio em minha mente, que não quer ceder.

– Se ele era tão talentoso, Batisto, por que nunca fez sucesso?

Batisto deixa escapar uma risadinha. Também pega um lenço para enxugar os olhos.

– Você sabe melhor do que eu, minha querida. Porque não tinha fé em si mesmo.

Eu me lembro das palavras de Ulisses em seu estúdio em Los Angeles.

Ylian era modesto de verdade. Era talentoso, mas não acreditava em si mesmo. Ylian era um sonhador… não um vaidoso…

– Você acabou de me dizer que ele encantava as pessoas… que as fascinava.

– As pessoas também paravam para ver meu banco. E eu não tenho nenhum talento. Não basta ser um gênio, Nathalie. É preciso ter vontade também. Vi muitas vezes Ylian cantar as músicas dos outros, sem acreditar nas próprias.

Sem me dar conta, eu o ouço interpretar os clássicos do rock, de Eric Clapton aos Rolling Stones, na noite em Chicano Park. Eu o ouço falar de "Let It Be", de "Hotel California" e da imortalidade no quarto ao lado. Quando ergo o olhar, os olhos de Batisto estão fixos nos meus. Secos e severos.

– Ele precisava de você, Nathalie. Precisava de uma mulher como você. De uma musa, por assim dizer. De uma mulher que o tranquilizasse, que o inspirasse, que o apoiasse, que o incentivasse. Você foi essa mulher.

Quero tapar os ouvidos. Queria estar no avião com Oli. Queria estar em Porte-Joie. Queria que Batisto desviasse o olhar e parasse de queimar as ilusões que ainda me restam.

– Algo se quebrou quando Ylian voltou para cá, depois de Jacarta, depois que tudo acabou entre vocês. Ele não acreditava mais. Pelo menos não na música. Ylian voltou a ser um menino comum. – O olhar dele se torna, enfim, mais doce. – Fique tranquila, Nathalie. Sem dúvida ele foi feliz à sua maneira, sem dúvida vendeu discos na Fnac com paixão, amou outras mulheres com paixão. Todos achamos que vivemos com paixão. É o único jeito de aceitar que nossos sonhos nunca vão se realizar. Ylian, assim como todo mundo, deve ter encontrado outra razão de viver.

Batisto pega minha mão. Ainda não consigo entender direito. Sinto meu estômago embrulhar. *Outra razão de viver*. Outra razão de viver, para aceitar o luto da música. Então eu sou responsável por tudo?

Quando saio pela segunda vez da casa de Batisto, o avião que leva minha família para Beauvais já decolou há mais de uma hora. Margot, Laura e Oli me encheram de mensagens.

Respondo de maneira evasiva. *Está tudo bem. Só uma hora de atraso. Vou pegar o próximo voo. Vou estar em Porte-Joie para preparar o jantar.*

Estou falando a verdade. Por que entrar em pânico por ter perdido um avião? Barcelona e Paris são mais ligadas pelo céu do que Cergy e Paris por trem. Pelo tom das mensagens, não muito afobadas, percebo que Olivier tentou acalmar a situação, não revelou nada para Margot e Laura. Obrigada, Oli! Já outra ligação me deixa surpresa. Florence tentou falar comigo e deixou uma mensagem na minha caixa postal.

Enquanto subo a Gran Via de las Cortes Catalanas, levo o celular ao ouvido. Flo berra a ponto de perfurar meus tímpanos.

Que merda é essa? Que boato é esse que a mentirosa da Charlotte está espalhando? Jean-Max nunca pegou aquela vagabunda! O gosto por ninfetas já passou há muito tempo. E, se você quer saber, a comissária com quem Jean-Max estava transando na cabine quando foi pego pela Irmã Emmanuelle era eu!

Florence terminou assim a mensagem. Não sei se devo ligar de volta. Sou obrigada a confirmar que nunca vi Charlotte e Jean-Max juntos, que a suposta relação secreta só me foi revelada por minha estagiária e que está claro que ela me manipulou desde o início!

Por quê?

Que outras mentiras Charlotte me contou?

Quem é essa comissária que pensei ser minha amiga?

Que papel ela tem nessa farsa assustadora?

Tenho que falar com ela. Charlotte é a chave. Em meu bolso, o celular toca nesse instante. Um único sinal.

Um SMS.

Anônimo.

Não vá para Jacarta.

42

1999

– NÃO VÁ PARA Jacarta!

Essas são as primeiras palavras de Olivier.

Voltei para Porte-Joie sem desconfiar de nada, cantando os pneus do carro no cascalho da entrada. Feliz. Luminosa. Levada pela euforia dos três dias de férias passados com Ylie, pela pressa de vê-lo outra vez alguns dias depois em Jacarta, pela vontade impaciente de abraçar Laura, de voltar para casa. Um refúgio de paz entre dois turbilhões. Estudei no avião um guia de Barcelona, para o caso de Olivier me perguntar.

Laura não está em casa para me receber. Normalmente, quando volto mais tarde, Olivier deixa que ela fique acordada. Adoro saber que ela fica me esperando no fim da trilha e que se joga no meu colo assim que eu estaciono.

A porta está aberta. O cheiro é estranho. Cheiro de água sanitária. Pedaços minúsculos de vidro estalam sob as solas de minhas sapatilhas. Reflexos estranhos de purpurina brilham nas paredes, no chão, nas cadeiras e até no sofá em que Olivier me espera. Com exceção desses detalhes inusitados, a sala está perfeitamente arrumada.

Em geral, quando volto para casa, Olivier me beija. Levo alguns longos segundos para interpretar o silêncio dele e alguns segundos a mais para notar o vazio na estante à minha frente. Dezenas de globos de neve sumiram.

Continuo andando. Pedaços de vidro invisível estalam a cada passo meu. O piso brilha, cheio de estrelas.

Olivier nem se dá ao trabalho de se levantar. Diante dele estão um copo e uma garrafa de água Perrier. Ele fala com uma voz calma, perfeitamente controlada:

– Onde você estava, Nathalie? Eu liguei para as suas amigas. Elas não estavam em Barcelona. Não estavam com você. Onde você estava, Nathalie?

Que idiota! Eu não avisei amiga nenhuma, nem Flo. Nunca teria imaginado que Olivier fosse entrar em contato com elas. Eu gelo por dentro. Queria ter 6 anos, estar na mesma situação, ser surpreendida depois de ter feito uma grande besteira, baixar a cabeça, pedir desculpas e saber que tudo seria esquecido. Tenho 33. Essa besteira nunca será esquecida. Isso não é uma besteira. É minha vida virando de cabeça para baixo.

Olivier faz perguntas de maneira lógica, sem nem esperar minhas respostas.

– Quem é ele? Eu o conheço?

Então entendo a purpurina e o vidro. Imagino Olivier desesperado, pegando cada um dos globos de neve e o jogando na parede.

– Você... você quer me deixar?

Eu o imagino permitindo que a raiva exploda e depois esperando. Varrendo os fragmentos quebrados das Torres Petronas e da Grande Muralha, do World Trade Center e do Monte Fuji. Limpando tudo e esperando. Ruminando tudo e me esperando.

– Nossa filha está dormindo aqui do lado... A gente ia ter outro filho, lembra? Imagino que não queira mais.

Ele bebe a água. Eu teria preferido encontrá-lo bêbado. Uma garrafa de uísque vazia. Ele pousa seus olhos azuis em mim.

– Eu te amo, você sabe.

Por um instante, me parece que o copo que ele está segurando terá o mesmo destino de minha coleção de globos de neve. Sua mão treme, mas ele a controla.

– Eu nunca prendi você, Nathalie... Nunca. Nunca impedi você de partir. Nunca...

Não sei se consigo segurar as lágrimas. Não sei se vou conseguir me manter de pé por muito tempo. Um barulho no segundo andar, um pequeno rangido do piso, me salva. Laura?

Subo a escada. Minha pequena está sentada na beira da cama, a boneca entre os braços.

– Ouvi você entrar, mamãe. Queria esperar você, mas o papai disse que eu estava muito cansada.

Pego a boneca de seus braços e abraço minha filha. Minha vontade é nunca mais soltá-la. Murmuro em seu ouvido:

– Tenho uma surpresa para você.

Um globo de neve! A Sagrada Família. Quase tenho vontade de pedir que ela o esconda, que não mostre ao pai, para que ele não o encontre e o quebre. Mas acabo me dando conta de como sou ridícula. Eu nunca poderia separar Laura do pai.

– Agora você tem que dormir.

Meu amor sacode seu novo tesouro, depois adormece quase imediatamente, antes mesmo que todos os flocos dourados tenham caído sobre a pequena basílica catalã. Eu me afasto, em silêncio. Abalada, perdida.

Desço a escada. Dez degraus. Teria adorado poder ficar uma hora em cada um. Um dia. Um ano. De quanto tempo eu precisaria para sair desse buraco em que caí? Nunca poderia viver sem Laura. E Laura nunca poderia viver sem o pai. E, mesmo que a gente chegue a esse ponto, de nos atacar diante de um juiz, nunca, com meu emprego de comissária e meus horários confusos, eu obteria a guarda da minha filha.

Dois degraus.

Olivier é o marido ideal, e eu, a mulher volátil. Aos olhos de todos. Mesmo aos meus.

Tenho que ficar ou perder tudo.

Tudo menos Ylian.

Cinco degraus.

Ylian. Quatro dias e três noites da minha vida. Um meteoro? Um parêntese? Basta fechar e o tempo se encarrega do resto. Daqui a um ano, dez anos, vinte anos, vou me perguntar se realmente vivi esses momentos, se minha memória não os inventou. De tanto olhar para o espelho do passado, vou acabar considerando ridícula essa Nathy perdidamente apaixonada por um quase desconhecido. Já idosa, compartilhando uma taça de vinho no sofá com Olivier, vamos acabar falando disso com leveza, daqueles dias em que quase o deixei, em que a casa estremeceu. Mas resistiu.

Oito degraus.

Não consigo. Não quero que essa chama se apague. Não quero acreditar que meu adultério seja tão banal que Olivier possa me perdoar. Não quero acreditar que, depois de ter chorado, sofrido e esperado muito, tudo vá se apagar e que dias, semanas se passem sem que eu volte a pensar em Ylian. Que serão necessárias coincidências inesperadas para que, durante uma viagem, eu me lembre dele.

Dez degraus.

Estou de novo na sala, caminhando sobre o vidro quebrado.

– O que você vai fazer, Nathalie?

Olivier tomou toda a Perrier. Sua maneira de se embriagar.

– Não sei... Preciso pensar... Preciso... ir para Jacarta... Só me deixe viajar. Uma última vez. Uma última vez, eu prometo.

– Não me prometa nada, Nathalie. É você quem tem que decidir.

43

2019

– NÃO VOLTE A Jacarta.

São as primeiras palavras de Olivier.

Está sentado no sofá. Diante dele há uma garrafa de uísque pela metade. Os globos de neve jazem despedaçados por toda a sala. Exatamente 139. Cento e trinta e nove viagens entre 1999 e 2019. Olivier não limpou nada. O sofá, as paredes, os móveis estão encharcados, o piso, grudento como se ele tivesse espalhado detergente, sem enxaguar. Olivier se cortou. O polegar direito sangra.

Eu ando com cuidado. A sala é um ringue de patinação repleto de cacos de vidro.

Liguei para Laura assim que meu avião pousou em Beauvais, menos de duas horas depois do deles.

– Qual foi a emergência, mãe? Foi alguma coisa séria? – limitou-se a perguntar. – Papai insistiu para que a Margot ficasse na minha casa hoje. Estou feliz. Ela está começando a se interessar pelo Ethan e o Noé.

– Não, nada grave. Até amanhã, meu amor.

Acho que os filhos não têm muita vontade de saber o que os pais escondem. Ao menos enquanto os pais estão vivos.

Depois de pegar um transfer e um táxi, cheguei a Porte-Joie menos de uma hora depois de Olivier voltar para casa. Ele molha os lábios no uísque, sem se virar para mim.

– Então ele voltou? – pergunta. – Ele reapareceu, o cara da andorinha? Você nunca esqueceu esse cara?

– Não, Oli. Não. Ele não voltou.

– Então o que está acontecendo, Nathy? Como você pode abandonar sua família? Tem alguma ideia do que suas filhas devem ter pensado?

Deixe as meninas fora disso, Olivier.

– O cara da andorinha, como você chamou, não estava em Barcelona. Ele está em Paris. No hospital de Bichat. Sofreu um acidente na avenida Ternes. Está entre a vida e a morte.

Olivier mantém sua posição.

– Você... você o viu?

– Não... Nunca. Nunca mais, em todos esses anos.

Ele empurra o copo de uísque com uma expressão de nojo.

– Bichat... Me esclareça uma coisa: você meteu a Laura nessa história?

Não respondo. Ele dá de ombros.

– Então que circo foi aquele em Barcelona?

– Lembranças... Uma peregrinação, se preferir. Uma série de coincidências estranhas...

Os olhos azuis de Oli se agitam contra sua vontade. Como se, no fundo, ele fosse incapaz de se chatear comigo. Entendo enfim por que ele ainda me ama, depois de tantos anos, depois de tudo que o fiz passar. Por causa do caos. Do inesperado. Do desconhecido. Sempre nos apaixonamos pelo que mais nos falta.

– Isso é estranho. Você está estranha já há algum tempo...

– Eu sei. Sinto muito, Olivier.

E sinto ainda mais por não poder contar nada além disso. Falar da pedra do tempo, listar as coincidências impossíveis, explicar que Ylian não foi vítima de um acidente... mas de uma tentativa de assassinato. Assim como eu.

Não posso contar mais nada porque agora suspeito de todo mundo, de todo mundo com exceção de minhas filhas, de todo mundo inclusive de você. Uma tentativa de assassinato – de quem suspeitamos primeiro? Do marido ciumento, não é? Mesmo que você não saiba os detalhes da minha história com Ylian, Oli. A menos que seja uma história maluca, bastava você encontrá-lo, se tornar amigo dele, fazê-lo falar, tentar matá-lo e tentar me deixar louca. Mas por quê? Por quê, depois de todo esse tempo?

Por fim, Oli esvazia o copo de uísque, depois chupa o dedo avermelhado. Seu olhar se apagou, como se um fantasma tivesse vindo assombrar sua alma.

– Não contei nada para as meninas, Nathalie. Quando você nos largou em Barcelona, há pouco, eu hesitei, mas não disse nada. Tive vontade de chorar na frente das minhas filhas, você tem noção? Cair aos prantos diante das minhas filhas e do babaca do meu genro. Quase desabei. Mas não falei nada. Nem para Laura nem para Margot. Mas... mas pelo menos Margot teria direito de saber.

Pronto... É aqui que Oli quer chegar.

– Não vai recomeçar com isso agora...

Engravidei de Margot em 2001, dois anos depois da minha fuga – é assim que Olivier chama minha traição. Ele sempre teve dúvidas. Não adiantou jurar, por mim e por Laura, que eu não havia voltado a sair com Ylian nem com nenhum outro homem, que só dormia com ele havia dois anos, que Margot com certeza era filha dele. A desconfiança de Oli nunca se dissipou totalmente. Isso não o impediu de amar a menina cegamente. Claro que não! Mas talvez o tenha impedido de me amar do mesmo modo, cegamente, desde então.

No entanto, Margot é sua filha mesmo, Oli! Às vezes, quando procuro desesperadamente um presente de aniversário para você, tenho vontade de oferecer um teste de paternidade. Faça, Olivier. Faça e acabe com essa obsessão!

Ele não responde. É estranho estar sozinha com ele em casa, sem Margot. Mas sabemos que, daqui a dois ou três anos, ela também terá ido embora e vamos acabar só nós dois. Como tantos outros casais da nossa idade, que devem aprender a envelhecer juntos. Ou rejuvenescer.

Dou mais um passo na direção dele, varrendo com a ponta do sapato os cacos de vidro.

– Quanto ao seu primeiro pedido, Oli, eu não vou para Jacarta. Ninguém vai para Jacarta. Todos os voos civis foram cancelados. Mas eu preciso, mesmo assim, ir até o Roissy, declarar que estou à disposição. Esse é o protocolo.

Ir até o Roissy. Encontrar Flo, Jean-Max e, principalmente, pegar de jeito a mentirosa da Charlotte. Estou cada vez mais convencida de que ela tem a chave para esse mistério. Aliás, não vou esperar para encontrá-la no aeroporto. Flo me mandou o número dela. Conseguiu com o pessoal do escritório. Ligar até que ela atenda será a primeira coisa que farei amanhã.

– Se é o protocolo...

Olivier pousa o copo de uísque e pega o controle da TV. Passeia pelos canais por um tempo. Depois larga o controle, desapontado.

Todos os canais falam apenas do tsunami na Indonésia.

IV

JACARTA

44

2019

Acordei cedo. Liguei o rádio antes de me vestir. Debaixo do chuveiro, ouço apenas pedaços de frases, palavras, *mortos, feridos, inundação, destruição, doenças, desabrigados,* números, *dezenas, centenas, milhares,* e alguns trechos mais longos quando me enxugo: *aquecimento global, tragédia anunciada, falta de planejamento.* Um novo tsunami, que já tinha sido catastrófico alguns dias antes, isolou Jacarta do resto do mundo por várias horas. Desde então, o socorro começa a chegar. A solidariedade internacional se organiza.

Olivier se levantou ainda mais cedo para trabalhar na oficina. Decidi preparar o café da manhã, como tentativa de restabelecer a paz. Margot volta para casa no fim da manhã. Laura vai deixá-la antes de começar o plantão no Bichat. Teremos a chance de tomar café todos juntos. Pensei mesmo em caminhar até a mercearia para comprar pão e manteiga fresca, ovos de granja e queijo.

Será minha chance também de telefonar. Gravei no celular o número de Charlotte. Obrigada, Flo! Quero entender por que essa menina inventou que estava dormindo com o comandante. Desde a série de coincidências inexplicáveis, estou convencida de que alguém próximo de mim está mentindo. Charlotte é a principal suspeita! Ou, ao menos, é a primeira pista que posso seguir.

Colo o celular ao ouvido, acompanhando os muros e o pombal da Mansão de Porte-Joie. Faço esse passeio quase toda semana há quase trinta anos e não me canso da beleza dessas velhas pedras que margeiam o rio. O Sena fez seu trabalho há milhões de anos e criou cerca de dez ilhotas cheias de vegetação, perfeitamente embutidas nas curvas estreitas do rio. Ele pode descansar agora, correr lentamente. É tarefa dos homens substituí-lo e cuidar das mansões, chácaras e moinhos dispostos em suas margens. E eles fazem isso muito bem aqui.

Deixo o telefone tocar. Por muito tempo.

• • •

Assim que o celular toca em seu bolso, Charlotte reconhece o toque.

"Let It Be".

Ela na hora sabe quem está ligando.

Mas não atende. É complicado.

Não consegue nem pegá-lo.

Suas mãos estão algemadas! Os pés, atados. A boca, amordaçada.

Seu corpo foi erguido, retorcido, jogado como um saco no porta-malas de um carro que agora está em movimento. Charlotte não sabe quem a sequestrou, não sabe para onde está indo. Apenas uma intuição se torna uma obsessão. Uma certeza nascida do silêncio de seu agressor, de seu sangue-frio, de sua determinação calma.

Ela foi sequestrada e será morta.

45

2019

LIGA, LAURA, LIGA!

Olho para o relógio no meu pulso, depois para o da cozinha, em seguida pego o celular, que está em silêncio, sem mensagem nem ligação, nada além de mostrar a hora.

13h03

Laura ia me ligar antes da uma da tarde. Depois disso vou para o aeroporto, avisei a ela. Quero saber! Quero saber antes de ir embora, mesmo que exista uma grande chance de ficar à espera no Roissy, devido à situação em Jacarta, e voltar para Porte-Joie antes do anoitecer.

Aliás, foi o que falei para Olivier. Ele está montando um quarto infantil no ateliê. Um lindo conjunto de cama, cômoda e mesa de cabeceira em cerejeira, decorado com desenhos africanos, girafas e elefantes entalhados. Olivier é muito talentoso.

Arrumo a cozinha no modo automático. Lava-louça vazio, potes de plástico empilhados no freezer, legumes descascados na gaveta da geladeira. Como sempre, quando viajo por muitos dias. Só por garantia...

Estou me ocupando! Verifico os números vermelhos brilhantes do relógio do forno e do micro-ondas. Para não contar os minutos que passam, conto o número inconcebível de aparelhos que mostram as horas em uma cozinha.

Liga, Laura, liga!

Hoje os cirurgiões vão decidir.

Laura me explicou tudo ontem, enquanto Olivier lia no andar de cima. Ylian vai passar por uma bateria de exames hoje de manhã. Anestesia geral, depois tomografia, ecocardiografia, fibroscopia, mediastinoscopia. Depois, os médicos vão decidir se podem operar.

E se não puderem?

Laura não respondeu, e isso foi pior do que a pior das mentiras.

Ainda assim, ela tentou me tranquilizar antes de desligar. Vai ficar tudo bem, mãe. Eu ligo amanhã. Os resultados dos exames devem sair no fim da manhã.

13h04

O telefone é a pior das invenções! Ele promete que todos vão estar acessíveis o tempo todo, em qualquer lugar, todo ser humano em qualquer ponto do planeta, mas é mentira. As pessoas não ligam quando têm uma notícia ruim para dar, não atendem quando têm algo a esconder.

Faz dois dias que estou tentando falar com Charlotte. A cada duas horas mais ou menos. Enchi sua caixa postal de mensagens. Nenhuma resposta! Aliás, Flo e Jean-Max também não estão atendendo, se fazendo de mortos. A ligação vai direto para a caixa postal de Flo sempre que tento falar com ela, como se tivesse desligado o celular definitivamente.

Margot entra na cozinha, abre a geladeira, come dois tomates-cereja e um rabanete sem notar as folhas caídas a seus pés. Sem me notar também, concentrada no celular. Mais uma prova de que é a pior das invenções! Margot agora já foi para a sala de jantar, levando um saquinho de queijo ralado, do qual pega um punhado antes de dar meia-volta, impressionada.

– Caramba! Vocês jogaram fora todos os globos de neve?

Margot reparou no espaço vazio nas prateleiras? Que milagre! E eu que achava que poderia pintar a casa de rosa e ela não notaria. O fato de o desaparecimento da minha coleção afetá-la me emociona. Isso antes que a idiota acrescente:

– Finalmente! Aquilo era muito brega!

Filha ingrata!

E vai embora, rindo, antes que eu arremesse o pano de prato nela.

13h05

Liga, Laura, liga!

Cato as folhas, ligo a TV. Jornalistas se enfiam entre as ruínas do porto de Jacarta. Atrás dos barcos naufragados sobre os diques de concreto, das pilastras arrancadas e decks de bambu destruídos, das cadeiras, mesas, motos e as famosas *becaks*, aquelas bicicletas-carrinho indonésias, boiando nos corredores inundados das últimas construções ainda de pé, atrás disso tudo reconheço as janelas do hotel Great Garuda; quebradas. Espanto. Dor. Os repórteres estendem o microfone a turistas francófonos diante de enormes construções arrasadas, falam de cinquenta franceses nessa situação. Isso me irrita um pouco diante dos milhares de mortos indonésios, dos milhares de refugiados. Depois os jornalistas mudam o tom e mencionam a ajuda internacional que está sendo organizada, a disposição singular de ações em solidariedade, ONGs, instituições, artistas...

Não ouço Olivier entrar na cozinha. Só o noto quando ele abre a geladeira para pegar água. Está suando, com serragem no cabelo de ébano e freixo (outros diriam grisalho). Sempre achei que Oli ficava bonito ao sair assim da oficina, antes do banho, antes de voltar a ser um homem comum que se esparrama no sofá ou lê o jornal de cabo a rabo. Aquele breve instante em que meu homem da floresta deixa sua cabana, sem ainda ter se conectado de verdade com o mundo.

Nós dois temos os olhos fixos na tela. Não conversamos muito desde a noite em que voltei de Barcelona. Olivier limpou os cacos de vidro e a purpurina em silêncio, antes que Margot voltasse para casa. Quando subiu para se deitar ao meu lado na cama, nós dois nos esforçamos para pedir desculpas. Reconheci que deixá-los no aeroporto tinha sido um capricho de menina mimada. Olivier jurou que se arrependia de ter quebrado minha coleção, que tinha sido idiota, que, para piorar, eu teria que voltar a rodar o mundo para recuperá-la! Que tinha punido a si mesmo.

– É porque eu te amo Nathalie. Porque te amo.

Não conversamos muito, mas trocamos beijos, mais beijos que palavras. De manhã, nos perdoamos. Apesar das minhas perguntas. Apesar da minha desconfiança.

– Acho que nenhum avião vai para Jacarta – digo, observando as imagens da devastação.

Olivier parece consternado com a violência do mundo. Quando não é a humanidade, é a natureza. E, em sua cabeça, sei que ele compara o desequilíbrio das zonas quentes do mundo com a harmonia do nosso pedacinho do paraíso, um velho rio calmo, colinas arredondadas, uma casa sólida e um casal tranquilo.

13h06

– Espero que não – responde ele. – Espero que não. Esse planeta está louco.

A reportagem se estende ao falar dos carregamentos humanitários, com suprimentos e garrafas de água espremidos nos grandes cargueiros militares, transportados por homens de farda. Começo a comentar, a dizer, *Está vendo, Oli, nós mandamos soldados em caso de crise, não comissárias de bordo*, quando o celular toca em meu bolso.

Laura!

Atendo tão rápido que não tenho tempo nem de estremecer, nem de me preparar.

– Papai está aí perto?

A voz dela me faz gelar. Não é a da minha filha, é a voz de uma enfermeira. De uma profissional tão afiada e precisa quanto um bisturi.

– Hã... sim.

– Então vá para longe dele, mãe. Vá caminhar um pouco. Saia daí.

Me deixe um pouco de você
Uma migalha, uma medalha
Uma partícula, uma molécula
Um pedacinho do seu coração

Uma ruga, antes da fuga
Uma parte do seu sangue
Só uma gota para cumprir a cota,
Para minha bancarrota

46

1999

Os trezentos quartos do Great Garuda de Jacarta são quase todos iguais: mesma cama king size, mesma escrivaninha de madeira envernizada cheia de tomadas, mesmo espelho diante do chuveiro em modelo aberto, mesma porta-janela.

No entanto, por trás das paredes de vidro, a ilusão de estar sozinho no mundo é perfeita. Adoro essa sensação de dominar toda a cidade, de poder observar cada luz, cada sombra, cada mínimo movimento de cada ser vivo. De conduzir, como um maestro, a coreografia anárquica invisível.

– Eu sempre me pergunto para onde vai essa gente toda…

Estou em frente à janela do quarto 248 do Great Garuda, vestindo um robe fofinho nas cores azul e dourada do hotel. Podemos comprá-lo por 80 dólares. Vale o dinheiro. Nunca vesti nada tão quentinho. Estou falando sozinha, sem ousar olhar para Ylian. Do outro lado do vidro, o Monumento Nacional parece tão próximo que dá a sensação de poder tocá-lo. A delicadeza do grande obelisco branco, plantado na enorme base de concreto, combina com a floresta de prédios gigantescos que o cercam, de todas as alturas e todas as formas. Milhares, talvez milhões de janelas, entre as quais se esgueiram rios de carros, serpenteando até o mar.

– Passo todas as noites fazendo isso, Ylie. Observando as luzes da cidade. Escolhendo uma janela iluminada, uma única, e imaginando quem vive lá. Acompanhando um carro, uma silhueta que sai do metrô, um homem que espera um ônibus. Imaginando a vida dessa pessoa. Será que está voltando para casa? Indo trabalhar? Mil vidas, dez mil vidas que se cruzam. Como vaga-lumes. Cada uma tem sua história. E eu sou apenas mais um desses pequenos insetos, atrás de uma janelinha iluminada, que também pode estar sendo observada por alguém. Ou ninguém. Essa é a minha vida, Ylie. Minha vida de antes. Esperar em um quarto de hotel na Indonésia, na Austrália ou no Chile. Viver em movimento. Buscar o sono e não o encontrar. Ouvir música deitada, observando a luz vermelha que pisca no detector de fumaça, bem acima da cama. A mesma em todos os hotéis do mundo. Me levantar quando começo a enlouquecer, fumar um cigarro à janela, acompanhar com os olhos um ou dois vaga-lumes, depois voltar a me deitar. Esperar o sono. Era minha vida de antes, Ylie. E vai ser minha vida depois.

Lágrimas correm de meus olhos. Não as seguro. Não as enxugo. Afasto a mecha, que me cai sobre os olhos para que as lágrimas não tenham onde se prender. Ylian está deitado na cama. Também tem os olhos vermelhos, tão vermelhos quanto a luz que pisca no teto. Ele usou, de forma desajeitada, o cabelo comprido para enxugá-las. Os cachos úmidos chovem em seus ombros. Ele parece Jesus Cristo, ou João Batista, ou qualquer um desses santos andróginos, belos e frágeis. É a primeira vez que um homem me oferece suas lágrimas. Nunca vi meu pai chorar, nem mesmo Olivier. A primeira vez. Uma noite…

… e tantas últimas vezes.

A última noite que tenho Ylian em meus braços. A última vez que seu olhar pousa sobre mim. A última vez que não me sinto mãe, nem esposa, nem presa; apenas mulher. A última vez que me sinto bela, natural, imortal, viva, vibrante, em comunhão com meus desejos mais íntimos. A última vez que todos os planetas se alinham, que todo o universo se encontra de repente em harmonia, do infinitamente grande ao infinitamente pequeno, cada milímetro de minha pele, cada gota de meu sangue, cada microcélula de meus órgãos vitais. A última vez que sou livre, a última vez que fazemos amor.

De um jeito ruim dessa vez. Preocupados demais em fazer com que seja perfeito. Rápido demais. Assustados demais com o buraco que se abre sob nossos pés. Nos lançamos um para o outro. Esfomeados. No quarto 248 do Great Hotel Garuda. Aflitos, depois das mensagens trocadas.

Meu marido sabe de tudo! Não estou nem aí. Quero ver você. Uma última vez, Ylian. Uma última vez. Vou para Jacarta. Eu nem pensei, não dei opção a Olivier, muito menos a Ylian. Parecia inconcebível não voltar a vê-lo.

Uma última vez.

Achei que eu fosse forte. Com certeza era a melhor ideia, não havia nenhuma outra possível, guardar a imagem de uma última noite, um último beijo, como fazemos quando visitamos alguém que amamos e que está prestes a morrer. Guardar um último abraço, gravar uma última conversa, carregar comigo um último aroma.

A melhor ideia? A pior? A única?

– Como vai ser, Ylian? A vida sem você?

Ele não responde. Mas sei a resposta.

Nada, Ylian. Nada.

Uma súplica fica travada em minha garganta. Uma súplica sobre a qual refleti longamente por três dias.

Se me pedir para fugir com você, eu fujo, Ylian. Se me pedir para ficar com você, eu fico. Eu seria capaz se me pedisse, se me suplicasse, se desqualificasse Olivier e me jogasse na cara que ele não me merece. Mesmo se atacasse Laura, me sacudindo, não podemos estragar nossa vida por uma criança, uma criança que daqui a dez anos vai xingar você, que daqui a 15 anos vai abandonar você. Talvez, se Ylian fosse diferente, um babaca, um amante egoísta e determinado, talvez tivesse me convencido de abandonar tudo por ele. Mas, se Yl fosse esse cara, será que eu o amaria?

Ele brinca com os lençóis da cama. Vestiu uma cueca. Seu pudor já nos afasta.

Amaldiçoo sua covardia ao mesmo tempo que agradeço por ela.

Não somos como esses casais que conseguem ser felizes deixando um rastro de desgraça para trás. Que podem fugir rindo, depois de terem provocado um incêndio. Nós dois sabemos disso. Somos melhores que isso. Valemos mais! Mas uma oração martela em minha cabeça.

Eu imploro, Ylian. Cometa uma loucura, exija isso de mim! Não deixe nossa história acabar assim.

– É melhor a gente não conversar pelo telefone, Nathalie. É melhor a gente não se escrever. É melhor a gente não se ver mais. Sob pretexto nenhum. Me prometa isso, Nathalie! Prometa!

Não prometo nada.

Estremeço em meu robe de 80 dólares.

– Por quê, Ylian?

– Você sabe tão bem quanto eu. Não temos escolha. Temos que varrer tudo, destruir tudo, apagar tudo. Se sobrar uma pequena brasa que seja, o fogo vai reacender.

– ...

Por favor, Ylian. Invente uma separação à altura da nossa paixão.

– Temos que acabar com qualquer esperança de nos vermos. Por que você acha que enterramos as pessoas, Nathy? Que jogamos pó nos caixões antes de cobri-los de terra? Por que acha que aguentamos isso: nossos amigos, nossos amores, nossos pais, nossos filhos em um buraco? Para ter certeza de que não vão voltar. Para ter certeza de que acabou. Para não viver com essa loucura na cabeça. E se ainda tivermos esperança de revê-los? O que é impossível não deixa ninguém infeliz. Só sofremos com o que é possível mas não acontece nunca. Então precisamos ter certeza. Nathalie, não podemos dar nenhum sinal de vida um ao outro, nunca! Você me promete isso?

Contemplo pela janela a noite cair na cidade. As palmeiras, tão baixas quanto tufos de grama aos pés de prédios-cogumelos, se reduzem primeiro a jogos de sombras, antes de mergulhar na escuridão. Depois desaparecem as vielas, as casas baixas, os canteiros. Apenas o céu ainda está iluminado. As janelas se acendem uma após a outra. Pouco a pouco, a cidade se torna galáxia. Uma galáxia moderna em que as estrelas vêm se reunir. Milhares de vaga-lumes. Milhares de vidas. Quantas, quantas delas já amaram? Amaram de verdade?

– Não posso imaginar minha vida sem você, Ylie.

– Você vai estar na minha vida, Nathalie, e eu estarei na sua. Estarei em cada acaso que fizer você se lembrar de mim e você vai estar em cada avião que eu vir decolar, em cada quarto de hotel em que dormir, em cada show, em cada acorde de violão... O mundo só vai falar de você para mim.

– Isso não vai me bastar...

– Vai, sim. Você tem uma família, uma filha. O tempo vai passar e isso vai bastar.

Yl tem razão. E eu o odeio por ter razão. Eu o odeio por ter sido o amante mais inesperado e não ter nada a me propor pela separação, a não ser essa maldita racionalidade.

– E para você? Isso vai bastar?

– ...

Por um instante, imagino o pior. O que Yl está me propondo é seu sacrifício. Ele está se retirando. Está se apagando porque me ama. Silêncio completo. Para que Yl fique livre para sofrer. Se destruir. Se matar.

Pergunto uma segunda vez:

– Viver com fantasmas vai bastar para você?

Ylian leva um longo tempo para me responder. E, no fim, não responde. Pega o cardápio do restaurante chique do hotel na mesa de cabeceira. Ele o consulta, depois sorri.

– *Sarang Walet* – pronuncia, em voz alta. – Eu sabia que iam ter. É o prato típico do país.

Não entendo.

Sarang Walet?

– *Sarang Walet* – repete Ylian. – O prato mais refinado que há. Vamos descer, Andorinha. Vamos comer, beber, aproveitar.

Não me mexo.

– Eu tenho uma família, Ylian. É tudo que me resta. E para você? O que resta?

Yl veste uma calça, uma camisa branca, depois se vira para mim. O tecido cai em seu torso nu.

– Jure para mim, Nathalie. Jure que nunca mais vai tentar me ver. Então vou propor um contrato. Um contrato que nenhuma mulher nunca aceitou assinar. Porque, para assinar algo assim, é preciso amar como ninguém nunca amou.

47

2019

Eu margeio o rio, andando pelo caminho de sirga em direção ao sul, como vi Margot fazer tantas vezes, sempre que o celular toca. Ela anda, o celular colado à orelha, se afastando de casa durante todo o tempo da conversa e, por fim, desliga e volta pelo caminho devagar, absorvendo as palavras de uma amiga ou um namorado. Antes de voltar a suportar a realidade.

– É a Laura – expliquei para Olivier antes de me afastar.

Não sei direito se Oli ficou mais tranquilo ao ver que eu me afastava para falar com minha filha sem que ele pudesse ouvir.

Passo a ilha do Moinho e paro um pouco mais adiante, na altura de um banco de pescadores, diante de um píer de madeira do qual restam apenas três pilares. É o primeiro lugar em que se pode sentar diante do rio sem ser visto da casa.

– Tudo bem, Laura – falo com a voz abafada. – Estou sozinha.

É verdade, com exceção de Geronimo e seus filhotes, que me observam com desconfiança. Laura não diz nada. No entanto, ela com certeza sabe o resultado dos exames de Ylian... Uma angústia horrível me sufoca. Se Laura tivesse recebido notícias tranquilizadoras, teria falado sem hesitar. Aumento o tom de voz, tentando desfazer o nó na minha garganta.

– E aí? O que os médicos disseram?

– Você… você tem que vir ao hospital, mãe.

É… Faz oito dias que eu teria que ter ido. Mas eu jurei, Laura. *É melhor a gente não se escrever. É melhor a gente não se ver mais. Sob pretexto nenhum. Me prometa isso, Nathalie! Prometa!*

Minha voz falha. Tento reunir o que me resta de autoridade. E de dignidade.

– Por favor, Laura. Responda. O que eles disseram?

– Venha ao Bichat, mãe. Não posso contar pelo telefone.

Eu desabo no banco. Geronimo nada, seguido pelos filhotes, entre os pilares do píer de madeira. Meus pensamentos se chocam uns nos outros. Claro, cem vezes, mil vezes, eu quis quebrar aquele juramento. Mas sempre que pensava em rever Ylian, era no terraço do prédio mais alto de uma cidade grande, diante do mar, em um bar, em uma varanda ensolarada, em uma clareira escondida na floresta, no meio da multidão, disfarçados… Não em um quarto branco em meio a um enxame de enfermeiras indiscretas. Com o rosto inchado. O corpo cheio de tubos…

– É impossível, querida.

Outra coisa me impede. E não posso confessá-la a Laura. Tenho ainda mais medo de confessar a mim mesma. Um fantasma que seria impossível encarar.

– Mãe, por favor…

Deixo o olhar deslizar pela superfície da água. Quantos destinos o Sena viu, com o passar dos séculos, se traçarem em suas margens? Pescadores afogados, camponeses esfomeados, mercadores perdidos, soldados fuzilados, amantes desesperados?

Sinto falta da pedra do tempo. Tenho vontade de pegar um seixo branco. Meu tom de voz se torna ainda mais severo. Os três pequenos cisnes soltam gritos de medo e se escondem sob as asas de Geronimo.

– Olha só, Laura. Ainda não sou uma vovó senil a quem ninguém tem coragem de dizer que ela tem que ir para o asilo. Então me conte logo essa droga de diagnóstico.

– …

– Quando ele vai ser operado? Posso passar no hospital depois… Prometo que vou.

Começo a me convencer da ideia. Quebrar o juramento. Rever Ylian. Mesmo reduzido, mesmo ferido. Especialmente se estiver assim. Não tenho mais nada a esconder de mim mesma. Oli entendeu tudo, soube de tudo. Anos de ambiguidade destruídos e varridos junto com a coleção de globos de neve. Talvez Olivier e Ylian possam até se entender. São parecidos, à sua maneira. Talvez um marido aceite perdoar seu rival quando tudo está acabado. Um orgulho para ele: ela escolheu a mim! Imagino Ylian tocando violão na varanda de ipê às margens do Sena e Olivier mostrando a oficina para ele. A ideia me diverte – tão absurda quanto sublime.

– Não vão operar, mãe.

Tenho a impressão de que o Sena para de correr. Todas as águas retidas. Por alguns segundos, antes que uma onda venha e se quebre, levando tudo: margens, bancos, barcos, casas, transeuntes, mulheres, homens, crianças, passado, presente.

– Seu amigo não pode ser operado. Os ferimentos não apresentaram evolução. As pleuras estão inundadas. A caixa torácica foi perfurada. Acham que ele teve uma hemorragia pulmonar. Os lobos médios e inferiores voltaram a sangrar. Ele... ele... vai morrer.

• • •

– Estou indo, Oli. Para... para o Roissy...

Não sinto mais as pernas, não sinto mais as palavras, não sinto mais as mãos. Não sei se elas vão conseguir segurar o volante.

Ylian. Vai morrer.

Depois que Laura desligou, voltei como uma sonâmbula pelo caminho de sirga. Peguei a bolsa, a chave do carro e, sem dúvida, não teria forças para avisar Olivier se ele não estivesse plantado à porta.

– O... o protocolo, Oli... As comissárias têm... que ficar à disposição... mesmo... se nenhum voo sair... para... para Jacarta.

Olivier não acredita no que digo. Não faço nenhum esforço para que acredite. Mesmo que, dessa vez, esteja dizendo a verdade. Laura falou comigo com carinho – venha com calma, mãe, venha com calma, seu amigo recebeu uma anestesia geral, não vai poder receber visitas por pelo menos três horas. Decidi ir ao Roissy primeiro, esperar um pouco lá e depois ir até o Bichat.

– Achei que a gente tivesse parado de mentir um para o outro, Nathy. Por que não diz simplesmente que vai encontrar o cara da andorinha?

– Não vou me encontrar com ele.

– Por que não iria?

– Porque… porque ele vai morrer, Olivier. Só tem mais alguns dias de vida… Ele…

Estranhamente, Olivier não parece surpreso. Talvez meu rosto abalado, meus passos de múmia tenham me traído.

– Quem te avisou?

– O hos… O hospital me ligou e…

– Pare de mentir, Nathalie. Por favor.

– Laura. Laura me ligou.

Olivier não comenta nada. A verdade basta para ele.

Mas ele teria muito a dizer.

A acusar. Por que meteu nossa filha no meio desses segredos, quando eu nunca contei nada a ela?

A perdoar. Esse cara quase acabou com a nossa vida. Então pode ir, Nathalie. Vá se despedir dele.

A triunfar. Estou aqui, Nathalie. Ainda estou aqui. Quando todos os outros tiverem ido embora, eu ainda estarei aqui. Com você.

Olivier me deixa passar. Entro correndo no carro e consulto os números iluminados do painel.

13h51

Oficialmente, devo decolar daqui a duas horas para Jacarta.

As imagens das ruas do centro transformadas em canais, turistas aflitos entre os escombros e as vidraças do Great Garuda varridas pelas ondas me tomam por completo.

48

1999

A JANELA ENVIDRAÇADA DO restaurante do 11º andar do Great Garuda oferece uma vista maravilhosa da baía de Jacarta, da floresta de palmeiras pontuada por casas de pescadores, cheia de telhados piramidais dos tempos budistas e taoistas, todos protegidos do mar apenas por uma fina faixa de areia branca onde brincam diversas crianças. Nenhuma colina, nenhum quebra-mar. Tenho a impressão de que uma onda qualquer poderia inundar a cidade e que só os moradores que vivem nos prédios seriam poupados.

Uma tempestade violenta atingiu Jacarta, como na maioria das noites, depois foi embora, quase com a mesma rapidez que chegou. O calor equatorial se encarregou de secar as ruas, as calhas, as vitrines e terraços com piscinas. A circulação foi retomada. Milhares de motoqueiros estão nas ruas. Mas não os turistas, que se limitam a circular por hotéis internacionais e shoppings com ar-condicionado.

Das cerca de cinquenta mesas do restaurante, menos da metade está ocupada e quase todas por homens, quase todos engravatados, quase todos asiáticos, com exceção de alguns ocidentais, uma gradação infinita de empresários indianos, malaios, coreanos, japoneses e chineses que me surpreendo ao distinguir facilmente pelo tamanho, pela elegância e pelo nível de descontração. A vista romântica para a baía me parece ter dispensado os gerentes do Great Garuda de concentrarem os esforços na decoração de interiores. Carpete kitsch com desenhos de hibiscos lilases, grande aquário fosforescente, televisões imensas, uma para passar esportes e outra para o karaokê, um cheiro distante de fritura.

E, obviamente, uma mesa bamba.

Um garçom nos traz dois cardápios, com capa de couro e decorados com um Garuda maravilhoso, o pássaro mítico da Indonésia. Ylian não os abre. Ele segura o garçom com um sorriso e pede, com um tom confiante:

– *Sarang Walet*. Dois.

Arregalo os olhos. O garçom percebe e, para minha grande surpresa, me explica em um francês quase perfeito:

– São ninhos de andorinha, senhorita.

Ninhos de andorinha?

Enquanto o garçom se afasta, meus olhos ficam ainda mais agitados. Nunca comi isso, mas conheço a fama dessa especialidade asiática. O suprassumo do luxo oriental! Reza a lenda que os homens os colhem em falésias acima do mar, ou na selva, correndo risco de vida... O problema é que esse tesouro raro, com supostas propriedades afrodisíacas, é vendido a 10 mil francos o quilo! Mesmo aqui na Indonésia, que é o maior produtor mundial.

Ponho a mão sobre a de Ylian.

– Não, Ylie. Esse prato custa uma fortuna. Um mês de salário por uma sopa de penas.

– Se está falando do meu salário, pense em anos então!

Meus dedos se enlaçam nos dele.

– É um gesto lindo, Ylian. Um ninho de andorinha para a sua Andorinha. Muito romântico. Parabéns. Mas não, é demais.

– É um presente!

Olho fixamente para ele, ainda mais inquieta. Prefiro as invenções, gratuitas e únicas, que Ylian tira da imaginação.

– Não quero um presente assim.

– Não sou eu que vou dar.

Não estou entendendo. O olhar de Ylian me guia. Passa por cima de meu ombro para se perder a uma dezena de mesas de distância. Eu me viro, sigo a direção de seu olhar até parar... em Ulisses! Ulisses Lavallée. Sentado junto com três asiáticos de terno cinza, quase tão corpulentos quanto ele.

– Foi ele quem arranjou esse emprego para mim – explica Ylian. – Ulisses é muito esperto. Acho que não tem muito mais dinheiro do que eu, mas vai de esquema em esquema. Para tocar em hotéis de todo Sudeste Asiático, Indonésia, Malásia, Tailândia, ele me ofereceu um salário miserável, mas negociou bônus em produtos. Cama, mesa e banho!

Pelo canto do olho, vejo Ulisses engolir um prato de frutos do mar piramidal.

– Ele também está aproveitando!

– É – reconhece Ylie. – E se eu continuar tocando em todos os pianos-bares do mundo, de San Diego a Bornéu, com um bufê liberado, vou ficar tão obeso quanto ele.

Forço um sorriso. Yl se inclina na minha direção e murmura:

– Agora você entende... por que não pode nunca mais tentar me ver.

Admiro seus esforços desesperados para tornar tudo mais simples. Sinto vontade de chorar, me levantar, voltar para o quarto. De me deitar ao lado dele e não pronunciar mais nenhuma palavra pelo resto da noite. Apenas amá-lo.

Mas não me mexo. Então murmuro:

– Me fale sobre esse contrato. Esse contrato que nenhuma mulher nunca aceitou assinar.

– Porque, para isso – completa Ylian –, seria preciso amar como ninguém nunca amou.

Gosto tanto de nossa ternura desencantada. Nossa delicadeza de continuar fingindo enquanto tudo desaba ao nosso redor. Como se fôssemos personagens de um filme. Tudo que vivemos é tão mais forte do que nossas vidas...

– Eu te amo, Ylie. Eu te amo como ninguém nunca amou.

Yl não responde. Eu o analiso da cabeça à cintura, o tronco coberto pela camisa branca. Fantasiado de pinguim perdido na linha do Equador, entre empresários rechonchudos.

Por mim.

Yl só aceitou essa turnê medíocre pela Ásia, com a vestimenta obrigatória, por mim.

Aqui, comigo, ele já não é muito ele mesmo. Está perdendo seu charme. Como um pássaro amazônico em uma gaiola. Ylian é um saltimbanco. O do Chicano Park, o das Ramblas.

O garçom não voltou. Terá ido colher ninhos de andorinha no alto das falésias de Uluwatu? Talvez tenha despencado lá de cima. Lágrimas brotam no canto de meus olhos. Pego um guardanapo branco, as enxugo e, sem pensar, em vez de colocá-lo sobre os joelhos, o guardo na bolsa. Adorei a imagem de pássaro impressa no tecido, o bico torto, o olhar orgulhoso e livre. Acho que gostaria de guardar cada instante desse momento. Roubar também o garfo, a faca, o saleiro. Sei que ninguém, nunca mais, depois dessa noite, me chamará de Srta. Andorinha. Talvez daqui a alguns anos, em nosso vigésimo aniversário de casamento, Olivier me leve para jantar em um restaurante de carne de caça que sirva castor. Fico surpresa de conseguir ironizar.

Estendo a mão para Ylian outra vez. Ele a pega. Algo me falta, algo que não consigo definir. Não é o sorriso dele. Nem seu olhar. Nem a melancolia. Uma última coisa a roubar. Nossos dedos dançam. Continuo tentando entender o que torna nosso adeus incompleto. Meu olhar observa cada detalhe do salão do restaurante, antes de, por fim, entender.

Pela primeira vez desde que nos tornamos amantes, nenhuma música nos acompanha.

Com carinho, pergunto:

– Você vai tocar, Ylian? Vai tocar uma última vez para mim?

Yl faz carinho em minha mão e se levanta.

Há um piano preto em um canto do restaurante, entre o aquário e a televisão do karaokê. O instrumento de trabalho de Ylian. Onde, quase todas as noites, ele toca os clássicos do jazz, do blues, do rock. Os clássicos dos outros.

Ylian se dirige ao piano e Ulisses o acompanha com o olhar. Preocupado. Não está na hora! Mas Ylian não está nem aí. Ele para e ajeita a boina escocesa vermelha, para mim, só para mim. Meu Deus, como ele é lindo. Então abre o piano.

Ele também sabe tocar esse instrumento.

Na hora, percebo que Yl está improvisando. Ao menos a música. A letra, que Yl sem dúvida vem traçando há muito tempo, se espalha sobre uma melodia que nasce de seus dedos. Um tipo de transe que só acontece em certas circunstâncias. As notas chamam outras palavras. As palavras, outras notas.

O falatório do salão, uma leve névoa de ruído, não cessa. Os chineses e malaios falam sem ouvir, riem.

Eu só ouço Ylian.

Piano e voz.

O garçom, muito animado, traz os dois ninhos de andorinha. Eu não toco neles.

Ainda hoje não sei que sabor têm.

Ylian tocava. Tocava e cantava. Apenas para mim.

Quando o dia tiver nascido,
Quando os lençóis estiverem lavados,
Quando os pássaros tiverem voado
Da clareira onde nos amávamos
Nada restará de nós

Quando nossas ilhas estiverem inundadas
Quando nossas asas estiverem baixadas
Quando a chave estiver enferrujada
Das riquezas vasculhadas
Nada restará de nós

Me deixe um pouco de você
Um pedaço, um traço, uma pétala da sua flor
Uma migalha, três medalhas, um pedacinho da sua cor

Quando jogarmos a serpentina
Nas lixeiras da rotina
Quando lançarmos meu destino
Na sua manhã repentina
O que restará de nós?

Quando guardar toda minha nudez
Sob roupas empilhadas com rapidez
Quando deixar a guerra prometida
Pela paz das mulheres submetidas
O que restará de nós?

Me deixe um pouco de você
Um pedaço, um traço, uma pétala da sua flor

Uma migalha, três medalhas, um pedacinho da sua cor
Um mergulhar no seu olhar
Uma deixa da sua queixa
Só uma gota para cumprir a cota,
Para minha bancarrota, só uma gota

Quando nossos sentidos forem proibidos
Das nossas meias-noites banidos
Quando nossos arroubos forem malditos
Quando nossos ditos forem roubados
O que restará de nós?

Quando houver apenas distância, quando houver
apenas ausência, quando nada tiver importância,
quando os outros tiverem ganhado, quando você tiver
se afastado, quando não houver mais nós,
quatro paredes de todos a sós, mas o céu baixo demais será,
quando você não mais estará,
O que de mim restará? O que de você restará?

Me deixe um pouco de você
Um pedaço, um traço, uma pétala da sua flor
Uma migalha, três medalhas, um pedacinho da sua cor
Uma ruga, antes da fuga
Uma parte do seu sangue

Quando nossas últimas voltas no carrossel
se tornarem as primeiras brigas cheias de fel,
Quando o voo das asas de nosso coração
desabar com o peso de nosso medo ao chão,
Quando nossos risos forem levados
Quando nossos suspiros forem abafados
O que restará de ontem?

Quando nossos buquês de verões anteriores
se tornarem flores secas de dissabores,

Quando o fogo de nossas noites insolentes
forem apenas insônias ambivalentes,
Quando as brincadeiras das manhãs preguiçosas
forem apenas madrugadas pesarosas,
Quando a fome pelo que é terno
for apenas um fim eterno
O que restará amanhã?

Me deixe um pouco de você
Um pedaço, um traço, uma pétala da sua flor
Uma migalha, três medalhas, um pedacinho da sua cor
Um mergulhar no seu olhar
Uma deixa da sua queixa
Só uma gota para cumprir a cota,
Para minha bancarrota, só uma gota
Um pedaço do seu abraço
Uma fatia da sua alegria
Uma migalha, uma centelha
Uma partícula, uma molécula
Um pedacinho da sua cor
Uma migalha, três medalhas
Uma pétala da sua flor
Uma parte da sua arte
Um piscar do seu olhar
Uma seção da sua percepção
Alguns pedaços dos seus traços
Uma ruga, antes da fuga
Uma parte do seu sangue
Só uma gota para cumprir a cota,
Para minha bancarrota
Um pedaço, um traço, uma pétala da sua flor
Uma migalha, três medalhas, um pedacinho da sua cor
Mas me deixe um pouco de você.

49

2019

– Georges-Paul?

Reconheci GPS, já que ele é uma cabeça mais alto do que a horda crescente de passageiros que reclamam. Todos os voos para Jacarta foram cancelados e aqueles para o Sudeste Asiático estão atrasados. Famílias inteiras de malaios, cingaleses e indianos se instalaram nos saguões do aeroporto à espera de novidades; turistas europeus se preocupam com sua partida para as Maldivas; empresários alegam que o sistema bancário asiático, e por consequência o mundial, vai desabar caso eles não cheguem a Cingapura. Consegui abrir caminho pelos corredores do aeroporto. Me programei para ficar uma hora, de olho no relógio. Depois vou pegar meu carro e sair do Roissy.

Para voltar a Porte-Joie?

Para ir ao hospital de Bichat?

Só de pensar, meu estômago fica ainda mais embrulhado.

Rever Ylian? Tantos anos depois de termos nos afastado?

Rever Ylian antes que a vida o deixe?

Será que terei coragem? Terei vontade de quebrar minha promessa? Terei forças para enfrentar meu maior fantasma, olhá-lo nos olhos? Ser confrontada com a minha culpa, a que me assombrou durante todos esses anos? Será que estou pronta para extirpar esse verme que me consome, esse verme que cresceu, esse verme prestes a devorar a mim e à minha vida, minha família, minha casa, tudo que construí?

Grito ainda mais alto.

– Georges-Paul! Você tem alguma notícia?

GPS nada contra a corrente e tenta se aproximar.

– Não... Isso está um inferno! Só sei que Florence e Jean-Max foram anteontem para Jacarta em um voo de ajuda humanitária... – Ele olha o relógio por um instante. – Eles... devem estar em Bogor agora, 50 quilômetros ao sul de Jacarta. Foi lá que estabeleceram a ponte aérea de onde sai a ajuda internacional.

Eu mal escuto.

Minha decisão está tomada.

Não vou ao hospital. Não vou abrir a porta do quarto de Ylian. Sei quem está lá. Sei quem me espera.

– Tome – diz Georges-Paul, me entregando um cartão. – Caso queira ligar para eles.

Um voo para Cingapura acaba de ser anunciado. O comissário tem que brigar contra uma floresta de pernas, de malas de rodinhas e de braços que o empurram, mas consigo pegar o papel no qual ele escreveu um telefone de celular local.

– E Charlotte?

Faço a pergunta antes que Georges-Paul se deixe levar pelo fluxo de viajantes.

– Nenhuma novidade!

Eu me refugio no abrigo, a entrada do portão M, de repente vazio, e ligo para Flo. Daqui a uma hora, vou confirmar que nenhum voo vai sair hoje e que posso voltar para casa.

– Nathy?

Ouvir minha colega me faz bem. O embrulho no estômago diminui um pouco. A voz dela me parece distante, cortada.

– Nathy, você está me ouvindo? O que está acontecendo no Roissy?

Faço um rápido resumo da situação.

– É – responde Flo. – Não pode estar uma confusão maior do que isso aqui! Estou no posto de saúde de Bogor. Dormi só três horas desde que cheguei. Jean-Max está fazendo os voos entre Bali e Java, e Java e Padang, cinco vezes por dia. Os alimentos e os primeiros socorros estão chegando lá. Ele dormiu ainda menos do que eu.

– E… e Charlotte?

Na mesma hora me irrito por ter feito essa pergunta a Flo.

– Nenhuma notícia daquela vagabunda! E posso garantir que, aqui, tenho coisa melhor a fazer do que pensar em uma idiota que tentou roubar meu marido. Falta tudo para os indonésios. Cacete, você conhece esse povo! São os mais gentis do mundo. Quase 300 milhões de habitantes que nunca fizeram mal a ninguém, que nunca deram abertura para falarem deles, que não jogam futebol, não correm atrás de medalhas olímpicas, não ficam nos enchendo de filmes idiotas ou músicas de merda. Nunca estão metidos em guerra, nunca geram notícias, não divulgam nem a miséria deles. Quase 300 milhões de tímidos que estão tranquilos no canto deles enquanto o mundo se destrói, e a natureza vem atacar justamente esse povo!

Sorrio involuntariamente. Ouço risadas de crianças ao fundo. Homens falando. Mulheres cantando. A ligação está cada vez pior.

– Tenho que desligar, Nathy. Daqui a pouco vai ser a hora do minuto de silêncio. Tenho que ir. Desculpa.

– Espere…

Risadas de crianças. Mulheres cantando… Uma alucinação acaba de surgir em minha mente. Uma nova ilusão. Acho que ouvi, ao fundo da ligação com Flo, palavras impossíveis.

When the birds fly from the bush
There will be nothing left of us

Tenho a imediata certeza de que, como num passe de mágica, a pedra do tempo voltou ao meu bolso.

– Espere, Flo, espere!

Minha voz se perde no vazio. Florence já desligou. No aeroporto, uma voz feminina anuncia o encerramento do embarque para Manila. Tento me concentrar, rebobinar a ligação que durou menos de um minuto. Não ligo para o que Flo disse, quero voltar a ouvir os barulhos que havia no fundo, o canto dos refugiados no posto de saúde indonésio, os fragmentos de versos que acredito ter ouvido.

Birds, bush, nothing left of us.

É impossível! Meu cérebro está em curto-circuito. Lembranças íntimas do Great Garuda escapam, vêm se sobrepor às de hoje, às imagens exibidas das janelas do hotel, quebradas, das fundações dele, inundadas. Vasculho os bolsos e a bolsa e não acho pedra nenhuma. Fico um bom tempo abobalhada, hesitando entre ligar de novo para Flo, ir embora e ficar. Ondas de passageiros perdidos continuam vagando de um portão a outro.

Ligar de novo?

Ir embora?

Ficar?

O celular toca, me impedindo de decidir. Um medo atroz retorce minhas entranhas. Laura? Será que minha filha está ligando para contar a mais terrível de todas as notícias?

Número desconhecido.

Respiro fundo. Não é ela nem Olivier. Eu atendo.

Ouço claramente as turbinas de um avião, uma voz que anuncia a partida de um Boeing para São Francisco, antes de uma voz familiar por fim se expressar.

– Nathalie? Nathalie, é o Ulisses!

Ulisses? A voz abafada revela um pânico profundo.

– Estou aterrissando no Roissy. Acabei de ver as mensagens quando desci do avião. Droga, eu sei que você já está sabendo, Nathalie. Ylian não vai sobreviver. Por causa do filho da mãe de um motorista irresponsável. Talvez seja até um assassino. Eu vinha para ajudar o cara a se recuperar e só vou chegar a tempo de vê-lo morrer.

– ...

– Onde você está, Nathalie? Acabei de falar com o hospital de Bichat. Com o Dr. Berger. É ele que tem me mandado notícias desde o acidente. Merda, ele me disse que... que Ylie não recebeu visita nenhuma... Nenhuma visita sua.

Imagino o corpanzil de Ulisses escorregadio de tanto suor. Mas ele deve estar suando menos do que eu. A água escorre por meu rosto, encharca meu uniforme.

– Eu...

– Esquece, Nathalie. Não me venha com a ladainha do velho juramento de novo. Ouvi Ylian falar disso mil vezes enquanto estava morrendo de vontade de ligar para você. Mas… mas vamos parar com essas bobagens.

– Eu… eu…

– Onde você está?

– No… no Roissy. No Terminal 2E. Portão M.

– Vou pegar um táxi. Vou pegar um táxi e buscar você. Vamos para o Bichat. Não podemos desistir dele, Nathalie. Não podemos!

50

2019

– Laura, você sabe qual é o auge da solidão?

– Não tenho ideia, pai.

A TV da sala está ligada. A tela gigante exibe imagens de Jacarta sem parar. Quadros panorâmicos dos campos arruinados se estendendo por quilômetros de costa. O litoral de Java parece uma maquete feita com fósforos atacada por uma criança enfurecida. Margot entra batendo a porta, joga a mochila da escola em um canto da sala, depois segue na direção do pai e da irmã.

– Temos uma reunião de família? Tomara que seja importante. Deixei meu namorado esperando para voltar direto para casa. Não vamos esperar a mamãe?

Olivier parece obcecado com a TV. Após imagens de refugiados surgem multidões coloridas que se reúnem, se espremem, na Champs-Elysées, no Piccadilly Circus, na Quinta Avenida, na praça Tahrir, na praça da Paz Celestial, na praça Vermelha... Um mar de gente. Um comentarista explica que o minuto de silêncio universal em homenagem às vítimas começará às oito da noite em ponto, hora de Jacarta. Dali a 15 minutos.

Por fim, Olivier se volta para Margot e Laura.

– O auge da solidão, meninas, é respeitar um minuto de silêncio sozinho, em casa. É se levantar e parar, como todo mundo, mas o silêncio continuar depois.

Margot dá de ombros.

– Pode parar, estamos aqui. Você não está sozinho, pai!

Laura pega o controle remoto no sofá, irritada. Põe a TV no mudo.

– Ei, o que aconteceu, pai? Estou meio na correria. Saí do Bichat e tenho que pegar os gêmeos antes que a babá largue os dois na rua. Vou dar comida a eles antes que Valentin volte do plantão e vou correr para passar a noite no hospital.

Olivier olha para as duas filhas com atenção. Depois se detém em Laura.

– É disso que eu queria falar com você. Do hospital.

Laura olha em resposta. A voz de Olivier estremece um pouco.

– A... a sua mãe me confessou. Você ligou para ela mais cedo... Você... Você sabe.

Laura não reage. Alguns anos de plantão na emergência a ajudaram a enfrentar o pior sem deixar nenhuma emoção transparecer. A segurar a onda. A desabar depois. Margot, menos experiente, explode sem tentar se conter:

– Confessou o quê? Sabe o quê? O que vocês estão tramando?

Olivier continua olhando para Laura como se Margot não tivesse falado nada.

– Imagino que tenha sido sua mãe quem pediu. Ela pediu que você cuidasse dele?

Laura esboça um sorriso tranquilizador.

– É isso, pai? É só isso? O amigo dela está internado. Ela me pediu notícias dele.

Olivier dá alguns passos pela sala. Margot se contorce, Laura se mantém de pé perto da porta. Olivier faz sinal para que as filhas se sentem no sofá. As duas hesitam, mas o gesto se torna mais insistente. Ele espera que elas se sentem, lado a lado, diante da TV. O olhar de Olivier volta a pousar sobre Laura, apenas Laura.

– Ele não é só um amigo. E tenho certeza de que você percebeu isso.

Depois ele desvia o olhar, incapaz de enfrentar a reação das filhas. Recorre mais uma vez à tela. Câmeras aéreas filmam a multidão em movimento. Ruas, bandeiras, famílias andando, se agitando, interagindo. Apesar de nenhum som sair da televisão.

– Laura, Margot, eu esperava nunca ter que contar isso a vocês. Esperava poder poupar as duas. Esperava que fosse um momento no passado que nunca ressurgiria. Mas é isso. A mãe de vocês quase nos deixou. Você ainda não tinha nascido, Margot. Laura, você tinha 6 anos. Ela quase nos deixou ao voltar de Jacarta.

Olivier é incapaz de se virar para as filhas, incapaz de observar a reação das duas. Será que estão chorando no sofá? Será que saíram de fininho? Ele tem que continuar. Terminar a história.

– Quando voltou de Jacarta, sua mãe ficou um bom tempo sem pegar nenhum voo. O médico impediu, diagnosticou uma espécie de *burnout*. Isso é comum nas comissárias que fazem voos longos. Sua mãe chorava muito, falava pouco, nunca respondia, como se estivesse aborrecida conosco. Você não se lembra, Laura, era muito pequena. Então, um dia, a mãe de vocês me comunicou que ia embora. Oficialmente, a Air France estava criando uma nova empresa, comprando uma filial indiana. Estavam procurando voluntários que falassem inglês para formar comissárias de bordo na Índia. E ela havia aceitado. Era muito bem pago e nós precisávamos de dinheiro na época, é verdade. Mas era um pretexto. Um pretexto para nos deixar. Para pensar. Disso, Laura, você deve se lembrar. Da Índia. Você me perguntava toda hora: *Quando a mamãe volta?* Você também perguntava a ela sempre que se falavam pelo telefone: *Quando você volta, mamãe?* Lembra? Com certeza você lembra.

Olivier se interrompe, os olhos ainda fixos na TV. Ele ouve Margot fungar. Ouve a filha mais velha dizer:

– Sim, eu lembro, pai. Mas, para mim, mamãe ficou uma semana na Índia, talvez duas. Só um pouco mais de tempo do que as outras viagens.

– A mãe de vocês levou muito tempo para pensar. Meses. Achei que fôssemos perdê-la, mas ela voltou. Sem dúvida por sua causa, Laura. Um dia, ela voltou. E nunca mais foi embora. E, pouco a pouco, foi voltando a ser feliz como era antes. Por sua causa, Margot. Quisemos outra filha porque tínhamos voltado a nos amar. E, desde então, nunca paramos.

Laura está tão branca quanto o sofá. Margot chora sem se conter.

– Quanto... quanto tempo depois eu nasci? – pergunta Margot.

Olivier finalmente se vira para as filhas.

– Pouco menos de dois anos.

Ninguém fala mais nada. Margot apoia a cabeça nos joelhos de Laura, que faz carinho no cabelo da irmã. O pêndulo do relógio marca os segundos. Na televisão, as multidões começam a se organizar. O minuto de silêncio está programado para dali a menos de dez minutos. Lágrimas de Margot correm pelas pernas da irmã. Entre um soluço e outro, Margot diz:

– Essas coincidências são estranhas, não são? O cara por quem a mamãe quase nos deixou está internado no Bichat. E, agora, essa história de Jacarta... Era para onde mamãe ia hoje. De onde ela voltou quando isso aconteceu. Não param de passar notícias sobre a Indonésia, esse país do qual a gente nunca ouviu falar...

Ninguém responde. A TV mostra imagens de um estádio. Margot continua falando, apenas ela, preenchendo o silêncio, como sempre faz. O pai nunca soube dar esse estofo todo. É um problema para um marceneiro – é uma de suas piadas favoritas, assim como "O papai hoje não está muito cômodo". Uma família compartilha piadas, não segredos.

– Estão preparando um show em Wembley – diz Margot. – Em homenagem aos indonésios.

A TV deixa o estádio para exibir um clipe. Os cantores desfilam diante de um microfone, até que todos cantam o refrão em coro. Nenhum som sai da boca dos três, como se todo e qualquer esforço fosse em vão.

Laura, por fim, diz:

– Ele se chama Ylian, papai. Ylian Rivière. Falei com ele. Disse que era filha da Nathalie. Ele... ele só tem alguns dias de vida. Vai morrer. Os investigadores acham que pode ter sido tentativa de assassinato. Está consciente. Por enquanto. Você... – Laura hesita. Margot se levantou. Seu olhar oscila entre a irmã e o pai. – Você... Você não quer conversar com ele?

Olivier não responde. Ao menos, pensa Laura, ele não explodiu ao ouvir a proposta! Ela insiste:

– Acho que seria bom, pai.

Margot parou de observar os dois jogando entre si uma bola invisível. Seca as lágrimas e se concentra na TV. Seus lábios se entreabrem, ela cantarola.

Leave me just a little bit of you. Me deixe um pouco de você.

Ninguém a escuta.

– E falar o quê? – pergunta Olivier, por fim.

Laura respira fundo.

– Eu acho… acho que ele tem um segredo… um grande segredo para contar para você.

Nesse exato instante, na grande tela dividida em 12 pequenas telas, nos quatro cantos do planeta, de Nova York a Xangai, da Cidade do Cabo a Reykjavík, o mundo para.

51

1999

As maiores torres de Jacarta ficam iluminadas à noite. É o único charme das cidades criadas na era colonial, construídas rápido demais. Tarde demais. Sem história. Elas só revelam sua beleza à noite, uma beleza artificial e agressiva, como mulheres excessivamente maquiadas que só brilham na escuridão. De perto, do alto da janela do 21º andar do Great Garuda, a torre Monas é a mais enfeitada, muito mais do que o palácio da Independência, os prédios administrativos da praça Merdeka ou o Pullman Jacarta.

Ylian está sentado na cama, a um metro da janela. Os projetores, voltados para a Monas, criam faixas turquesa pelo céu noturno, se refletem no quarto, tornam azuladas as paredes, o teto e sobretudo a camisa branca de Ylie, como uma tela viva. Mas imóvel.

Estou sentada atrás dele, abraçando-o, os braços enfiados na lama, corpo de caranguejo que afundou, agarrado à sua cintura pelas pinças. Chorei durante todo o fim do jantar, a cada nota, a cada palavra dita à voz e piano. Inundei os ninhos de andorinha, chorei no elevador, me deitei ainda vestida e chorei no travesseiro.

– Não posso deixar você, Ylian. Deixar você seria o mesmo que morrer. Seria não viver mais, mal sobreviver. Deixar você é aceitar que tudo fique vazio. Nenhuma mulher pode deixar um homem que compõe músicas como você. Depois de tamanha declaração de amor. Depois...

– É uma música de despedida, Nathy. Não uma canção de amor.

A torre Monas se tornou rosa, o quarto e a camisa de Ylian também – como em um passe de mágica, como se as roupas do meu Belo Adormecido mudassem de cor pela ação das varinhas das fadas. Camisa azul, rosa, cintilante.

E transparente. Sob o efeito das minhas gotas de prata.

Pele aparente.

Minhas lágrimas correm e encharcam o tecido branco.

Ylian não se mexe. Sua calma não me tranquiliza. Sei que está sofrendo tanto quanto eu, mesmo que tente não demonstrar. Que está me protegendo. Que está se sacrificando. Só há lugar para um no bote, um de nós tem que pular. Só há lugar para um sobre a tábua, um de nós tem que se afogar. Sou Rose, Yl é Jack, já dentro da água gelada. Quero me juntar a ele, irritada, sem pena. Não aceito seu sacrifício. Quero lutar por nós dois. Gritar, brigar. Nos salvar. Salvar tudo.

– Então você quer parar tudo? Que nada sobre da gente? Como se nada tivesse acontecido, uma noite, um sonho e pronto, a gente acorda.

– Não foi o que minha música disse.

Sua camisa é tomada por estrelas que dançam do lado de fora, sobre as fachadas. Minhas mãos se aventuram pelo tecido noturno, abrem os últimos botões, acariciam seu peito para se lembrarem de cada ondulação. Ylian não se mexe. Frio. Como se a água congelante em torno do iceberg já o tivesse paralisado. E eu sobre a tábua. Já à deriva.

– Então me diga. O que é esse contrato? Essa coisa que nenhuma mulher nunca fez... Porque é preciso amar como ninguém nunca amou? Acha que não sou capaz disso?

A camisa dele cai. Ylian finalmente se vira para mim. Como ele é lindo. As estrelas se retiraram, cansadas, e a torre Monas se cobre de ouro, e o corpo dele torna-se cobre, mel e caramelo. Em minha cabeça, rezo para que Yl me proponha a maior das loucuras. Para que sua apatia esconda a fantasia mais inacreditável do mundo. Para que proponha que nós dois nos joguemos da janela, de mãos dadas, que bebamos pouco antes uma poção que nos torne mais leves do que o ar. Rezo para que ele me mostre a chave da porta secreta para um mundo paralelo, para que me estenda um fio que permita rebobinar tudo, desde o início, antes de eu ter conhecido outros homens, desfazer minha vida e costurar outra com ele.

Colo o corpo no de Ylian. Minha pele branca também é pintada por um amarelo-tesouro.

Seja mágico, Ylian. Lance um feitiço sobre nós. Nos transforme em estátuas. Ficaremos tão bonitos, cobertos de ouro, prisioneiros de nossos corpos. Até o fim dos tempos.

Ele coloca uma das mãos em meu seio e a outra ao longo de minha lombar. Yl me beija, mas, antes de levar os lábios aos meus, me pede mais uma vez:

– Deixe em mim um pouco de você.

52

2019

Sting se prepara para enviar seu SOS umas vinte vezes quando o locutor do rádio interrompe a música. Sem nos avisar. A mensagem na garrafa deve ter se quebrado em algum lugar de um planeta distante, enquanto o locutor anuncia que na emissora, assim como em todo o mundo, será respeitado um minuto de silêncio em homenagem às vítimas do tsunami na Indonésia.

Ouço apenas o barulho do motor do Mercedes Classe C.

Um carro alugado. Ulisses disse que ia pegar um táxi, mas veio me buscar em um carro alugado. Na hora, não prestei atenção.

Nenhum de nós dois fala nada. Não só por causa do rádio em silêncio. Percebo a importância da homenagem às vítimas ao observar os transeuntes imóveis diante do escritório da Roissy Tech, os comerciantes que saíram das lojas para o estacionamento do centro Paris Nord 2. Um minuto de recolhimento, cujos lentos segundos me transportam a uma velocidade supersônica para Jacarta, a 12 mil quilômetros de distância, 7 mil dias atrás. Um breve intervalo que basta para fazer imagens desfilarem em alta velocidade: o restaurante panorâmico do Great Garuda, um piano, os ninhos de andorinha encharcados, dez andares de lágrimas, a torre Monas iluminada, minha promessa, minha promessa infame, a maior loucura da minha vida.

Uma série de segundos que se estende pela eternidade, assim como aqueles dias, aquelas semanas, aqueles meses que pareceram durar anos quando voltei da Indonésia, sem saber quem eu era, agindo sem pensar. Cozinhar, ler, limpar, encontrar Laura e Olivier, brincar sem rir, me deitar sem dormir. Sem me arriscar a sair de Porte-Joie. Sair dali era ir embora. Para nunca mais voltar. Mas era preciso. Eu tinha prometido a Ylian. Fugir. Não pensar. Depois voltar. Mais leve. Amputada. Mutilada.

O tráfego na estrada do Norte é tranquilo, o Mercedes corre em direção ao rodoanel.

O minuto de silêncio acaba de maneira brusca. Sting volta a mandar seu SOS para o mundo, bem onde parou. Por um instante, espero que a música seguinte seja "Let It Be" ou uma do The Cure, mas não, é um sucesso de Johnny Hallyday, "Je te promets". Nenhum outro fantasma vem puxar meu pé. O porão secreto entre passado e presente se fechou. Jacarta foi soterrada por um dilúvio. Amanhã, um terremoto vai engolir San Diego. Um inverno glacial congelará Montreal. Todo e qualquer vestígio de vida anterior será apagado. Minha pedra do tempo não pode lutar contra isso. Ela fez o que pôde, depois desapareceu.

O Mercedes se aproxima do Stade de France. Chegaremos ao hospital de Bichat em menos de meia hora. Ulisses dirige sem abrir a boca. Está visivelmente irritado com o fato de eu não ter visitado Ylian no Bichat. Moro e trabalho a alguns quilômetros dali e ele atravessou o Atlântico. Se você soubesse, Ulisses... Se soubesse o tamanho da promessa que tenho que quebrar... Se tivesse noção do medo que preciso vencer. Então obrigada, obrigada por me forçar a vir, obrigada por me sequestrar para me obrigar a enfrentar esse monstro escondido dentro de mim. Sem você...

É nesse momento que Ulisses muda os planos.

Ele diminui a velocidade, liga a seta para indicar que vai sair da estrada antes de entrar no rodoanel e vira à direita, em direção ao norte, à estrada nacional 14. O caminho que faço todo dia!

– Ulisses, para o Bichat, você tinha que seguir reto.

Só então noto o destino registrado no GPS do Mercedes. Não é o hospital de Bichat, mas um endereço desconhecido!

Rua Libération, 36

Chars

Chars?

Conheço vagamente a pequena cidade a cerca de 50 quilômetros de Paris, uns 10 da estrada que pego de Porte-Joie ao Roissy. O que Ulisses vai fazer comigo lá?

– Prometi a Ylian passar na casa dele – responde o produtor, distraído. – Vou pegar algumas coisas para levar para ele.

Chars?

Ylian mora em Chars? Eu passava quase na frente da casa dele sempre que ia para o Roissy? Ulisses continua dirigindo, concentrado no caminho. Analiso o jeito inesperado como ele está vestido, ao qual não prestei atenção antes: um blazer cinza de corte impecável, a calça igualmente elegante, uma camisa escura... Nada a ver com a roupa tropical e displicente que usava alguns dias atrás, em Los Angeles. Por que tamanha mudança? Por Ylian? Por que ele decidiu vir para a França usando... uma roupa de enterro?

Ulisses não consegue esconder os sinais de nervosismo. Vejo sua mão irritada com o câmbio, habituada há anos aos carros automáticos americanos, as gotas finas de suor correrem pelas têmporas grisalhas, a barriga protuberante colada ao volante, quicando como uma bolsa, as pálpebras piscarem demais, o lenço branco saindo do bolso. Será que Ulisses chorou?

Ele acabou de saber que o amigo está à beira da morte! Um amigo de quem tem notícias depois de anos. Percebo que não sei nada sobre Ylian, além de onde ele trabalhava, em uma Fnac de Paris. Eu o imaginava morando em uma quitinete, num lugar qualquer de Montmartre, em um apartamento no Marais, um conjunto habitacional da Goutte-d'Or, mas nunca teria imaginado que se escondesse em uma cidadezinha da grande Paris.

Não Ylian. Ele, não.

Será que fazia pequenos consertos? Mantinha um jardim? Passeava com um cachorro? Convidava os vizinhos para sua casa?

Não Ylian. Ele, não.

Atravessamos a floresta de Vexin. As ruas, os cruzamentos, as rotatórias, as cidadezinhas se sucedem. Calmas. Comuns. Quase desertas.

Ableiges. Santeuil. Brignancourt.

Mais 3 quilômetros. Ulisses larga o câmbio para pegar o lenço e enxugar a testa.

Você chegou ao seu destino.

Ele estaciona na frente de uma casa minúscula, distante dos imóveis vizinhos. O jardim é estreito. O declive até a garagem, muito inclinado. As paredes, cobertas de reboco bege. Dá para ver que o espaço habitável deve ser pouco maior que o de um apartamento de três cômodos, dividido em dois andares, um sótão e um porão. Do tamanho de uma casa de vila operária, sem vizinhos colados a ela, simplesmente mais isolada, cercada por um pequeno pátio pavimentado. Não consigo acreditar que Ylian pudesse morar aqui. Mas devo me render às provas. Ulisses para diante da caixa de correio e o nome está escrito bem diante dos meus olhos.

Ylian Rivière

Ulisses deixa o motor ligado. Não entendo por quê, mas não penso duas vezes nisso. Muitas outras perguntas ocupam minha cabeça. Primeiro o sobrenome, estranhamente familiar. Depois essa casa. O que eu achava? Que Ylian fosse morar num palácio? Não, claro que não... Mas não consigo admitir que, há anos, eu moro em um chalé de madeira na beira do Sena, tão mais poético do que esse imóvel de concreto... Que eu vivia bem na minha casa. Mas não graças a mim! Graças a Olivier. Apenas graças à paciência e às mãos de ouro de Olivier. Continuo a observar as persianas vazadas, os tufos de grama entre as pedras do pátio, as telhas vermelhas desbotadas, o forro do telhado rachado. Se tivesse abandonado tudo por Ylian, será que poderia viver em um lugar tão frio?

Dentro do Mercedes, o rádio continua ligado. Johnny foi seguido por propagandas, três vezes mais longas que o minuto de silêncio. Ulisses ainda não desligou o motor, como se estivesse encantado com o anúncio dos preços reduzidos oferecidos por grandes redes de supermercado. Parece mais nervoso que nunca. Seu rosto está encharcado de suor. O lenço não dá conta de secá-lo. Eu o vejo tentar descolar a barriga do volante para vasculhar o console. Está procurando a chave da casa?

Porque ninguém está nos esperando atrás das persianas, quero me convencer disso.

– Então era aqui que Ylian morava?

Ulisses finge não ouvir, continua procurando. Por que está irritado comigo? Ele foi o padrinho da nossa história. Nos deixou entrar no show do The Cure em Montreal. Me pediu que nunca abandonasse Ylian. Volto a pensar em suas insinuações em Los Angeles. Tudo aconteceu por minha causa. O acidente na avenida Ternes. O emprego para sobreviver. Essa casa miserável?

– É. Era aqui... – confirma por fim Ulisses.

No rádio, o locutor começou a conversar. Ele se empolga com o mítico show de Wembley, à noite, o mais importante desde o USA for Africa de 1985. Todas as lendas do rock vão participar. Tiro o cinto de segurança, ponho a mão na trava da porta, vou sair do Mercedes quando Ulisses me segura. Ele aumenta o volume, e entendo que quer que eu escute o rádio.

Por que diabos?

Três notas de piano.

Meu coração para.

Três notas de piano que reconheço mais que quaisquer outras.

Uma voz berra em minha cabeça que é impossível.

A voz de um artista que não identifico canta os primeiros versos.

When the sun rises, when the sheets wash up

Eu as traduzo, hipnotizada.

Quando o dia tiver nascido, quando os lençóis estiverem lavados

Meus ouvidos me traem, enviam informações falsas ao meu cérebro. O que estou ouvindo não faz sentido nenhum. É a letra da nossa música, a que Ylian compôs para mim no Great Garuda de Jacarta. Sou a única que a conhece, ela foi gravada para sempre nos recônditos de meus pensamentos. Essa melodia, essas palavras não podem estar tocando no rádio!

Ulisses continua inclinado sobre o console. Ele se vira de costas para mim e me pergunta:

– Você ainda não entendeu?

– Entendi o quê?

Fecho os olhos.

When the birds fly from the bush, there will be nothing left of us

Continuo traduzindo os versos que tocam no rádio.

Quando os pássaros tiverem voado da clareira onde nos amávamos, nada restará de nós

Minhas palavras. Nossas palavras. Roubadas. Violadas.

– Eu sinto muito – murmura Ulisses. – Tentei guardar o segredo durante todos esses anos. Mas todos os diques se romperam. Eu não podia prever. Essa onda em Java, essa música que os malditos astros do rock transformaram em hino, esse "Tribute for Indonesia" que não para de tocar no rádio. Quem poderia imaginar?

– Que segredo, Ulisses?

– Só três pessoas no mundo sabem, Nathalie. As duas primeiras não podem mais falar. Só falta você.

Não sei nada sobre esse segredo. Os versos continuam a desfilar.

When our islands are drowned, when our wings are down

Quando nossas ilhas estiverem inundadas, quando nossas asas estiverem baixadas

– O que está escondendo de mim, Ulisses?

– Entre, entre na casa do Ylian. Vou explicar tudo lá dentro!

When the key is rusty, from the treasure they desecrate

A raiva ruge em minha cabeça.

Quando a chave estiver enferrujada das riquezas vasculhadas

Tento falar mais alto do que a música, do que a letra que me enlouquece.

– Não, não vou sair do carro. Você vai me explicar isso aqui. Agora.

Ouço Ulisses rir, um riso um pouco forçado que interpreto como uma espécie de desafio. Por fim, ele se endireita, achou o que estava procurando.

Meus olhos me traem.

É impossível acreditar no que estão vendo.

Ulisses segura uma arma apontada para mim.

53

2019

Assim que abro a porta, assim que entro na casa de Ylian, as lágrimas, sem me avisar, inundam meus olhos. Meu olhar passeia por todos os cantos do cômodo que estou conhecendo, esquecendo por um instante a arma que Ulisses aponta para as minhas costas e o fluxo de perguntas que se chocam umas nas outras. Por que Ulisses me arrastou até aqui? Para me revelar que segredo? E depois me matar?

O cômodo não é grande. Cerca de 20 metros quadrados, que incluem uma pequena cozinha, um balcão e um sofá estragado, coberto com uma colcha xadrez. As provas me cercam. É, Ylian morava aqui!

Esse imóvel de Chars, no fundo, se parece com Ylian: uma fachada tímida e banal para dissimular melhor a originalidade de sua personalidade. Esse lugar é um museu!

Meus olhos reparam em cada um dos cartazes presos com tachinhas nas paredes – J.J. Cale em Tulsa, Stevie Ray Vaughan em Montreux, Lou Reed no Bataclan –, nos vinis empilhados no chão, nos CDs, nos violões apoiados na parede ou nas caixas de som mais altas do que os três bancos de bar, nas partituras espalhadas pela mesa, nas revistas *Rock & Folk* empilhadas em outra cadeira, para pararem na boina escocesa vermelha presa ao gancho mais próximo da porta, como se Ylian tivesse saído só enquanto o tempo tivesse clareado, entre duas nuvens, e fosse voltar assim que o céu mudasse de opinião.

É, Ylian se fechou aqui! Para viver sua paixão, protegido. Para escutar música, a dos outros. Para também tocar suas músicas, sem os outros.

Ulisses faz um sinal para que eu me sente em um dos bancos de bar. Não me oferece uma bebida. Escolhe o sofá com a colcha xadrez. Instala-se confortavelmente diante de mim. Nenhuma outra gota de suor trai seu medo. Seu rosto parece mais relaxado do que no Mercedes, como se ter retirado a máscara de produtor protetor o tivesse liberado. Ele continua apontando a arma para mim.

– Fiz de tudo para que a gente não chegasse a esse ponto, Nathalie. Achei que o segredo estivesse bem guardado. E ficou, durante anos. Havia tão poucas chances de ser descoberto…

Sobre o banco alto, eu o desafio com o olhar. Por um breve segundo, antes de virar o rosto. Estranhamente, mesmo ameaçada pela arma, eu me sinto forte. Observo as três portas fechadas. Elas com certeza dão para um banheiro, um quarto, outro quarto? Será que Ylian morava sozinho aqui? Estou morrendo de vontade de me levantar e vasculhar tudo. Imagino que Ulisses esteja esperando que eu faça perguntas, mas não vou lhe dar esse prazer. Pelo menos não agora. Fico calada. Ulisses fica impressionado. Ele se ajeita no sofá e continua sua história:

– Você deve se lembrar, Nathy, que naquela noite em Jacarta, no restaurante do Great Garuda, eu estava lá. Estava jantando a algumas mesas de vocês, com produtores indonésios. Foi tudo muito simples. Ylian foi até o piano. Um dos produtores, um tal de Amran Bakar, gostou da música que ele cantou. Tomou a iniciativa de gravá-la e se ofereceu para comprá-la. Eu topei. Nada foi premeditado. Nos dias seguintes, não tive a chance de contar a Ylian. Você deve imaginar que ele estava bem abalado… Semanas se passaram e eu esqueci, não avisei a ele e não pedi que assinasse o contrato. Na época, eu era um empresário sem um centavo no bolso, estava sobrevivendo como podia, emendando um contrato merda atrás do outro. Vender os direitos de uma música para um produtor desconhecido da Indonésia não ia mudar minha situação, nem a do Ylian. Era o que eu achava. Era o que eu realmente achava.

O maldito para. Ele cria suspense para que eu desista. Para que eu faça perguntas. Quer se alimentar da minha raiva, precisa da minha violência para justificar a dele. Depois de me explicar tudo, vai me matar. Volto a resistir. Deixo o silêncio se estender, até que um baque surdo o rompe. O barulho vem de trás de uma das portas. É um móvel sendo arrastado. Meu primeiro pensamento é de ser um animal preso. Um cachorro? Um gato? Ulisses na hora volta a contar sua história, mais alto, como se quisesse encobrir o barulho.

– Talvez você fique impressionada em saber, Nathalie, que também existe música na Indonésia. Rádios, cantores, shows. Existe música em todos os países do mundo, e quase sempre os cantores mais populares cantam na língua que as pessoas entendem. São enormes em seus países e perfeitos desconhecidos em outros lugares. Ninguém fora do mundo francófono conhece Hallyday, Sardou, Balavoine ou Goldman. Você saberia citar um cantor polonês? Russo? Mexicano? Chinês? Enfim, tudo isso para explicar que, com exceção de algumas divas americanas da música pop e alguns grupos de rock inglês que saturam as rádios e TVs de todo o mundo, não há nada mais segmentado no mundo do que a música popular!

Agora percebo claramente o som de arranhões. Ulisses também está ouvindo, com certeza. Mas não reage. Nenhum gato é capaz de arranhar tão forte assim...

– A Indonésia, Nathalie, tem 260 milhões de habitantes. É o país mais populoso do mundo, depois da Índia, da China e dos Estados Unidos. Isso é quatro vezes a população da França! Você vai fazer rápido o cálculo, não vai? Um sucesso na Indonésia rende os royalties de um Sardou, de um Goldman ou de um Johnny multiplicados por quatro! Amran Bakar, o produtor, mandou a música do Ylian ser interpretada, sem mudar uma nota, sem mudar uma palavra, apenas traduzindo, por Bethara Singaraja, uma das cantoras mais famosas da Indonésia. Ela já tinha vendido mais de 60 milhões de discos. Com "Sedikit kamu" (Um pouco de você), vendeu uns 10 milhões a mais. Não foi muita coisa para ela, que continuou a criar outros sucessos depois. Deve ter vendido 100 milhões de discos até hoje.

Não ouvir, não dar a ele o prazer nem de balançar a cabeça. Me concentrar no barulho atrás da porta. Um cachorro? Um cachorro grande? Um... ser humano?

Ulisses tosse. O Frei Lourenço continua sua confissão, tentando me convencer de que tudo aconteceu sem que ele pudesse resistir, uma onda implacável no mar de Java, nascida de um respingo microscópico. Se ele espera que eu o perdoe...

– Eu devia ter contado ao Ylie, Nathalie. Devia. O dinheiro chegava, mês após mês, ano após ano. "Sedikit kamu" se tornou um clássico na Indonésia. As rádios locais continuavam tocando a música. Dez milhões de discos vendidos... Meu Deus! Nenhum cantor na França ou no Canadá consegue isso hoje! O dinheiro jorrava... A @-TAC Prod se saía cada vez melhor e logo se tornou uma das filiais mais rentáveis da Molly Music, a gravadora que criei e que dirijo. – Ulisses acentua uma breve respiração para saborear a surpresa que lê em meu rosto. – Fui eu, Nathalie, o tubarão que comprou todos os outros selos do número 9.110 do Sunset Boulevard! Recebi você na frente do *food truck* e banquei o fracassado para não te deixar com a pulga atrás da orelha. Não ia receber você no meu escritório de 60 metros quadrados! Os caras engravatados que passaram pela gente e cumprimentaram educadamente quem se enchia de hambúrguer são meus funcionários. Eu me tornei uma referência na área, alguns discos de platina, shows no mundo todo. Não comando uma das principais, mas chego perto.

Ulisses respira forte mais uma vez. O que ele espera? Que eu fique impressionada? A minha falta de reação não o abala. Ele continua o relato no mesmo tom de voz, entre orgulho e arrependimento:

– Você está entendendo, Nathalie? Quanto mais eu crescia, menos podia voltar atrás. O que eu podia fazer? Confessar tudo. Pagar tudo que devia. Tinha criado uma armadilha para mim mesmo... E, sobretudo, quem poderia adivinhar? Ylian morava em Paris, tinha largado a carreira. A música nunca ultrapassaria as fronteiras da Indonésia. Até... até essa droga de tsunami.

Ulisses me interroga com o olhar. Resisto à vontade de me levantar, de jogar o banco na cara dele. Ele ainda me ameaça com a arma, mas será que teria coragem de atirar? Afundado no sofá, o produtor parece tender mais a ficar tranquilo depois de tanto pintar suas justificativas com uma bela cor, o que me deixa enojada. Atrás da porta, os arranhões pararam, me fazendo imaginar que o prisioneiro, fosse homem ou animal, desistiu.

– Foi uma combinação de circunstâncias, Nathalie. Uma combinação idiota de circunstâncias. Depois do tsunami, diante das imagens das praias indonésias arrasadas, os mais bem intencionados tiveram a ideia de criar uma grande corrente de solidariedade, como a USA for Africa, o Chanteurs Sans Frontières ou o Band Aid... Um disco, um show. Alguns produtores ingleses se debruçaram sobre o patrimônio musical indonésio para procurar uma música exportável e encontraram "Sedikit kamu", que era um pouco diferente das insuportáveis melodias asiáticas tradicionais. Traduziram a letra para o inglês e decidiram fazer dela um hino. Sem nem pedir minha opinião!

Ele faz uma pausa. Então continua:

– Tudo já estava pronto e, pensando no contexto, não seria bem visto se eu entrasse com um processo. Inferno, só me restava negociar. – O olhar de Ulisses se ilumina, se fixa em mim como se esperasse encontrar no meu uma expressão, qualquer que seja, repulsão ou admiração. – Por respeito às vítimas do tsunami, fiz um preço camarada para eles! Afinal, a situação tinha suas vantagens... Dez milhões de discos vendidos, podíamos chegar a 100 milhões e até alguns bilhões de visualizações na internet. Eu não conseguia me ver deixando essa chance passar. Uma chance incrível... e só um problema: a música começava a ser tocada nas rádios. Primeiro de tempos em tempos, depois com frequência, logo uma repetição sem fim. Ylian não era idiota. Ele teria sacado.

Nenhum barulho atrás da porta. O prisioneiro dormiu. Ou está prestando atenção no que falamos. Olho com delicadeza, como se não quisesse danificá-los, os discos de Ylian, os violões de Ylian, as partituras de Ylian. Cerro os punhos, os dentes, o coração. Começo a me dar conta de tudo que Ulisses roubou dele.

Muito mais do que uma música. Muito mais do que uma fortuna.

Meus olhos se voltam para o alto-falante mais próximo de mim, a menos de dois metros, e param em um cinzeiro deixado sobre ele. Será que eu poderia pegá-lo? Virar o banco, jogar esse cinzeiro de pedra bem no meio da cara dele? Ulisses, concentrado no cartaz de J.J. Cale pendurado atrás de mim, não notou nada.

– Ylian era talentoso, você sabe. Mais do que isso, sem dúvida. Eu suavizei um pouco o talento dele quando falamos sobre isso em Los Angeles, há dez dias, mas hoje posso confessar: acho que ele era um gênio. Acho que foi por essa genialidade que você se apaixonou, tanto quanto por ele. Vou além, e digo com certeza que, se vocês tivessem ficado juntos, ele teria composto outras músicas para você. Teria feito sucesso algum dia. – Ulisses não me olha mais. Seus olhos saltam de cartaz em cartaz, Montreux, Tulsa, Bataclan, Wembley, Olympia. – Na verdade, foi você que o abandonou. Foi você que fez dele um fracassado. Ele era tímido demais para buscar a fama, mas, no fundo, só queria uma coisa. A posteridade... E vai ter isso. Graças a mim, vai ter.

– Foi você que o matou?

Ulisses sorri. Ele ganhou, eu cedi. Ele baixa a arma e a pousa no joelho. Meu banco balança de leve. Minha mão vai subindo até o balcão do bar, na direção do cinzeiro.

– Foi, Nathalie, foi... Mas, devo repetir, foi você que causou tudo isso. Quando me ligou, ao voltar de Montreal. Eu estava em Paris, não em Los Angeles, para negociar os direitos de tradução dessa droga de música. Sua ligação foi transferida para mim. Tudo estava mudando. Você queria falar com o Ylian com urgência, não podia me explicar nada. Na hora achei que você tivesse ouvido o "Tribute for Indonesia" no rádio. Você ainda não suspeitava de nada, ainda não, mas com certeza acabaria chegando até mim. De qualquer forma, a contagem regressiva fora dada. Mesmo se eu tivesse me enganado, e você ainda não a tivesse ouvido, mais dia menos dia isso ia acontecer. O cálculo era simples, Nathalie. Apenas duas pessoas em todo o mundo a conheciam. Apenas duas pessoas podiam me desmascarar. Ylian e você...

Meu banco se mantém apenas sobre dois pés. Minha mão alcança mais alguns centímetros na direção do cinzeiro, sem que Ulisses perceba, que olha fixamente a boina vermelha de Ylian. Falo baixo, para distraí-lo e ele não voltar os olhos para mim.

– Foi você que tentou me matar? Em San Diego. Foi você que pagou os caras para me calarem?

Uma forte gargalhada o sacode. Tenho a impressão de que sua mão quase não segura mais a arma pousada sobre os joelhos.

– Não foi o bastante... Não foi o bastante. Eles tinham que seguir você, esperar o momento certo e fazer passar por um estupro. Mas aqueles idiotas estragaram tudo.

Estragaram? Revejo a lâmina entrando na garganta de Flo, Jean-Max enfiando o Verano na van, os dois canalhas, Te-Amo Robusto e Altoid, fugindo. Foi Ulisses quem encomendou tudo aquilo. Mas a confissão do produtor me oferece apenas pedaços de explicação, não me mostra nada do resto, do inexplicável, do sobrenatural, das coincidências malucas. A pedra do tempo. Mais tarde. Mais tarde. Primeiro tenho que fazer esse monstro pagar. Derrubar o banco e, no mesmo movimento, pegar o cinzeiro e quebrar a cabeça dele. Esse filho da mãe não desconfiou... Ulisses parece um gato gordo, tão perdido em suas lembranças que vai adormecer.

Agora!

O banco cai. Eu dou um pulo, recupero o equilíbrio, me seguro na caixa de som e pego o quadrado de pedra. Não tenho tempo de esboçar nenhum outro gesto. A arma de Ulisses está apontada para mim. O gato não estava dormindo.

– Calma, calma, meu bem.

Solto o cinzeiro.

– Pode ficar tranquila, Nathalie. Vou fazer isso de um jeito mais rápido do que os idiotas do Chicano Park. Vai parecer um acidente. Você não vai sofrer.

Ele se levanta com dificuldade do sofá, tomando cuidado para não mudar a posição da arma. Apontada para mim. O gato se tornou sádico e está brincando com sua presa.

– Ah, você devia ter conhecido mais seu Ylian... Ele não sabia cuidar de uma casa. Não era muito bom nisso. Era um artista, afinal... Tantos acidentes domésticos poderiam ser evitados com um pouco menos de negligência... Uma soma de pequenos detalhes bobos. Um minúsculo vazamento de gás, que ninguém notou, que foi aumentando enquanto Ylian estava internado. Fios elétricos desencapados. Um curto-circuito, assim que alguém toca a campainha. E tudo vai explodir. *Bum!* O corpo da amante dele será encontrado sob os destroços. Surpresa! Os pombinhos eram espertos. Quem suspeitaria que eles tinham voltado a se ver? Tantos anos depois!

O gato gordo quase ronrona de prazer. Resisto à vontade de me jogar sobre suas garras. Para ele me cravar uma bala bem no coração, só para estragar seu planinho perfeito. Meu ódio aumenta quando vejo que, sem largar a arma, ele vasculha minha bolsa, jogada em uma cadeira, e pega meu celular. Ele sorri vendo a andorinha preta desenhada na capa rosa.

– Para você, Nathalie, quem vai ser o primeiro a voar em seu socorro? Seu marido carinhoso? Sua filha mais velha? Sua filha mais nova? Quem vai tocar essa campainha primeiro? Depois de todos receberem a mesma mensagem pedindo ajuda neste endereço?

Eu o desafio com o olhar.

– Você é maluco!

– Ah, não. Rico, sim. Ganancioso, se quiser. Sem coração. Ambicioso. Mas não maluco! Anda, vem comigo!

Ele aponta com a arma para uma das portas. A porta atrás da qual ouvi os arranhões. Vou na frente, giro a maçaneta. Um forte cheiro de gás toma minha garganta assim que abro a porta.

Mas não é isso que me dá nojo.

Engulo em seco, segurando o vômito.

Estou em um quarto onde um corpo jaz desacordado na cama. Um corpo que eu reconheço.

Charlotte.

Amordaçada. Algemada. Pés amarrados.

Ulisses me empurra para que eu ande. É impossível resistir. Vejo um objeto caído no chão, uma pedra minúscula, que rola para debaixo da cama quando meu pé bate nela.

Minha pedra do tempo?

Eu me viro. Ulisses está parado à porta do quarto, dominando todo o vão com seu tamanho. O revólver ainda apontado.

– O que ela está fazendo aqui? Você... Você a...

– Não, eu te garanto, ela só se asfixiou um pouco por não parar de se mexer. Um pouco de água, dois tapas e volta a si. Pode me dar licença? Tenho que ir embora. Vou até o hospital me despedir de Ylian. Vou ficar ao lado dele até que tudo esteja terminado.

O cheiro de gás me deixa zonza. Não entendo mais nada. Grito. Charlotte se remexe na cama, sem abrir os olhos.

– Pelo menos me explique: o que ela tem a ver com isso?

Ulisses não me responde. Apenas balança meu celular. Como se essa aposta o divertisse. Quem vai vir primeiro: Olivier, Laura ou Margot? Para explodir tudo?

– Cacete, Ulisses, por que você pegou essa menina?

Meu olhar se perde em um dos cartazes presos à parede. Tokio Hotel. Ulisses finalmente aceita me dizer.

– Se você prestou atenção, no carro eu falei que três pessoas sabiam da música. Não duas, não só Ylian e você. Três...

Tokio Hotel. Black Eyed Peas. The Pussycat Dolls. E o sobrenome. Ylian Rivière. Não entendo. Não quero entender. Não quero acreditar.

– Lembre-se, Nathalie. Na primeira vez que você me viu, nos camarins do Métropolis. Lembre-se, eu não pedi nada. Foi você, só você, que me fez uma promessa!

54

1999

Os HOLOFOTES, AGORA ESMERALDA, desenham sombras de folhas nos músculos de Ylian. Sublinham seu peitoral, alongam seus bíceps, escurecem as veias de seu pescoço. Ylian está em cima de mim. Seus lábios vão e vêm, passam das minhas bochechas ao meu pescoço, sobem da mecha sobre minha testa e descem à ponta dos meus seios. Estou presa debaixo dele, a mais sensual das prisões. Seu ventre bate no meu, minhas coxas envolvem as dele, só seu sexo não se cola ao meu. Eu o sinto roçar em mim, pressionar meu púbis, se erguer de novo, se aproximar mais uma vez.

Entre um beijo e outro, Ylian repete:

– Me deixe um pouco de você. Se não posso ter você. Se não podemos mais nos ver.

Meu ventre pega fogo. Meu sangue é lava. Meus pensamentos não são nada além de terras queimadas.

Deixar o quê, meu Deus do céu? Não posso me dividir ao meio.

Diga, Ylian, diga.

Meus olhos suplicam, os holofotes verdes se colam em minha retina, como se o azul de meus olhos nunca mais pudesse retomar sua pureza.

Ylian os beija. Meu ventre se abre. Ylian, por fim, com uma gentileza infinita, penetra nele. Sua voz murmura, quase tão inaudível quanto meus primeiros suspiros:

– Um filho. Me dê um filho.

Então Ylian para de se mexer. Ele simplesmente fica em mim, imóvel e rígido. Seus olhos também paralisam. Sem que precise falar, sei o que eles exprimem.

Nenhuma mulher nunca fez isso. Porque é preciso amar como ninguém nunca amou.

Não respondo. O que eu responderia? Ylian murmura ainda mais baixo:

– Se me pedisse, eu faria isso por você.

É verdade. Eu sei.

Ylian deita a cabeça em meu seio.

Um homem pode fazer isso. Dar um filho a uma mulher e aceitar nunca mais vê-lo. Ter apenas a certeza de que essa criança existe, em algum lugar. Deixar a mulher outrora amada criá-la.

Uma mulher pode pedir isso. Ou, com mais frequência, ela o faz sem pedir. Ter um filho, sozinha. Para suportar a separação do homem adorado que deve, apesar de tudo, deixar partir. Um pequeno ser para criar. Um pouco dele. Sim, os homens fazem isso, aceitam isso, sem dúvida têm até orgulho disso. Deixar um pouco de si a uma mulher que vai saber criá-lo melhor, que tem amor pelos dois.

A cabeça de Ylian esmaga meu seio. Seu sexo rígido adormeceu em minha vagina.

Mas uma mulher pode aceitar isso? Se ela é quem deve ir embora? Deixar seu bebê com seu amante. Para que, do amor mais lindo, nasça a criança mais linda.

Uma criança que ela não vai criar. Que ela vai dar. Que ela nunca mais vai ver.

Você tem razão, Ylian. Nenhuma mulher nunca fez isso. Você é louco, o mais louco de todos os homens.

Acho que as palavras que se seguem saem de meu coração. Acho que não as pronuncio, mas que Ylian, com o ouvido em meu peito, as ouve. Elas surgem sem eu pensar. Como uma prova.

– Vou fazer isso, Ylian. Vou fazer isso por você.

Com a força dos braços, devagar, Ylian descola o corpo do meu. Apenas nossos ventres estão unidos agora. Suas costas ondulam. Eu me prendo a ele. Sua força atinge o mais fundo de mim.

Sei que Ylian vai ser um pai maravilhoso. Sei que nosso amor está à altura dessa oferenda. Sei que vou sofrer um martírio, que pensarei nessa criança por toda a minha vida. Mas que, se não a oferecê-la a ele, será um amor morto que vai ocupar meus pensamentos pelo resto da minha vida. Uma ausência, vou chorar por uma ausência. Mas não por um vazio.

Meus pensamentos se prendem às estrelas. As paredes do quarto se cobrem de prata. O prazer me submerge. Libertada. Como se uma parte minha já se entregasse ao amante que explode em mim. Não é muito complicado para uma mulher que vive nos ares. Bastará amar muitas vezes Ylian nos dias que virão, depois me afastar por alguns meses. Dar à luz em algum lugar distante. Depois ir embora, sem voltar atrás. Nunca.

Ylian desaba sobre mim. Tão pesado quanto estou leve. Como se já carregasse o peso de sua responsabilidade. Ficamos em silêncio por um bom tempo. Tenho medo de que Ylian recue. Tenho medo de que Ylian desista. Tenho medo de que Ylian se arrependa. Sou eu que insisto.

– Eu vou dar a você, Ylian. Prometo. O mais maravilhoso dos bebês. E depois nunca mais vamos nos ver. Nunca mais saberemos um do outro. Senão, vai ser cruel demais. Cruel demais para nós. Cruel demais para ele.

– Para ela – murmura Ylian.

Para ela?

Sorrio. Sei que estou vivendo o momento mais bonito da minha vida. Uma noite mágica, que será seguida por um desespero infinito.

– Tem certeza de que vai ser uma menina?

Ylian também sorri. Adoro as rugas que nascem no canto de seus olhos.

– Absoluta! Eu menti, quero que me deixe muito de você.

Com a precisão de uma câmera, Yl olha nos meus olhos, meu cabelo, meu nariz, minha boca, a ponta tão fina do meu queixo. Percebo que está imaginando o rosto de uma criança que vai me substituir. Que vai se parecer comigo.

– Muito de você – repete Ylian. – E um pouco de mim.

– Ou muito de você e um pouco de mim?

Ylian mordisca minha orelha.

– Ou nada da gente e muito da minha avó siberiana que era anã, barbuda e corcunda.

Caio na gargalhada. Ylian, dentro de mim, já se enrijece.
– Sabe como vai chamá-la?
Yl confessa.
– Sei. Ah, sei... Ela vai ter o nome da nossa primeira vez.

• • •

Sometimes I'm dreaming
Where all the other people dance
Come to me
Scared princess

55

2019

Eu me lembro. Robert Smith tinha colocado o violão ao seu lado e cantado, quase *a capella*. Às vezes, sonho.

Diferente de nós, todos, da primeira à última fila, dançavam.

Eu não me sentia à vontade, uma princesinha medrosa.

Não mais que meu cavaleiro.

Nós tremíamos pelo que estava nos acontecendo. Um caminho se abria, não sabíamos aonde ele levaria.

Nossa união. A separação. Sua concepção.

Tudo começou com uma música. Uma das mais lindas já escritas, dizia Ylian.

Charlotte. *Charlotte Sometimes.*

Eu havia pegado a mão de Ylian nessas palavras, pela primeira vez. As palavras tiradas do livro de Penelope Farmer, *Charlotte Sometimes*, que Ylian lia no avião da primeira vez.

Charlotte. Sempre Charlotte.

Como não fiz a ligação?

Porque não queria imaginar você, pequena ou grande, loura ou morena, magra ou gordinha?

Porque não queria adivinhar a cor dos seus olhos?

Porque não queria saber com que nome Ylian a havia batizado?

Porque eu teria sofrido demais se tivesse fixado uma imagem em minha cabeça, se tivesse grudado em minha testa um nome, porque você não sabia nada sobre sua mãe, sua mãe que abandonou você sete dias depois do seu nascimento, naquela clínica em Bruxelas, onde aluguei um apartamento ao voltar da Índia.

Charlotte continua na cama. Adormecida.

Eu me lembro. Eu me lembro de tudo, Charlotte. Do seu primeiro choro, de sua primeira mamada, de meu último beijo em sua pele de bebê, antes de deixar você nos braços do seu pai porque ele passaria a ser o único no mundo a proteger você, princesinha medrosa.

Seu pai. E seu padrinho às vezes.

Eu me lembro. Ulisses se recusando a nos deixar entrar nos bastidores do show do The Cure, no Métropolis, depois se deixando convencer. *Faz anos que não vejo um casal tão gamado um no outro*, nos incentivando, *façam um bando de filhos*, e eu, ao beijá-lo, *você vai ser o padrinho do primeiro*. O padrinho se tornou um criminoso. Esta afilhada que ele protegeu será, hoje, sacrificada por ele. Depois de matar seu pai. E condenar sua mãe.

Eu me lembro, de tudo. Mas você não se lembra de nada.

Nós estamos trancadas em um quarto simples, mas trancado com cuidado. A janela está condenada por barras de ferro soldadas, nos impedindo de abrir as persianas pregadas. A porta do quarto foi bloqueada com a ajuda de uma barra de aço. É impossível fugir! O cheiro de gás me deixa zonza, eu me forço a respirar devagar.

Do outro lado do quarto, vejo uma pequena pia. Uma cuba simples, uma toalha, uma escova de dentes, um copo. Avanço, giro avidamente a torneira, molho a toalha com água fria e encho o copo. Molho Charlotte. Uma vez, duas vezes, três vezes. Esfrego seu rosto. Antes de ir, Ulisses tirou a mordaça dela e soltou seus pés e mãos para que tudo pareça um acidente quando a casa desabar.

Ela finalmente reage. Tosse. Arregala os olhos. Encolhe-se de medo, antes de me reconhecer. Continuo, faço com que beba água, muita água. Também molhei os lençóis da cama e a coberta. Umedeço o rosto, me forço a respirar pelos tecidos molhados. Faço de tudo. Bato na porta. Esmurro as janelas. Não podemos ficar aqui, esperando que uma explosão lance a casa pelos ares.

Estou agitada. Histérica.

Charlotte me lança um olhar frio.

– Desista. Não tem ninguém nesses arredores. Ninguém está nos ouvindo. Eu sei, eu cresci aqui. – Ela pousa o olhar nas barras de ferro e nas persianas trancadas. – Meu quarto não era tão trancado quanto está hoje... mas isso não me impediu de me sentir prisioneira.

Charlotte se levanta com dificuldade e tosse. Ela espera alguns segundos para recuperar o equilíbrio, depois segue até a escrivaninha. Inclina-se sobre um pequeno aparelho de som que está sobre o móvel, modelo dos anos 2010, em forma de torre, que permite ler vários pen drives. Parece muito cansada. Seus dedos brincam com as teclas prateadas. *On. Off.*

– Prisioneira pode ser certo exagero... Isolada... Solitária... Uma filha única criada pelo pai. Mimada pelo padrinho.

Não digo nada. Seu indicador aperta o botão de *Eject*. Ela retira com calma o disco colocado sob o leitor e o guarda em um porta-CDs.

– Ulisses me deu esse aparelho de som quando fiz 10 anos. Segundo ele, só se podia achar essa joia da tecnologia na Califórnia. Foi nele que escutei Black Eyed Peas pela primeira vez. Papai odiava! Ulisses vinha a Paris para quase todos os meus aniversários. Com malas cheias de CDs inéditos que ele ouvia a noite toda com meu pai. Achava que fosse por amizade. Papai também achava. Mas era só para nos vigiar. Para ter certeza absoluta de que meu pai não queria voltar à estrada e à música... Talvez também para aliviar a consciência. Ulisses ainda não era assassino, só ladrão. Com os milhões de dólares que ganhava graças a uma única música composta pelo meu pai, ele podia muito bem dar uma coisa ou outra para a afilhada.

Charlotte respira fundo e depois, com um gesto repentino, varre a escrivaninha com o braço. O som balança, todos os fios arrancados, e explode no chão. Charlotte dobra o corpo, tosse até me deixar desesperada. Eu me precipito até ela, colo um lençol úmido em seu rosto. Levo-a com cuidado até a cama.

Ela aceita, se senta. Tomando cuidado para evitar um novo contato físico comigo. Tomando cuidado para evitar um novo contato visual. A tosse se acalma pouco a pouco, dando lugar a um silêncio que não ouso romper. Charlotte limpa o nariz com o lençol molhado. Imagino sua traqueia irritada, sofro o martírio por ela. Por fim, ela se expressa, com os olhos baixos, com uma voz abafada:

– Meu pai confessou tudo no dia em que completei 18 anos. Fazia anos que eu insistia sem parar. Quem é minha mãe? Por que ela não me criou? Quando você crescer, Charlotte, quando você estiver mais velha. Eu riscava os meses, as semanas, os dias, até atingir a maioridade. Pronto, pai, cresci! Ele manteve a promessa. Me contou tudo. Aqui, sentado nessa cama. Você é filha de um amor, Charlotte. Ele começou a história assim. Do amor mais lindo que já existiu. Foi esse amor que deu à sua mãe a força para deixar você.

Tento olhar nos olhos de Charlotte. É impossível. Ainda voltados para seus joelhos, eles parecem cuidar para que os movimentos nervosos demais de seus dez dedos não parem. Sua voz ganha força, pouco a pouco.

– Na hora, odiei você, mas não conseguia realmente odiar meu pai. Fiquei calada, escutei, senti raiva. Já sabia que, assim que ele terminasse a história, eu iria embora. Mas você, eu amaldiçoava.

Meus olhos se enchem de lágrimas. Também pego um lençol molhado e o estendo para Charlotte, que o empurra de volta.

– Meu pai me abraçou. Quanto mais falava, mais eu ficava rígida. Então ele insistiu, contou mais detalhes, todos os detalhes, sentimentos, emoções, para me provar a que ponto a porra do amor de vocês era excepcional, a que ponto vocês haviam me desejado. E, quanto mais coisas ele acrescentava, contava tudo, Montreal, San Diego, Barcelona, Jacarta, mais eu achava aquilo atroz. Não, ainda pior: monstruoso. Abandonar a filha. Aceitar nunca mais dar notícias a ela. Ele me disse que você tinha uma família, uma filha um pouco mais velha do que eu. Pedi que ele me deixasse dormir. Estava começando o curso de Psicologia na época. No dia seguinte, anunciei que não ia dormir em casa. Ia passar a noite na casa do Kevin, um amigo. Não voltei mais para Chars desde então. Larguei a faculdade. A ideia foi nascendo, dia após dia. Fazer o curso de comissária de bordo, achar você, me aproximar, aprender a conhecer você sem que suspeitasse da minha identidade, amaciar nossa relação, fingindo que eu estava saindo com Jean-Max Durand, por exemplo, fazer você reagir, fazer você sofrer também, retomar toda a história desde o início. Talvez eu esperasse mudar o fim... Apesar de meu pai ter sido um pai perfeito. Nunca me faltou nada.

Pela primeira vez ela me olha, então repete, me encarando:

– Nada!

Ela é tomada por um espasmo, entre câimbra e tosse, cospe no lençol encharcado. Esboço um gesto, abro os braços. Charlotte recua e continua com a voz um pouco mais limpa:

– Acima de tudo, achei que seria a melhor solução para você quebrar seu juramento! Fazer você reviver o passado. O único jeito de você ligar para papai. Aliás, foi isso que aconteceu, não foi? Você ligou para ele! Ele teria atendido, claro, ele teria atendido. Se Ulisses não tivesse...

Charlotte volta a baixar o olhar. Eu me afasto, caminho pelo cômodo, dou voltas em nossa prisão. Estranha prisão, quarto de todas as paixões. Paixões de uma criança, de uma adolescente, de uma jovem adulta, sobre a qual ignoro tudo. Em uma prateleira, diante da escrivaninha, analiso os títulos dos livros organizados: três *Quête d'Ewilan*, sete de *Harry Potter*, treze de *Desventuras em Série*, uma coleção completa de Roald Dahl. Todos os livros que adorei apresentar para Margot e Laura, que Charlotte deve ter devorado ao longo desses anos todos, sozinha, sem a mãe para ler junto dela na cama. Sobre o armário, vejo bonecas e bichos de pelúcia entulhados, um urso, um canguru, um panda. Brinquedos que devem ter consolado Charlotte desde pequenininha e cujos nomes nunca saberei.

O cheiro de gás está cada vez mais forte. Meus olhos ardem. Mas Charlotte tosse cada vez menos, como se tivesse se acostumado. Como se as palavras a anestesiassem.

– Acho que o pessoal do administrativo da Air France gosta muito das lourinhas sorridentes como eu. Não foi difícil escolher o lugar e a data do meu primeiro dia de formação, para passar seis dias do seu lado, nem mentir um pouco sobre minha idade para não correr nenhum risco. Foi ainda mais simples convencê-los, fingindo ter feito uma aposta, a colocar nos mesmos voos um grupo de velhos amigos: Flo, Jean-Max, você e eu... Montreal, Los Angeles, Jacarta, nessa ordem, só uma vez, só por um mês! Expliquei direitinho que era segredo! Mesmo assim, até Flo achou que tinha sido Jean-Max que havia cuidado de tudo. Para o resto, me bastou ser paciente e discreta, observar o calendário da turnê do The Cure e planejar nosso voo para Montreal no dia certo, escolher uma mesa bamba sempre que nos sentávamos, subir o Mont-Royal um pouco antes de você para deixar uma bolsa que se parecia com a sua, inserir na conversa com Georges--Paul, Irmã Emmanuelle, Jean-Max ou Florence, quando você não estava perto, informações que voltariam, cedo ou tarde, a chegar aos seus ouvidos, tomar um chope no Foufounes Electriques, cortar o cabelo no A Pequena Andorinha, ir ao cinema ver *A vida é bela*. Também não foi muito complicado, em San Diego, pedir ao garçom do Coyote, na Old Town, para servir a você a margarita no copo *Just swallow it* que levei comigo. Tirar os documentos da sua bolsa e pôr na sua mala, colocar a foto na Soldadera na sua carteira. Nem mesmo achar o Facebook de Ramón, o trompetista dos Los Páramos, e pedir que ele estacionasse em Chula Vista, no Chicano Park, a velha van que estava largada no jardim dele, recordação dos velhos tempos. Foi ainda mais simples em Barcelona. Só tive que convencer Batisto a reutilizar a fantasia de estátua viva nas Ramblas por algumas horas, estar no lugar certo no momento em que você passasse...

Me lembro do que Charlotte disse no avião entre Paris e Montreal, a citação de Éluard. *O acaso não existe, apenas o encontro*. Uma confissão, já, mal disfarçada.

Eu me levanto.

Agora sou eu que vacilo.

O gás queima minha garganta, as narinas, os canais lacrimais, mas minha mente nunca esteve tão clara. Lavada. Esfregada. Tudo parece muito simples depois de explicado. Algumas palavras ditas por Charlotte bastaram. Nada de sobrenatural, nenhuma magia. Nada além de alguns truques de ilusionista, sabiamente programados, executados com habilidade, e Charlotte havia apostado que minha cabeça faria o resto, fabricaria as conexões falsas, se perderia nos meandros de hipóteses sem sentido, misturaria verdades e mentiras, acasos fabricados e algumas coincidências verdadeiras, que penetrariam na manipulação, "Let It Be" no rádio, um passageiro voltando da Indonésia e cantando "*Leave Me Just a Little Bit of You*", depois outro no voo Los Angeles-Paris.

Sinto o olhar de Charlotte me acompanhando. Como se se sentisse livre depois de contar tudo. A água sanitária desce pela minha garganta, incendeia meu palato. As palavras que meu cérebro formula parecem se dissolver antes de chegar à boca.

Sinto muito, Charlotte, de verdade.

Olho para o tampo da escrivaninha, onde o aparelho de som reinava, antes de se tornar um monte de peças espalhadas, até um quadro de fotos. Vejo Charlotte crescer, 4 anos, 6 anos, 10 anos, 15. Charlotte gordinha, toda molhada, segurando uma boia, Charlotte em uma bicicleta de rodinhas, Charlotte lançando um sorriso tímido a um pintor na praça Tertre, Charlotte escondida atrás de uma máscara de mergulho em uma praia com um mar cinzento e margeada por falésias. Charlotte de braços dados com um menino no trem da mina na EuroDisney. Charlotte soprando velas de aniversário, Charlotte fantasiada de bruxa, Charlotte em uma moto, Charlotte cercada de amigas que eu não conheci, Charlotte provocando gargalhadas que não compartilhei, Charlotte se tornando mulher depois de milhares de pequenas tristezas pelas quais não a consolei.

Lágrimas correm de meus olhos, queimam meu rosto, um gotejar ácido acentuando cada detalhe das minhas rugas. Marcas de expressão imediatas. Eu me viro. Pela primeira vez, meu olhar encontra o de Charlotte. Pela primeira vez, palavras conseguem escapar da nuvem ardente que me consome.

– Me desculpa, meu bebê. Desculpa. Desculpa. Desculpa.

Charlotte não responde. Mas também não desvia o olhar. Apenas se levanta. Verifica também a grade soldada, as persianas pregadas, analisa a porta fechada a cadeado.

– Quanto tempo? – pergunta. – Quanto tempo temos até que tudo exploda?

– Não faço ideia... Alguns minutos? Uma hora? Ulisses planejou tudo para que pareça um acidente.

Seguro as barras de ferro da janela. É impossível arrancá-las.

– Vai ser meio estranho, não vai? Encontrar dois corpos em um quarto em que todas as saídas foram fechadas.

Charlotte dá de ombros.

– O quarto está vazio há mais de um ano. Aqui no bairro, todos se acostumaram a se trancar em casa.

Por mais alguns minutos, tentamos achar uma saída, uma falha qualquer em nossa prisão, depois desistimos. Charlotte abre a torneira da pia, joga água no rosto e não volta a fechá-la.

– Durante todos esses anos – continua ela –, eu contei segredos ao Ulisses. Ligava para ele em Los Angeles. Foi a ele que recorri quando saí daqui.

Ele sabia de tudo. Sobre você. Sobre a gente. Fui procurá-lo no escritório do Sunset Boulevard, há dez dias, logo depois de você. Como eu podia adivinhar que ele estava me enganando? Que ia contratar homens para seguirem você até San Diego? Que não hesitaria em me matar também, assim que tivesse a certeza de que eu poderia reconhecer a música... Que ele... não havia hesitado em calar meu pai?

Charlotte faz uma concha com as mãos sob o fluxo de água e se molha com movimentos rápidos. Ela vira para mim o rosto coberto de lágrimas afogadas.

– Como eu podia adivinhar?

Você não podia, meu bebê. Não mais do que eu. Mas as últimas confissões de Charlotte levantam uma nova pergunta. Charlotte estava comigo em Los Angeles, enquanto Ylian já estava internado. Por quê? Por que ela não cancelou o voo? Quem ficou para cuidar de seu pai?

Arrisco a perguntar:

– Você deixou seu pai sozinho no hospital?

– Não... Não, ele não estava sozinho.

Na hora, imagino o que ninguém me disse. O que nenhum indício me fez pensar, mas que parece muito lógico. Uma mulher na vida de Ylian. Uma mamãe substituta para Charlotte. Mesmo que fosse temporária. Minha pergunta sai como um soluço:

– Quem?

– Uma pessoa de confiança. De muita confiança. Dela, eu não tinha raiva.

Um novo soluço.

– Quem?

– Eu a conheci no hospital de Bichat. No quarto em que meu pai foi internado. Ela é um pouco mais velha que eu.

Quem?

Tento beber de um só gole meu copo d'água. Ela não desce, eu engasgo, cuspo e repito.

– Quem?

Charlotte baixa a voz.

– Minha irmã. Quer dizer, meia-irmã. Eu... contei tudo a ela. Ela sabe. Desde que meu pai foi atropelado. Contei tudo à Laura.

Quanto tempo até a casa explodir?

Alguns minutos? Uma hora?

Minha vida já acabou!

Laura! Ciente de tudo. Da minha infidelidade, de uma filha secreta.

Laura, que idealiza tudo, que organiza tudo, Laura e sua vida familiar, tão bem organizada, Laura, que confia tanto em seus princípios que muitas vezes tive medo de que sofresse um forte baque. Mas não! Segundo Charlotte, ela aceitou. Laura ajudou. Ela apenas quis proteger o pai, o pai e Margot, se encarregar de contar tudo a eles, quando fosse preciso. Primeiro era preciso cuidar de Ylian. A enfermeira logo havia assumido o controle. Filhas únicas são teimosas, as mais novas são tagarelas, mas as mais velhas são de aço inoxidável.

Recordo meu aniversário na varanda de Porte-Joie, o envelope, meu presente, a viagem a Barcelona. Mais uma coincidência impossível... que era explicada!

– Foi você que convenceu Laura a planejar a viagem a Barcelona?

– Só falei do destino. Ela já queria fazer a viagem.

Lembro da pedra do tempo desaparecida em Barcelona, entre o Parque Güell e a pensão no Eixample. Eu estava sozinha com minha família. O sumiço do seixo cinza do meu jardim foi o que me convenceu definitivamente da magia dele... ou da minha loucura. Então Laura o pegou na Catalunha, assim como Charlotte se encarregou disso em Quebec e na Califórnia, alguns dias antes. Só o mistério do desaparecimento do seixo cinza perto do muro do Sena ainda se mantém... Mas não importa, só uma coisa interessa: Laura e Charlotte, minhas duas filhas, cúmplices.

Como poderia ser diferente? Com certeza ambas querem saber tudo sobre esse amante de sua mãe, esse amante tão diferente. Sempre temos medo de que os segredos de família sejam descobertos, por medo de sermos condenados, mas os questionamentos de nossos parentes são feitos por curiosidade, nunca por julgamento.

De repente, sinto uma onda enorme de amor por Laura. Então ela herdou uma parte das minhas fantasias? Não apenas o rigor e a sabedoria do pai. Ela também é capaz de esconder algo enorme! Paro para pensar também em Margot, que nasceu pouco mais de um ano depois de Charlotte, que ainda não sabe nada sobre a meia-irmã. Margot, tão próxima do pai e em conflito perpétuo com a mãe. Porque, de forma inconsciente, ela sabia que havia outro bebê e que ela só tinha vindo ao mundo para substituí-lo?

Sem dizer nada, me deito no chão e começo a me arrastar. Charlotte me olha sem entender. Deslizo para debaixo da cama. Minhas mãos vasculham a escuridão, agarram poeira. Eu me pego pensando nos momentos em que poderia ter brigado com Charlotte por ter passado o aspirador rápido demais, antes de meus dedos se fecharem sobre o pequeno seixo.

Eu me contorço para sair. Estendo a mão para minha filha. Eu a abro.

Na palma dela brilha a pedra do tempo.

– É para você. Parece que, com ela, podemos voltar para consertar os erros do passado.

– ...

– Pelo menos por alguns minutos. Talvez até por uma hora.

Charlotte encara o seixo. Por muito tempo. Ela hesita, hesita de verdade. Mas, por fim, seu rosto se acalma. De repente, sua expressão se suaviza. Um sorriso ilumina seu rosto e eu reconheço nele, pela primeira vez, o de seu pai. Sua mão pousa sobre a minha – é quente, leve, depois pesada, quando ela pega a pedra, enquanto a minha pode enfim voar. Enquanto meu coração pode por fim voltar a bater, ele que parou há quase vinte anos.

Tenho a sensação de que mais nada de ruim pode acontecer comigo, e então escuto aquelas três palavras, três palavras que achei que estivessem perdidas para sempre.

– Obrigada. Obrigada, mãe.

56

2019

Ulisses pragueja contra o engarrafamento que se forma à sua frente no estacionamento do hospital de Bichat. Todos velhos! Velhos sozinhos ou casais de velhos! E eu tenho que levar dez minutos para pegar meu tíquete. E ando a 2 quilômetros por hora em cada rua do estacionamento. E paro cinco vezes antes de estacionar. Eles não podem vir para cá já de ambulância?

Ulisses acaba saindo da fila, ultrapassando um Xsara Picasso, cortando outros, correndo e roubando a vaga de uma vovó que não reagiu rápido o bastante ao pegar uma via na contramão. Sinto muito, é uma emergência! Depois de desligar o motor, seu primeiro movimento é pegar o celular rosa largado no banco do carona.

Ele solta um palavrão. Ninguém respondeu. Ele relê a mensagem que acabou de mandar ao marido e às filhas de Nathalie.

Sou eu. Estou com problemas de novo. Preciso que vocês venham me buscar. Não é nada grave, mas é urgente e complicado. E importante. Vou explicar quando chegarem. Estou na rua Libération, 36, em Chars. Na casa do Ylian. Ylian Rivière.

Complicado, importante... Nada grave, mas é urgente. Cada palavra foi bem escolhida. A armadilha é perfeita. Eles vão correr para lá!

Ulisses passou horas preparando tudo na casa de Chars: os fios desencapados que vão provocar um curto-circuito assim que alguém tocar a campainha, as faíscas que vão disparar em sequência os detonadores distribuídos por todos os cômodos, antes de o gás envolver tudo e o incêndio apagar o resto.

Agora que tudo está pronto, Ulisses se força a não pensar mais naquilo. Está ansioso para que tudo acabe. Que as últimas testemunhas não possam mais falar. Que exista apenas uma verdade. Ylian nunca compôs aquela música, assim como nenhum outro músico conhecido. Aquele hino é propriedade apenas dele. Um sucesso lendário cujo segredo pertence apenas a ele. Assim como os direitos!

Ao sair do Mercedes, ele volta a olhar o celular de Nathalie. Diverte-se relendo a mensagem anônima que enviou para ela dois dias atrás. *Não vá para Jacarta.* Depois, volta a se concentrar em seu pedido de socorro.

Sou eu. Preciso que vocês venham me buscar.

Quem vai até lá primeiro?

Margot?

Olivier?

Laura?

• • •

Margot está prestes pousar os lábios nos de Marouane quando ouve o sinal de uma mensagem nova. Marouane fica com a boca aberta, os olhos fechados, esperando o estalinho, sem perceber que Margot o largou de lado para ler a mensagem. Uma mensagem de uma de suas amigas é muito mais urgente do que um beijo em uma garoupa! É assim que elas chamam Marouane na escola, por causa do topete e do nariz amassado de bebê que vê TV perto demais.

– Droga. É minha mãe!

Sou eu. Estou com problemas de novo. Preciso que vocês venham me buscar.

– Mas que merda! – reclama Margot.

Marou, a garoupa, finalmente percebe que, se continuar a avançar com a boca aberta e os olhos fechados, vai acabar beijando o vidro do ponto de ônibus (e amassar o nariz, mas, com isso, ele já está acostumado). Ele arregala os olhos.

– Você não vai responder?

– Vou, espera, estou lendo.

Não é nada grave, mas é urgente e complicado. E importante. Vou explicar quando chegarem.

O que sua mãe inventou agora? Desde de manhã, Margot está de saco cheio de segredos de família! Em dado momento, até achou que fossem anunciar que ela tinha sido adotada. Tipo abandonada ao nascer e encontrada às margens do Sena em uma cesta de vime.

Estou na rua Libération, 36, em Chars. Na casa do Ylian. Ylian Rivière.

Chars? Nunca ouvi falar desse lugar!

Margot clica para localizar o endereço. Fica a 70 quilômetros da escola! O que sua mãe espera? Que ela se teletransporte até lá?

– Você tem que ir, é isso? – pergunta Marou, a garoupa, preocupado.

Margot guarda o celular no bolso, sem responder.

– Não é nada. Minha mãe deu uma surtada nos últimos tempos. Espero que eu também não fique maluca desse jeito...

De repente ela pega Marouane pela gola, põe as mãos abertas em suas bochechas para abrir sua boca e cola os lábios dos dois como ventosas, a língua primeiro. Recupera o fôlego entre uma apneia e outra e arranja tempo para filosofar:

– Tenho mais o que fazer do que perder meu tempo com meus pais. Temos que fazer muito amor aos 18 anos, se não quisermos entrar em pane quando tivermos o dobro, ou o triplo!

• • •

Olivier odeia sinais vermelhos. Ele também odeia essa cidade. Odeia multidões. Não odeia as pessoas, não individualmente, mas será que ainda podemos falar de humanidade quando as pessoas estão entulhadas nos vagões do metrô ou em fila de carros que correm tão rápido quanto os grãos de areia de uma ampulheta? Seu celular está preso ao painel. Muitas vezes, quando tem que sair da oficina e pegar o carro, Olivier se distrai com telefonemas para os clientes. A mensagem chega no momento em que o sinal abre.

Sou eu. Estou com problemas de novo. Preciso que vocês venham me buscar.

Nathy?

Um idiota entra na frente dele! Ele quase o esmaga. Enquanto o cruzamento está travado, Olivier tem tempo de ler mais uma frase.

Não é nada grave, mas é urgente e complicado. E importante. Vou explicar quando chegarem.

Deus do céu!

Alguém buzina atrás dele. Olivier ainda está em Saint-Denis, plantado no meio do cruzamento da Pleyel. Ele acelera, se enfia no bulevar Ornano, liga a seta em busca de um lugar onde possa estacionar em fila dupla, dando uma última olhada no GPS como se quisesse dizer: *Sinto muito, meu amigo, minha esposa é mais importante do que você.*

Olivier consegue estacionar, mal, esgueirando-se entre uma vaga para deficientes e uma faixa de pedestres, e termina de ler a mensagem, ansioso.

Estou na rua Libération, 36, em Chars. Na casa do Ylian. Ylian Rivière.

Olivier fica paralisado por um instante, depois dá um soco violento no volante.

Ylian Rivière. Ele de novo! O que Nathalie está fazendo lá? Na casa dele? Enquanto, segundo as últimas notícias, o músico espera os últimos sacramentos no hospital de Bichat? Sob o olhar atento de Laura, sua própria filha...

Isso nunca vai acabar!

Ele relembra as palavras de Laura, depois de sua confissão de manhã: *Você não quer conversar com ele? Acho que seria bom, pai. Ele tem um segredo... um grande segredo para contar.* Ele hesita. Uma moto passa rente à minivan e o motoqueiro ergue o braço em um gesto irritado. Ele não pode ficar estacionado ali. O que vai fazer?

Ir até o endereço que Nathalie enviou? Para revirar a casa do músico? Ou ir direto para o Bichat, para estrangulá-lo?

Olivier verifica pelo retrovisor que ninguém vai ultrapassá-lo e segue sua rota até o próximo sinal vermelho. Já tomou sua decisão. Ele se conhece, sabe que é incapaz de qualquer violência, mesmo contra o amante de sua esposa. É ainda menos capaz de matar...

Mas se fosse apenas observá-lo morrer...

Depois que esse sujeito contar seu segredo, seu grande segredo...

Obrigado, Laura!

Olivier desliga o celular e se ocupa outra vez do GPS, como se dissesse: *Sinto muito, meu amigo, no fim das contas, você tinha razão.*

• • •

Laura já está com as mãos ocupadas. Um gêmeo em cada uma, Noé à direita, Ethan à esquerda, e o molho de chaves entre os dentes. E a babá reclamando porque Laura veio buscá-los com três minutos de atraso! Droga, babás são profissionais liberais, não são? Que tal elas virem fazer o trabalho das enfermeiras? Ethan está choramingando porque quer ficar com a babá Sophie, Noé está com fome e a droga do celular está vibrando no bolso dela!

Laura ajeita um filho de cada lado, presos às cadeirinhas, e por fim consegue pegar o celular.

Sou eu. Estou com problemas de novo. Preciso que vocês venham me buscar.

Mais essa! Agora é sua mãe!

Não é nada grave, mas é urgente e complicado. E importante. Vou explicar quando chegarem.

Estou na rua Libération, 36, em Chars. Na casa do Ylian. Ylian Rivière.

Na casa do Ylian... Claro... Charlotte contou onde cresceu. Uma casinha no campo. Um pouco como ela, no fim das contas. Laura calcula. Chars fica a 20 quilômetros de Cergy, a menos de vinte minutos dali.

Ela suspira. Obviamente, vai correndo até lá. Não vai deixar de ajudar a mãe! Mas Valentin ainda está no trabalho, então ela vai ter que levar os gêmeos! Dois monstrinhos cansados, famintos, em quem ela teria dado banho e depois teria posto para dormir.

Laura dá a partida no carro e volta a suspirar. Que bom que está tudo acabando! Que o pai e Margot saibam de Charlotte, que eles aceitem tudo como aceitaram com sua mãe, como ela também aceitou ao ouvir as confissões da meia-irmã no café do hospital. Que bom que as feridas estão sendo todas abertas, cauterizadas, que tudo vai cicatrizar e que todos vão poder se reunir na varanda de Porte-Joie, ou, por que não, na rua Libération em Chars, para recuperar o tempo perdido. O pai vai ficar triste de início, depois vai perdoar, vai entender. Ele é assim, é como ela, mais forte que um carvalho! Ele não se dobra, mas também não se quebra.

Os gêmeos já começaram a gritar no banco traseiro. Querem água. Querem comida. Querem TV.

Laura dá a ré e faz voarem os cascalhos da entrada do jardim da babá Sophie. Ela trabalha o dia inteiro em casa, vai ter tempo de pôr tudo no lugar!

É, que bom que tudo está acabando! Ela se concentra na estrada à frente, o olhar se perde no canto do para-brisa, no adesivo do hospital que permite que entre no local sem passar pelo estacionamento dos pacientes e visitantes.

Um soco esmaga seu peito.

Que bom que está tudo acabando?

Ela entende de repente todo o horror que lhe veio no coração. Ylian Rivière está à beira da morte. Só tem alguns dias de vida. E ela, uma mãezinha de família atrapalhada por suas pequenas preocupações, está reclamando? Ora!

Ela estaciona mal, sobre a calçada, e digita, nervosa, no celular:

Já estou indo, mãe. Chego em vinte minutos no máximo. Espero que a casa do Ylian seja sólida, tipo protocolo antissísmico, porque vou ter que levar os gêmeos.

57

2019

Estou deitada ao lado de Charlotte. Ao procurar a pedra do tempo embaixo da cama, notei que os efeitos do gás eram menos intensos perto do chão. Nos organizamos sem conversar muito: criamos uma tenda com os lençóis, as cobertas e o colchão e nos escondemos embaixo dela. Nos revezamos para molhar os panos.

Meu Deus, como adoro essa cumplicidade!

Não sei quanto tempo ainda tenho de vida, antes que tudo desabe à minha volta, a laje, o telhado, as vigas, as telhas, mas não importa, terei vivido este momento. Íntimo. Com minha filha. Aqui.

As lâmpadas do teto iluminam o cômodo através dos lençóis amarelos e das cobertas laranja, como um pôr do sol em um acampamento de beduínos. Estou bem. Da última vez que se levantou, Charlotte puxou uma velha caixa para dentro da nossa cabana. Ela enfia a mão ali.

Ela saca, de forma aleatória, um chaveiro de feltro em forma de gravata, um quadro de macarrão farfalle pintado e envernizado, uma caneca escrito DAD decorada com estrelas de estêncil, uma vela amarela combinando com a caneca, um pote de lápis de papel machê. Encontro palavras rabiscadas no feltro, coloridas dentro de um coração, pintadas em letras maiúsculas.

FELIZ ANIVERSÁRIO, PAPAI! Vejo que é um tesouro acumulado com o passar dos anos, da creche ao ensino fundamental.

– São verdadeiras obras-primas, não são? – comenta Charlotte, com orgulho. – De toda a turma, eu era a mais talentosa para trabalhos manuais. Mas tinha uma vantagem é preciso lembrar que, em relação às minhas amiguinhas que também tinham que preparar um presente para a mãe, eu tinha o dobro do tempo!

Eu pego a mão dela.

– Mas, na verdade – continua Charlotte –, eu era a mais motivada. Meu pai foi o mais maravilhoso do mundo.

Gotas quentes chovem em nosso rosto. Ficamos deitadas, não nos olhamos. Apenas ouvimos a voz uma da outra. De vez em quando gritamos, como fúrias, o mais forte possível, para o caso de alguém nos ouvir, depois continuamos conversando.

– Sabe, Charlotte, seu pai tinha muito talento. Muito mesmo. Não só para criar você. Para a música também.

Charlotte vasculha a caixa. Pega um ukulele rosa, minúsculo. Um brinquedo.

– É, eu percebi isso. Percebi isso hoje. Quase nunca o via tocar. Ouvir música, sim. Mas não tocar. – Ela joga o ukulele no chão com um gesto bruto. – Ele... ele abandonou tudo isso por mim.

Aperto sua mão ainda mais forte. Uma gota cai do lençol e se espalha pela minha bochecha, inunda meu olho. A luz crua da lâmpada me cega. Fecho os olhos.

– Não, Charlotte, não. Foi escolha dele... A gente se engana, sabe? Escolher não é renunciar. Pelo contrário. Escolher é ser livre. Inclusive quando escolhemos não ser a pessoa que os outros querem que sejamos. Inclusive quando escolhemos desperdiçar o talento com o qual nascemos. Inclusive quando deixamos passar os amores que a vida esfrega na nossa cara. Ylian escolheu você, isso foi decisão dele. Os filhos não têm nada a ver com isso. Os filhos têm que viver a própria vida. E fazer suas escolhas...

Charlotte coloca a mão em meu braço.

– Fique quieta. Tenho uma surpresa.

Ela solta a minha mão, eu a ouço vasculhar a caixa, depois sinto uma carícia em meu nariz, minhas pálpebras, na mecha em minha testa. Charlotte tirou de seu arquivo um filtro dos sonhos, lã de angorá, pérolas de vidro e penas da cor do arco-íris... coberto de poeira!

Meu nariz coça, eu resisto por um segundo e espirro. Charlotte cai na gargalhada. Eu também, apesar de meus pulmões serem rasgados pelo gás que inspirei violentamente.

– Fiz isso quando tinha 10 anos, estava no sexto ano. Pela primeira vez tivemos uma professora substituta durante um bimestre e eu não tive coragem de dizer que não tinha mãe. Isso é... é para você.

Charlotte se cala. Pego com o máximo de delicadeza possível o frágil filtro dos sonhos. Apesar das lágrimas que enchem meus olhos, consigo enxergar os corações gravados na armação de madeira. Faz dez anos que ele me espera... Eu o ponho sobre o peito. A lã, as pérolas e as penas pesam uma tonelada. Esmagam todas as batidas de meu coração. E também afugentam todos os pesadelos da minha mente.

Obrigada, Charlotte. Obrigada. Sabe, seu pai não sacrificou nada. Ele simplesmente escolheu você. Porque amava você, e você retribuiu esse amor. Ele também amava a música, claro, mas ela nunca deu nada a ele.

– Mãe?

Levo um susto.

– Mãe – repete Charlotte. – É tão difícil assim escolher?

Sorrio.

– Posso dizer... posso dizer que não podemos enrolar muito. Temos que decidir antes de sermos totalmente adultos, eu acho. Antes de haver poucos caminhos possíveis, de haver bagagem demais a carregar. Antes que escolher seja apenas não ter que se perder em uma floresta de arrependimentos.

– Eu entendo – murmura Charlotte. – Eu teria preferido.

– Preferido o quê, querida?

– Escolher. Escolher e não morrer.

58

2019

Rua Libération, 36.

Laura estaciona diante da casa. Levou menos de quinze minutos para chegar. Acostumou-se a dirigir pelas estradas vicinais como um piloto de rali. Reduz sempre que atravessa um vilarejo, o velocímetro travado nos 55 quilômetros por hora, e acelera, pisando fundo, sempre que sai. Laura dirige rápido quando está sozinha. Sempre com pressa. Ela dirige ainda mais rápido quando os gêmeos estão no carro. Mais de quinze minutos presos às cadeirinhas e tudo vira um inferno. Gritos, choro, brinquedos voando e chutes.

Ao sair de Cergy, Laura ligou o rádio para distrair os dois monstrinhos. Normalmente, a música os acalma por alguns minutos... antes de animá-los, especialmente porque Laura costuma aumentar o volume quando eles começam a brigar. Desde ontem, a canção para a Indonésia toca sem parar, "Leave me just a little bit of you". Estão forçando a barra antes do show em Wembley, o tipo de melodia implacável que nos persegue o dia inteiro. Até os gêmeos cantarolam algumas partes da letra. Uma verdadeira lavagem cerebral! Mas, depois de passar o contorno de Artimont, Noé e Ethan já abandonaram o duo do *The Voice Kids* para disputar a posse de Gigi, a coitada da girafa já com as patas destruídas. Depois de constatar a carnificina pelo retrovisor, Laura teve que parar, prender o celular nas costas do banco do passageiro e passar um vídeo do burrinho Trotro. Trinta segundos perdidos, no máximo... E a paz reina até Chars!

• • •

Laura se detém um momento para observar a casa isolada. *Rua Libération, 36*. Minúscula. Banal. Triste. O carro da mãe não está aqui. Estranho... Ela leu e releu a mensagem.

Preciso que vocês venham me buscar.

Será que a mãe veio de táxi?

Estou com problemas de novo.

O que foi que ela inventou agora? Será que Charlotte está com a mãe dentro da casa? Foi aqui que sua meia-irmã cresceu. Ela contou, nas longas noites de plantão ao lado do pai. Será que Charlotte confessou à mãe quem é? Será que as duas se reconciliaram? Laura não vê nenhum carro por ali, mas o de Charlotte pode estar na garagem, talvez tenha sido ela quem levou a mãe.

Laura abre a porta. Os gêmeos ainda parecem encantados com as aventuras de Trotro.

– A mamãe já volta, meus queridos.

Laura dá três passos até o portão. Não está trancado, mas sua mão para na maçaneta.

Um grito!

Laura ouviu um grito! Abafado, distante, impossível de definir se veio de um ser humano, mas ela acredita ter ouvido um tipo de chamado. Laura sonda o silêncio, ouvidos atentos, quando Noé começa a berrar.

– Mamãããããe!

Laura pragueja, volta ao carro, solta Noé. Pega a mão dele.

– Fique quietinho, Nono, está bem?

Ela volta a ouvir os sons difusos do loteamento deserto. Carros passam ao longe, na rodovia. Um ronronar mais lento de motor surge dos campos, sem dúvida um trator. Ouve ainda, se prestar bem atenção, os sons dos pássaros. E só. Ela empurra o pequeno portão. É a vez de Ethan, que ficou sozinho no carro, chorar. Claro, o que ela esperava? Os dois são ligados! Um som estéreo. Um eco permanente. Desde que nasceram, Laura tem a impressão de fazer tudo duas vezes, com alguns segundos de diferença, como se a vida gaguejasse. Ela segura Noé com o braço, solta Ethan, pega cada um pela mão, como sempre. Será que as mães de trigêmeos mandam implantar um terceiro braço?

– Fiquem quietinhos, meus bebês, está bem? Não podemos fazer barulho. Vamos ouvir os passarinhos.

Com exceção de alguns piados, Laura não ouve nenhum outro barulho. Só a paisagem sonora de um vilarejo do interior. Ela larga a mão dos gêmeos quando entra no jardim, voltando a pensar nas palavras da mãe.

Não é nada grave, mas é urgente e complicado. E importante. Vou explicar quando chegarem.

Sua mãe com certeza está lá dentro, esperando. Ela tem que bater na porta. Tranquilizar-se. Mas, instintivamente, Laura desconfia. Está ficando cada vez mais preocupada com o fato de não haver carro algum ali, barulho algum. Com o fato de a mãe não estar à janela, não ter aberto a porta para recebê-la. E o grito... Será que ela o ouviu mesmo? Com todas essas histórias, será que também não está ficando maluca?

– Mamããããe!

Ela se vira. Dessa vez é Ethan. Ele engoliu um punhado de pedrinhas rosa da entrada e está tentando cuspi-las em uma mistura de bile e baba. Laura se inclina, um lenço, rápido, limpa tudo, seca os olhos, assoa o nariz, enxuga a boca. Depois sacode Noé, que também chupou um cascalho rosa, apenas um, e parece estar achando a pedra tão boa quanto uma bala de morango!

– Cospe, Nono, cospe!

Laura decide não soltar mais os gêmeos. Está a 2 metros da porta. Pela última vez, o silêncio na casa a incomoda. Ela hesita em voltar para o carro para checar o celular. Será que a mãe deixou uma mensagem? Ou ela pode mandar uma. *Cheguei, mãe. Onde você está?* Laura detesta entrar assim, sem ser convidada, em uma propriedade particular. Mas, no fundo, tem medo do que vai encontrar.

A mãe aos prantos. Nos braços de sua meia-irmã.

Ela puxa os braços dos gêmeos com a delicadeza com que eles puxam as patas de Gigi, a girafa, o dia inteiro. Isso vai ensinar a eles! Que bom que tudo vai acabar, pensa Laura de novo.

Bater na porta.

Abrir.

Acabar.

59

2019

ULISSES SAI DO QUARTO 117 para ler a mensagem. Ele obstrui mais da metade do corredor estreito, atrapalhando as enfermeiras apressadas que não param de circular, mas não faz esforço nenhum para seguir para um lugar maior. Prefere manter controle visual do quarto pela porta aberta e faz um leve aceno para o leito. Apenas os olhos de Ylian o respondem.

Ulisses para e resgata todo o sofrimento, todo o carinho, como se acostumou a fazer ao longo dos anos. *Sim, Ylie, eu sou seu amigo.* Ele então dá um passo para trás. *Será que você pode deixar esse mundo antes de saber que te traí?*

Ele pôs uma cadeira ao lado da cama. Planejou velar por Ylian até que tudo terminasse. Seu primeiro reflexo foi desligar a TV. As emissoras só falam de Jacarta, do socorro que chega a conta-gotas, dos artistas solidários e da preparação para o show. Não quer correr riscos.

– Eu já volto, mano velho.

O produtor olha discretamente o celular de Nathalie.

Já estou indo, mãe. Chego em vinte minutos no máximo. Espero que a casa do Ylian seja sólida, tipo protocolo antissísmico, porque vou ter que levar os gêmeos.

Laura! É Laura quem vai até lá. A filha mais velha. Ele bem que imaginava... só não havia previsto que ela levaria os filhos! Inferno! Meninos de 2 anos. Assim que ela soltar a mão deles para tocar a campainha, tudo vai explodir... a mãe, os filhos... Deus do céu! Ele não havia considerado isso!

Uma moça de blusa branca, tão magra quanto ele é gordo, passa no corredor sem nem roçar nele e lança um sorriso sincero, dado pelas enfermeiras aos visitantes que acompanham os últimos segundos de vida de um parente. A empatia da moça é um golpe em seu coração.

Ele daria tudo para voltar atrás.

Para ter feito Ylian assinar o contrato no Great Garuda de Jacarta, cinquenta por cento dos direitos para cada um e eu cuido da sua carreira, mano velho! De início, Ulisses apenas mentiu. Aliás, nem mentiu, nem roubou, apenas esqueceu. Depois os dólares jorraram, a Molly Music prosperou, mas, se parasse para pensar, ainda não havia nada, ou quase nada, a censurar na conduta dele. Claro, ele recebia um dinheiro que só deveria ter chegado em parte a seus bolsos, mas não é verdade que todos os ricos do planeta aproveitam o talento dos outros para fazer fortuna? Ylian não estava nem aí, era um pai ocupado, tinha aposentado o violão havia muito tempo.

E tudo ganhou velocidade. Dez dias atrás. Ele perdeu a cabeça e atropelou Ylian na avenida Ternes em vez de confessar tudo, em vez de propor reembolsar alguns milhares de dólares – e até mais, se ele quisesse. Mas Ylian teria recusado. Não se reembolsa um sonho perdido. Uma vida desperdiçada. Depois de roubar a letra e a música de uma vida, não se compra o silêncio.

Depois, uma coisa foi levando a outra. Calar Nathalie. E Charlotte. Três testemunhas, apenas eliminar três testemunhas e ele apagaria o passado de maneira definitiva. Mas agora as crianças? Será que isso nunca vai parar?

Ele tenta pensar o mais rápido possível. Ainda pode impedir tudo. Basta mandar uma mensagem para Laura como se fosse Nathalie. Basta pedir que dê meia-volta. Ele poderá em seguida ir até Chars. Vai achar um jeito de se livrar das duas últimas testemunhas sem que a morte dos meninos pese na consciência.

Outra enfermeira passa, menos sorridente, mais baixa e mais gordinha que a anterior. Ulisses tenta encolher a barriga enquanto ela se esforça para empertigar o tronco.

– O senhor não pode ficar aqui – reclama a moça.

Ulisses assume um ar desolado, balbucia algumas promessas falsas, depois volta a acenar para Ylian. Tem que se manter vigilante, não pode se afastar... por causa da droga da TV! Mesmo que tenha deixado o controle longe da mesa de cabeceira e que Ylian não tenha forças para ligá-la. Ylian quase não consegue mais usar os músculos. Mal fala. Pouco a pouco, seu corpo vai parando. Lentamente, a vida o deixa. Agora é questão de dias, talvez de horas, mas Ylian continua consciente, completamente consciente.

Ulisses também pode salvar o que resta de sua consciência. Não envolver mais ninguém nessa fuga de seus problemas. Terminar o trabalho sozinho. Em família. Cuidar dos dois amantes e da filha deles. Sem pensar muito, ele seleciona três destinatários – Olivier, Margot e Laura – e redige a mensagem:

Alerta falso. Me virei sozinha como uma mocinha. Não precisam vir até Chars. Até de noite.

Plim!

Mensagem enviada! Por um momento, o toque de envio o assusta. Ele havia tomado o cuidado de pôr o celular de Nathalie no modo silencioso. Estranho... E daí? Ele dá um passo em direção ao quarto. Ylian vai partir feliz. Ulisses vai segurar sua mão até o fim. Deve isso a ele.

– Estou chegando, meu irmão!

Uma voz atrás dele faz seu corpo gelar.

– Com licença.

Ulisses se vira. Um homem está na frente dele. Um homem que ele nunca viu. Alto, cabelo ralo, olhos azuis. Tem um celular na mão.

– Eu... Eu acho que você acabou de me mandar uma mensagem.

Ulisses leva uma fração de segundo a mais para reagir. A calma do homem à sua frente o pegou de surpresa.

– Do celular da minha esposa – explica o homem, com uma voz ainda monocórdia.

Ulisses baixa estupidamente os olhos para a capa rosa que ainda tem nas mãos, a cauda da pequena andorinha preta escondida sob o polegar. Antes mesmo que tenha tempo de erguer o olhar, o homem se joga sobre ele.

Olivier? O marido? Merda, o que ele está fazendo aqui?

É a única ideia coerente que a mente de Ulisses consegue articular. Um primeiro soco o atinge no rosto. Um segundo lhe quebra a mandíbula. Ele se arrasta de costas pelo corredor. Olivier o enche de chutes, na barriga, no peito, nas pernas. Ulisses tenta desajeitadamente se encolher. A sola do sapato de Olivier machuca suas costas.

– Cadê a minha mulher, seu filho da puta?

Ulisses não consegue responder. O sangue inunda sua boca. O único gesto que consegue fazer é erguer os olhos para a porta aberta do quarto 117. Encontrar o olhar de Ylian.

– Filho da mãe! – continua o marido. – O que você fez?

Passos soam no corredor. Gritos assustados. Uma enfermeira pede ajuda. Ulisses cospe sangue, que corre pelo piso vinílico branco, seu nariz escorre.

– N-nada – consegue articular ele. – Eu... Eu impedi... tudo... Ninguém... Ninguém vai morrer.

De ambos os lados do corredor, um exército de enfermeiros e maqueiros chega correndo. Olivier não se priva de bater uma última vez no homem estirado no chão, no momento em que ele tenta erguer a cabeça para os que vieram em seu socorro. O sapato atinge a região entre a têmpora e a orelha, provocando uma enorme explosão na cabeça de Ulisses. Cresce um zumbido e, como se o chute tivesse riscado o disco de seus pensamentos, uma voz repete sem parar em sua cabeça:

Ninguém vai morrer.

Ninguém vai morrer.

Olivier parece mais calmo, mas os maqueiros se aproximam com desconfiança.

Ninguém vai morrer.

O produtor então sente o peso de um olhar. Mais violento, ainda mais doloroso que os golpes que lhe foram aplicados. Um olhar que o crucifica.

Ylian o observa pela porta aberta.

Ele conseguiu reunir suas últimas forças, se levantar alguns centímetros na cama. Ulisses então percebe que Ylian ouviu tudo, viu tudo. Entendeu que o motorista era ele, seu protetor, o padrinho de sua filha, seu velho amigo.

Seus olhos se fixam nele, em seu rosto, seu coração, por longos segundos. Então, como se Ulisses nem merecesse ser fuzilado, mesmo que por um olhar, os olhos de Ylian se afastam, uma ínfima mudança de ângulo, e pousam no homem de pé no corredor com as mãos cobertas de sangue.

Ylian também entendeu quem é o homem que acabou de bater em seu assassino. Que veio vingá-lo. Ylian encontra forças para esboçar um sorriso.

O olhar de Olivier o atravessa como se ele já fosse um fantasma.

Ylian insiste. Mendiga apenas um perdão. Apenas um brilho de cumplicidade, pelo amor de uma mulher compartilhada. Olivier pode muito bem lhe conceder isso. Já ganhou. Viveu com ela. Vai sobreviver com ela.

Ylian volta a se ajeitar, às custas de um esforço supremo. Seus lábios esboçam algumas palavras. Algumas palavras que ninguém nunca vai ouvir.

Com um último chute, forte e objetivo, Olivier fecha a porta do quarto 117.

60

2019

Laura está irritada diante da porta fechada. Tem a impressão de estar batendo há quase uma hora. Ethan e Noé se divertem com isso e também batem na porta de madeira com toda a força de suas mãozinhas.

Nada!

Não tem ninguém ali dentro.

A mãe não está lá, nem Charlotte.

Estou na rua Libération, 36, em Chars. Na casa do Ylian. Ylian Rivière.

Será que ela já foi embora? Ainda não chegou?

O que você está fazendo, mãe?

Noé cansou de bater e tem a ideia de testar se o irmão vai reagir mais do que aquela porta sem vida. É isso aí! Ethan teve a mesma ideia, ao mesmo tempo. Os dois começam a trocar socos e chutes, primeiro rindo, depois chorando, exatamente no mesmo instante. Laura os separa, suspirando.

Por favor, mãe…

– Fiquem aqui, meninos. E não encostem nas pedrinhas! A mamãe vai ver se a vovó deixou um recado.

Laura percorre correndo os 30 metros que a separam do carro, abre a porta traseira e se inclina para pegar o celular.

Merda! Descarregou! Mas que dia! O vídeo de Trotro continuou passando, ela nem pensou em desligar. A bateria, que já estava no fim, descarregou totalmente.

Certo, pensa Laura, não entre em pânico. Vou pegar os meninos, voltar para Cergy e ligar para minha mãe do telefone fixo. E, se ela precisar, se insistir, volto para Chars. Não vou passar a noite aqui esperando com duendes furiosos.

Laura deixa a porta aberta. Ela vai chamar os gêmeos, *Noé, Ethan, vamos, andem, vamos embora*, quando um grito antecipa o seu. Um grito que vem de dentro da casa.

Não é um miado nem um uivo. Dessa vez ela sabe: foi um grito humano.

Ethan e Noé, finalmente calmos, colhem dentes-de-leão de montinhos de grama entre as pedras da entrada. Foi um deles que gritou? Não, Laura tem absoluta certeza de que não foi!

Tem alguém lá dentro! Tem alguém na casa. Mas ela bateu até machucar a mão. Será que alguém está preso? Alguém que está dormindo com a porta fechada? Que acordou de repente?

Ela bate a porta do carro e ergue a cabeça. Os gêmeos se afastaram da casa para se aventurar no pequeno jardim e completar o buquê com sálvia e urze. Laura lança um olhar carinhoso para eles. Gêmeos! Duas vezes mais besteiras! Duas vezes mais flores colhidas para a mamãe querida.

Ela volta a olhar para a porta e, de repente, bate na testa. Concentrada demais em vigiar Ethan e Noé, ela perdeu tempo batendo na porta, mas na altura de seus olhos tem uma campainha. Agora é apenas isso que ela vê... Uma simples campainha besta.

Laura contorna a descida da garagem, margeia o pequeno caminho cujas flores foram decapitadas. Talvez a mãe esteja no porão, vasculhando velhas lembranças com Charlotte. Ou no sótão. Elas não a ouviram bater, entretidas que estão em conversar sobre o passado. Laura imagina Charlotte desencaixotando desenhos guardados da infância, lendo poemas escritos para a mãe imaginária, abrindo para ela o cofre secreto com todos os seus tesouros de menininha. Bonecas, joias, pedrinhas, bugigangas... Laura entende o silêncio delas, estão viajando no tempo. À velocidade da luz.

Que dia! Laura se perde em seus pensamentos. Sua mãe e Charlotte se reconciliaram?

Ela quer tanto isso... A ligação com sua meia-irmã foi imediata. Elas se reconheceram como se sempre tivessem se conhecido. Sua sortuda, arriscou-se a brincar Laura, se você soubesse quantas vezes sonhei em não ter mãe! E as duas caíram na gargalhada.

Laura lança um último olhar para os gêmeos, que brincam de exploradores nos fundos do jardim, procurando flores raras sob os arbustos, depois para diante da porta.

O sorriso ainda toma seus lábios quando ela coloca o dedo na campainha.

Um segundo depois,

o céu,
a casa,
o jardim,
cada parede,
cada tufo de grama,
cada flor decapitada,
cada pedra
desabam.

Quando o dia for uma navalha,
Quando os lençóis forem mortalhas,
Quando as paredes forem caixões
Da madeira sem flores nem botões,
O que restará de nós?

Quando os ossos forem esmigalhados
Quando o choro for abafado
Quando o arrependimento for ampliado
No abismo da eternidade
Nada restara de nós

61

2019

– Mamãe! – grita Noé.

Depois cai no choro.

Mamãe mamãe mamãe

Noé ouviu mamãe gritar. Viu mamãe voar, como uma bola que se joga bem para o alto, e cair na grama, deitada, sem se mexer, sem se levantar, como se dormisse. Como um brinquedo quebrado.

Noé chora.

Ele queria que mamãe acordasse.

Ele queria que mamãe não sentisse mais dor.

Ele queria que mamãe falasse com ele.

• • •

– Papai! – grita Ethan.

Depois cai na gargalhada.

Papai papai papai

Ethan corre para se refugiar nos braços dele. Noé vai logo atrás.

Então as sirenes soam. Os carros de polícia afluem pela rua Libération antes mesmo que Ethan e Noé cheguem ao meio do gramado. A casa está cercada de policiais no exato instante em que os gêmeos se lançam aos pais, pisam em cima deles e os beijam, de joelhos, as mãos agarrando seu pescoço, beijos que molham e fazem cócegas.

Papai mamãe mamãe mamãe papai papai

Laura ainda está em choque. Ela apenas sentiu, ao pôr o dedo na campainha, dois braços a erguerem. Não teve tempo de apertar, apenas viu o céu balançar, depois rolou para a grama, percebendo, por fim, que estava nos braços do marido. A ação mais precisa de toda a carreira dele!

Os policiais examinam a porta com cuidado, as persianas fechadas. Outros veículos chegam, policiais aparecem, carregando aparelhos complicados, parecidos com as máquinas usadas pelas brigadas contra atentados.

Valentin recupera o fôlego.

– Seu pai me ligou. Ele me explicou em poucas palavras, estava em pânico. A mensagem falsa da sua mãe, a casa do tal de Ylian Rivière era uma armadilha. Por sorte, estávamos patrulhando ao norte de Cergy. Acho que bati seu recorde de velocidade na rodovia, minha campeã de rali. Quando vi você na porta, corri e pulei em cima de você. Bem a tempo!

Orgulhoso de si, ele põe o quepe em Noé e bagunça o cabelo de Ethan antes de beijar a mãe de seus filhos.

– Meu herói! – murmura Laura. – Viu, eu fiz bem em insistir, uma vozinha me dizia que eu tinha razão.

Os peritos analisam a casa. Cercam o perímetro. Policiais de roupa de astronauta sondam as paredes com cuidado. Ouvem claramente batidas do outro lado das persianas.

– Razão em quê?

– Em ter me casado com um policial! Se você me salvar mais umas duas ou três vezes na vida, talvez até meu pai acabe agradecendo a você.

Valentin dá a língua para ela, antes de beijá-la outra vez. Ethan roubou o quepe de Noé, puxando junto metade de sua cabeça. Valentin pega o quepe de volta e pede que os dois vão brincar mais longe. Os gêmeos saem correndo, sem questionar a autoridade do pai. Observado por todos os seus colegas, Valentin fica satisfeito.

Ele estende o celular para Laura, para que ela possa tranquilizar o pai. Os dedos dela tremem ao apertar os botões na tela.

Está tudo bem. Está tudo bem.

A equipe da perícia criminal conseguiu cortar uma persiana. Eles tiram com cuidado a madeira pesada das dobradiças. Os rostos de Nathalie e Charlotte aparecem atrás do vidro. Vivas. Sorridentes.

Dois anões de jardim agitados saltam atrás dos astronautas.

– Vovó! Vovó vovó vovó!

Daqui a pouquinho, meus queridos, daqui a pouquinho vou apresentar sua tia para vocês também.

Laura se apoia no ombro do marido.

Está tudo bem, pai. Está tudo ótimo.

62

2019

– NATHY –

QUARTO 117.

Yl está deitado ao meu lado. Imóvel. Mudo.

Sentei ao lado dele. Instável. Agitada.

Um jorro de palavras, por muito tempo contidas, se derrama em um maremoto.

– Eu te amo, Ylie. Nunca deixei de amar você. Não sei se você está me ouvindo. As enfermeiras dizem que sim, que você ouve tudo, que vê tudo, só não pode responder. Nem mesmo com um piscar de olhos. Pedi que saíssem. Elas entenderam. E pedi que Laura trancasse todas as entradas. Deixasse a gente sozinho nesse quarto de hospital por alguns minutos. Antes que os outros cheguem.

Yl não diz nada. Mas Yl me ouve.

– Eu fui tão burra, Ylie, fui tão burra durante todos esses anos! Respeitar nosso contrato, que maluquice! Será que um dia você vai me perdoar? Deve ter xingado meu silêncio todos os dias, assim como eu xinguei o seu, mas posso jurar, sim, eu posso jurar que nunca deixei de te amar. Nem um único dia se passou sem que eu pensasse em você. Nem um único dia se passou sem que eu pensasse em Charlotte. Mesmo que ela não tivesse nome nem rosto. Muito antes de Charlotte brincar de me fazer reviver o passado e de transformar o acaso em encontro, eu via vocês em toda parte, uma risada no pátio de uma escola, um solo de violão ao sair de um bar, um avião que decolava em algum lugar. Vocês se tornaram meus pequenos fantasmas. Fantasmas assustadores nos primeiros anos, que me faziam chorar, ter pesadelos nas noites em claro, nas noites sombrias, depois fantasmas que aprendi a dominar, devo confessar. Não fui tão infeliz assim todos esses anos. Vivi cercada de gente, amada por duas meninas que se tornaram adolescentes tão insuportáveis quanto adoráveis, por um homem capaz de me amar por dois, e também capaz de sofrer por dois, capaz de perdoar.

Ela faz uma pausa. Então continua:

– E quando, apesar de tudo, a sensação horrível de estar perdendo minha vida me paralisava, vocês estavam lá, meus fantasmas adorados. Eu falava com vocês, na intimidade de meu quarto, em longos passeios pelas margens de meu rio ou em hotéis, todos iguais, em cada escala em algum lugar do mundo. Eu falava com vocês como estou falando hoje, sem esperar nenhuma resposta.

Yl não reage quando pego sua mão, não se mexe quando me inclino sobre ele.

– Mas, Ylie, eu gostaria tanto que você me respondesse hoje. E você? Você foi feliz? Como foi a sua vida? Sabe, você adivinhou, conheci a Charlotte. Você a criou bem, Ylian! Fez o trabalho de duas pessoas! É o fantasma mais lindo de toda a galáxia. Sei também que vocês estavam brigados quando se despediram, mas fique tranquilo, ela vai voltar, vai voltar bem rápido, daqui a alguns minutos, para fazermos uma surpresa incrível que ela não quer perder por nada nesse mundo. É uma surpresa que ninguém no mundo ia querer perder.

Yl adormece, suavemente. Meu rosto quase toca o dele. Meus lábios quase tocam os dele.

– Você está cansado, Ylie, dá para ver. Seus olhos estão se fechando, mas você está lutando para resistir. Se está lutando, é porque está me ouvindo.

Então não vou atrapalhar mais você. Ainda temos tempo, tanto pouco quanto uma quantidade enorme, muito mais do que todos esses anos. Vou te deixar dormir, você precisa descansar, precisa estar bem quando acordar daqui a pouco. Para a surpresa.

Ela segue seu discurso:

– Mas, antes disso, quero confessar uma última coisa, Ylie, uma última coisa que não tinha percebido há vinte anos, que Batisto me ajudou a entender e Ulisses também, a seu modo. Eu te amei tanto, Ylian, não só por você ser um cara lindo, gentil, um amante atencioso e um futuro pai perfeito... Isso, milhões de homens no mundo são capazes de ser. Eu te amei tanto porque você é uma pessoa excepcional. Um artista talentoso. Genial. Você é modesto demais para reconhecer isso, precisava que uma mulher lhe dissesse, várias vezes, até convencer você. Eu não soube fazer isso anos atrás, acho que nunca vou me perdoar. Então resista mais alguns segundos ao cansaço, meu amor, e me escute: você não é uma pessoa insignificante, não é um grão de poeira, você é um desses homens que deixam um pouco de si na terra. Obrigada, Ylian, obrigada por ter me amado. Tenho tanto orgulho disso! Durma, descanse, meu músico adorado. Eu te amo. Eu te amo por toda a vida.

Meus lábios se colam aos dele.

Então saio na ponta dos pés.

63

2019

– YLIAN –

Quando acordei, no quarto 117, deitado na cama e ligado a cateteres da cabeça aos pés, diante de mim, uma TV gigante tinha sido instalada.

Uma TV duas vezes maior que a de antes!

Há muita gente na frente dela – enfermeiras, médicos, minha família. Trouxeram cadeiras, estão espremidos em torno de meu leito. São mais de quinze. Para um despertar, é uma grande surpresa.

Confesso que não sei direito se já morri ou se ainda estou vivo.

Não consigo fazer o menor gesto, nem mesmo virar a cabeça ou mexer os olhos, só posso mantê-los abertos e observar o cômodo à minha frente.

Isso me basta.

Estou cercado por todos que amo pela primeira vez na vida.

Na TV, Ed Sheeran canta “Perfect”.

As filhas de Nathy estão aqui, Margot e Laura, elas se apresentaram. São bonitas, educadas, sorriem para mim, uma de cada lado da cama. Tenho a impressão de ser o avô que vamos visitar, uma última visita, antes que tudo acabe.

Elas parecem se dar bem com Charlotte. Laura principalmente, mas acho que será Margot que se tornará a meia-irmã preferida quando tiver digerido tudo. As duas têm quase a mesma idade. A mesma personalidade. A personalidade da mãe. São passarinhas! Têm o gosto pela liberdade que deixa tão orgulhoso e triste o homem que constrói um ninho para elas.

Ed Sheeran terminou sua canção. Charlotte se vira para mim, para verificar se ainda estou respirando, depois retoma a conversa com Laura. Então morrer é isso? Pensar que tudo vai continuar sem você. Que se tudo está em seu lugar, se todos se dão bem, se as novas gerações florescem depois de as vermos crescer, não há por que insistir, a que se agarrar. É como quando Charlotte convidava as amigas no Dia das Bruxas. Eu subia para vê-las no sótão, todo decorado com teias de aranha e lençóis furados, depois, como tudo estava em ordem, me retirava na ponta dos pés. Vou fazer isso. Vou me retirar na ponta dos pés.

Já é legal saber que as pessoas que nos amaram, que amamos, não foram magoadas por nós. Que pegamos emprestado com elas o tempo de uma vida e o devolvemos antes de partir, tornando-as felizes.

Adele substituiu Ed Sheeran e entoa os primeiros versos de "Someone Like You", quase *a capella*, acompanhada por milhões, talvez bilhões de vozes.

Nathalie também olha para a TV. Nathy, minha pequena andorinha, eu queria tanto poder responder ao seu rio de palavras quando você se sentou ao meu lado há pouco, dizer que, sim, eu estava ouvindo, que ouvi cada uma das suas palavras, que as esperei todos esses anos e que posso partir em paz. E também dizer que você estava exagerando nos elogios, que, no meu estado, está um pouco tarde para que meu sonho de ser um músico lendário se realize, que, por outro lado, você não falou muito sobre a sua surpresa. Que surpresa? Que surpresa, Nathy?

Mas eu queria principalmente dizer que você continua linda como antes.

Olho e você está franzindo um pouco os olhos, como se sua visão estivesse mais fraca. Isso desenha no canto deles deliciosas patas de andorinha. Elas nunca serão pés de galinha para mim.

Eu vejo você. Com a ponta dos dedos, você afasta a mecha do rosto. Como eu adoro esse gesto! Como adoro que você não a tenha cortado, apenas a deixado ficar grisalha.

Isso também é uma vida. Amar amar amar.

Você está em boas mãos com seu marceneiro. O fato de ele não querer falar comigo, e ainda menos me perdoar, de ter batido a porta na minha cara, prova quanto ele ama você. Vai jogar todo o rancor sobre mim para melhor acolher Charlotte. Talvez Charlotte até peça que ele serre e monte as tábuas de meu caixão. E ele fará isso com talento e prazer, o maldito! Ele é talentoso. É preciso ser talentoso para ser amado por você, Nathy. E que ele nunca duvide disso. No fim, foi ele que você escolheu. Ele ganhou! Sempre achamos que os cornos são os perdedores, mas, não, é por causa deles que os amantes aceitam mentir, sofrer, se esconder, partir. Eles são os senhores, os vencedores, do alto de sua honra, diante dos mentirosos coitados.

No palco, Madonna, os braços abertos, as pernas pegando fogo, faz sua oração. Todo o meu quarto dança. Sobretudo as enfermeiras que ficaram de pé. Não entendo o que todas essas pessoas estão fazendo aqui, ninguém me explicou. Está bem, já entendi que estou no trem para o além, mas não esperava que houvesse tantas pessoas na estação. Especialmente esses desconhecidos, mais preocupados em olhar para a TV do que em me velar.

Também não entendi o resto direito. O que a polícia me contou. Não quis escutar os detalhes. Ulisses, o acidente, o carro que não freou, a história dos direitos autorais roubados. Já é tarde demais para me abalar com isso. Sorri para Ulisses quando os policiais o levaram. Por solidariedade? Não sei direito que jogo a vida nos fez jogar, mas acho que nós dois perdemos.

Levo um susto. Dentro de meu corpo de múmia, uma emoção ao menos se manifestou. Você se levantou de repente, Nathy, junto com Charlotte. Unidas pela mesma animação, vocês apontam juntas para a televisão. Essa cena simples é como uma pequena chama que ilumina meu cérebro vazio. Que milagre observar vocês assim, mãe e filha. Cúmplices! Vocês têm muito a conversar! A pequena chama em minha cabeça adoraria se tornar alegre, brincalhona. Se ainda pudesse falar, adoraria brincar, dizer: ainda bem, Nathy, ainda bem que criei Charlotte sozinho, porque, senão, você a teria roubado de mim, minha princesinha, você nunca teria me deixado penteá-la e vesti-la, chamar suas amigas, nos esconder na cozinha, todos aqueles momentos maravilhosos improvisados. Eu teria sido relegado ao papel de guardião da autoridade e aos carinhos no sofá, como todos os pais. Eu queria tanto poder dizer isso, Nathy, que me dei bem nesse sentido.

Me deixe um pouco de você.

Elton John se senta ao piano, aproxima o microfone e acende com uma voz brilhante sua "Candle in the Wind".

– Eles estão lá! – grita Charlotte.

Perfeitamente coordenada com a mãe, ela agita os braços, como se, através da TV, os espectadores de todo o mundo pudessem vê-las. Eles também agitam os braços. A câmera presa a uma grua sobrevoa a multidão em um rasante. Lentamente. Assim que se reconhecem na telona, seus rostos se animam.

– Flo e Jean-Max, são eles! – confirma Nathy, saltitando.

A câmera já se afastou. O show está sendo transmitido para o litoral de Jacarta, assim como para todo o mundo, ao que parece. Em quase todas as telas de TV. Milhões de espectadores, bilhões de telespectadores. O maior show desde o Live Aid de 1985.

Como todo mundo, acompanhei as consequências do tsunami na Indonésia. Fiquei com raiva quando ouvi, pela primeira vez, no rádio, o nome daquela cidade, Jacarta. Praticamente não ouvi o resto, a quantidade absurda de mortos, feridos, de refugiados. A única imagem que me apareceu foi a de um quarto no 21º andar do Great Garuda. O único pensamento era que a tristeza daquelas pessoas em Jacarta pesava menos do que a que vivi. Quando estamos prestes a morrer, podemos dizer essas coisas. Que a menor decepção amorosa nos faz sofrer mais do que o pior dos desastres. Que o mundo pode parar de girar, a Terceira Guerra Mundial estourar, a Terra aquecer dez graus, a única coisa que conta é a velocidade com que nosso coração bate. E o momento em que ele para, porque uma mulher, apenas uma, decide nos deixar.

Elton John terminou de cantar, ao som de aplausos. Essa história de vela ao vento é prática, no fim das contas. Ele a substitui a cada grande evento... Os aplausos acabam. A TV mostra o Hyde Park, a praia de Copacabana, o Trocadéro, a avenida Omotesandō, a Piazza del Popolo, o Camp Nou, o Eden Park, Wembley. Wembley, claro, onde um longo silêncio se estende, manchado por gritos de impaciência.

Todos se calam em meu quarto. Não sei por quê. Pouco a pouco, todos se calam também na TV. Milhões de espectadores e quase nenhum barulho.

Talvez eu tenha morrido. Talvez todos estejam falando e eu não os ouça mais.

Talvez depois de perder o paladar, o tato e o olfato, a audição também tenha ido embora. E apenas a visão me reste.

Eu o vejo.

Um homem, baixinho, que entra devagar no palco de Wembley.

Eu o reconheço! É Robert Smith. E pensar que o conheci pessoalmente. Até carreguei a guitarra dele em outra vida. Ele se senta ao piano.

Então Carlos Santana aparece sob os holofotes, a guitarra a tiracolo; como toquei as músicas dele de San Diego a Tijuana. Então Mark Knopfler aparece, um deus, um outro deus, depois Jeff Beck, Jimmy Page, David Gilmour, Keith Richards, em seguida Elton John e Ed Sheeran voltam. Enquanto isso, do outro lado do palco aparecem Stevie Wonder, Iggy Pop, Patti Smith, Brian May – meu Deus, eles reuniram todo o panteão! A eles se juntam Sting, Bono Vox, Tracy Chapman, Norah Jones, Dee Dee, e começo a entender o que o planeta esperava, cacete, estão todos lá, quase cem, Madonna reaparece de braços dados com Rihanna, não reconheço todos, eles se abraçam em quatro fileiras apertadas, devo estar morto agora, é isso, meu inconsciente convocou todos os meus ídolos para a foto final antes da grande escuridão.

Mas o show parece muito real.

Margot apoia a cabeça no ombro de Laura. Charlotte e Nathy choram e eu não entendo por quê. Não entendo mais muita coisa, acho.

Vocês vieram se sentar em minha cama, cada uma de um lado. Robert Smith parece verificar que estão todos lá, depois leva as mãos ao piano.

Charlotte pega minha mão direita, Nathy toma a esquerda.

Três notas.

Então a voz dele. Ele canta em inglês, mas meu cérebro, abalado, confuso, traduz a letra imediatamente.

Quando o dia tiver nascido

Quando os lençóis estiverem lavados

Não sei mais se ainda estou vivo ou se já morri.

Os holofotes iluminam Paul McCartney, sua voz faz as paredes tremerem: *Quando os pássaros tiverem voado, da clareira onde nos amávamos*. Antes que Bruce Springsteen as fissure: *Nada restará de nós*.

A primeira fileira se afasta. Bob Dylan parece surpreso, não tanto quanto eu, Robert, não tanto quanto eu. Meu corpo se arrepia enquanto ele canta o refrão como se fosse um clássico do folk americano. *Me deixe um pouco de você*.

E cem cantores continuam em coro:
Um pedaço, um traço, uma pétala da sua flor

Será que escrevi mesmo essa letra? Toquei mesmo essas notas?
Charlotte e Nathy apertam minhas mãos com muita força.
Talvez seja porque ainda não morri.

Carlos, Keith, Mark, Brian, David e Jeff improvisam um riff a seis guitarras, exatamente o que compus em minha cabeça. Tantas vezes. Mil vezes.

A multidão canta a plenos pulmões, em Paris, em Tóquio, em Jacarta, em Los Angeles, em Barcelona, em Montreal, como se todos, nos quatro cantos do planeta, bilhões de seres humanos, soubessem a música de cor, que ela tivesse entrado na cabeça deles, para nunca mais sair. Minha melodia. Minha poesia.

Quando nossas ilhas estiverem inundadas
Quando nossas asas estiverem baixadas

Não sei mais se estou vivo ou se estou morto. Sei apenas que posso partir em paz. Meu olhar, molhado ao ver os olhos cobertos de lágrimas de Charlotte e Nathy. Sei que estou vivendo o melhor dia de minha vida.

Uma migalha, três medalhas, um pedacinho da sua cor

No fim das contas, talvez eu tenha composto um sucesso que toca sem parar no paraíso?

• • •

Olivier tenta trocar de canal. Não adianta. Todos passam exatamente as mesmas imagens.

Com calma, ele desliga a TV, se levanta e coloca o controle na mesa de centro. Vai ser o único ser humano a não assistir ao show hoje!

A noite está tranquila.

Olivier desce até o jardim, até o Sena. Para e admira a varanda de ipê, os degraus de padauk, a cerca de jacarandá, antes de caminhar até a margem. Fica um bom tempo observando o rio, olhando ao longe uma cesta de vime deslizar pela água e naufragar na margem oposta. Sem dúvida um ninho de carquejas arrancado pela corrente. Geronimo pega algumas das migalhas de pão que Olivier joga, distraído, para os filhotes.

Um detalhe o incomoda perto do muro do dique. As pedras brancas não estão bem alinhadas. Ele odeia isso. Não consegue ir ao jardim sem arrancar uma planta que parece alta demais, colher uma folha que o vento jogou na entrada ou verificar se as pedras estão dispostas de maneira perfeita, se um pequeno seixo cinza, como se tivesse rolado sozinho até ali, não se misturou a elas.

Ele se abaixa e corrige com precisão o alinhamento dos seixos. Satisfeito, para e acompanha com o olhar, acima da colina dos Dois Amantes, o voo de uma andorinha que se afasta. Depois retorna.

CONHEÇA OUTRO LIVRO DO AUTOR

Ninfeias negras

Giverny é uma cidadezinha mundialmente conhecida, que atrai multidões de turistas todos os anos. Afinal, Claude Monet, um dos maiores nomes do Impressionismo, a imortalizou em seus quadros, com seus jardins, a ponte japonesa e as ninfeias no laguinho.

É nesse cenário que um respeitado médico é encontrado morto, e os investigadores encarregados do crime se veem enredados numa trama em que nada é o que parece à primeira vista. Como numa tela impressionista, as pinceladas da narrativa se confundem para, enfim, darem forma a uma história envolvente de morte e mistério em que cada personagem é um enigma à parte – principalmente as protagonistas.

Três mulheres intensas, ligadas pelo mistério. Uma menina prodígio de 11 anos que sonha ser uma grande pintora. A professora da única escola local, que deseja uma paixão verdadeira e vida nova, mas está presa num casamento sem amor. E, no centro de tudo, uma senhora idosa que observa o mundo do alto de sua janela.

CONHEÇA OS LIVROS DE MICHEL BUSSI

Ninfeias negras

O voo da libélula

Eu devia estar sonhando